励耘

文库

文学｜Literature

刘洪涛　著

荒原与拯救：现代主义语境中的劳伦斯小说

修订版

北京师范大学出版集团
BEIJING NORMAL UNIVERSITY PUBLISHING GROUP
北京师范大学出版社

序

刘象愚

　　洪涛拿来了他多年潜心研究的成果《荒原与拯救：现代主义语境中的劳伦斯小说》，要我写序，我为他感到高兴，高兴之余，也愿意说点什么，写序委实不敢当，就写几句真心想说的话罢。

　　劳伦斯是20世纪80年代中后期以后才逐渐为国人所知的，尽管半个世纪之前，邵洵美、郁达夫、林语堂、饶述一等人就评介或翻译过他那本大著《查特莱夫人的情人》，但国人真正认识劳伦斯应该说是近20年内的事。随着经济体制的变革，"西学东渐"的势头再次涌现，西方20世纪的种种思潮被引进了，思想文化上也就发生了观念的剧变。在对待男女与性的问题上，国人几千年来恪守夫子"非礼勿视，非礼勿听，非礼勿言，非礼勿动"的古训，唯独忘记了孔门圣人们还有"食、色，性也"的教谕，因而男女之间只能"授受不亲"，甚至谈性色变。西人在对待"男女"

问题上虽然也曾相当保守，然国人保守的程度恐怕有过之而无不及。也许这正是为什么《查特莱夫人的情人》在西方遭禁 30 多年，而《金瓶梅》在中国则遭人诟病达数百年之久，问世不久就被删改得面目皆非，就连所谓"删节本"一般人也无由获得；也许这也正是《查特莱夫人的情人》在西方解禁后数十年间，国人大都仍无由得知的重要原因之一。

20 世纪 80 年代的二度"西学东渐"比半个多世纪之前的那次似乎来势更为阔大。在各种新的学说观点被引进、阐释的大潮中，弗洛伊德关于性、本能、"力比多"等的观念显得格外醒目，于是国人又记起了老祖宗"饮食男女，人之大欲存焉"的另一种教诲，于是，《查特莱夫人的情人》50 年前的旧译有了新本，劳伦斯的其他重要著作也陆续被翻译出版了。20 余年来，劳氏的作品几乎全都被翻译过来了，有的作品甚至不止一种译本。而且，随着劳氏作品的被引入，对劳伦斯其人其作的研究也逐渐展开，并形成了相当的规模。

然而，20 余年来，尽管出版了不少有关劳伦斯及其作品的论文与著述，但正如有的论者指出的那样，这段时间的研究并没有真正超过当年郁达夫、林语堂、饶述一的认识水平。譬如，郁达夫看出劳伦斯是一个"积极厌世"的作家，他厌恶英国贵族社会的"空疏、守旧、无为而假冒高尚"。作为一部"有血有肉"的"杰作"，《查特莱夫人的情人》是要人们积极地追求一种自然的、富有人性的生活。林语堂深刻地指出，劳伦斯笔下的"性交是含蓄一种主义的"，这种"主义"就是对当时英国乃至西方工业社会、机器文明、金钱至上的猛烈抨击，要人们"归真返璞"，过一种"灵肉合一"的、自然的、健全的、本性的、艺术的、情感的生活。饶述一同样认为，劳伦斯在《查特莱夫人的情人》中"诚实、真率的"性爱描写"蓄含着无限贞洁的理想",而这个"理想"就是向"人类社会的虚伪、愚昧、腐化"开战,去创建一种"新道德、新社会、新生命";弃绝所谓"新野蛮时代的生活、机械的生活",去做"真正的人,过真正的生活"。纵观20余年来国人的劳伦斯研究,尽管大多数论者掌握了更为丰富翔实的材料,对劳氏酣畅淋漓的性爱描写表层下蕴含的这种"主义"或"理想"作了更为丰满、细致的阐发,但在观念的层面上似乎并没有超越前辈学人已经发现的这个范畴;再者,虽然不少论者都开始将眼光从《查特莱夫人的情人》移向《儿子与情人》《虹》《恋爱中的女人》等劳氏的其他几部重要作品,甚至包括中短篇等更为广阔的劳氏作品领域,并把自己的研究建立在更为深入的文本细读的基础上,但他们大多数人的研究角度仍未摆脱前辈学人单一、局限的视角,因此很难建立起全面的、整体的劳伦斯观。当然,我不是说,20余年来的劳伦斯研究没有进步和成绩,进步与成绩是明显的,但就总体而论,并没有给人以超越前人的感觉。

当然,洪涛现在的这一研究成果也很难说如何超越了前人,但依我的浅见,却也有一些不容忽视的新意。首先,本书在论述劳氏对工业文明批判的基础上展开,进一步论述了他的两性观和对非理性世界的探索,以及对原始性的迷恋,这样就使自己的研究获得了立体感和某种整体性。其次,本书既不是对劳氏重点作品的文本分析,又不是纯然的学理阐发,而是把一个较为合理的理论框架置于具体作品的文本阐释的基础上,这样就使理论的阐发没有空洞的感觉,反而给人以坚实感、深度感。最后,也是最重要的,本书在充分肯定劳氏的前提下,对其原始主义的错误立场做了辩证的分析,给予了实事求是的批判,从而把劳伦斯研究向前推进了一步。

洪涛是一个勤奋的学者。他硕士阶段学外国文学，从 80 年代中期就开始研究劳伦斯，并完成了以劳氏为题的硕士学位论文。后来博士阶段转攻中国现当代文学，研究沈从文，于是不得不中断已经开始的劳伦斯研究，但他却始终记挂着劳伦斯，在沈从文研究告一段落之后，立即集中全力完成一直在思考的劳伦斯研究，他曾利用出国进行学术访问的良机，两次到劳氏故乡伊斯特伍德寻访作家童年生活及后来创作的踪迹，又在存放大量作家资料的诺丁汉大学和剑桥大学潜心发掘新材料、新观点，可以说，正是在长期不懈的思考与积累之后，他才能完成现在这部具有一定分量的研究成果。

洪涛也是一个诚实严谨的学者。他治学从不虚张声势，一贯脚踏实地。他真诚地宣布，与西方的学者相比，我们的外国文学研究者并不具有语言和占有资料的优势，因此，他不妄自尊大，奢谈超越，但这并不妨碍我们的研究有自己独特的角度和立场。诚如他在本书"后记"中所说的："学术的标准是多元的…… 在时代风潮的影响下，从不同侧面对劳伦斯做出合乎时代需的阐释又何尝不是一种学术贡献？就此而言，我认为东西方学者站在同一个高度，站在同一个起跑线上。"因此，他不妄自菲薄，盲信西方。我以为这是一种十分正确的学术态度和立场。摆正自己与他者的关系，既不自以为是，盲目自大，又不迷信他人，畏缩不前，老老实实做人，扎扎实实做学问，从自己的特有的学术视野和立场切入论题，这正是做好学术研究的前提。也许正因为取了这一正确的立场，洪涛才能从一个他所谓"劳伦斯迷"变成一个劳伦斯的批判者，也才能对劳伦斯研究做出现在这样一个值得称道的贡献。

毋庸讳言，作为一个外国文学研究者，尽可能精通研究对象国的语言也是至关重要的。只有具有了语言的优势，才能获得占有第一手材料的优势，材料上的重大发现常常可以成为学术研究的突破口，这应该是不争的事实。洪涛对此无疑是有充分认识的。他多年来利用一切可能的机会学习英语，并在自己的劳伦斯研究中尽可能多地搜集利用第一手资料便是一个明证。

洪涛在劳伦斯研究与沈从文研究两个领域都取得了不俗的成绩，我祝愿他在未来的学术道路上进一步努力，取得更骄人的业绩。

刘象愚

丙戌岁尾于京师园

目　录

导　论

第一节　劳伦斯小说创作述略

20 世纪一位天才的作家、最具争议的作家、最有影响的作家之一、矿工的儿子，来自社会下层，以孱弱的身躯，靠着顽强的意志，攀上了文学高峰。他短暂的一生，为世人留下了 12 部长篇小说，约 70 篇中短篇小说，8 部戏剧，近一千首诗歌，数量惊人的游记、书信（剑桥版劳伦斯书信全集收入 5534 封信），以及风格独特的文学、心理学、政治、历史、艺术著作和评论，他就是英国现代作家戴维·赫伯特·劳伦斯（David Herbert Lawrence，1885—1930）。

劳伦斯 1885 年 9 月 11 日出生在英格兰诺丁汉郡伊斯特伍德一个煤矿工人的家庭。父母的性情、喜好、生活方式差异很大，家庭关系紧张，这些对劳伦斯的心理产生很大影响。他 16 岁中学毕业，进入诺丁汉市的 J. H. 海伍德医疗器械厂工作，但不久因生病离开。1902—1906 年，劳伦斯在伊斯特伍德的不列颠小学任实习教师。1906 年进入诺丁汉大学学院学习教师专修课程。大学期间，他开始第一部长篇小说《白孔雀》的写作。1908 年毕业后应聘到伦敦南郊克罗伊顿的戴维森路学校当教师，1911 年年底因病离职。1912 年，劳伦斯在拜访诺丁汉大学语言学教授威克利（Ernest Weekley，1865—1959）时，遇到了教授的德国籍妻子弗丽达（Frieda von Richthofen，1879—1956）。两人一见倾心，私奔出走欧陆。在此期间，他完成了成名作《儿子与情人》。第一次世界大战期间，劳伦斯滞留英国。由于妻子的德籍身份和本人的反战态度，他受到怀疑和监视，生活困苦压抑，但仍完成了代表作《虹》和《恋爱中的女人》。战争结束后，劳伦斯迫不及待地离开了英国。他先去德国、意大利，随后于 1922 年开始环球之旅，经锡兰（今斯里兰卡）、澳大利亚，最后到达美国，其后辗转于美国和墨西哥。在此期间，他创作了 6 部长篇小说，以及大量中短篇小说、诗歌、论文等。1925 年 9 月，劳伦斯离开美国，返回欧洲。1928 年劳伦斯完成其最有争议的长篇小说《查特莱夫人的情人》。1930 年 3 月 2 日客死于法国南部。

　　劳伦斯短暂的一生创作了大量作品，而小说是他全部创作中最优秀的部分，代表了其主要文学成就。劳伦斯 24 年的小说创作道路可以分为四个时期。1907—1913 年为第一期。1907 年，劳伦斯第一篇小说《序曲》①发表时，年仅 22 岁，是诺丁汉大学学院的学生。其后不久，他开始创作长篇小说《白孔雀》。这部作品数易其稿，终于在 1911 年问世。小说以劳伦斯青少年时代长期相处的女友吉西·钱伯斯（Jessie Chambers，1887—1944）家的农场和周围自然环境为主要背景，以怀旧为主轴，围绕莱蒂、乔治、莱斯利之间的情爱纠葛，就乐园的消逝、乡土诗意的无可挽回弹奏了一曲无尽的挽歌。1912 年，劳伦斯出版了第二部长篇小说《逾矩者》。小说中的已婚男子西格蒙德与一个年轻女子产生婚外情，后因妻儿的鄙视及自责而自杀。小说深化了《白孔雀》中对"肉体的爱"与"精神的爱"的思考，但其结构散漫，文字缺乏灵性和激情，算不得成功之作。劳伦斯第三部长篇小说《儿子与情人》出版于 1913 年，着力表现了保罗作为一个男性的成长历程。推动保罗成长的主要动力，以及他成长所要克服的主要障碍都来自他与母亲及其他女性的关系。这部小说具有鲜明的自传色彩，劳伦斯家庭中父母的不和谐对劳伦斯的影响，劳伦斯和吉西·钱伯斯交往的经过，都在小说中有具体反映。小说充分展示了劳伦斯的才华，它没有后来作品中那么多抽象玄秘的冥思和超验的架构，文字灿烂而舒展，极富诗意，为劳伦斯带来了广泛的声誉，奠定了他在文坛的地位。同时，《儿子与情人》中也出现了一些尖

---

① 劳伦斯第一篇小说的发表颇富戏剧性。1907 年 10 月，《诺丁汉卫报》举办年度圣诞节小说大赛。比赛设三个不同奖项，但每个参赛者只能参加其中一项。当时还是诺丁汉大学学院学生的劳伦斯写了三个短篇，请他的两个女友吉西·钱伯斯和露易·伯罗斯代替他参加了另外两项比赛。劳伦斯送出了《彩色玻璃碎片》，露易·伯罗斯送出了《白色长筒袜》，吉西·钱伯斯送出了《序曲》。结果是《序曲》获奖，最后以吉西·钱伯斯的名字刊登在 1907 年 12 月 7 日的《诺丁汉卫报》上。

锐、冷峻的场景，预示了他今后小说创作的发展方向。

1914—1919 年是劳伦斯小说创作的第二个时期，其代表作是《虹》和《恋爱中的女人》。西方文明陷入深重的危机之中，世界大战是这场危机的总爆发。劳伦斯在《虹》和《恋爱中的女人》这两部代表作中，虽然没有直接描写战争，但却把战争作为西方文明毁灭的象征，用来构建他为人类从死寂的荒原上寻求再生之途的出发点。在《虹》中，劳伦斯以布兰温家族三代人的经历为情节主线，以两性关系和非理性心理世界为表现中心，力图反映现代社会的沉沦，并寻求人类理想家园的重建。《恋爱中的女人》则具体揭示了代表死亡和新生的两对两性关系的发展过程及其在非理性心理世界激起的反响；死亡的下降曲线和新生的上升曲线对比映衬，暗示了劳伦斯对人类前途的乐观态度。这一时期劳伦斯的玄学思想业已形成，视野更加开阔，艺术表现手法臻于成熟。同时，这一时期劳伦斯也把对神秘的超验世界的追寻和玄想带进了作品。

1920—1925 年是劳伦斯小说创作的第三个时期。这 6 年时间里，劳伦斯共创作了《阿伦的杖杆》(1920)、《迷途的姑娘》(1920)、《努恩先生》(未完，1984 年出版)、《袋鼠》(1924)、《丛林中的男孩》(1924，与人合著)、《羽蛇》(1926)6 部长篇小说。这些小说追随着劳伦斯战后的行踪，反映了他旅途中特定的体验和心境，都带有相当程度的自传性和记游性。又因为劳伦斯的环球之旅也是他的追寻之旅，他渴望在异域、在基督教文明之外找到拯救西方文明的希望，因此，这些作品不约而同都有朝圣小说的特点。这些作品也延续了此前的两性关系主题，但大都在异域的背景中展开，非理性心理活动在两性关系发展中所起的激活作用下降，异族原始文明的作用上升。前期作品中的大自然描写，有与原始土著部落的神话、图腾结合的倾向，神秘主义有进一步发展。

劳伦斯这一时期创作的长篇小说《努恩先生》和《丛林中的男孩》，很少为学者论及，这里有必要格外介绍一下。长篇小说《努恩先生》创作于1920年至1921年间。小说中的努恩先生是内地一所技术学校的教师，因与同事艾玛发生关系引起物议，不得不辞去工作，避走德国。在那里，他与一个英国医生的妻子约翰娜真诚相爱，在她身上找到了真正的激情，随即二人一起私奔去了意大利。小说有浓重的自传色彩，是劳伦斯与弗丽达私奔经过的真实写照。《努恩先生》由截然不同的两部分构成。第一部分以《现代情人》为名发表于1934年，后来收入《凤凰》二集(1968)中。占全部小说三分之二篇幅的第二部分被劳伦斯束之高阁，后来手稿一度失踪。直到1984年，剑桥大学出版社在出版《劳伦斯作品集》时，才将两部分合而为一，呈现出《努恩先生》的全部面貌。但《努恩先生》也仍然是一部未竟的作品，只写一对情人到意大利后即戛然而止。《丛林中的男孩》的故事发生在19世纪后期，写英国年轻男子格兰特来到澳大利亚西部殖民地，在那里有种种经历和见闻，并和两个表姊妹发生了爱情纠葛，最后成长为一个强壮、独立的男子汉。小说对西澳大利亚辽阔浩瀚的大自然和独特的风土人情有出色描写。这部小说由劳伦斯与澳大利亚一位护士出身的作家摩丽·斯科勒(Mollie Skinner, 1876—1955)合作完成。劳伦斯1922年5月在前往悉尼的途中经过西澳大利亚，在摩丽拥有的一家旅馆短暂停留，与摩丽相识。1923年夏天，摩丽将自己写的小说《爱丽丝的房子》的手稿寄给已在美国的劳伦斯，请他指教。劳伦斯认为作品素材丰富，但缺乏完整性和统一性。在征得摩丽的同意后，劳伦斯对《爱丽丝的房子》进行了改写，命名《丛林中的男孩》。研究者对作品的手稿进行细致研究后认为，劳伦斯使原作《爱丽丝的房子》发生了脱胎换骨的变化，因此《丛林中的男孩》应该算在劳伦斯的名下。

1926—1930 年是劳伦斯小说创作的第四个时期。这一时期他创作的唯一一部长篇小说是《查特莱夫人的情人》(1928)。这部作品因为对性爱所作的直白、大胆描写，招致了许多谩骂和攻击，一些国家的政府甚至出面以"淫秽"和"色情"的罪名查禁此书。但正如劳伦斯自己认为的，《查特莱夫人的情人》不是一本宣扬色情的"淫书"，劳伦斯的性描写蕴含着深刻的目的性。他孜孜不倦深入探索的理想两性关系，在《查特莱夫人的情人》中完全通过性爱来实现。健康的性爱，激活了人的血性，使人摆脱理性、社会性的束缚，回归到赤裸的纯真、自然状态。如果我们真要对劳伦斯的性描写有所指摘的话，并不是因为《查特莱夫人的情人》和淫靡的色情有何关联，而是觉得他把性爱的作用看得太重了。劳伦斯把性爱当作解决一切问题的灵丹妙药，将其过分夸张和神秘化，进而发展为性崇拜，这是他走火入魔的表现。

以上对劳伦斯小说发展道路的勾勒，举例只限于长篇小说。没有提及中短篇小说的原因，不是它们不重要，而是它们还有自身的特色，需要在此专门介绍。从 1907 年发表第一部短篇小说《序曲》，到 1929 年《死去的人》出版，23 年间劳伦斯还写了约 70 篇中短篇小说，数量不算少。劳伦斯自己把写作重心一直放在长篇小说上，说写中短篇小说只是为了"赚点活钱"，① 其实他的中短篇小说成就是相当高的，地位也相当

---

① 劳伦斯说的是事实。这是因为长篇小说需要消耗大量的时间和精力，出版的周期也较长。而短篇小说通常会先刊登在杂志上，如果它们结集出版，还可以有另一份收入。劳伦斯早年写短篇来弥补当教师收入的不足；成为职业作家后，写短篇能够支撑他频繁旅行和漫长的长篇小说创作过程所需的花费。劳伦斯在书信中对长篇小说的创作过程谈及甚多，而对短篇小说所提甚少，也是一个证明。

重要。他早期的中短篇小说在题材、主题、风格等方面进行了多样化的尝试，这种"练笔"对他走向成熟是极其有益的。劳伦斯1916年完成长篇小说《恋爱中的女人》，到1928年写出长篇小说《查特莱夫人的情人》，这12年间所写长篇小说，如《迷途的姑娘》、《阿伦的杖杆》、《袋鼠》、《羽蛇》，充斥着冗长的说教，概念化十分严重，艺术性大打折扣，而同一时期的中短篇小说却熠熠生辉。劳伦斯是一个信念坚定、理想崇高的人，他的优势、他的弱点，也都借着理想的名义，暴露出来。劳伦斯后期一些中短篇小说，让我们看到，他矢志追求超验世界的"理想"趋于极端、陷入神秘主义后，会是个什么样子。与长篇小说的鸿篇巨制不同，中短篇小说在篇幅上短小紧凑，情节简洁明快。长篇小说中得以充分展开的人物心理过程，在中短篇小说中被压缩、提炼成一些富有启示意义的场景，具有丰富的象征意义。

第二节　劳伦斯小说创作的个性心理基础

作家的生活经历，尤其是早年生活经历对其个性心理气质的生成有重要影响，而个性心理气质又必然对作家的创作产生巨大作用。具体到劳伦斯，恋母仇父是他童年、少年时期重要的个性心理特征。当劳伦斯进入青春期时，生命的自然节律促使他从对母亲的依恋转向对其他异性情爱的渴求。但由于无法挣脱母亲强大的精神控制，加上初恋情人吉西·钱伯斯偏重于心灵生活，劳伦斯的这种转向遭到阻碍，以致长久无法实现。劳伦斯在青春躁动和情欲渴求中备受煎熬，直到与弗丽达相爱，才真正完成了身心解放。劳伦斯病弱的身躯对其个性心理同样有巨大影响：他钦慕强健的生命体及旺盛的情欲；肺结核病患促使他逐阳光而居，容易情绪失控，喜怒无常；死亡威胁、死亡意识及再生意识同步增强。这些个性心理特征与劳伦斯小说基本特征之间有明显的因果关联。

1. 在父母与情人之间

劳伦斯的祖父是裁缝，父亲阿瑟·劳伦斯（Arthur Lawrence，1846—1924）是煤矿工人。劳伦斯的外曾祖父是经营花边生意的商人，后来破产，外祖父是一家船厂的装配技工，母亲莉迪娅（Lydia Beardsall，1851—1910）结婚前一度想从事教师职业。从阶级出身上看，劳伦斯的母系虽然略高于父系，但差别算不上很大。可是从所受教育的程度和趣味来看，劳伦斯的父母则有天壤之别。劳伦斯的父亲白天在井下挖煤，晚上下班后洗过澡，换过衣服，就直奔酒馆。在那里他与工友们喝酒谈天，直到深夜才回家，有时还喝得酩酊大醉。他几乎不能书写，阅读只限于报纸，而且常常不知所云。劳伦斯曾经说起他的《白孔雀》出版后得了五十英镑稿费，父亲大为惊讶，不敢相信这么一笔"巨额收入"是靠"写字"挣来的。这是一个很好的例子，显示出劳伦斯的父亲与任何形式的精神生活和创造的隔阂。劳伦斯母亲则不同。劳伦斯不无骄傲地说："我母亲强多了。她是城里人，的确算得上小中产阶级。"[①]母亲受

---

① ［英］劳伦斯：《自画像一帧》，见《劳伦斯散文精选》，黑马译，164 页，北京，人民日报出版社，1996。

过较好的教育，能讲一口标准的英语，写一手漂亮的意大利文，喜爱读书，能言善辩，虔信宗教，爱好整洁，气质文雅，渴望交流。

　　教养、趣味上的巨大差异造成了父母关系的紧张，但这种紧张关系并不是以家暴或不忠反映出来。母亲以自己的教养和趣味在家庭中营造了一种中产阶级生活氛围，也建立了自己在家庭中的核心地位和绝对影响。这种中产阶级生活氛围鼓励孩子们追求知识和教养，但对无法适应它的父亲来说，则是不折不扣的"冷暴力"，因为它否定了矿工父亲生活方式的价值，父亲在家庭中遭到排挤，被置于受歧视的位置。孩子们都接受母亲的价值观，本能地与母亲亲近；在父母的冲突中，孩子们也都站在母亲一边。吉西·钱伯斯在《一份私人档案：劳伦斯与两个女人》中描述了劳伦斯母亲在家庭中的"统治"地位："她以一种神圣的母亲权威治理着这个家庭，她俨然是一个女牧师而不像一个母亲。她的特权是不可逾越的；对她权威的怀疑就好像是一种对神物的亵渎。"①

　　劳伦斯就生活在这样一个母亲有绝对权威，而父亲深受歧视的家庭里。按照弗洛伊德精神分析理论，家庭成员中，儿子对母亲，女儿对父亲，多多少少都会具有性恋倾向，前者称为"俄狄浦斯情结"，也就是恋母情结，后者称为"俄勒克特拉情结"，也就是恋父情结。精神病理学家的调查研究表明，也存在母恋子、父恋女情结的案例。这就是说，家庭成员中，性吸引力通常是双向的。在劳伦斯的家庭中，由于父母关系紧张，出于感情的寄托和转移的需要，出于价值观的认同，劳伦斯与母亲

---

　　① ［英］吉西·钱伯斯、弗丽达·劳伦斯：《一份私人档案：劳伦斯与两个女人》，叶兴国、张健译，99页，北京，知识出版社，1991。

之间的相互依恋更深。劳伦斯 1910 年 12 月在给友人的信中这样描述自己与母亲的关系："我们彼此相爱，几乎就像夫妻之爱，但同时也是母子之爱。我们之间本能地相知……我们如同一人，彼此异常敏感，心有灵犀。"①对母亲的依恋使他本能地憎恨父亲。读过《白孔雀》和《儿子与情人》的读者都会对其中落魄尴尬的父亲形象留下深刻印象，这两部作品是劳伦斯家庭体验的真实写照。在上文提及的信中，劳伦斯说："父母的婚姻生活是一场肉体血淋淋的战斗。我生就恨父亲，打我记事时起，他一摸我，我就吓得发抖。"②

1901 年，中学毕业的劳伦斯随母亲去几英里外的海格斯农场做客，自此与吉西·钱伯斯开始了长达 10 年的友恋关系。吉西的父亲是海格斯农场的承租人，其家庭的经济状况和社会地位比劳伦斯家略低。但从吉西所写回忆录《一份私人档案：劳伦斯与两个女人》（以下或简称《一份私人档案》）中的记录和文笔看，她是一位有相当修养的知识女性。吉西极力鼓励劳伦斯发展自己的写作才能，众所周知的一件事情是吉西背着劳伦斯把他的诗歌习作投给《英语评论》。用劳伦斯的话说，他被这个小女子"一不小心推上了文坛"。吉西自己也曾尝试写过一些作品，并得到劳伦斯的热情支持。吉西后来上了当地的教师培训班，成了一名教师。

在劳伦斯与钱伯斯的交往中，最可注意的是成长与性体验的问题。劳伦斯刚认识吉西时才 16 岁，还是一个少年，他与吉西可谓青梅竹马。

---

① D. H. Lawrence, *The Letters of D. H. Lawrence*, ed. James T. Boulton, Cambridge: Cambridge University Press, 1979, Vol. 1, p. 190.

② D. H. Lawrence, *The Letters of D. H. Lawrence*, ed. James T. Boulton, Cambridge: Cambridge University Press, 1979, Vol. 1, p. 190.

在很多年时间里，他们的交往是纯精神性的，双方的性本能都没有觉醒。劳伦斯曾向友人承认，"她和我偶尔有过美妙、狂热的情形——十年后再看，这一切显得多么不可思议：那整个期间我几乎没有吻过她"①。显而易见，他们之间主要是一种精神之爱。以吉西的性格和气质，她始终满足于这种精神之爱，劳伦斯也长久陶醉于这种关系之中。1906 年，21 岁的劳伦斯考进诺丁汉大学学院。大约在 1907 年到 1908 年，劳伦斯进入青春期，性意识开始觉醒；加之他在大学的阅读范围和交往圈子扩大，逐渐对性有了正面的认识。于是，劳伦斯开始以性为标尺，重新审视他与父母及吉西的关系。

劳伦斯首先意识到了母爱的束缚。吉西曾在《一份私人档案》中回忆，他们在一起的时候，有好几次劳伦斯坚持要与她一起读莎士比亚的悲剧作品《科利奥兰纳斯》。该剧中的罗马帝国将领科利奥兰纳斯的母亲意志坚定，有胆有识，对儿子有巨大的影响。早年她驱遣儿子率军攻打伏尔斯人，后来说服他违心竞选罗马执政官。最后科利奥兰纳斯叛变投敌，又是她前往劝告，使铁石心肠的儿子退兵。吉西对劳伦斯阅读时的专注神情疑惑不解，并感觉到这个剧本对他似乎有重大的意义。果然劳伦斯对吉西说："你看，这里是母亲说了算，妻子几乎不起什么影响。母亲处处都在左右着他。"②劳伦斯在少年时代充分享受着母爱的庇护，进入青春期后，他开始感到母爱加给他的强大精神桎梏。母亲"想看到

---

① D. H. Lawrence, *The Letters of D. H. Lawrence*, ed. James T. Boulton, Cambridge: Cambridge University Press, 1979, Vol. 1, p. 154.

② ［英］吉西·钱伯斯、弗丽达·劳伦斯：《一份私人档案：劳伦斯与两个女人》，叶兴国、张健译，38 页，北京，知识出版社，1991。

的是一个可爱的、顺从的儿子，可以厮守在她的身边，朝朝夕夕和她共享欢乐、共担忧愁的儿子"，"她决不会让他离开她的"①。由于这种关系的排他性，吉西·钱伯斯发现自己也很难被劳伦斯母亲接受。只要她与劳伦斯在一起，劳伦斯的母亲就感到不快。在《一份私人档案》中，吉西多次描写到劳伦斯母亲对自己的戒备和敌意。有一天，母亲和姐姐把劳伦斯叫过来，问他是不是与吉西在谈恋爱，并告诉他要么和吉西订婚，要么别在一起，否则，会妨碍吉西去爱其他人。这无疑是一个最后通牒，不允许他们再以过去那种形式继续交往。吉西自己也承认劳伦斯的母亲不喜欢她。母爱的强大桎梏给劳伦斯造成了严重的心理问题，推迟了他的生理发育，阻碍了他与其他异性关系的发展。在母亲的有生之年，虽然劳伦斯与吉西长期交往，却没有修成"正果"，除了前述吉西的性格因素外，母爱的桎梏也是起了相当大干扰作用的。只是母亲1910年去世后，劳伦斯才一点点地排除了母亲的影响。正是基于自己的切身感受，劳伦斯在《儿子与情人》中，对保罗与母亲的复杂关系做了深刻的揭示，在《美妇人》中，他更对以母爱名义所进行的精神控制表达了切齿的憎恨。

觉醒后的劳伦斯对过去憎恶的父亲有了新的认识。他把母亲定位为小中产阶级，把父亲定位为工人阶级。以母亲的中产阶级眼光看父亲，他除了能够挣钱外，可以说一无是处。但在重新认识父亲之后，他对父亲所代表的工人阶级及其生活方式产生了认同，对父亲身上所体现的那

---

① ［英］吉西·钱伯斯、弗丽达·劳伦斯：《一份私人档案：劳伦斯与两个女人》，叶兴国、张健译，109、104 页，北京，知识出版社，1991。

种自然状态中的，源于真觉、肉体的生活形态产生了认同。劳伦斯在《诺丁汉与乡间矿区》中这样描写早期的矿工井下生活：

> 矿井并没有把人变成机械。情况与之可以说恰恰相反。基于计件工资制度，矿工们在地下作业倒好像结成某种亲密无间的共同体。他们互相了解每一个人，彼此间实际上是坦诚相见。由于异常亲密的关系，由于煤矿的"矿坑"伸手不见五指，由于井下光线极为模糊，由于危险会经常发生，人与人之间肉体上的和基于本能与直觉的联系于是就得到了高度的发展，而且人与人之间这种基于直觉的联系简直亲密到了好像彼此发生直接接触的程度，他们彼此之间的联系是非常真实，同时也是非常强有力的。①

可以说，劳伦斯对那种血性、肉体、直觉等生命内在品质的思辨和弘扬、最初的灵感和体验，就来自他的父亲。劳伦斯进而把父母间的对立理解为阶级的对立。当这种意识萌生并不断增强时，他作品的面貌彻底改变了。我们看到，劳伦斯小说中，处处呈现出阶级的对立。他以生命力强旺与否，来重新界定两个阶级间的优劣。他把中产阶级看成现代文明这根朽木上长的一颗"靠过去生命的遗骸生存"的老蘑菇，外表光洁，里边早已被虫蛀得空空。在他眼里，以工人阶级为代表的下层劳动者则生机勃勃，蕴含着人类的希望。

---

① ［英］劳伦斯：《诺丁汉与乡间矿区》，见《劳伦斯散文选》，马澜译，169 页，天津，百花文艺出版社，1992。

劳伦斯也对与吉西的关系有了重新理解。在吉西笔下，劳伦斯与她的纯精神联系始终是非常美好的："这种学习和娱乐的活动不可避免地将我们联系在一起，我们之间发展起了一种良好的相互理解和默契。劳伦斯向我传递过来的那股同情之流唤起了我心中的一种同样的感情。我们同根而生，一起长大，我们生命的脉动是那样的相似，我们的相互吸引是十分自然的。我们还没有谈及爱情，但我们知道它就在我们的前面，那是我们必定会面临的东西。"①劳伦斯以前也这样认识，但觉醒后的理解就不同了。吉西在《一份私人档案》中忠实地记录了劳伦斯进入青春期后这种心理情感的变化过程。劳伦斯开始开诚布公地与吉西讨论爱情中性的问题，并要求吉西接受自己对爱情所作的精神和肉体的划分。劳伦斯的意思是说，自己的人格有精神和肉体两个方面，精神离不开吉西，但是肉体却需要从其他女性那里获得满足。劳伦斯显然认为他与吉西关系中最大的问题在于，吉西属于"精神型"的女子，她潜意识中把性看成婚姻的附属物，是两性交往中次一级的东西，甚至是肮脏的东西。劳伦斯在1908年1月给吉西的信中坦率地说出了对吉西的看法："当我看着你时，我看到的是你的不可亲吻和不可拥抱的那一部分……瞧，你是一个修女，我能给你的是我能给予一个圣洁的修女的东西。所以，你必须让我娶一个我能亲吻和拥抱的女人，一个能成为我的孩子们的母亲的女人。"②劳伦斯把自己与吉西交往的失败完全归咎于吉西的清教徒式

---

① ［英］吉西·钱伯斯、弗丽达·劳伦斯：《一份私人档案：劳伦斯与两个女人》，叶兴国、张健译，37页，北京，知识出版社，1991。

② ［英］吉西·钱伯斯、弗丽达·劳伦斯：《一份私人档案：劳伦斯与两个女人》，叶兴国、张健译，99页，北京，知识出版社，1991。

性格，这并不公平。由于身体羸弱，劳伦斯的生理发育本来就比一般男孩子迟了许多，21岁左右才进入青春期！加之母爱的禁锢，直到23岁前，性对他来说还是懵懂之物。事实上，长期无性的爱情是在劳伦斯与吉西共同接受的前提下实现的。但性觉醒后的劳伦斯并不考虑自己要承担什么责任，他在观念上彻底否定了吉西所代表的所谓"精神之爱"。在《儿子与情人》中，劳伦斯以吉西为原型，塑造了一个精神型女子米丽安的形象。小说中这个形象是成功的，可现实生活却把吉西放在了屈辱的位置上，给了劳伦斯与吉西本已摇摇欲坠的关系致命的一击，导致了他们10年友恋关系的最终解体。但劳伦斯对"精神型女性"及"精神之爱"的清算并没有到此为止，他把由与母亲和吉西关系中引申出来的"畸形的母爱""精神之爱""精神型女性"都归到了现代文明的名下，给予了痛切的批判和彻底的否定。

劳伦斯的性觉醒姗姗来迟，也许正因为如此，它如火山喷发般猛烈、狂热。1908年6月间，劳伦斯在诺丁汉剧院观看了法国著名女演员萨拉·伯恩哈特演出的《茶花女》。这部戏对他的刺激很深，以致在剧终前劳伦斯离开自己的座位，发狂地冲到剧院的门口拍门，直到一个服务员过来开门让他出去。劳伦斯1908年6月25日给布兰奇（Blanche Jennings）的信中，解释了他发狂失态的原因。他说演员萨拉是"野性情感的化身"，"代表了女人的原始激情。她令人心醉沉迷到一种超常的程度。我会爱上这样的女人，而且会爱得发疯。全然为了那种纯粹的、野性的激情"①。显然，演员萨拉表演中所流溢的激情和野性，正是劳伦斯急切要寻找的东西。劳伦斯在同一时期写的一首《短途旅行》的诗中更加直白地表达了对获得性满足的渴望：

> 一夜夜随着黎明的玷污
>
> 尚未开花便已衰萎凋枯，
>
> 又是一夜，落下新的夜幕，
>
> 可否撕开我？
>
> 打开我体内饥渴的情窦，
>
> 让那炽烈之液从我心头
>
> 向着你迸射。

性觉醒后的劳伦斯，在 1908—1912 年短短 4 年多时间里，先后陷入与露易（Louie Burrows，1888—1962）、艾丽丝（Alice Dax，1878—1959）、阿格尼丝（Agnes Holt，1883—1971）、海伦（Helen Corke，1882—1978)等多位女性的肉体关系中。值得注意的是，劳伦斯与这些女性的交往，不论长短，专注的主要是性体验，追求的主要是性放纵。他在吉西面前把自己与露易的关系形容为"肉体的婚姻"，背地里骂艾丽丝是"母狗"，写信告诉海伦"你我之间的关系是性关系"，语气轻浮。这显示出劳伦斯对这些女子缺乏始终如一的感情，也没有做天长地久的打

---

① D. H. Lawrence, *The Letters of D. H. Lawrence*, ed. James Boulton, Cambridge: Cambridge University Press, 1979, Vol. 1, p. 59.

算，他只是要从她们身上得到性满足。劳伦斯本质上是一个对性十分严肃的人，这一时期的"滥情"，是禁锢刚一打破时引起的狂欢反应。劳伦斯在同一时期给布兰奇的信中，曾描述过他心目中理想的婚姻："一个男人的婚姻必须依赖性协调的强固程度，同时还要伴随尽可能多的和谐美。""不仅性爱那组和弦要调准了音，我们称作宗教情感（广义上）与一般同情心的大小和谐，也应该包括进来。"①性爱是婚姻的基础，但只有性爱是不够的，还需要有其他情感的辅助配合。可见劳伦斯即使在放纵自己时，也十分清醒什么是理想的婚姻。放纵只是暂时的，是青春的尽情宣泄，是缔结理想婚姻前的短暂松弛，是试探，是准备。同样值得注意的是，劳伦斯虽然先后一一否定了这些女性，但始终没有否定自己这一时期的性体验和性放纵，也未在道德层面上有过忏悔和自省。相反，性激情、性满足始终被他看成建立理想两性关系的前提条件，性的饱满充溢被他看成生命力强旺的象征。

劳伦斯追求的理想婚姻在 1912 年终于出现了。3 月 9 日这一天，劳伦斯去赴诺丁汉大学威克利教授家的午宴。威克利曾在德国教过书，劳伦斯想去求他帮自己在德国大学里谋一个教职。一场肺炎之后，劳伦斯已不能胜任忙碌的中学工作，而大学要稍轻松一些，不用去管教学生。劳伦斯准时到达，在威克利露面前，劳伦斯与他的妻子弗丽达·威克利单独相处了一会儿。当时谁也没想到，这种偶然相遇却成就了他们的天作之合。事情发展很快，六个星期以后，他们就双双离开英国，私奔去

---

① 　D. H. Lawrence, *The Letters of D. H. Lawrence*, ed. James Boulton, Cambridge：Cambridge University Press，1979，Vol. 1，pp. 67，66.

了德国。

　　弗丽达·冯·里希特霍芬是德国人，出生于一个没落的贵族世家。弗丽达的父亲在部队服过役，受伤退伍后在一个军事化的城镇梅茨当土木工程师，他一生的事业、经济状况都不尽如人意，与妻子关系紧张，性格暴躁、抑郁。弗丽达少年时代在天主教修道院接受教育，17 岁从梅茨女子中学毕业后，进大学预科学习。也就是在这一年，弗丽达与当时在德国任教的英国人威克利邂逅。三年后弗丽达嫁给威克利，并随丈夫回到英国。

　　一些早期劳伦斯传记，都刻意渲染弗丽达与威克利婚后生活的沉闷乏味，把弗丽达描述成一个保守婚姻的牺牲品，并将此归咎于威克利，说他是一个抑郁、保守、胆怯、笨拙、呆板的学究式人物，不懂得爱情。威克利是剑桥大学三一学院的高才生、著名的语言学家，33 岁就成为诺丁汉大学现代语言学教授。事实上威克利在学术上成就不俗，同时也是一个富有生活情趣的人。同事认为他富于幽默感，有戏剧表演天赋，相当高雅，是真正的绅士，而且富有激情。弗丽达离开威克利，多半是她的禀性使然，与所谓威克利的"缺陷"无多少联系。弗丽达身材高大健壮，体态丰腴，精力充沛。她的性格倔强独立，奔放不羁，较少受传统道德习俗的束缚，性观念开放，敢作敢为，属于那个时代的"解放型"新女性。婚后的弗丽达，在认识劳伦斯之前，就已经有过多位情人，其中一个是弗洛伊德的弟子，奥地利精神分析学家格罗斯（Otto Gross，1877—1920），另一个是激进的无政府主义者弗立克（Ernst Frick，1881—1956）。

　　以弗丽达的教养和性格，她不可能成为传统意义上贤淑忠诚的妻子，与威克利如此，与劳伦斯也是如此。事实上，弗丽达对家务一窍不通，是个极不称职的家庭主妇，在这方面劳伦斯反倒比她还要擅长一些。弗丽达在自己的回忆录《不是我，而是风》中，不无夸张地渲染自己把厨房弄得一团糟，以及劳伦斯如何"英雄救美"，代她操劳家务。他们之间也经常为一些日常琐事、为观点上的不同而吵闹不休，稍有不和，就大打出手。更有甚者，弗丽达虽然在灵魂上忠于劳伦斯，但在肉体上却经常出轨，与作家默里（John Middleton Murry，1889—1957）、意大利军官拉瓦格等人多次传出婚外情。但他们的婚姻的"美满度"是不可以常理揣测的。正如劳伦斯研究者玛格丽特·德拉布尔在为《不是我，而是风》写的导言中说，这是一桩"热烈的，骚动的，充满性的活力而又发自内心的婚姻"[①]，而这正是劳伦斯心目中理想的婚姻范型。这桩婚姻对于劳伦斯的意义在于，它使劳伦斯真正获得了新生。弗丽达在《不是我，而是风》中就此颇有感触地写道："我认为，男人有两次诞生。开始是母亲生他，然后他必须从他所爱的女人那里获得再生。"[②]劳伦斯这一时期写的诗中，欢呼与弗丽达的婚姻带给他的巨大变化："你的生命，我的生命"，"直到最终结成一体"。（诗歌《历史》）"我们不再是过去的'我们'。/我感觉清新，渴望/重新开始一切。"（诗歌《春天的早晨》）我们记得在他刚刚完成的《儿子与情人》的结尾，青春觉醒后的保罗面对的是迷茫的未来。保罗的处境正是劳伦斯 1908—1912 年心理的真实反映。

---

① ［英］吉西·钱伯斯、弗丽达·劳伦斯：《一份私人档案：劳伦斯与两个女人》，叶兴国、张健译，171 页，北京，知识出版社，1991。

② ［英］吉西·钱伯斯、弗丽达·劳伦斯：《一份私人档案：劳伦斯与两个女人》，叶兴国、张健，226 页，北京，知识出版社，1991。

那些年结交的女子，满足的只是劳伦斯的性欲望，使劳伦斯的青春绽放，但都没有触动他的灵魂，没有让他真正成熟起来。劳伦斯在新婚期间完成的《虹》中，主人公厄秀拉从旧的社会体制和传统束缚中挣脱了出来，发生了脱胎换骨的改变，成为一个新人。厄秀拉的新生正是劳伦斯与弗丽达结合后思想、精神面貌焕然一新的真实写照。劳伦斯获得新生的意义是重大的。对于劳伦斯来说，从童年到成人，从母亲的儿子到弗丽达的丈夫，不仅年龄和身份在变化，它也蕴含了心理、思想的成长。从对母爱的依恋到挣脱母爱，从无性的爱情到放纵情欲，再到和投合的女性缔结婚姻，一个受本能、直觉支配，并以此为理想形态的生命体及两性关系终于生成。这一对活跃的生命体凭借直觉和本能，在不断的冲突和碰撞中建立起了一种动态平衡关系，它给劳伦斯带来前所未有的身心自由和解放。劳伦斯与弗丽达婚姻所达到的这种境界，为劳伦斯自《虹》以后的所有作品奠定了心理和思想基础。

2. 疾病与死亡

劳伦斯的个体生命从心理、思想意义上讲是异常强大的，但它的生理基础又极其脆弱。而劳伦斯太过赢弱的躯体所遭遇的种种苦难，对其创作同样有不容忽视的影响。

劳伦斯在五个孩子中排行第四。与其他兄弟姐妹不同，劳伦斯幼时非常瘦弱，总是疾病缠身。刚出生时，母亲总对别人说，她担心劳伦斯活不过三个月。据一位当地的古董商人回忆，童年的劳伦斯看上去就像剥了皮的兔子。在劳伦斯妹妹艾达记忆中，劳伦斯是一个总是拖着鼻涕、爱哭爱闹的孩子，经常没有缘由地哭闹，惹得母亲都不免心烦。成人后的劳伦斯对自己年幼时的病弱记忆深刻，他常说，他出生仅两个星期，就差点死于气管炎。

因为体弱，劳伦斯直到 7 岁才正式上学，这比当时一般矿工孩子上学的时间晚得多。① 作为矿工的父亲早出晚归，家庭主要是母亲和姐妹及她们的客人构成的妇人们的世界。这意味着其他男孩在学校待在一起时，他则在妇人群里成长。上学后，由于体能限制，他从不参加学校男孩子玩的游戏。上学放学的路上，他更愿意和女孩子们走到一起，为此屡受其他男孩子的嘲笑作弄。劳伦斯的哥哥则和他完全相反，擅长各种男孩子的游戏，学习又很好，是同伴们的楷模，这又让劳伦斯感到自卑和压抑。因此，劳伦斯的学校生活是极不快乐的。他作品中对学校生活的描写，负面成分居多，童年的这一体验是一个重要原因。

劳伦斯在 16 岁时，被一场严重的肺炎击倒。当时劳伦斯已经中学毕业，在诺丁汉 J. H. 海伍德医疗器械厂工作。关于这次生病的原因，有不同的说法。一种说法是工厂的女工过于泼辣、粗野，她们经常以戏弄涉世未深、一片天真纯洁的劳伦斯为乐。一次玩笑开得过了火，把劳伦斯逼到墙角，要脱掉他的裤子，体弱的劳伦斯好不容易挣脱出来，却受到了惊吓。劳伦斯少年时代的朋友乔治·内维尔认为，由于这次惊吓，导致他染上肺炎。② 劳伦斯研究者哈里·莫尔（Harry T. Moore）却提出了另一种说法："这个受冷落的孩子有意识地模仿他兄长的病症，

---

① 事实上，劳伦斯 3 岁多就被母亲送去上学，但他在学校里只待了 4 个月，就因病退学。所以他正式上学的时间通常从 7 岁算起。

② 转引自［美］穆尔：《血肉之躯——劳伦斯传》，张健等译，49 页，长沙，湖南文艺出版社，1993。

试图以此赢得他母亲的爱。"①1901 年 10 月 11 日，劳伦斯的哥哥艾奈斯特(Ernest Lawrence，1878—1901)患肺炎去世，同年 12 月下旬，劳伦斯也染上肺炎。莫尔所说这种病症的"心理传染"是否有病理学根据姑且不论，如果把情志所受刺激看成肺炎的一个外在诱因，正如同那些女工们对劳伦斯的刺激是另一个外在诱因，我想是成立的。不得不考虑的更为根本性的原因是劳伦斯孱弱的体质，以及这一时期劳伦斯工作的劳累。劳伦斯所在工厂每周工作 6 天，每天 9 点上班，晚上 8 点下班。劳伦斯的家在诺丁汉以南八英里的伊斯特伍德，为省钱，他不能在城里住，每天只好乘火车往返。这意味着他要早晨 6 点起床，晚上 10 点多才能就寝。对一个体弱的少年来说，这是相当劳累的。劳累导致抵抗力下降，疾病才乘虚而入。

劳伦斯第二次受到肺炎打击，是在 1911 年年底。劳伦斯此时在伦敦南郊克罗伊顿的戴维森路学校任教，已经完成了第一部长篇小说《白孔雀》的写作。此前的 1911 年 11 月上旬一个星期天的晚上，劳伦斯去拜访《英语评论》的编辑爱德华·加奈特(Edward Garnett，1868—1937)，在途中淋了雨，湿衣服没有及时换，引起感冒，很快转为肺炎，在床上躺了一个多月。他在给克罗福特(Grace Craford，1889—1977)的信中说："我得了肺炎，过去一个月一直躺在床上。我知道，生病是件蠢事，几乎是不可原谅地愚蠢。不过我现在恢复得挺不错了。"②虽然劳

---

① ［美]穆尔：《血肉之躯——劳伦斯传》，张健等译，49 页，长沙，湖南文艺出版社，1993。

② D. H. Lawrence，*The Letters of D. H. Lawrence*，ed. James Boulton，Cambridge：Cambridge University Press，1979，Vol. 1，p. 334.

伦斯一个多月就逐渐康复，但医生警告他，以他的体质，不能再回学校教书了，劳伦斯只好辞职。这次患病，对他的身心产生巨大影响。他对海伦说："一场大病令我改变了许多，就像冬天改变了大地的面貌。"①他对露易说："我被一场病改变了许多，它打破了许多加在我身上的旧情束缚。"②生病是一个契机，让他决定摆脱旧情的束缚，开始新的生活。在《儿子与情人》中，保罗在母亲死后，也有类似劳伦斯获得新生的感觉。

从 1912 年初春劳伦斯与弗丽达相爱到 1914 年年底，这近三年时间，因为新婚，劳伦斯的精神处于持续的亢奋状态，身体也感觉不错。1914 年 7 月，第一次世界大战爆发。这场战争及由此引起的生活必需品的短缺、警方对德籍妻子的监视，对劳伦斯的身心都是极大的摧残。1915 年 2 月 24 日，劳伦斯告诉玛丽·坎南（Mary Cannan, 1867—1950），自己"得了重感冒"③。1915 年 11 月初，《虹》被官方查禁，这对劳伦斯又是沉重一击，加上对战争的担忧加深，劳伦斯的身体状况明显转坏。劳伦斯 11 月 6 日给爱德华·马什（Edward Marsh, 1872—1950）

---

① D. H. Lawrence, *The Letters of D. H. Lawrence*, ed. James Boulton, Cambridge: Cambridge University Press, 1979, Vol. 1, p. 360.

② D. H. Lawrence, *The Letters of D. H. Lawrence*, ed. James Boulton, Cambridge: Cambridge University Press, 1979, Vol. 1, p. 361.

③ D. H. Lawrence, *The Letters of D. H. Lawrence*, eds. George J. Zytaruk and James T. Boulton, Cambridge: Cambridge University Press, 1981, Vol. 2, p. 293.

写信，说身体"感到极不舒服"①，他病倒了。12月18日，他"仍卧病在床"②。这一病就是一整个冬天，直到1916年的2月，病情才开始好转。1916年2月1日，劳伦斯在给奥托琳·莫瑞尔夫人（Lady Ottoline Morrell，1873—1938）的信中说："很久以来，我都没有一个健壮的体魄。现在好些了——终于恢复了健壮的体魄。虽然仍有点摇晃，但脚已经又能下地了。"③这是劳伦斯久病初愈后的感受。2月7日，他又给阿斯奎斯夫人（Lady Cynthia Asquith，1887—1960）写信诉说病情："我已卧床很久，梅德兰·雷德福从伦敦来看我，他是一个医生。他说，精神压力引起所有内部器官发炎，要我必须安静、保暖、平和。我的左半边身子感到麻木，手什么东西都拿不住，真奇怪！"久病初愈，劳伦斯感到很高兴，"感谢上帝，现在都好起来了，感到元力又回到了身上"，"所有炎症、热度和狂躁几乎都消失了"。他的身体在缓慢地恢复，直到4月，才"真正痊愈"④。

大病初愈的劳伦斯马上投入《恋爱中的女人》的创作中。这是一项高强度的工作，到1916年11月终于完成。10月间，劳累过度的劳伦斯再一次病倒。1916年10月11日他给凯瑟琳·卡斯韦尔（Catherine Car-

---

① D. H. Lawrence, *The Letters of D. H. Lawrence*, eds. George J. Zytaruk and James T. Boulton, Cambridge: Cambridge University Press, 1981, Vol. 2, p. 429.

② D. H. Lawrence, *The Letters of D. H. Lawrence*, eds. George J. Zytaruk and James T. Boulton, Cambridge: Cambridge University Press, 1981, Vol. 2, p. 480.

③ D. H. Lawrence, *The Letters of D. H. Lawrence*, eds. George J. Zytaruk and James T. Boulton, Cambridge: Cambridge University Press, 1981, Vol. 2, p. 522.

④ D. H. Lawrence, *The Letters of D. H. Lawrence*, eds. George J. Zytaruk and James T. Boulton, Cambridge: Cambridge University Press, 1981, Vol. 2, p. 526.

swell，1879—1946)写信说："自你走后，我一直在患感冒，身体很不好。"①1916 年 11 月 11 日他给阿斯奎斯夫人写信说："整个秋天我都无精打采，好像大部分光阴都是在床上度过的。"②为使身体恢复，在写完《恋爱中的女人》后，他想去伦敦请一位医生为他做一次彻底检查。但即使这样一个再普通不过的愿望，对他也相当艰难。他给友人说："我的意念很强，但身体很虚弱。如你所知，我一想到乘火车长途旅行，就觉得像要晕过去似的。"③1917 年初春，劳伦斯终于去了伦敦。可一到伦敦他就躺下了。直到 5 月，身体才有所好转。

在 1917 年夏天至 1918 年年底，战争接近尾声，劳伦斯的情绪也逐渐好转。1919 年 2 月，劳伦斯离开英国前往意大利，在其后的 6 年时间里，他主要生活在意大利南方、美国西部及墨西哥等地。这些地方干燥温暖的天气，对他的身体有利。所以劳伦斯这一时期虽然小病不断，经常"感冒"，但都没有大碍。1925 年春，劳伦斯完成长篇小说《羽蛇》后，在墨西哥染上重病。这次生病异常凶险，他差点挺不过去。这场重病成了劳伦斯生命的一个转折点。从此，他频繁生病，健康状况每况愈下，直至 1930 年 2 月 27 日去世。

羸弱的体质，持续的病症，逐渐逼近的死亡，给劳伦斯身心带来了持久的影响。西班牙思想家、作家乌纳穆诺（Miguel de Unamuno，

---

①　D. H. Lawrence，*The Letters of D. H. Lawrence*，eds. George J. Zytaruk and James T. Boulton，Cambridge：Cambridge University Press，1981，Vol. 2，p. 662.

②　D. H. Lawrence，*The Letters of D. H. Lawrence*，eds. James Boulton and Andrew Robertson，Cambridge：Cambridge University Press，1984，Vol. 3，p. 26.

③　D. H. Lawrence，*The Letters of D. H. Lawrence*，eds. James Boulton and Andrew Robertson，Cambridge：Cambridge University Press，1984，Vol. 3，p. 45.

1864—1936)在《生命的悲剧意识》一书中写道："人在本质上以及实质上都是有疾病的动物。……也许唯一的健康就是死亡。但是，疾病却是所有强健身体的源泉。从忧伤的深处出来，从我们必然消亡的深渊里出来，见到另外一个天空的光辉，犹如但丁从地狱的深处出来重新见到星辰一样。"①这段颇为玄奥的话听起来似乎有些矛盾，其实却深刻地反映了生命的本质。正是因为饱受疾病的困扰，饱受死亡的威胁，人才会越发感到生命的可贵，才会更加珍惜生命，让有限的生命不断追求创造，不断追求超越。劳伦斯从未有过一个健康的身体，他比常人更多地受到疾病的困扰，更加深切地感受到死亡的威胁，但劳伦斯身上焕发出来的生命激情、生命创造力也远在常人之上。劳伦斯的朋友在描述劳伦斯时，总喜欢用"火焰"这个词。奥托琳·莫瑞尔夫人说他是"火焰的精灵"，凯瑟琳·卡斯韦尔说劳伦斯具有"迅疾的火焰般的性格"，奥尔德斯·赫胥黎（Aldous Huxley，1894—1963）说劳伦斯像"一团火焰在燃烧"。② "火焰"意象正是劳伦斯在疾病持续交攻下仍保持强旺和昂扬精神的写照。劳伦斯是一个对生命始终保持乐观态度的人。劳伦斯煌煌7卷书信集，等于是一份详尽的病情档案。但在这份病情档案里，你很难看到忧郁、悲伤、绝望的情绪，最多的是对未来美好的展望。劳伦斯喜欢把自己的病通称为"感冒"。"由于患了感冒，我的身体一直不适。""患了感冒，在床上躺了几天。"在他生命的最后几年里，当"感冒"已经不足

---

① ［西］乌纳穆诺：《生命的悲剧意识》，段继承译，46 页，上海，上海人民出版社，2019。

② Daniel J. Schneider, *The Consciousness of D. H. Lawrence：A Intellectual Biography*, Lawrence：University Press of Kansas, 1986, p.1.

以掩饰自己日益衰竭的身体状态时，他又搬出"支气管炎"来搪塞关心他的友人。劳伦斯掩饰真相，避重就轻，一个重要原因是在安慰友人，也是在鼓励自己。劳伦斯从未被自己的不治之症所吓倒，所击垮，直到生命的最后时刻，他仍然坚信自己会好起来。他并不想死，但他从未为了治疗而治疗，他努力争取的不是使自己多活几年，而是和死神抢时间，以便创作出更多更优秀的作品。他只活了短短的 45 年，创作期只有 24 年，然而却创作了巨量的作品，其成就与乔伊斯、福克纳、普鲁斯特等 20 世纪文学大师比肩。他临去世前，还念念不忘要为每一个大陆写一部小说，仍想写关于非洲和亚洲的小说。正如弗丽达所说："他常常令人惊异地又振作起来，他的精神不衰，始终开出不朽的精神之花，直到他生命最后一刻。"①劳伦斯的身体症状及其心理反应在其作品中表现得异常充分。他的作品是用自己的生命激情和火焰锻造的。读者都会注意到，他的作品中处处流露出对健康躯体的钦羡，对性激情的崇尚，对精神力量的赞誉。可以说，正是基于对自我生命的形式和内核的深刻领悟，才会有这样的文学表现。

　　劳伦斯病弱的体质使他屡屡感受到死亡紧迫的威胁。劳伦斯不惧怕死亡，却喜欢在超验的层面上表现死亡和复活，以寄托他对个体和人类超越有形生命，达致永恒和不朽的强烈愿望。他最好的一首诗《巴伐利亚的龙胆》的诗情由德国巴伐利亚的龙胆草触发，诗人见到这开深蓝色花的龙胆草，立即想到了希腊神话中普路托的冥府，于是龙胆成了用普

---

　　①　[英]吉西·钱伯斯、弗丽达·劳伦斯：《一份私人档案：劳伦斯与两个女人》，叶兴国、张健译，355 页，北京，知识出版社，1991。

路托幽暗的"冒烟的蓝"染黑的火炬，打开了通往冥府的路。劳伦斯又在诗中穿插了珀耳塞福涅与四季变化的神话，于是他的死亡之途，也成了复活之路。另一首名诗《灵船》借古代意大利民族的死亡传说及《圣经》中诺亚方舟的故事，表达了生命通过死亡走向复活的超验玄想："该走了，向自我道一声告别，/从掉落的自我中/寻找一个出口。""把死亡处死吧，处死这漫长、痛苦的死亡，/摆脱旧的自我，创造新的自我。"这些诗作中的抒情主人公神情庄严、坚定、神圣，视死如归，你如何能把它们与一个垂死的病人联系起来？弗丽达不愧是劳伦斯的红颜知己，她在《不是我，而是风》里，对劳伦斯的心灵中有关死亡和复活的玄想有深刻的理解。她说，在劳伦斯的作品中，"死亡的背景始终存在，读者能感觉到生命不息，运动不止。只有当死亡是生命一个组成部分时，生命才成其为生命。基督教拒死亡于生命之外，宣称死亡在生命告终时才来到，劳伦斯却认为死亡始终存在"①。这是极其精妙的阐释。劳伦斯作品渗透的浓重的死亡意识，强烈的复活欲望，在很大程度上是他饱受疾病折磨，以及渴望在精神上战胜死亡的情绪的反映。上述诗歌如此，他的小说也是如此。

劳伦斯最后死于肺结核病。医学研究表明，肺结核是由结核杆菌通过空气和飞沫等途径传染、侵害肺部所致的一种疾病。肺结核病可分为原发型肺结核和继发型肺结核两大类，其中继发型肺结核又包括浸润型肺结核、慢性纤维空洞型肺结核等。在卡介苗接种等预防措施和链霉素

① ［英］吉西·钱伯斯、弗丽达·劳伦斯：《一份私人档案：劳伦斯与两个女人》，叶兴国、张健译，310页，北京，知识出版社，1991。

化学治疗得到推广之前，像世界其他国家一样，英国儿童患原发型肺结核的比例通常很高。原发型肺结核本身的危害性相对较小，90％以上的患者会不经治疗自行痊愈，终身不再发病。但原发型肺结核患者的病灶一般不会完全消除，在经过 2 个月到 20 多年不等的潜伏期后，大约有 5％～10％的患者会转为继发型肺结核。精神紧张、劳累、营养不良等因素导致免疫力下降，是原发型肺结核转为继发型肺结核的主要原因。在上述两种继发型肺结核中，浸润型属于肺结核的早期阶段，危害程度相对较轻。浸润型肺结核在没有得到及时、有效、彻底地治疗的情况下，发展到晚期，就会变成慢性纤维空洞型肺结核，危及生命。劳伦斯肺结核病的确诊时间是 1925 年。据为临终前劳伦斯提供过治疗的莫兰医生说，劳伦斯患肺结核可能已经有 10～15 年的时间，也就是说，在 1916—1920 年，他就罹患了肺结核。而研究过劳伦斯病历的医学文学史专家威廉·奥伯则认为劳伦斯 1911 年在克罗伊顿任教时就患上了肺结核。[①] 以目前医学界对肺结核的认识水平，我们甚至可以推测劳伦斯在幼年时就染上了原发型肺结核。1901 年时，由于工厂工作的劳累，以及女工骚扰引起的惊吓和哥哥去世造成的悲伤，劳伦斯体内的结核病菌被激活，原发型肺结核转为继发型浸润型肺结核。肺结核属于慢性病，其发病过程漫长，最初的症状是发热、咳嗽，与感冒、肺炎等病症的表现无异。而且，在肺结核初期，病情会时有反复。环境好、情绪好、不太劳累时，症状就轻，反之就重。劳伦斯 1901 年以后断断续续

---

① 参见［美］布伦达·马多克斯：《劳伦斯：有妇之夫》，邹海仑、李传家、蔡曙光译，512 页，北京，中央编译出版社，1999。

地生病，很可能是浸润型肺结核在不断发展反复。劳伦斯 1925 年在墨西哥大病，是从浸润型肺结核恶化到慢性纤维空洞型肺结核的一个转折点。1929 年春，劳伦斯在好友的劝告下，到巴黎作了 X 光透视检查，结果发现肺部已经出现了很大的空洞，一切都难以挽回了。

关心文学艺术的读者都会注意到一个有趣的现象：肺结核病似乎与作家、艺术家有不解之缘。一方面，作家、艺术家中罹患肺结核的人数众多，我们熟悉的诺瓦利斯、济慈、雪莱、夏洛蒂·勃朗特、契诃夫、曼斯菲尔德、卡夫卡、奥尼尔、鲁迅、郁达夫、萧红等众多诗人、作家都患有肺结核。另一方面，肺结核病人常有持续低烧、恶寒、虚弱、消瘦、咳嗽、脸色苍白、面颊潮红等体表症状；肺结核病还会引发特殊的心理生理反应，如敏感、易激动、烦躁、偏执等，有些早期病人的性功能会很亢奋；这些体表症状和生理心理反应往往被人们描绘成"艺术家气质"或"诗人气质"，而他们的作品又会折射这种气质。普通读者的上述感性认识被加拿大学者艾博特在他《作曲家与肺结核：对创造性的作用》中的研究所证实：肺结核的确"与天才和创造性之间有一定的联系"①。

那么，肺结核病引起劳伦斯什么特殊的心理情感反应？这种反应与他的创作特征之间有何具体联系呢？宽泛地讲，上述对劳伦斯病情发展及创作影响的介绍都可以归到肺结核的名下。但有两点是前面没有提及却十分重要的，即劳伦斯变化无常的脾气和他逐阳光而居、漂泊不定的

---

① 转引自余凤高：《飘零的秋叶——肺结核文化史》，129 页，济南，山东画报出版社，2004。

生活习性。根据熟悉劳伦斯病症的美国肺结核专家埃德蒙·R. 克拉克医生推测，劳伦斯可能属于具有"高度的肾上腺活动性水准"的肺结核病人。这类病人的肾上腺活动水平通常较高，而肾上腺活动水平高意味着类固醇荷尔蒙激素分泌多，反映在情绪上，则比较容易发火、暴躁。有趣的是，病人在愤怒发作时，腺体又会因此分泌出额外的类固醇荷尔蒙激素，从而使肾上腺水平降低，使身体的感觉好转。[①] 很多劳伦斯的友人都见证过他的坏脾气和没完没了的愤怒，这事实上成为劳伦斯缓解疾病痛苦的一种方式。劳伦斯研究学者哈里·莫尔因此说："劳伦斯的那种经常使得陌生人感到震惊和他的朋友们的忍耐性为之畏而远之的怒气，可能延长他的生命。"[②]吉西在《一份私人档案》中多次描述过劳伦斯的暴躁和发怒。劳伦斯曾经告诉露易："我的脾气发起来非常突然而猛烈，我自己也为之惊讶。"[③]劳伦斯和弗丽达在日常生活中更是经常发生激烈争吵，甚至打斗。按照克拉克博士的意见，这种坏脾气是由劳伦斯的肺结核体质所决定的。第一次世界大战期间，曼斯菲尔德夫妇曾与劳伦斯夫妇在康沃尔比邻居住，有机会对劳伦斯的性格作近距离观察。曼斯菲尔德(Katherine Mansfield，1888—1923)写给友人的信中，生动地记录了劳伦斯"易怒""多变"脾气的发作：

---

　　① 转引自［美］穆尔：《血肉之躯——劳伦斯传》，张健等译，606 页，长沙，湖南文艺出版社，1993。

　　② ［美］穆尔：《血肉之躯——劳伦斯传》，张健等译，606、607 页，长沙，湖南文艺出版社，1993。

　　③ 转引自［美］布伦达·马多克斯：《劳伦斯：有妇之夫》，邹海仑、李传家、蔡曙光译，80 页，北京，中央编译出版社，1999。

我和弗莱达（即弗丽达）近来连话都不说，而劳伦斯虽说住在咫尺间，却像远在天边……这一切都是由于我不能忍受他俩之间的关系引起的。这种关系太令人感到无聊了——它给人造成的精神苦闷是无法用词语表达的。我都说不出他们哪样更令我厌恶——他们一会儿相互表示着热烈的爱，一起玩乐；一会儿又大吵大嚷。他揪着弗莱达的头发叫道："你这混蛋，我要割断你喉咙。"弗莱达到处乱跑，尖嚷着，让"杰克"去救她!! 这仅仅是上星期五晚上所发生的事情的一半……劳伦斯已失去了健康；有些神经不正常。一旦遇到不同意见，他就大发雷霆，失去自控能力，在他精疲力竭之后，才被迫倒在床上，直至复原。不管你的不同意见是哪方面的，他都说你在性方面出了毛病……每次我与他在一起，不过很短的一会儿，他就会发怒火……每当他对弗莱达发火的时候，他总是说弗莱达和他动怒，说弗莱达是"靠侵吞我生命而活的臭虫"……弗莱达说雪莱的云雀颂是假的。劳伦斯说："你在炫耀；其实你什么也不懂。"弗莱达接着说："好了，我受够了，从我的房子里出去。你这个自称万能的小混蛋！我受够了，你住不住嘴！"劳伦斯说："我给你一巴掌，看你还嚷嚷，你这个不要脸的。"……晚饭时分，弗莱达来了。"我终于和他断绝关系了，一切都永远结束了。"她走出厨房，在黑暗中一圈一圈地绕着房子走。突然间，劳伦斯跑出来，凶猛地扑向她，他俩尖叫着撕作一团。他打她——打得她死去活来——打她的头、脸、胸，揪断了她的头发。弗莱达不停地喊着默利去帮她。最后他们打进厨房，围着桌子乱打。我永远忘不了劳伦斯的样子，他惨白的脸色近乎铁青，他简直是在锤——不，在使劲打那软乎乎的大个子女人。后来，他栽进座位里，而她倒在另一把椅子上。没有人说话。屋内一片寂静，只听得见弗莱达啜泣和抽噎声……渐渐地……弗莱达自己倒了些咖啡，后来她和劳伦斯逐渐地谈起话来……而第二天，他痛打了自己一通，比打弗莱达还彻底。他又里里外外忙碌着，把早饭给弗莱达端到床头，还给她修饰了一顶帽子。①

　　曼斯菲尔德描述的症状完全可以用克拉克博士的研究成果加以解释。更重要的是，劳伦斯小说中许多人物也都感染了这种"肺结核体质"：情绪极不稳定，容易暴怒，容易失控；在与两性关系的另一方剧烈的冲突后，又逐渐恢复平静。劳伦斯在无意识中，把这种体质特征在作品中加以表现，将其当成生命内在能量的瞬间显现，当成潜意识和本能的表现形式。这种"肺结核体质"由此成为劳伦斯小说人物心理活动最重要的现象形态。

　　在劳伦斯生活的那个年代，人们普遍认为肺结核与贫困、酗酒和生活不检点有关，是一种极不光彩的病。肺结核还是一种不治之症，且染病者众多。在 19 世纪的英格兰，这一病症引起的死亡占到人口总死亡率的十分之一。英国议会 1864 年曾通过一项传染病强制通报法案。劳伦斯在克罗伊顿任教期间，英国医学界正在掀起一场旨在使肺结核成为"须强制通报"之传染病的运动。这一努力在 1912 年取得了成功。肺结

---

①　[英]曼斯菲尔德：《曼斯菲尔德书信日记选》，杨阳等译，43～45 页，天津，百花文艺出版社，1991。

核强制通报制度本意是控制疾病的传播，但患者因此成为众矢之的，身心受到极大伤害。劳伦斯 1911 年年底患病，当时医生的诊断排除了患肺结核的可能性，但医生同时建议他为身体计，最好辞去在克罗伊顿的教职。据劳伦斯的研究者布伦达·马多克斯猜测，医生可能已经确诊劳伦斯患了肺结核，但或许是出于保护学校和劳伦斯的双重目的，才做如是建议：让学校受到保护，也给了劳伦斯一个台阶。劳伦斯后来在法国旅行期间入住一家"观光大旅馆"，陶醉于这里的清新空气和美丽风景的劳伦斯，没有想到自己连续几个小时的咳嗽引起经营者的怀疑，结果被驱逐出去。劳伦斯总是把自己的病说成是"感冒""支气管炎"，这一方面如前所述是在安慰自己和朋友，但也有掩饰真相的成分。对肺结核病的预感、戒惧、防备和治疗伴随了劳伦斯的大半生。1912 年以后，"除了他自己没有进住一家疗养院以外，他遵守诸如《给痨病患者的忠告》等一些很有名气的书中所开列的所有指示规定行事。他寻求着阳光、海边或山间的新鲜空气；他饱餐着黄油、鸡蛋和牛奶，他尽可能避开城市，特别是那些著名的'烟囱'城市"①。劳伦斯大半生都在四处漂泊，不断地变换居住地点，无休止地想到新的地方去，去追寻温暖的阳光、美好的风景、新鲜干爽的空气。战时困居英伦期间，劳伦斯主要居住在较温暖的南方。在英国和意大利之间选择时，他憎恨英国，钟情意大利，因为那里气候更温和、阳光更明媚。环球旅行期间，他一路向南，无论是在澳大利亚，还是美国西南部，或在墨西哥，他所居之地，都在气候、环

---

① ［美］布伦达·马多克斯：《劳伦斯：有妇之夫》，邹海仑、李传家、蔡曙光译，104 页，北京，中央编译出版社，1999。

境条件方面考虑到了"治疗"的需要。劳伦斯这种"肺结核患者"的心态，在其创作中留下了鲜明的痕迹，如劳伦斯小说中对南方地区的崇拜，对阳光的追逐，都和这种心态有密切关系。

第三节　劳伦斯与非理性主义

劳伦斯作为一位现代主义小说家，他对人类本质、对心理世界及其与外部世界诸关系的理解，都与西方非理性主义思潮有密不可分的关系。

何谓非理性？这是我们首先要弄清楚的问题。一般而论，人的精神世界，可分为理性和非理性两部分。理性是指受人的目的和意识支配的一切精神现象和活动，它具有自觉性、抽象性、逻辑性等特点。非理性是指不受人的目的和意识所支配的一切精神现象和活动，包括情感、意志、本能、直觉、灵感、无意识等，它具有自发性、非抽象性和非逻辑性的特点。在人类思想史上，对理性和非理性作用的评价经历了一个此消彼长、回环往复的变化过程。18世纪启蒙主义使对理性的崇拜达到高潮。但作为启蒙主义作家，卢梭却是批判理性主义的始作俑者，他使情感的文学、意志力的哲学、激情的政治得到张扬。德国古典哲学家康德规定了以逻辑为基础的理性思维方式的权限和边界，它只能认识现象世界，无法触及纯粹道德的、信仰的自在之物本身。这一理论为浪漫主义文学强调灵感、激情和想象，反抗功利化和机械化的现实世界，追求"无限"和"永恒"，提供了理论依据。

上述对人类非理性因素的关注和重视可以视为西方非理性主义思潮的滥觞。但非理性主义作为一股思潮出现，时间要稍晚，它形成于 19 世纪中叶，到 19 世纪后半期进一步发展，20 世纪上半叶达到高峰。总体而言，非理性主义强调人精神世界中非理性部分的作用，认为人的本能、意志、潜意识、直觉等非理性心理因素是世界的基础和本原，人类的社会实践和个体行为都是由这些非理性因素所决定的，人也只有凭借非理性才能认识客观世界。非理性主义思潮排斥人的社会属性，强调人的自然属性，认为在一个人身上，重要的不是他所从属的那个阶级、民族、时代，而是与生俱来的性、本能，其他一切都建立在此基础之上。非理性主义思潮的代表人物是叔本华、尼采、柏格森、弗洛伊德，但他们的思想各有侧重。叔本华认为，世界的本质是意志，而意志的核心是追求生存。意志与理性对立，所谓人受理性支配不过是表面现象，起决定作用的是理性背后的意志和欲望。尼采和柏格森都把直觉、本能与道德、理性对立起来，把直觉、本能等人的非理性因素看成生命的本质因素，而理性和道德则与生命的本质背道而驰。他们都认为现代文明与人为敌，社会历史、人类文明的发展呈现堕落、退化的趋势，最后必然要走向毁灭。弗洛伊德的精神分析理论与叔本华、尼采、柏格森的见解本同而末异，他在心理学层面上提供了现代文明的产物——理性、道德与本能冲突的模型。他把本能主要归结为性，研究了性欲受到压抑后的种种变态行为。弗洛伊德认为，文明会内化为人的"超我"，对本能、欲望起压抑作用。上述哲学家、心理学家的这种将非理性与理性对立起来的看法，尽管主观上用意不同，在客观上却都把现代文明送上了审判台。几个世纪以来，人类一直把自身问题的解决寄托于理性和文明程度的不断提高，而他们却挖掘出人内在的生命力，同时让人看到了理性和文明本身的破绽。正如巴赫金所指出的：在非理性主义理论中，"人身上的非社会、非历史的东西被抽象提出并奉为一切社会和历史的东西的尺度和标准"①。非理性主义这种将人的非理性与理性、社会性对立起来，尊此舍彼的观念，其局限性是不言而喻的。但是，非理性主义理论也张扬了人的内在生命力，是批判西方现代文明的重要精神资源。

非理性主义为西方现代主义文学提供了思想基础。劳伦斯作为一位现代主义小说家，他对人类本质、对人心理世界及其与外部世界诸关系的理解，与非理性主义有密不可分的关系。下面我们梳理劳伦斯与三位非理性主义思想家叔本华、尼采、弗洛伊德的具体联系，确定他所受影响的来龙去脉，进而较全面地揭示劳伦斯小说创作思想的根源和本质。

1. 劳伦斯与叔本华

劳伦斯初次接触叔本华(Arthur Schopenhauer，1788—1860)，是在1906—1907年。吉西·钱伯斯在《一份私人档案》中回忆说："在大学的第二学年里，劳伦斯开始阅读哲学著作。……他曾经让我的一个哥哥送给我一本叔本华的《散文集》作为生日礼物，并给我们朗读《爱的玄学》。他用铅笔将书中的拉丁文引语翻译在空白处。这篇文章给他留下了很深的印象。"吉西·钱伯斯进而判断："叔本华好像很对他的胃口。"②吉西

---

① [苏联]巴赫金、沃洛希诺夫：《弗洛伊德主义》，佟景韩译，8页，上海，上海文艺出版社，1988。

② [英]吉西·钱伯斯、弗丽达·劳伦斯：《一份私人档案：劳伦斯与两个女人》，叶兴国、张健译，78页，北京，知识出版社，1991。

的姐姐梅·钱伯斯（May Chambers，1883—1955）作为当事人证实，在那些年里，"达尔文的理论，随后是叔本华的论文，打断了我们的生活模式，给我们头脑里塞满了垃圾"①。因为喜好，劳伦斯甚至在《白孔雀》中，把他与钱伯斯家人阅读讨论叔本华的场景搬了进来。西里尔在农场干活时总是和乔治谈个没完没了，向他讲解教授传授给自己的东西："关于生命、关于性，以及生命与性的起源；还有叔本华和威廉·詹姆斯的学说。"《白孔雀》第二部第 7 章，莱蒂向乔治提到"叔本华式的爱"，用来指那种为了下一代而牺牲自己的爱情和婚姻。西方学者普遍认为，劳伦斯的小说受到叔本华哲学的深刻影响。如艾米尔·德拉文奈认为，"从叔本华这样受人尊敬的作家那里，劳伦斯发现了性激情是所有人类活动基本趋力的理论"②。艾伦·祖奥指出："劳伦斯的作品与叔本华几乎所有的思想都有关联。"③

　　在叔本华的哲学体系中，意志是一个核心概念。叔本华所谓意志，是指自然物体（包括有机物和无机物）中固有的冲动和本能，它的基本特点是追求生存，追求生命的延续和发展，因此意志又称为"生存意志"。叔本华认为，生存意志是宇宙的本原和基础。大千世界中，无论自然力的盲动，还是人的自觉行为，都是生存意志的征象，是生存意志的客观化。生存意志是生生不息、永恒不灭的，连死亡都对其无可奈何。这是

　　① John Worthen, *D. H. Lawrence, the Early Years 1885—1912*, Cambridge：Cambridge University Press, 1991, p. 174.

　　② Emile Delavenay, *D. H. Lawrence, the Man and His Works：The Formative Year 1885—1919*, Carbondale：Southern Illinois University Press, 1972, p. 64.

　　③ Alan R. Zoll, "Vitalism and the Metaphysics of Love：D. H. Lawrence and Schopenhauer,"*D. H. Lawrence Review*, 11 (Spring 1978), p. 19.

因为死亡否定的是个体生命现象，却奈何不了生存意志本身；生存意志可以通过种族繁衍的方式获得永续。叔本华还认为，生存意志与理性是对立的。表面上看，人具有知识和智慧，受理性指导和支配，而事实上这不过是表面现象。生存意志高于理性，理性只是意志的手段和工具，是为意志服务的。

受到劳伦斯赞赏的叔本华《爱的形而上学》一书，集中讨论了在生存意志中，性欲、爱情、婚姻等所占的地位。叔本华认为，生存意志战胜死亡的途径是繁殖后代，而这必须借助两性的交合才能够实现。因此，"性欲是生存意志的核心，是一切欲望的焦点"，"是求生意志最完全的表现和最明确的形态"①。正因为性欲非常重要，叔本华承认两性交合对生命质量的提升，他认为异性相互吸引的条件是"健康，力和美"。两性身处热恋中，他们的"思想不但非常诗化和带有崇高的色彩，而且，也具有超绝的、超自然的倾向"。一个生活即使很平淡的人，"他的恋爱也是很富有诗意的插曲"②。性欲虽然重要，可叔本华并不认为由个体生命实施和完成的交合，具有独立的价值和审美意义，它只不过是借自种族延续，是"种族力量的迸发"，是为种族传宗接代大业的生命冲动在效劳。他说："归根结底，两性之间所以具有强烈的吸引力和紧密的联结，就是由于各种生物的种族求生意志之表现。这时的意志，已预见到

---

① ［德］叔本华：《爱与生的苦恼》，陈晓楠译，68 页，北京，中国和平出版社，1986。

② ［德］叔本华：《爱与生的苦恼》，陈晓楠译，7、8 页，北京，中国和平出版社，1986。

他们所产生的个体，很适合意志本身的目的和它本质的客观化。"①叔本华从种族求生、延续的本能意志出发理解性、评价性，就排除了对性欲的现实道德评价，放弃了对个体生命的尊重和张扬，而将其归于甚至不受个体支配和决定的种族生命冲动中。

正因为叔本华否定个体生命的价值，认为性欲不过是种族意志的体现，所以他对与性欲密切相关的爱情和婚姻缺乏热情和信任。叔本华排除了任何关于爱情是罗曼蒂克和无私的观念，认为所谓"爱情"，事实上是"物种的意志"在工作，以保证人类相互吸引，保障物种最好的质量。两性相悦过程中产生的激情，是"因为恋爱中人受种族之灵的鼓舞，了解它所担负的使命远较个体事件重大，且受种族的特别依托，指定他成为'父亲'，他的爱人成为'母亲'，具备他们两者的素质，才可能构成将来无限存续的子孙的基础"②。叔本华认为所谓圆满的爱情，结局不幸的比幸福的要多，这是"由于种族意志远较个体意志强烈，使恋爱中人对于自己原来所讨厌的种种特征，都闭着眼睛毫不理会，或者给予错误的解释，只祈求与对方永远结合。恋爱的幻想就是如此的使人盲目，但种族的意志在达成任务之后，这种迷妄便立刻消失，而遗下了可厌的包袱（妻子）。我们往往可发现一个非常理智又优秀的男人，却和唠叨的女人或悍妇结为夫妻"③。婚姻只是一种现实安排，一种权宜之计。"婚姻

---

① ［德］叔本华：《爱与生的苦恼》，陈晓楠译，5～6页，北京，中国和平出版社，1986。

② ［德］叔本华：《爱与生的苦恼》，陈晓楠译，8页，北京，中国和平出版社，1986。

③ ［德］叔本华：《爱与生的苦恼》，陈晓楠译，9页，北京，中国和平出版社，1986。

本来就是维持种族的特别安排，只要达成生殖的目的，造化便不再惦念婴儿的双亲是否'永浴爱河'，或者只有一日之欢了。""幸福的婚姻并不多，因为结婚的本质，其目的并不为现在的当事人，而是为未出世的儿女着想。"①

叔本华的哲学对女性评价不高。他认为女性虽然对事物有不凡的直觉理解力，但理性薄弱，缺乏抽象能力，"平凡俗气得很"。在此问题上，叔本华甚至摆出卫道士的嘴脸，责怪女性是红颜祸水、万恶之源，是"酿成近代社会腐败的一大原因"。他认为当前妻子与丈夫共有身份和称号，是极不合理的。叔本华也反对欧洲文化中的女性崇拜，认为"女性崇拜主义是基督教和日耳曼民族丰富感情的产物"，将其斥为"愚不可及"②。

劳伦斯小说创作受到叔本华生存意志说的影响，主要表现在他把生存意志作为人物活动的基本动力。劳伦斯致力于挖掘人物生命的原动力，使人身上"物质的""生理的""非人类的意志"因素，主要是叔本华所言的生存意志，成为人物活动的内在驱力。活跃在劳伦斯小说中人物身上的生存意志，首先表现为"性驱力"，即两性相互吸引，相互靠拢，相互感应的本能。这当然不是说，任何男女人物都会轻率地结合，这要取决于他们相互间直觉和血液是否有感应；有感应，才能走到一起。值得注意的是，劳伦斯小说中的这种"性驱力"，从不依靠社会性因素来发挥

---

① ［德］叔本华：《爱与生的苦恼》，陈晓楠译，12、13 页，北京，中国和平出版社，1986。

② ［德］叔本华：《爱与生的苦恼》，陈晓楠译，54、55 页，北京，中国和平出版社，1986。

作用。一般文学作品中两性吸引所依赖的社会地位、财产，或志同道合、心灵高尚等因素，在劳伦斯小说人物身上是无效的。它是赤裸裸的性吸引力，是纯动物的自然冲动，它受制于先于个体意识而存在的人类更本质的力量，按照既定的轨迹发展，自我无法意识和控制它。同时，这种"性驱力"也不包含道德判断在其中。

在劳伦斯小说中，生存意志还表现为两性之间精神占有与反占有的斗争。它通常发生在"性驱力"推动两性确立了对应关系之后，以激烈的心理冲突为表现形式。这种冲突并非因日常事务纠纷或财产支配权而起，也不是因为一方对另一方的不忠和背叛。它是因为一方总是试图获得精神上的强势地位，在心灵上控制另一方，占有另一方。如前所述，叔本华把生存意志看成宇宙的本原和基础，它是永恒不灭的。但同时，叔本华又认为，生存意志需要客体化，需要通过个体来实现自己。因此，作为个体的人，生活在特定的时间和空间中，每个人都受自己的生存意志支配，都是生存意志的工具。如此一来，不同个体的生存意志必然发生冲突，人类社会就成为相互竞争，彼此吞噬的场所。劳伦斯小说中两性间精神占有与反占有的斗争，就属于不同个体生存意志的斗争。但与叔本华不同的是，劳伦斯从纯精神的层面理解和演绎这种生存意志的斗争。在劳伦斯小说中，性欲误入歧途是个体间生存意志斗争产生的有害结果。与叔本华一样，劳伦斯对世俗的婚姻家庭兴趣不大，他小说中正面主人公也极少把建立世俗意义上的婚姻和家庭作为追求的理想和目标，相反，倒是那些畸形的两性关系，常以婚姻和家庭为归宿。

2. 劳伦斯与尼采

劳伦斯接触尼采(Friedrich Nietzsche，1844—1900)比接触叔本华稍晚，是在他应聘到伦敦南郊克罗伊顿学校当教师的 1907 年之后。吉西·钱伯斯说："在克罗伊顿的图书馆里，劳伦斯发现了尼采。……我开始从他那里听到有关'意志力'的说法，我意识到他接触到了某种新而复杂的东西。"[①]克罗伊顿中心图书馆的记录表明，该图书馆从 1903 年起陆续收藏了尼采的《超越善与恶》《查拉图斯特拉如是说》《偶像的黄昏》《看啊，人!》《权力意志》《快乐智慧》等著作，该图书馆的馆员证实，劳伦斯读过这些书。[②] 劳伦斯写于 1910 年的小说《现代情人》提及自传性主人公西里尔·马西姆所受的教育从阅读勃朗特姐妹开始，经过俄国和法国作家，最后以阅读尼采达到顶点。劳伦斯 1912 年出版的长篇小说《逾矩者》中，主人公海伦娜也拿了一本未具名的尼采著作去了怀特岛。这些证据显示，劳伦斯熟悉尼采。劳伦斯与德国哲学家尼采观念上的亲缘关系已经被许多西方研究者论及。如考林·米尔顿在《尼采与劳伦斯》一书中指出："劳伦斯和尼采对环境与性格的关系，对人类精神的结构和动力，对于人类发展的基本节奏，以及人类持续成长所面对的冒险和挑战，在本质上持相同的观点。"[③]哈里·斯坦因荷尔更确信劳伦斯"接受

---

① ［英］吉西·钱伯斯、弗丽达·劳伦斯：《一份私人档案：劳伦斯与两个女人》，叶兴国、张健译，85 页，北京，知识出版社，1991。

② Keith Sagar, *A D. H. Lawrence Handbook*, Manchester：Manchester University Press，1982，p. 69.

③ Colin Milton, *Lawrence and Nietzsche：a Study in Influence*, Aberdeen：Aberdeen University Press，1987，p. 2.

了尼采的全部'体系'"①。

非理性主义哲学家尼采是生命热烈的讴歌者。在尼采眼中，"生命是一道快乐之泉"②。他充满激情地赞美生命："哦，生命哟，我最近凝视着你的眼睛：我在你的夜眼里看到了黄金的闪耀——我的心为欢乐而停止跳动了！"③尼采也热烈赞颂肉体，这是因为肉体不仅是生命外在的感性形态，也是生命的象征；正是因为肉体的存在，人的生命才具体可感。尼采在《权力意志》中写道："这就是人的肉体，一切有机生命发展的最遥远和最切近的过去靠了它又恢复了生机，变得有血有肉。……肉体乃是比陈旧的'灵魂'更令人惊异的思想。无论在什么时代，相信肉体都胜似相信我们无比实在的产业和最可靠的存在。"④在尼采眼中，"信仰肉体比信仰精神具有根本意义"⑤。在尼采的生命价值评判中，"肉体"还是一个重要尺度。尼采说："我们最神圣的信念，我们与最高价值相关的、始终不渝的信念，乃是我们肌肉的判断。"⑥我们"要以肉体为

---

① Harry Steinhauer，"Eros and Psyche：a Nietzschean Motif in Anglo-American Literature," *Modern Language Notes*，1949(64).

② 查拉图斯特拉，又译查拉斯图拉。[德]尼采：《查拉斯图拉如是说》，尹溟译，114 页，北京，文化艺术出版社，1987。

③ [德]尼采：《查拉斯图拉如是说》，尹溟译，271 页，北京，文化艺术出版社，1987。

④ [德]尼采：《权力意志——重估一切价值的尝试》，张念东、凌素心译，152 页，北京，商务印书馆，1991。

⑤ [德]尼采：《权力意志——重估一切价值的尝试》，张念东、凌素心译，205 页，北京，商务印书馆，1991。

⑥ [德]尼采：《权力意志——重估一切价值的尝试》，张念东、凌素心译，458 页，北京，商务印书馆，1991。

出发点，并且以肉体为线索。"①在尼采看来，体魄健壮，活力充沛，欲望强烈，这些肉体表征是强力意志的外在表现形式，也是强力意志的保证。

尼采更重视生命的内在本质。他指出，生命的本质是强力意志："生命所在的地方，即有意志：但是这意志不是求生之意志……而是权力意志！"强力意志是"不竭的创造性的生命意志"②。也就是说，生命无限制地追求自我实现、自我扩张、自我满足，这种欲望与冲动是它的基本法则："在我看来，生命本身就是成长、延续、积累力量和追求力量的本能：哪里缺乏强力意志，哪里就有没落。"③

尼采不仅在普遍抽象的意义上颂扬生命，同时，当生命落实为个体存在时，尼采以强力意志的强弱作为标准，又区分出生命价值的高下。尼采认为，强力意志有强弱之分，因此其价值就有大小之别，强力的强弱决定了生命价值的大小，强力量等同于价值量。这里所说强力之大小，不能理解为政治统治能力的强弱、数量上的优劣、支配资源的多寡之类，在尼采眼中，这些都是外部权力，是他所否定的。尼采所言的强力是内在的，即生命实现自我超越的能力。由于个体生命不是孤立的存在，它是人类总体生命链条上的一个环节，因此，个体生命同时肩负着人类总体生命的目标和使命。"每一个人均可根据他体现生命的上升路

① ［德］尼采：《权力意志——重估一切价值的尝试》，张念东、凌素心译，178页，北京，商务印书馆，1991。

② ［德］尼采：《查拉斯图拉如是说》，尹溟译，138、136页，北京，文化艺术出版社，1987。

③ ［德］弗里德里希·尼采：《尼采文集·查拉斯图拉如是说》，周国平等译，294页，西宁，青海人民出版社，1995。

线还是下降路线而得到评价。"①如果个体生命的内在趋力把人类总体生命带向上升、强旺、发展，那么它的强力意志就强盛，价值就大；相反，如果它把人类的总体生命带向下降、没落、蜕化，它的强力意志就软弱，价值就小。

尼采的生命哲学对劳伦斯产生了巨大影响。劳伦斯一贯宣称自己"最大的信仰"是认为人的肉体和血性高于理智和道德，他的全部作品，都是对生命唱出的颂歌。劳伦斯小说热衷于描写两性躯体，他相信，肉体体现着生命的本质力量，肉体也应该充分地张扬和释放这种力量。劳伦斯也十分重视生命的内在能量和自我超越性。劳伦斯笔下的正面形象，像厄秀拉、伯金、康妮等，都是有强大生命能量的人。这种强大生命力，不取决于人物在现实中的社会地位有多高，出身是否高贵，权力有多大，驾驭局面的能力有多强等，这些方面属于外部权力，是劳伦斯竭力否定的。这些人物全部的生命能量，都来自深埋着的非理性心理世界。在它的能量被激发之前，人物是茫然的、萎靡的、死气沉沉的。一旦这种生命能量被激发出来，人物的周身立即充溢了强旺的元气和神采，他们的自我由此获得了新生。劳伦斯认识到，生命需要不断地更新，需要持续的上升，这是一个艰难的过程，却是生命的真正目的所在。概观劳伦斯的全部小说创作，读者会发现他提供的个体生命追求新生的途径五花八门，有基于性爱的新生，有基于自然人性的新生，也有基于原始人性的新生。有的新生实现于英国乡村的自然中，有的完成于

① ［德］弗里德里希·尼采：《尼采文集·查拉斯图拉如是说》，周国平等译，368页，西宁，青海人民出版社，1995。

意大利灿烂的阳光下，而有的新生要远赴重洋，到美洲西部的大荒野中、到印第安原始部族中寻找。尽管获取新生的具体途径不同，人物追求新生的冲动都是不可遏制的，他们的生命走的是一条上升线，不断提高，不断超越，永无止境。

尼采在《道德的谱系》一书中，从心理学和历史的角度，对构成西方基督教道德基础的善恶观念进行了系统梳理。尼采认为，"好"与"坏"的价值判断，最初起源于生命力强弱的差异。生命力强大者拥有"话语权"，它将自己的行为规定为"好"和"善"，将生命力衰弱者的行为定义为"坏"与"恶"。随着基督教统治在欧洲的确立，这种贵族价值观念被打破，取而代之的是基督教善恶道德观：它弘扬了生命力羸弱者的价值，排斥了生命力强大者的价值。尼采将这种价值观的颠覆称为"道德上的奴隶起义"，认为在它统治欧洲二千年的历史中，人类的健康生命逐渐在走向衰败和没落。

正是基于对生命价值的崇信，尼采向支配欧洲二千年的基督教道德观发起了挑战。基督教道德观视肉体为罪孽，把欲望看成万恶之渊薮，认为人只有克制自己的欲望，追求灵性生活，才能到达幸福的彼岸世界。尼采指出，这种道德观危害对生命的"享受""感激""美化和崇敬"，也危害对生命的"认识"和"发展"。尼采把这种道德观比喻为"兽栏"，认为人被圈禁在这种道德围栏中，原始兽性消磨殆尽，生命变得衰朽、破败。尼采因此认为，基督教道德是对生命的极大犯罪，"盲目奉信基督教，此乃头号大恶——对生命的犯罪"①。而为了解救生命，就必须消

---

① ［德］弗里德里希·尼采：《看哪这人！——自述》，见《权力意志——重估一切价值的尝试》，张念东、凌素心译，104 页，北京，商务印书馆，1991。

灭道德。尼采称自己"是第一位非道德论者，因此，我是地道的破坏者"①。尼采不仅揭露了基督教道德观的本质，他对建立在基督教道德观基础上的近代西方的人道主义思想、社会契约论、理性主义思想，乃至西方现代文明本身都做了彻底的否定。尼采信奉历史永恒轮回说，认为人类历史和整个世界在不断地创造和毁灭，如此周而复始、循环往复。基督教传播以来的历史，就是人类文明不断退化、堕落的历史。而当代人类社会已经进入了最堕落的时代，城市充塞着腐朽、恶臭、贪欢、纵欲、溃烂，人蜕化成"猴子"，西方现代文明正在走向灭亡。

英国是一个基督教新教占支配地位的国家，即使是在伊斯特伍德这样一个以移民矿工为主体的地区，基督教新教的影响仍无处不在。劳伦斯的母亲是虔诚的公理会教徒，劳伦斯在公理会主日学校读书，也经常参加教会团体举办的各种活动。在这样的氛围中，年幼的劳伦斯饱受基督教文化的浸淫。劳伦斯曾经说自己在学会思索之前很久，甚至在完全读不懂《圣经》时，就已经被迫接受了基督教的学说，情感和思维也受到它的影响。但是，当劳伦斯接触了尼采的生命哲学之后，他与基督教新教体系彻底决裂，成了基督教新教道德的激烈批判者。与尼采一样，劳伦斯认为基督教道德根植于仇恨，它压抑了人的本能、直觉，遏制了生命的活力。他在《为〈查特莱夫人的情人〉一辩》一文中指控基督教新教清除了异教的仪典，破除了早期基督教中尚存的人与宇宙节律的和谐一致，扼杀了性爱本身，也最终摧毁了理想的婚姻和两性关系。他在

---

① ［德］弗里德里希·尼采：《看哪这人！——自述》，见《权力意志——重估一切价值的尝试》，张念东、凌素心译，100页，北京，商务印书馆，1991。

《〈D. H. 劳伦斯画集〉自序》中如此控诉基督教道德的罪恶："我们永远不能忘记，现代的道德扎根于仇恨，那是对本能的、直觉的和生殖的肉体所抱有的深仇大恨。这股子仇恨因为人们的恐惧而加深，而无意识中对梅毒的恐惧又是新添的一副毒药。于是，我们明白当代中产阶级的思想了，原来这思想是围绕着恐惧与仇恨之秘密支柱旋转的。这才是所有国家里中产阶级思想的轴心——惧怕和仇恨本能的、直觉的和生殖的男女酮体。当然了，这恐惧和仇恨要以某种正义的面目出现，于是有了道德。道德说，本能、直觉以及生殖肉体的一切行为都是罪恶的；同时它还许诺，如果人们压抑这一切，就可以得到回报。"①

　　尼采和劳伦斯都以拯救人类的先知面目出现。《查拉图斯特拉如是说》是尼采最著名的作品之一。查拉图斯特拉是古代波斯人，出生在贵族家庭，大约生活在公元前 14 或 13 世纪，在 30 岁时开始传教，成为一代教宗。尼采在该书中，借用了查拉图斯特拉作为先知的形象，来传播自己的"福音"。尼采笔下的查拉图斯特拉在 30 岁时离开故乡到山上去隐修，十年之后，经过"保真养晦"而生命力充盈饱满的他走出深山，返回人间。他发现这个世界已经崩坏，到处充斥着"灵魂的瘵病者"，芸芸众生方生方死，浑浑噩噩。在这个"末世"，查拉图斯特拉开始四处传播"上帝死了"的消息，向"慈善者""教士""有德者""贱众"投以巨大的轻蔑；他宣布"人是必须超越的一种东西"，自己要教给众人"什么是超人"，以及如何创造，如何成为超人。经过他的启示，"术士""退职者"

————————

① ［英］劳伦斯：《〈D. H. 劳伦斯画集〉自序》，见《灵与肉的剖白》，毕冰宾译，247 页，桂林，漓江出版社，1991。

"最丑陋的人""资源的乞丐"等"高人"觉醒过来，成为他的信徒。最后，沐浴在灿烂的朝阳中，查拉图斯特拉说"我的时候已经到了"，从而结束了他拯救人类的使命。有趣的是，尽管尼采的《查拉图斯特拉如是说》不遗余力地攻击基督教世界观，但它的叙事模式和语言风格却完全承袭了《圣经》的预言启示传统；查拉图斯特拉的形象模拟的也是耶稣的形象；甚至其中许多意象和比喻，如羊与牧人、鸽子、狮子等，都与《圣经》有莫大的关系。

《查拉图斯特拉如是说》的预言家姿态和启示录模式无疑是劳伦斯深爱的。劳伦斯的全部作品堪称是荒原启示录：他宣布这个世界已经死亡，末世已经来临，他的使命就是传布"福音"，使这个世界获得拯救。他的代表作《虹》完全可以看成人类"创世纪"的袖珍版：布兰温家族三代人的生活经历比拟的是《圣经》中人类所经历和将要经历的乐园—失乐园—复乐园三个阶段，其中大洪水和彩虹的意象清楚地昭示了人类所遭受的劫难和获得再生的希望。劳伦斯的《恋爱中的女人》被研究者指为一部"启示录"式的作品，①其中的伯金扮演的就是一个先知的形象，他对这个世界进行死亡的宣判，不断发布着来自神秘世界的消息，昭示着再生之路。《圣经》的最后一部书《启示录》是劳伦斯的心爱读物，他自己也从此书获得灵感，写了一部自己的同名著作《启示录》。正如克默德所说："从某种意义上说，劳伦斯所有有分量的小说都是以《启示录》为引

---

① 参见[英]克默德：《劳伦斯》，胡缨译，74页，北京，生活·读书·新知三联书店，1986。

喻的，时代的危机，在这危机中行为的规范等等，都可以在那里
找到。"①

　　值得注意的是，尼采对劳伦斯的影响并非全是正面的，也有负面的
影响，例如超人思想的影响。尼采认为，目前的绝大多数人类都已经堕
落，要想获得拯救，就必须使意志足够强大，以超越自己，创造出新的
人类，这便是超人。超人产生于人类，却不是全体人类自然进化的结
果。只有极少数强力意志充沛者，他们血统高贵，心性孤傲，接受超人
思想，经过严格的人工选择和教育，才能成长为超人。尼采的超人思想
区别出人的等级贵贱，把超人描绘成自然和社会的立法者，天然的领
袖，真理的化身。这些思想后来被专制独裁者和法西斯势力利用，给人
类带来深重的灾难。劳伦斯战后小说创作受到尼采超人哲学的明显影
响。《阿伦的杖杆》中的里立就是一个尼采式的超人形象。他瘦小体弱，
却信念坚定，思想深邃，有强大的精神力量。他多次给探索中的阿伦指
点迷津。最后阿伦完全屈服于里立，接受了他的权威。小说描写了里立
的"领袖"魅力和阿伦的迷恋："阿伦感到里立站在那儿，在生活中间，
但既不要求联系也不拒绝联系。他在，他是这个人群的中心，然而他什
么也不要求他们去做，什么也不迫使他们去做。他让他们每个人都独立
地在那儿，他自己也只是他自己，不多也不少。可总是有一种决定性的
东西，它立即就能使人疯狂，让人着魔。"劳伦斯长篇小说《袋鼠》中的库
利，《羽蛇》中的卡拉斯可也都以超人的面目出现。与《阿伦的杖杆》中的

---

　　①　[英]克默德：《劳伦斯》，胡缨译，77页，北京，生活·读书·新知三联书店，
1986。

以强大的精神力量示人的里立不同，他们更追求外在的事功，追求特定的社会理想和目标，而这一理想和目标具有宗教极端主义和法西斯主义色彩。此外，劳伦斯 20 年代发展起来的男权思想，也有浓重的尼采超人思想的影子。

3. 劳伦斯与弗洛伊德

　　劳伦斯与弗洛伊德（Sigmund Freud，1856—1939）精神分析学说有着广泛深入的联系。

　　劳伦斯最初接触弗洛伊德精神分析理论，可能是在他任教克罗伊顿中学时期。当时劳伦斯订有一份刊物《新时代》，而此杂志这一时期刊登过英国精神分析学家艾奈斯特·琼斯的文章。与弗丽达相爱后，劳伦斯又从她那里获得了更多弗洛伊德精神分析理论的知识。弗丽达在《不是我，而是风》中说："在这之前，我刚认识了弗洛伊德的一位弟子。我满脑子都是未经消化的理论。这个朋友对我的帮助很大。"①这里所说的"弗洛伊德的一位弟子"指的是弗丽达过去的情人格罗斯。弗丽达与格罗斯陷入情网，是在 1907—1908 年。通过格罗斯，弗丽达知道了精神分析理论，后来又把它转述给了劳伦斯。学者们都承认，弗丽达在劳伦斯修改长篇小说《保罗·莫尔》(《儿子与情人》的未定稿)时，提供了重要的修改建议，这其中就包括用俄狄浦斯情结解释保罗与母亲的关系。弗丽达多年后，在学者霍夫曼就此问题提问时答道："是的，劳伦斯在写《儿

---

　　① ［英］吉西·钱伯斯、弗丽达·劳伦斯：《一份私人档案：劳伦斯与两个女人》，叶兴国、张健译，183 页，北京，知识出版社，1991。

子与情人》最后一稿之前已经知道了弗洛伊德。""我不记得我们在 1912 年相遇前他是否读过弗洛伊德。但我极其赞赏弗洛伊德；我们就他作过很长时间的讨论。或多或少，劳伦斯的结论是：弗洛伊德太过从医生角度看待'性'和'力比多'，这样做局限性很大，过于机械。"①霍夫曼由此推断，"这些争辩和讨论可能至少从一个方面影响了《儿子与情人》的最终结构：劳伦斯可能加大了对小说中母子关系的强调，而忽略了其他事情"②。后来的学者一致同意他的看法，如克默德说："小说中人物之间的关系在相当大的程度上符合弗洛伊德关于恋母的解释，这无疑是对弗洛伊德的概括的一个绝好的说明。"③当然《儿子与情人》与弗洛伊德的联系不限于对俄狄浦斯情结的应用，更主要的是对性与文明关系的理解。弗洛伊德认为，性爱原本是一种动物本能，在人类的进化过程中，性逐渐被包裹上文明的外衣，处于被压抑的状态。这种性压抑的一个重要表现，就是受过良好教育的男子接受来自超我的约束，把性看成是肮脏的、丑恶的，因此，他们很难实现情感与官能享受的统一。通常他们能从粗俗低等的性爱对象那里获得性满足，在感情上接受教养很好的妻子，却对她难以产生性冲动。"男人几乎总是感到自己的性活动受到自己对女人尊崇感的牵制，只有当他遇见较低贱的性对象时，他的性能力

---

① Frederick F. Hoffman, *Freudianism and the Literary Mind*, Louisiana：Louisiana State University Press，1945，p. 153.

② Frederick F. Hoffman, *Freudianism and the Literary Mind*, Louisiana：Louisiana State University Press，1945，p. 153.

③ ［英］克默德：《劳伦斯》，胡缨译，23 页，北京，生活·读书·新知三联书店，1986。

才会逐渐达到高峰。"①在《儿子与情人》中，米丽安具有"文明的要求"和一定的文明素养，她排斥性，否认动物本能，保罗因而无法和她长相厮守。克拉拉在一定意义上象征粗俗低等的女人，在她身上，性爱作为动物本能的一面表现得十分突出，她给保罗带来了相当的满足。毫无疑问，劳伦斯这种把健康性爱和文明对立起来的看法来自弗洛伊德，它不仅在《儿子与情人》中显现，在劳伦斯日后的作品中，这种看法始终是对人物进行价值判断的基本依据。学者们都同意这样一个看法：没有弗洛伊德，劳伦斯的小说创作是不可想象的。

1913 年以后，劳伦斯增加了更多了解弗洛伊德精神分析理论的渠道。挪威学者、费边社成员伊芙·娄(Ivy Low，1889—1977)在劳伦斯的《儿子与情人》出版后，向他写信表达钦佩之情。劳伦斯邀请她来作客，他们就此有了交往。伊芙·娄的姨妈巴巴拉·娄(Barbara Low，1877—1955)是英国心理分析研究的开拓者，著有《心理分析》《弗洛伊德理论纲要》(1920)等著作。大卫·艾德博士(David Eder，1865—1936)是另一位英国弗洛伊德主义的先驱人物，他把弗洛伊德的著作翻译成英文，并著有精神分析著作《日常生活》(1914)等，他娶了巴巴拉·娄的妹妹爱迪丝。这样，劳伦斯通过伊芙认识了巴巴拉，又通过巴巴拉结识了大卫。劳伦斯和这些学者的交往加强了他理解精神分析理论的广度和深度。

有趣的是，劳伦斯对弗洛伊德理论的了解在不断增加，对它却始终

---

① [奥]弗洛伊德：《弗洛伊德论创造力与无意识》，181 页，北京，中国展望出版社，1987。

没有生出好感，并且还极力撇清自己的思想与弗洛伊德理论之间有任何相似之处。1914 年，劳伦斯说："我现在不是一个弗洛伊德主义者，过去也从不是。"①劳伦斯的《儿子与情人》出版后，引起批评界广泛关注，一个名叫艾尔弗雷德·库特纳的作者在 1916 年 7 月《精神分析评论》3 卷3 期上，刊登《儿子与情人：弗洛伊德派的鉴赏》的文章，指出该小说受到了弗洛伊德精神分析理论的影响："这本惊人的小说意外地证实了弗洛伊德的杰出的心理——性理论"，"作为这种理论的说明和例证，其完整性简直令人瞠目结舌"②。劳伦斯对这一指证十分反感，他在给巴巴拉·娄的信中说："我讨厌对《儿子与情人》作精神分析式的评论。你知道，我认为所谓'情结'是弗洛伊德主义邪恶片面的陈述，是只见树木不见森林的做法。你在嘟囔'情结'时，实际上你什么都没有说。"③1922年，劳伦斯自己已经在写《精神分析与无意识》和《无意识幻想曲》这一类精神分析理论著作了，他对弗洛伊德仍然不依不饶，指斥他是一个"治疗精神病的江湖骗子"④。

　　劳伦斯对弗洛伊德的否定性言论，一部分是源于情绪上的反应：他不愿意让别人认为自己在追随什么人或什么理论。撇开这一层，我们还能发现他力图构建自己心理学理论体系的努力。事实上，劳伦斯稔熟弗

---

① 　D. H. Lawrence，*The Letters of D. H. Lawrence*，eds. George J. Zytaruk and James T. Boulton，Cambridge：Cambridge University Press，1981，Vol. 2，p. 218.

② 　蒋炳贤编选：《劳伦斯评论集》，12、26 页，上海，上海文艺出版社，1995。

③ 　D. H. Lawrence，*The Letters of D. H. Lawrence*，eds. George J. Zytaruk and James T. Boulton，Cambridge：Cambridge University Press，1981，Vol. 2，p. 655.

④ 　D. H. Lawrence，*Psychoanalysis and the Unconscious*，London：Martin Secker，1923，p. 9.

洛伊德精神分析理论并深受影响，同时，他对精神分析理论又有自己独到的理解和应用。正如一位批评家所说："他有弗洛伊德思想的自己的版本。"①或者说，劳伦斯从了解弗洛伊德之日起，就自觉地和精神分析理论分庭抗礼了，这或许可以称为一种"逆反影响"——以此为参照系，在对立面建构自己的心理学模式，这是对弗洛伊德理论的接受，又是对它的超越。

劳伦斯对弗洛伊德精神分析理论的接受和超越，突出体现在性与无意识这两个领域。

性是弗洛伊德和劳伦斯思考的中心。弗洛伊德精神分析理论的一项重要贡献，是把性看成人类活动最基本的动力，劳伦斯把这一观点发展到极致。劳伦斯也同意弗洛伊德这一认识：在文明社会，人的性生活被压抑和忽视了。但劳伦斯与弗洛伊德在对待性的价值评判上却有着巨大的区别。弗洛伊德认为人的性冲动是一种原始欲望，它与文明的社会道德规范是背道而驰的，二者的冲突，是大多数精神疾病的根源。弗洛伊德医学实践和研究的方法是发现人心理中这种非理性的、纵欲行乐的欲望，对其进行疏导和控制，使之符合文明规范，进而发生转移和升华。性本能经过这样的转移和升华，就变成精神创造的原动力，可以服务于有社会价值的目标。弗洛伊德表示，性压抑是"文化的最大成就的源泉"②。可以看出，弗洛伊德对性本身所作的是一种否定性研究，在他

---

① Anne Fernihough, ed., *Cambridge Companion to D. H. Lawrence*, Cambridge: Cambridge University Press, 2001, p. 217.

② ［奥］弗洛伊德：《弗洛伊德论创造力与无意识》，孙恺祥译，186 页，北京，中国展望出版社，1987。

看来，性本能是生命的惰性表现，它固执地要求恢复到生命的初始状态中去，拒绝进化。如果不对原始欲望和冲突加以限制，将陷文明于灾难之中。显然，在性和文明的冲突中，弗洛伊德站在文明一边，使性屈从于文明。劳伦斯对性所取的态度正好相反，他认为，性是人之个性本质的表现，这种本质是上帝赋予的，是理所当然的。劳伦斯在《性与可爱》一文中，把性与火焰联系起来，他说："性之火在我们每个人身上蛰伏、燃烧着，哪怕活到九十岁，它也依然在那儿。一旦熄灭了，我们就成了那些可怕的行尸走肉。"在劳伦斯眼中，性与生命同在，性甚至就是生命最重要的特质，性体验也是健康和幸福的基础，性是美的。劳伦斯说："性和美是一回事，就像火焰和火是一回事一样。如果你憎恨性，你就是憎恨美。如果你爱上了有生命的美，你就是在敬重性。"①在《无意识幻想曲》中，劳伦斯认为用性动机可以解释人类的所有行为，同时，在两性关系中，性也有特殊的意义，因为"性意味着把生命划分成雌雄二体，有魔力的欲望或推力把雄性与雌性放置在相反的两极，同时，它们又相互吸引，最后通过必不可少的性交合为一体"②。他说自己写《查特莱夫人的情人》的目的，就是"要让男人和女人们全面、诚实、纯洁地想性的事，即便我们不能尽情地纵欲，但我们至少要有完整而洁净的性观念"。他称自己这部引起轩然大波的小说是"一部今天人们必需的真诚而

---

① ［英］劳伦斯：《性与可爱》，姚暨荣译，108、106 页，广州，花城出版社，1988。

② D. H. Lawrence, *Fantasia of the Unconscious*, London: Martin Secker, 1923, pp. 13-14.

健康的小说"①。同样，劳伦斯对现代文明深恶痛绝，认为文明的最大灾难就是对性的病态的憎恨，它残害性，压抑性。在《色情与淫秽》一文中，劳伦斯分析了现代人在性方面的堕落表现，即把性作为一种淫欲的秘密满足，劳伦斯认为这是丑恶的，是对性的侮辱。"头脑中的性"是一个带有贬损意味的用语，劳伦斯在《无意识幻想曲》中经常使用它，借以描述同时代人那种对性的深思熟虑的专注，——这是一种产生于精神的对生殖器的固恋，而非来自肉体的激情。性行为因此变为机械的、麻木的、令人沮丧的。把性看作可以随意把玩的龌龊的玩具，令色情玷污了性。卖淫、性滥交等现代文明的毒瘤更在劳伦斯的坚决反对之列。就这一点而言，劳伦斯颇像一位守护着性的清教徒，他赋予性以太多深远、严肃的内涵，以及凝重的承担。

毫无疑问，劳伦斯和弗洛伊德都重视人的无意识。正是弗洛伊德首先对人的心理世界进行了划分。前期他将人的心理世界分成本我、超我、自我三部分，后期又分为意识、前意识、无意识。这两种分类方法，只是侧重点略有差异，本质却是相同的：本我代表本能欲望和原始冲动，它遵循快乐原则，寻求发泄自己，而无意识就犹如一口巨大的容器，为受社会道德律令压抑的本我提供了遁身之所。劳伦斯接受了弗洛伊德有关心理世界中存在无意识区域、它是本能欲望的潜身之所这一基本前提，但在研究无意识的方法论、对无意识本质及其功能的认识上，与弗洛伊德产生了深刻分歧。

---

① ［英］劳伦斯：《为〈恰特莱夫人的情夫〉一辩》，见《劳伦斯散文精选》，黑马译，295、294 页，北京，人民日报出版社，1996。

劳伦斯指出，弗洛伊德精神分析理论是用"科学的"方法来研究无意识，这样会使无意识有意识化，其结果是借助科学和理性对血肉生命进行了压制。劳伦斯坚持认为无意识不应该被"量化"，因为它是不可分析、不可定义、不可想象的。"无意识从来不是抽象物，永远不能被抽象化。它从来不是观念。它始终是具体的。""任何进一步概括的企图都只会阻碍我们对于生命的思考，而进入机械的物质力量的领域。"①劳伦斯在《美国经典文学研究》中，谈到爱伦·坡的小说《丽姬娅》。这篇小说讲述了"我"的前妻丽姬娅病逝后，借尸还魂，又将"我"的后妻折磨致死的故事。劳伦斯敏锐地指出，小说中男主人公对丽姬娅所做的一切是分析她，"在理智上完全弄懂她"，就像在实验室里分析物质一样。小说中男主人公不厌其烦地描述丽姬娅相貌的各个组成部分时，那种琐碎和迷醉，达到病态的程度，印证了劳伦斯的判断。劳伦斯说，男主人公是想通过理智了解对方，进而掌握对方，占有对方。也正因为"你只应该在冥冥中通过血液感知你的女人，试图理智地了解她就是试图戕害她"②，男主人公应该对丽姬娅的死负责。劳伦斯对爱伦·坡小说主人公命运分析后得出的结论与他对弗洛伊德的评判如出一辙：他们的行为都背叛了本能生活。劳伦斯在《小说与情感》中进一步批判了用精神分析方法对待无意识的有害性："像精神分析医生那样对待情感是没有用的。精神分析专家最最害怕的是人内心深处那个最原始的地方，那儿有上帝。犹太

① D. H. Lawrence, *Psychoanalysis and the Unconscious*, London: Martin Secker, 1923, pp.109, 36.

② ［英］劳伦斯：《埃德加·爱伦·坡》，见《灵与肉的剖白》，毕冰宾译，116、117页，桂林，漓江出版社，1991。

人亘古以来对真正的亚当——神秘的'自然人'——的恐惧，到了当今的精神分析学那里变本加厉地成为一声惨叫，就像白痴那样，死咬自己的手直至咬出血来。弗洛伊德学说仇视那个未被上帝轰出乐园的老亚当，它把老亚当干脆看成个变态的恶魔，一团蜷缩着的蝰蛇。"①劳伦斯在这里以他特有的感性语言指出精神分析理论对无意识的敌视。

其次，劳伦斯认为，弗洛伊德精神分析理论把无意识的研究区域集中在人的头脑中，以为无意识是大脑精神活动的产物，这与事实相悖，是找错了方向，因为"大脑是观念的基地，而观念是意识的死胡同"②。按照劳伦斯的认识，无意识属于人的躯体活动，是每个有机体中自发的生命动机，它产生于大脑之外的其他地方，诸如血液、细胞、神经等。劳伦斯想象着亚当和夏娃被逐出伊甸园之前源于血液和躯体的生活："起先，亚当对夏娃就如同一头野兽对他的伴侣那样，靠偶然的感知认识她，当然这感知靠的是生命与血液。这是一种血液的认知而不是智慧的认知。血液的知识似乎会被全然忘却，其实不然。血液的知识即是本能、直觉，即黑暗中知识的巨大洪波，先于头脑的知识而产生。"③劳伦斯为了说明无意识产生于躯体这一观点，甚至在人体中找到了四个所谓无意识活动的中心，即太阳神经丛、心脏神经丛、脊椎神经丛、腰椎神经丛。

---

① ［英］劳伦斯：《小说与情感》，见《性与可爱》，姚暨荣译，208 页，广州，花城出版社，1988。

② D. H. Lawrence, *Psychoanalysis and the Unconscious*, London: Martin Secker, 1923, p. 47.

③ ［英］劳伦斯：《纳撒尼尔·霍桑与〈红字〉》，见《灵与肉的剖白》，毕冰宾译，133 页，桂林，漓江出版社，1991。

　　如同对待性本能一样，弗洛伊德对无意识的研究，也本着服务于文明社会、维护基督教道德传统的目的。在他眼中，无意识存在本身是消极的，是精神疾病的根源，它需要经过文明的净化和改造才能发挥有益的作用。弗洛伊德把对无意识的分析作为使病人康复的手段——精神分析在原初意义上是一门临床科学——来理性地诊断和治疗神经官能症。在他所提供的一些治疗个案中，成功的分析都帮助病人重新融合进社会、家庭或其他社会单位之中。劳伦斯相反，他认为无意识是原初的创造性力量，是生命的本质体现。劳伦斯说，无意识是一种"原生质"，是"每个个体生命必不可少的、独一无二的本质"，是"创造性的元素"，"真正的无意识不是其它，正是生活的源泉，个性的源泉，最根本的，是创造力的源泉"，"它是我们生命的元气，是一切生命的元气"①。

　　劳伦斯认识到西方文明陷入危机之中，人类"病了"。这种病症的重要表现，是人的理性化和社会化。在《论高尔斯华绥》一文中，劳伦斯评价英国小说家高尔斯华绥笔下的人物都是"社会生物"。而一旦"堕落"为"社会生物"，"他的同一性就会发生分裂，他的核心崩溃，他的纯洁或天真腐烂，他终于变成一个主—客观分裂的个体，但已经不再是一个严格的个人了"②。他们只是"死尸""鬼影""幽灵"。劳伦斯发现了个体抵抗社会化和理性化的力量，这就是人的无意识："如果可能，我们必须发现真正的无意识。我们的生命在那里沸腾，先于任何精神。我们体内原初的沸腾生命，不存在任何精神改变的生命，这就是无意识。它是原

----

① D. H. Lawrence, *Psychoanalysis and the Unconscious*, London: Martin Secker, 1923, pp. 41, 44, 47.

② ［英］劳伦斯：《灵与肉的剖白》，毕冰宾译，29 页，桂林，漓江出版社，1991。

始的，而根本不是观念的。它是我们应该赖以生活的自发起源。""我们必须辨认出它的真正性质，然后让无意识本身激起新的活动和新的生命——创造性过程。"①

本节以叔本华、尼采、弗洛伊德为代表，论述了非理性主义思想对劳伦斯创作的影响。值得注意的是，非理性主义思想并不完全如本节所论述的那样，以具体的人为单位，各自独立地发挥影响作用。事实上，这种影响是交叉的、混合的、弥漫性的。例如叔本华的生存意志和尼采的权力意志，在劳伦斯的作品中并没有特别严格的分野；叔本华对生存意志中性欲作用的强调，与弗洛伊德关于性的理论，表现在劳伦斯作品中，也不易判断出所有权究竟归属于谁。我不希望我出于论述方便而采取的权宜之计，给读者造成错误的印象。更值得注意的是，非理性主义对劳伦斯小说创作的影响，虽然以正面成分居多，它丰富和深化了劳伦斯对现代人心理世界的理解，加强了他小说的社会批判力量。但不容忽略的是，非理性主义的影响也有消极的成分。如叔本华的生存意志理论，从生物学意义上判断人、评价人，这加强了劳伦斯创作中将人"动物化""非道德化"的倾向。劳伦斯从 20 世纪 20 年代起，越来越推崇超人思想、贵族统治、男权主义，不可否认这其中有尼采的影子。弗洛伊德有关性的理论鼓励了劳伦斯大胆张扬性，毫无掩饰地进行性描写。虽然这些描写的确不是色情，但难道因为不是色情，文学作品就可以肆无忌惮地加以描写吗？因此，在了解了非理性主义对劳伦斯发挥的正面影响的同时，还应该对其负面作用保持一个清醒的态度。

① D. H. Lawrence, *Psychoanalysis and the Unconscious*, London: Martin Secker, 1923, p. 35.

第四节 劳伦斯与现代主义运动

1. 劳伦斯小说的现代主义特性

不少学者把劳伦斯看成现实主义作家,[①] 这种认识的形成主要有两个原因:其一是在现代主义思潮与现代主义诸流派之间画等号。现代主义作为19世纪末20世纪前半期在欧美蓬勃发展起来的一股文学思潮,既包括象征主义、未来主义、表现主义、意识流、意象派、超现实主义、存在主义、荒诞派等先锋文学流派,也包括一些不属于任何特定流派的作家,如劳伦斯、布莱希特、奥登等。但一些研究者通常将思潮等同于流派,只从具体流派的角度界定现代主义;劳伦斯不属于上述任何一个先锋文学流派,也就常常被排斥在现代主义作家之外。其二,劳伦斯在小说情节结构、叙述手法等方面所进行的革新远没有乔伊斯、伍尔夫等同时代作家那么激进,那么大张旗鼓,他不少小说的外在"面貌"给人的印象也相当"传统",这导致一些研究者将他归入现实主义作家的行列。

本书将劳伦斯界定为现代主义作家,是基于对现代主义文学思潮本质的理解。所谓文学思潮,是指"在特定历史时期一定社会思潮影响下

---

① 例如朱维之主编的《外国文学史》(欧美卷)(南开大学出版社2004年版),郑克鲁主编的《外国文学史》(高等教育出版社2000年版)都明确将劳伦斯列入现实主义作家行列。

形成的具有某种共同思想倾向、艺术追求和广泛社会影响的文学潮流"①。对文学思潮的界定，一般可以从三个层次进行，即世界观；观察、认识、感受事物的角度与习惯；文本构建的艺术技巧。虽然一种典型的文学思潮应该是上述三者的有机统一，但这三者还是有层级之分，其中以世界观，即对于世界的基本看法和信念最为重要。由此看来，我们只有超越具体流派的范畴，不局限于方法和技术的层面，而从思潮的本体论和思想特征来理解劳伦斯，他的现代主义特质才能够清晰地浮现出来。

现代主义作为一股文学思潮，是西方社会进入垄断资本主义和现代工业社会阶段的产物，是 20 世纪上半叶西方动荡不安的时代精神的反映。现代主义文学的哲学基础是以叔本华生存意志论、尼采的权力意志论、柏格森(Henri Bergson, 1859—1941)的生命直觉说、弗洛伊德的精神分析理论等为代表的非理性主义。现代主义文学将表现的重心从外部的客观物质世界转向内在的主观精神世界，即着重表现人的内在自我，由此引发了文学表现向内转的趋势。现代主义作家笔下的内在自我不是由稳定的性格因素构成，而汇聚了更多的直觉、本能、潜意识等非理性成分；这个内在的自我不按照现实生活的逻辑展现自己，它遵循某些不以人的理性和意愿为转移的原型、情结、集体无意识行事，具有"非人性"的特点。现代主义作家笔下的自我是投射和过滤外部世界的镜子，观察和感受客观世界的途径，承载现代社会种种罪恶的渊薮；现代主义

---

① 伍晓明：《中国文学中的现代思潮概观》，见乐黛云、王宁主编：《西方文艺思潮与 20 世纪中国文学》，4 页，北京，中国社会科学出版社，1990。

作家热衷于表现西方现代人的异化、物化、机械化，以及精神危机，这些都在人物的内在自我中得到反映。英国学者布雷德伯里（Malcolm Bradbury）指出，现代主义"明显地尊崇历史循环论，倾向于启示论的、以危机为中心的历史观"①。正是在这一历史观的指导下，现代主义作家宣布人类处在一个危机的时代，现代文明走到了尽头，他们以具有强烈启悟色彩的语言，描画出现代文明崩溃的整体图景。现代主义作家既是精神荒原的描绘者，他们也在急切地探索着人类走出荒原的途径。这种探索主要有两个向度：其一是转向内心，从内在的、非理性的自我中挖掘精神能量。现代主义作家认为现代文明压抑了人的直觉、本能和欲望，只有将这些被压抑的生命力释放出来，人类才能获得拯救。其二是转向异国异域，在基督教文明之外的异文明，尤其是在东方文明或原始文明中寻求西方现代文明的拯救之路。

　　劳伦斯的小说创作，其思想特征与现代主义思潮是完全一致的。劳伦斯出生在矿区，他从自己的经验感受中，从英国的乡村田园文化传统中汲取灵感和力量，对现代工业文明展开批判。他表现工业文明与大自然的冲突，对大自然造成的破坏，对人内在生命力的摧残。更进一步，劳伦斯还超越了具体的煤矿生产领域，从整体上把现代文明塑造成一种异己力量，广泛展示了其存在的方方面面。美国汉学家艾恺（G. S. Alitto）给"现代化"下过一个准确的定义，他认为现代化指社会、经济、政治各个领域的组织与制度"全体朝向以役使自然为目标的系统

---

　　①　［英］马·布雷德伯里、詹·麦克法兰编：《现代主义》，胡家峦等译，4页，上海，上海外语教育出版社，1992。

化的理智的运用过程"①。现代化追求的是功利化和效率。作为现代化
的具体成果，现代文明在为人提供舒适的物质享受的同时，也必然将人
本身组织到机械化的程序中去，使之工具化、理性化、物化和社会化。
劳伦斯抓住了现代文明这一根本要害，并坚决反对。受非理性主义影响
和现代主义思潮的策动，劳伦斯着力表现人的"另一个自我"，也就是被
本能、欲望、潜意识所驱动的非理性自我。劳伦斯将非理性自我的根源
追溯到个体的人的童年期，追溯到人类的初民时代，追溯到现存的异族
原始文明中。在劳伦斯的小说中，非理性自我具有双重职能：一方面它
是现代文明的内化形式。各种扭曲变态的"情结""原型"和欲念汇聚其
中，都在昭示着现代文明沉沦、堕落的程度。另一方面，劳伦斯又认
为，现代文明与人的非理性自我是一种敌对关系，与生命的本质相悖，
使人的生命力衰竭。只有让原始自然本性复归，人类才能重新焕发活
力。这两种对非理性心理相互矛盾的理解和处理同时出现在劳伦斯的小
说中，值得特别关注。两性关系是劳伦斯小说关注的另一个焦点问题。
劳伦斯表现畸形的两性关系，也探索理想的两性关系；现代文明造就的
扭曲的两性关系被死亡的冥河淹没，与大自然在精神上一致的理想两性
关系架着彩虹获得再生。劳伦斯就像一个先知，宣称自己处在一个危机
的时代，最后的审判即将来临，他竭尽全力向他的信众昭示如何经历死
亡，走向再生。劳伦斯对死亡和再生的表现使他的作品从写实走向象
征，从经验世界升腾到超验世界，从而获得深广的哲理内涵。激活人的

---

① 艾恺：《世界范围内的反现代化思潮：论文化守成主义》，5页，贵阳，贵州人
民出版社，1991。

躯体、血性，尤其是性本能，是劳伦斯探索的再生途径之一。劳伦斯探索的另一个途径是走向异域，在美洲等地现存的原始文明中寻找拯救西方现代文明的希望。

劳伦斯不是一个自觉的文体家，没有在艺术形式的创新方面提出过什么鲜明、激进的口号，但这并不说明他对现代主义小说艺术没有做出自己独特的贡献。他比前人更出色地理解和表现了人的"另一个自我"，即人的非理性心理世界，他对超验世界的玄想和追求使他的作品笼罩了一层神秘绮丽色彩，他改变了小说情节发展的经典动力学原则，他对意象象征和神话框架的出色应用丰富了现代主义小说的叙述模式。但是在本书中，我没有设专章来"提炼"劳伦斯小说的现代主义艺术形式，而是将这些艺术性、形式性因素，融入对他的小说内容性、主题性因素的阐释中。这既暗合了现代主义小说对"有意味的形式"的追求，避免了论述上的交叉重叠，也便于突出劳伦斯现代主义小说中更为本质的内容。我相信读者从本书各章节的论述中，同样能够领略到劳伦斯小说的艺术魅力。

2. 劳伦斯在英国现代主义进程中的位置

英国现代主义文学运动从 1890 年发端，[①] 经历了约半个世纪三个阶段的发展，到第二次世界大战前后走向尾声。

英国 19 世纪中后期小说的主潮是现实主义。英国现实主义小说侧

---

① 布雷德伯里参编的影响深远的《现代主义》，莱文森主编的《现代主义》，都把 1890 年看成现代主义开端的年份。

重表现外部世界，描写风俗，批评社会。即使它在反映内在图景或心理现实时，也通常局限在意识和理性的层面，很少去揭示人物存在的非理性深度。伍尔夫十分精辟地称这种小说是"社会学小说"，萨克雷、狄更斯、乔治·艾略特的作品都清晰地反映了"社会学小说"的特点。但是到19世纪最后10年，以这些现实主义小说为代表的维多利亚时代文学在经历了长久的辉煌之后开始徐徐落幕，贯穿在这一时期文学中的明朗基调、理性精神，对现存社会秩序和未来的乐观态度渐渐转趋黯淡，传统美学和道德观念开始崩溃。这时一大批新的作家开始崛起，其中包括哈代、高尔斯华绥、阿诺德·贝内特、萧伯纳、王尔德、康拉德、亨利·詹姆斯、吉卜林等。他们中的一些人一贯被看成现实主义作家，但现代主义同样萌发于他们之中，是确凿无疑的。正如著名文学批评家布雷德伯里所指出的："尽管他们的性情和意图极为不同，但与过去决裂的意识和积极改造艺术的信念却把他们联系在一起。事实上，存在着一种可以辨认出来的英国现代主义，它具有变革和解放的意识，影响着一大批作家，这些作家认为维多利亚时代风尚已接近尾声，一个社会、艺术和思想的新时期正在开始。"①

英国现代主义文学在经过19世纪末20世纪初20年左右时间的积累之后，在1910年左右，进入了加速发展的时期。关于这一时间点的重要性，弗吉尼亚·伍尔夫在《贝内特先生和布朗夫人》一文中有过生动表述："在一九一〇年十二月，或者大约在这个时候，人性改变了……

①　[英]马·布雷德伯里、詹·麦克法兰编：《现代主义》，胡家峦等译，155页，上海，上海外语教育出版社，1992。

人与人之间的一切关系——主仆、夫妇、父子之间的关系——都已经发生了变化。而人与人之间的关系一旦发生了变化，信仰、行为、政治和文学也随之而发生变化。"①在第一次世界大战前后，英国所遭遇到的空前的社会危机使英国知识界空前活跃，知识分子在极力探索新的解决方案，这为新思想的输入创造了条件。也是在这一年，英王爱德华七世去世，罗杰·弗赖(Roger Eliot Fry, 1866—1934)在伦敦举办后印象主义画展引起巨大轰动，作为一个亲历者，伍尔夫的话有其深刻的背景和依据。后来的研究者也证实，尽管现代主义运动的发生最早可以上溯到19世纪90年代，但从1910年左右到第一次世界大战爆发之前，"还有一个强度增加的时期"②。在此前，康拉德、亨利·詹姆斯已经在进行出色的现代主义实践，写出了他们的优秀作品，但他们的创作实验却默默无闻，在社会上没有激起太大反响。1910年前后英国社会风气的变化为广大作家接受现代主义准备了条件。在这一年前后，一批年轻的现代主义作家登上文坛。文学编辑、作家休弗(Ford Madox Hueffer, 1873—1939)在后来的回忆中记录了那个时代的文学活动：

> 按照他们出现时间的先后来说，"年轻的一代"是庞德先生、D. H. 劳伦斯先生、诺曼·道格拉斯先生、弗林斯先生、"H. D."、理查德·奥尔丁顿先生、T. S. 艾略特先生……(在)我们编辑部的

---

① ［英］弗吉尼亚·伍尔夫：《贝内特先生和布朗夫人》，见《论小说与小说家》，瞿世镜译，294-295页，上海，上海译文出版社，2000。

② ［英］马·布雷德伯里、詹·麦克法兰编：《现代主义》，胡家峦等译，18页，上海，上海外语教育出版社，1992。

沙龙里，他们可以直躺在沙发和躺椅上，讨论动乱中的欧洲的命运。有三四年，到一九一四年伦敦社交忙季为止，他们在酝酿着更大风暴的城市里名噪一时……他们主张艺术中的非表现主义；主张自由诗；主张散文中的象征、新生活的喧嚣和印象主义的灭亡。①

还有一些休弗没有列在名单中的现代主义作家，如叶芝、乔伊斯、伍尔夫。不仅新的作家出现，同样重要的是，现代主义文学流派、团体开始出现，这其中包括意象派、意识流小说和布卢姆斯伯集团。英国现代主义文学迈入它最辉煌的鼎盛时期。

劳伦斯是英国现代主义文学运动这一鼎盛时期出现的作家。1908年之前，劳伦斯一直生活在英国内地城市诺丁汉的伊斯特伍德，最远只到过林肯郡，与时下的文学潮流相距甚远。但在英国文学发生重大转折前夕的 1908 年，劳伦斯来到了现代主义的发源地之一，国际大都会伦敦，与上述新一代作家中的一些人密切交往并受到他们的深刻影响。1912—1914 年，劳伦斯频繁往来于欧洲大陆和英国伦敦之间，接触到意大利的未来主义，对现代主义的理解加深。1914 年 7 月，第一次世界大战爆发，劳伦斯虽然困居英伦半岛，创作上却进入高峰期，写出了《虹》和《恋爱中的女人》这两部以对非理性心理世界探索为特色的现代主义杰作，他本人也成为英国现代主义运动的重要代表。从第一次世界大战结束到 1925 年，劳伦斯把对非理性心理世界的探索与异域想象结合

---

① 转引自〔英〕马·布雷德伯里、詹·麦克法兰编：《现代主义》，胡家峦等译，164页，上海，上海外语教育出版社，1992。

起来，神秘色彩进一步加强，现代主义有了新的发展。从 1926 年到去世，劳伦斯的小说风格转向简约、写实，形式上有向现实主义回归的倾向，但其现代主义本质并没有因此发生改变。他执著于挖掘性本能中强大的非理性力量，使其在重建人类理想两性关系与和谐社会中发挥重要作用。这一点使他备受争议，但也最终奠定了他在现代主义运动中独特的地位。

在随之而来的 30 年代，奥登一代诗人，如奥登、斯蒂芬·斯彭德（Stephen Spender，1909—1995）、戴·刘易斯（Cecil Day-Lewis，1904—1972）、露易斯·麦克尼斯（Louis MacNeice，1907—1963)等，以及小说家赫胥黎、奥威尔、依修伍德（Christopher William Bradshaw-Isher-wood，1904—1986)、普里斯特利（John Boynton Priestley，1894—1984)等崛起，把英国现代主义运动推向第三个阶段。30 年代资本主义世界爆发了有史以来最严重的经济危机，导致百业萧条、社会动荡、资本主义国家间的矛盾加剧，最终引发惨绝人寰的第二次世界大战。这一现实的巨大变化与文学上的世代交替相呼应，也决定了英国现代主义的发展方向。新一代现代主义作家表现出强烈的政治倾向性和参与政治运动的热情。多数人思想"左倾"，反法西斯，支持同佛朗哥作战的西班牙共和政府，向往社会主义，渴望与工人阶级结盟，共同缔造革命事业；也有一些人反马克思主义和社会主义，或坠入神秘主义。新一代现代主义文学的成就总体上不及上一代，但在倾向、主题、题材、风格上出现了比前 20 年更为多样化的局面。

劳伦斯在 1930 年去世，但他的影响却逐渐显露出来。他的工人阶级意识，他对资产阶级的仇恨，他对性与生命力的张扬，他对非理性世界的深刻洞察和揭示，在上述新崛起的不少现代主义作家中都找到了继承者。不仅如此，劳伦斯小说和思想在未来更长的岁月里，流布到更广阔的空间，在英国本土、在欧洲其他国家、在美洲、在亚洲，都扎下了根。

3. 劳伦斯与现代主义诸流派的联系与区别

(1)劳伦斯与意象派

意象派是 1909—1917 年兴盛于英美的现代主义诗歌流派，它的发展大致经历了三个阶段。第一阶段开始于 1909 年，由休姆(Thomas Ernest Hulme，1883—1917)主导，他与其他一些诗人定期在伦敦一家餐厅聚会，讨论新诗的创造。到 1912 年，埃兹拉·庞德(Ezra Pound，1885—1972)成为这群诗人的核心和骨干，其他成员有理查德·奥尔丁顿(Richard Aldington，1892—1962)、H. D. (Hilda Doolittle，1886—1961)等。此时庞德主持发表了意象派宣言和《意象派的几个禁忌》，正式打出了意象派的旗号。庞德还以其高超的交际本领，使一批杂志在自己的影响和控制之下，扩大了意象派的阵地。1914 年，庞德编辑的诗集《意象主义者》出版，收入庞德、H. D.、奥尔丁顿、洛厄尔、詹姆斯·乔伊斯等 11 位诗人的作品。1914 年以后，美国诗人艾米·洛厄尔(Amy Lowell，1874—1925)逐渐取代了庞德的地位，领导意象派继续发展。洛厄尔又编辑出版了三部《一些意象主义诗人》(1915，1916，1917)的选集，收入洛厄尔、H. D.、奥尔丁顿、劳伦斯等 6 位诗人的作品。总体而言，意象派排斥 19 世纪英国维多利亚诗歌的感伤主义和道德训诫，转而积极从法国象征主义、日本俳句中寻找灵感，重视象征和隐喻，强调客观，主张应用精确、简洁、纯粹的视觉化意象，以达到艺术表现清晰明澈的目的。直接处理素材，弃用非关键词语，其代表作品有庞德的《地铁车站》，洛厄尔的《丁香》等，为英美诗歌艺术的新发展开辟了道路。

　　劳伦斯与意象派诗人庞德的交往是他第一次直接接触现代主义，时间是 1909 年 11 月。劳伦斯在 1909 年 11 月 20 日给露易·伯罗斯的信中详细描述了与庞德在伦敦艾德芙街的改革俱乐部聚会中第一次见面的情形。他称道庞德"了不起"，"有一点天才"，说与他见面"非常令人愉快"①。随后他与庞德在伦敦有了频繁的交往。劳伦斯尽管年龄与庞德相仿，但庞德已经成名，劳伦斯此时还是一个刚出道的文学青年。生性热情慷慨的庞德积极拉拢劳伦斯加入他的圈子，动用他的影响力推荐劳伦斯发表作品。劳伦斯发表在《时尚》《自我主义者》《诗歌》等杂志上的诗歌小说作品，有许多经庞德之手。1913 年 6 月 21 日，劳伦斯给爱德华·加尼特写信称："埃兹拉·庞德要我寄一些短篇小说给他，因为'有一个美国出版商受他庇护'。"②劳伦斯在这封信中询问加尼特是否可以把自己的小说寄给庞德，在受他"庇护"的杂志《美国评论》上发表。我们知道后来劳伦斯给庞德寄去了两个短篇，但在 10 月间，他又从《美国评论》的编辑手里把这些作品要回，给了加尼特主编的《英语评论》。这是劳伦斯受庞德提携的一个具体事例。1913 年，劳伦斯的《爱情诗集》出

---

① D. H. Lawrence，*The Letters of D. H. Lawrence*，ed. James T. Boulton，Cambridge：Cambridge University Press，1979，Vol. 1，p. 145.

② D. H. Lawrence，*The Letters of D. H. Lawrence*，ed. James T. Boulton，Cambridge：Cambridge University Press，1979，Vol. 1，p. 26.

版，庞德又将这部诗集推荐给波立格奈柯文学奖评奖委员会，使他当年获得了这个由英国皇家文学社设立的诗歌奖项。

尽管庞德热心帮助劳伦斯，但并不表示他全盘接受劳伦斯的创作倾向；劳伦斯也感到他与庞德在出生背景、个性、审美趣味等方面存在巨大差异。吉西·钱伯斯在她的《一份私人档案》中描述过劳伦斯与庞德的交往。一次吉西随劳伦斯去编辑休弗家参加一个聚会，吉西注意到庞德是餐桌上的活跃分子，喜欢像一连串爆竹一样不断爆出一个个问题。他甚至当着出身贫寒的劳伦斯和吉西的面问休弗："你对一个工人会怎么讲话？你会像对其他任何人一样与他交谈吗？或许你会有所不同？"这问题让吉西感到不快，也令主人窘迫。吉西因此对庞德印象不佳，形容他"像一个有趣的小丑"①。吉西没有提到劳伦斯对庞德的话的态度，但无疑休弗和吉西对庞德的话的敏感，揭示了庞德与劳伦斯出身上巨大的鸿沟，这是他们后来分道扬镳的一个重要原因。劳伦斯的《爱情诗集》1913年出版后，庞德的评价毁誉参半。他在1913年7月出版的《诗歌》杂志上发表了一篇评论，称道《爱情诗集》中用方言"叙事"的诗，赞赏劳伦斯"对下等生活的叙述，40岁以下的英国诗人没有人能够与他比肩"。但也就是在这篇评论中，庞德说这部诗集是"令人讨厌的"，其中大部分作品不过是"拉斐尔前派的无聊废话，令人作呕"②。

1914年之后，庞德和劳伦斯彼此失去了兴趣，这是预料之中的事

---

① ［英］吉西·钱伯斯、弗丽达·劳伦斯：《一份私人档案：劳伦斯与两个女人》，叶兴国、张健译，128、127页，北京，知识出版社，1991。

② Ezra Pound, *Literary Essays of Ezra Pound*, ed. T. S. Eliot, London：Faber and Faber，1954，p. 387.

情。劳伦斯一开始就意识到他与庞德在美学原则上的区别："他的上帝是美，我的则是生活。"①在庞德小圈子极力拉拢他时，劳伦斯也和他们保持着一定距离。在前述给加尼特的信中，劳伦斯调侃说："休弗和庞德这个小集团使我转着小圈子，好像我成了他们的哈巴狗。"劳伦斯在后来与庞德交恶后，更认为他像一个江湖骗子。但劳伦斯并没有因为与庞德关系恶化而离开意象派圈子，在 1914 年艾米·洛厄尔加入后，劳伦斯很快与她成为朋友。洛厄尔经常在经济上帮助劳伦斯，还在她主编的 1915、1916、1917 年的《意象派诗选》中连续收入劳伦斯的作品，劳伦斯与意象派关系有了新的发展。

劳伦斯与意象派的关系，不仅表现在他与庞德、洛厄尔、奥尔丁顿、H. D. 等意象派成员的密切交往上，还表现在他的诗歌创作受到意象派诗风的影响。品托说："指引他采用自由节奏的影响最大的指路人是意象派的埃兹拉·庞德和艾米·洛厄尔。"②意象派把意象视为"在瞬息间呈现出的一个理性和感情的复合体"，认为意象的表现应该遵循三大原则："直接处理'事物'，无论是主观的还是客观的"；"绝对不使用任何无益于呈现的词"；"至于节奏，用音乐性短句的反复演奏，而不是用节拍器的反复演奏来进行创作"③。劳伦斯的不少诗歌，都多多少少贯彻了意象派诗人有关意象的主张。桑德拉·吉尔伯特说，劳伦斯的一

---

①　D. H. Lawrence, *The Letters of D. H. Lawrence*, ed. James Boulton, Cambridge: Cambridge University Press, 1979, Vol. 1, p. 145.

②　[英]维·德·索·品托：《不戴面具的诗人》，见蒋炳贤编选：《劳伦斯评论集》，216 页，上海，上海文艺出版社，1995。

③　[美]庞德：《论文书信集》；[美]弗林斯：《意象主义》，见黄晋凯、张秉真、杨恒达主编：《象征主义·意象派》，132、129 页，北京，中国人民大学出版社，1989。

些诗虽然不是"自觉的意象主义诗作"，但"在氛围上却是意象主义的"。在桑德拉·吉尔伯特所举实例中，《赤脚跑步的婴孩》（"Baby Running Barefoot"）就是一首"难得完美的意象主义小诗"①。诗的头四句这样写道：

> 那婴孩的白脚敲击着草坪，
>
> 小小的白脚像白花在风中摇头，
>
> 停停跑跑如同一阵阵轻风
>
> 在水草稀疏的水面掠过。②

　　这首诗描写儿童一双白皙的小脚在绿色草坪上跑过的动作。劳伦斯多次使用"像"（like）这样的关联词构成的明喻，在实写和想象之间架起联系的桥梁，这和意象诗"直接处理事物"的做法是违背的。但劳伦斯刻意营造画面，努力追求意象内在意蕴与外在客观性的和谐统一，这些都尽得意象诗的神髓。诗中的画面白绿映衬，色彩搭配清新鲜亮，对比强烈。"敲击"（beat）一词制造出声响，打破了画面的宁静感。"白花在风中摇曳"和"一阵阵轻风/在水草稀疏的水面掠过"是两幅虚构的图景，同是对儿童一双白皙小脚跑过草坪这一动作的引申和联想，但各有侧重。

---

①　Sandra Gilbert, *Acts of Attention*: *The Poems of D. H. Lawrence*, Ithaca and London: Cornell University Press, 1972, pp. 36, 35.

②　原诗第一节：When the white feet of the baby beat across the grass/The little white feet nod like white flowers in a wind, /They poise and run like puffs of wind that pass/Overwater where the weeds are thinned. 此处采用吴笛的译文，见[英]劳伦斯：《灵船：劳伦斯诗选》，吴笛译，60页，上海，上海人民出版社，2012。

前一幅着眼于孩子脚的局部动作，后一幅立足于儿童小脚跑过草坪时形成的整体视觉效果。由此，短短四句诗，就包含了虚虚实实的三幅图画，它们既各自独立又相互连贯补充，把怡然恬静的田园感受和盘托出。诗不押韵，却轻盈飞动，自有其内在的动感和节奏。劳伦斯的《傍晚的牝鹿》(A Doe at Evening)也是公认的意象诗佳作，它让我们看到"意象派诗人是如何启示他'剥去虚饰'的"①。诗的前两节写一匹雌鹿被诗人惊扰，从谷草中跃出，逃上山坡，然后凝神回望。这本是一个连贯、延续的动作，劳伦斯却将它转换成两幅极具空间感的静止画面；而两幅画面前后衔接，组合出雌鹿灵动轻快、纤弱优美的造型，客观呈现了这神秘造物包蕴的奇迹。

劳伦斯最终没有成为意象主义者，但意象派诗人及其主张，对他避免使用"乔治派诗人的含糊不清的一般化的诗句、过分典雅的用词以及甜得发腻的节奏"②，起到了鼓励和示范的效果。意象派对劳伦斯的影响不限于诗歌领域，作为一场现代主义试验，劳伦斯在锤炼语言的表现力方面受到了很好的训练，这对他发展出充满意象和隐喻的现代小说语言，有不可估量的作用。

(2)劳伦斯与未来主义

未来主义作为一场现代主义运动，崛起于意大利的米兰。1909年2月20日，意大利诗人、未来主义创始人和理论家马里内蒂(Filippo

---

① ［英］维·德·索·品托：《不戴面具的诗人》，见蒋炳贤编选：《劳伦斯评论集》，217页，上海，上海文艺出版社，1995。

② ［英］维·德·索·品托：《不戴面具的诗人》，见蒋炳贤编选：《劳伦斯评论集》，216页，上海，上海文艺出版社，1995。

Tommaso Marinetti，1876—1944)在法国《费加罗报》发表《未来主义宣言》，宣告未来主义的诞生。此后三四年间，马里内蒂又发表《第一政治宣言》《第二政治宣言》《未来主义文学技巧宣言》等宣言，进一步阐述他的未来主义思想。在马里内蒂及其追随者的大肆鼓动下，未来主义不久就发展成一场涵盖一切艺术形式的运动，影响波及整个欧洲。未来主义者以对传统激烈的批判态度著称。如马里内蒂在其宣言里声称，要"摧毁一切博物馆、图书馆和科学院"，"切除这个国家肌体上生长着的由教授、考古学家、导游和古董商们组成的臭气熏天的痈疽"[①]。他认为意大利作为古董铺的时间已经太长，是到了打碎它的图书馆、博物馆和画廊，抛弃一切常规习俗的时候了。马里内蒂以如此激进的反传统姿态出现，目的是告诫自己的同胞，现代通讯和机械已经引发了 20 世纪的感受力革命，传统形式已经不能满足表现飞速变化的现实的需要，应该创造一种属于新时代的新艺术。从马里内蒂的宣言和典型的未来主义作品看，其所崇尚和实践的所谓新艺术，就是对现代发明所产生的速度和力量之美，以及对行动和魄力的崇拜。因此，他们对于现代发明所催生的一切事物都予以表彰颂扬：从工厂的烟囱、车床，行驶的汽车、火车，翱翔的飞机，到码头、街道、无线电，不一而足。未来主义者在文学形式上也进行了创新，如对动感、鲜艳色彩的强调，自由语法的使用，印刷符号的革命，最后蜕变为所谓直觉的"自动写作"。

　　初看起来，态度激进的未来主义与作风保守的英国社会似乎格格不

---

　　① ［意］马里内蒂：《未来主义宣言》，见《未来主义·超现实主义》，张秉真、黄晋凯主编，6、7 页，北京，中国人民大学出版社，1994。

入。但由于在第一次世界大战之前，英国所遭遇到的空前的社会危机使英国知识界空前活跃，知识分子在极力探索新的解决方案，这为新思想的输入创造了条件。1910—1914 年，马里内蒂频繁出现在伦敦，通过发表演讲，举办展览和记者招待会等形式，在英国掀起了未来主义热潮。在 1913 年，一部《未来主义诗选》翻译成英文出版，当年就销售了 35000 册。可以说，未来主义在英国的传播，推动了英国现代主义运动的发展。劳伦斯首次接触未来主义是在 1913 年。这一年 8 月，劳伦斯读了意大利未来主义作家赫罗德·孟罗（Harold Monro，1879—1932）《诗歌和戏剧》的英译本。随后，劳伦斯给孟罗写信，并把自己的一些诗作邮寄给他，希望他能从中发现一些未来主义的东西。1914 年，劳伦斯在意大利得到一本意大利文的《未来主义诗集》（1912，米兰），这部诗集收入了马里内蒂和保罗·布奇（Paolo Buzzi，1874—1956）的诗作。此外劳伦斯还读过索菲斯（Ardengo Soffici，1879—1967）的《立体主义和未来主义绘画集》（1914），其他一些未来主义者的宣言和作品，以及论述未来主义的文章。①

　　劳伦斯 1914 年 6 月 2 日写给麦克劳德的信和同年 6 月 5 日写给加奈特的信是研究劳伦斯与未来主义关系的最重要文献。劳伦斯在给麦克劳德的信中说自己"近来一直对未来主义者们很感兴趣"，并表示"我很喜欢未来主义"。为什么喜欢，劳伦斯列举了三个理由：其一，未来主义"致力于清除旧的形式和多愁善感"；其二，未来主义呼吁"让我们坦率

---

　　① 参见 Mark Kinkead-Weekes，*D. H. Lawrence：Triumph to Exile*，*1912—1922*，Cambridge：Cambridge University Press，1996，p. 786。

诚实、忠于我们内心的东西"；其三，未来主义认为"传统显示出令人厌倦的病态"，而"社会处于死气沉沉、停滞不前的状态"。显然，未来主义对传统、对社会现实、对艺术形式因循守旧的判断是劳伦斯深有同感的，"让我们坦率诚实、忠于我们内心的东西"更是说出了劳伦斯的心里话。但劳伦斯并不同意未来主义的全部主张，他认为未来主义者全盘否定传统和经验是"无知""不知天高地厚"的。劳伦斯也不同意他们为拯救这种病态社会所开的药方和逃避态度。最重要的是，劳伦斯认为未来主义在艺术上是不成功的。劳伦斯对马里内蒂要求毁弃句法，消灭形容词、副词、标点符号之类口号显然不愿苟同，对他所提炼的"声响""重量""气味"这文学中"迄今仍被忽视"的三要素也没有兴趣，他认为他们主张的艺术"算不上是艺术，只不过是图解某些身体或精神状态的极端科学尝试"，他们的作品是"世界上最忸怩、造作、伪科学的东西"①。劳伦斯不反对未来主义诗人们对运动、力量、速度和机械之美的狂热情绪，但反对他们试图把艺术变成伪科学。对劳伦斯来说，艺术不能趋向极端的理智。科学可以沿着纯粹的理智路线取得进步，但如果要求艺术这样做则是死路一条。

劳伦斯对未来主义有褒有贬，他从中汲取自己感兴趣的东西，对不感兴趣的东西则加以排斥。那么，劳伦斯到底从未来主义那里得到哪些有益的影响呢？

让我们再次把目光转向劳伦斯 1914 年 6 月 5 日写给加尼特的信。

---

① D. H. Lawrence, *The Letters of D. H. Lawrence*, eds. George J. Zytaruk and James T. Boulton, Cambridge：Cambridge University Press, 1981, Vol. 2, pp. 180, 181.

在这封信中，劳伦斯称自己正在写作的《结婚戒指》(《虹》和《恋爱中的女人》的未定稿)"有点未来派的味道"。事实上，劳伦斯在写作这部小说的过程中，不断向编辑爱德华·加尼特提到它的"创新"。1913 年 4 月 17日给加尼特的信中他说正在写的《姐妹们》(《虹》和《恋爱中的女人》的另一未定稿)是一部"奇特的小说"。1913 年 9 月 4 日给加尼特的信中他说："《姐妹们》的开头相当新颖"，"它的新形式相当有意思"①。1913 年 12月 30 日给加尼特的信中他说正在写作的《姐妹们》"与《儿子与情人》截然不同，几乎是用另一种语言写成的"②。1914 年 5 月间，劳伦斯完成了其中的《虹》，他把手稿寄给加尼特，请他对作品发表意见。发现并提携过康拉德，且一直都在积极扶持劳伦斯的这位大编辑，这一次却对《虹》感到束手无策：他无法弄懂这部作品到底表现了什么。他给劳伦斯回信中，不着边际地对《虹》发表意见，关于《虹》的总体评价也不高。然后，才有了劳伦斯 1914 年 6 月 5 日回答加尼特批评的那封著名的信。

　　从劳伦斯这封给加尼特的信可以发现，他不断强调的《虹》的创新之处与未来主义有密切联系。在这封信中，劳伦斯引用了马里内蒂的一段文字："生命深层的直觉反应一个接一个，蹦出一个一个的单字，随着它们非逻辑地产生，在我们面前呈现出物质的直觉心理的概貌。"这句话引起劳伦斯强烈的共鸣，他说："我明白了这正是我追求的东西。"③这

---

　　①　D. H. Lawrence, *The Letters of D. H. Lawrence*, eds. George J. Zytaruk and James T. Boulton, Cambridge：Cambridge University Press, 1981, Vol. 2, pp. 67, 68.

　　②　D. H. Lawrence, *The Letters of D. H. Lawrence*, eds. George J. Zytaruk and James T. Boulton, Cambridge：Cambridge University Press, 1981, Vol. 2, p. 132.

　　③　D. H. Lawrence, *The Letters of D. H. Lawrence*, eds. George J. Zytaruk and James T. Boulton, Cambridge：Cambridge University Press, 1981, Vol. 2, pp. 182, 183.

段引文出自马里内蒂的《未来主义文学技巧宣言》，其主旨是论述如何用直觉的方式去把握物质的本质，而这正是马里内蒂写《未来主义文学技巧宣言》的目的所在。在这篇宣言中，马里内蒂类似的表述还有多处："未来主义的诗人们！我教你们憎恨图书馆和博物馆，是为了使你们仇视理智，唤醒你们神奇的直觉……通过直觉，我们将克服那种将我们的血肉之躯和发动机的金属分隔开来的、表面上似乎无法调和的敌对意识。""我们要在文学中注入生命的原动力。原动力是一种凭本能行动的新事物。当我们了解了包含有原动力的各种力量的本能之后我们就能认识原动力的总的本能。""人类总是习惯于用自己的青春的欢乐或衰老的痛苦给物质涂一层感情色彩。物质具有不停地向更多的热量、更猛的运动和更大的分裂飞跃的令人敬佩的持续性。物质既不悲伤也不快乐。它有勇气、意志和绝对力量这些天生的品质。""消除文学中的'我'"，把人类"从文学中清除出去，最终用物质来代替人，应当用直觉去捕捉物质的本质"①。把直觉和躯体从理智的压抑中解放出来，与运动着的物质世界融为一体，这样，生命的原动力才能被揭示出来。要表现这种原动力，还应该与传统文学决裂，把文学中沾染着痛苦或欢乐之感情色彩的"我"驱逐出去。这正是未来主义者写作的法门所在。

在这封给加尼特的信中，劳伦斯讨论了马里内蒂用直觉挖掘物质生命原动力的手法后，进而指出：

----

① ［意］马里内蒂：《未来主义文学技巧宣言》，见《未来主义·超现实主义》，张秉真、黄晋凯主编，21、18、19、17～18 页，北京，中国人民大学出版社，1994。

　　人性中物质的、非人类的东西要比那种老式的人性因素更令我感兴趣。那种老式的人性因素使人按照特定的道德体制来塑造人物形象，并使这个人物形象前后连贯一致。这种道德体制正是我所反对的。在屠格涅夫、托尔斯泰、陀思妥耶夫斯基的作品中，人物形象都与其道德体制相吻合——那几乎是一种相同的道德体制——在这种体制下，无论人物形象本身有何杰出之处，他们都显得沉闷、陈旧、僵化。……我只关心女人是什么，从非人类的、生理上、物质的意义上讲，她"是"什么。对我来说，女人只作为一种现象（或者用来表现某些更强大的、非人类的意志），而不是按照人类的观念来看她感觉到什么。①

　　显而易见，劳伦斯一开始就划定了他接受未来主义影响的范围，将它引向能够容纳自己探索、表现人身上"物质的""生理的""非人类的意志"领域。《未来主义文学技巧宣言》深深吸引劳伦斯的，就是这种要求从文学表现中剔除人类感情色彩，使之"物质化"，以挖掘出物质和生命的原动力的主张。劳伦斯在此对 19 世纪俄罗斯作家的批评十分引人注目，这一批评从侧面揭示了他自己追求的方向。他认为屠格涅夫、托尔斯泰、陀思妥耶夫斯基这些作家，他们笔下的人物都遵循某种道德模式、符合某种道德理想、展现某种道德特性，不管这些人物具体的精神面貌有何不同，或"善良"，或"高尚"，或"奸滑"，或"邪恶"，都是"老

---

　　①　D. H. Lawrence，*The Letters of D. H. Lawrence*，eds. George J. Zytaruk and James T. Boulton，Cambridge：Cambridge University Press，1981，Vol. 2，pp. 182-183.

式的人性因素"在起作用。尽管我们都熟悉车尔尼雪夫斯基评论托尔斯泰心理描写时所作的著名论断："托尔斯泰伯爵最感兴趣的是心理过程本身，它的形式，它的规律，用特定的术语说，就是心灵辩证法。"①托尔斯泰之前，文学的常规是心理描写依附于性格塑造，心理描写从性格出发，按性格取材，从内部对性格的发展变化加以解释。托尔斯泰反对这种陈旧的文学模式，指出以性格特征来谈论人，说他善良、聪敏，或愚蠢、始终如一之类，无助于揭示人的真实面目。但事实上，托尔斯泰仍然没有完全超越以性格塑造人物、以道德评价人物的窠臼。劳伦斯反感这些作家笔下这样的人物，说他们沉闷、陈旧、毫无生气。劳伦斯首要关心的不是传统小说家感兴趣的自我，而是比"性格"更优先的"原初力量"，是人的更本质的存在。劳伦斯研究者普里查德认为："作为独立个性的性格差异对劳伦斯不是重要的，对贯注于人物身上的共同原则的表现更加重要。"②达尔斯基指出："放弃确定的道德主题意味着人物不再被社会的或伦理的标准评判，而是以达到自我最深刻的存在和本质的程度来评判。"③随后，劳伦斯敦促加尼特注意自己小说采用新方法后出现的新变化："你不必在我的小说人物身上寻找老式的稳定的自我。他们身上有另一个自我，从行动看，他们的个性无法识别，事实上个性已

---

① ［俄］车尔尼雪夫斯基：《〈童年〉和〈少年〉、〈列·尼·托尔斯泰伯爵战争小说集〉》，见倪蕊琴编选：《俄国作家批评家论列夫·托尔斯泰》，27页，北京，中国社会科学出版社，1982。

② R. E. Pritchard, *D. H. Lawrence：Body of Darkness*, London：Hutchinson University Library, 1971, pp. 20-21.

③ Mark Spilka, ed., *D. H. Lawrence：A Collection of Critical Essays*, MacMillan Publishing Company, 1963, p. 51.

经消失。"似乎是担心加尼特还无法理解，劳伦斯又进一步告诫："不要从人物的线索去寻找我小说的发展，这些人物受制于其它的韵律形式。"①

　　问题已经十分清楚，从《虹》开始的劳伦斯小说创作，出现了巨大的变化，这种变化是在未来主义影响、启发下完成的。未来主义使劳伦斯认识到表现"生命的非人类特质"的必要性，并帮助他找到了表达它的理想方式。在《虹》和《恋爱中的女人》等小说中，人物的躯体运动、精神体验、意志冲动，都不是自我能够意识到和控制的，也不是社会性因素所能够决定的，它们受制于那些先于个体意识而存在的人类更本质的力量，按照既定的轨迹发展。与此相适应，这些小说中的人物都被刻意提炼出来的生命基本元素所控制，如爱与恨、生与死。劳伦斯还为人物设计了若干主导性意象：厄秀拉象征大地，踏实、丰饶、包纳万物；伯金象征天空，灵动、玄虚、境界高远；杰罗尔德是水，他与冰雪、冷漠、洁白结成了同盟；古娟是火，她脾气暴躁，极易与人发生摩擦。这些主导性意象的反复出现并相互作用，推动了小说情节的发展。这种小说情节发展的模式，与传统小说，甚至与劳伦斯的《白孔雀》和《儿子与情人》都迥然不同，它们不是靠个性心理或现实生活的逻辑展开，而是通过先验的框架来加以规划的。未来主义对劳伦斯的影响，还表现在他对创生与腐烂、死亡之间关系的处理上。劳伦斯相信，死亡与再生相克相生、相辅相成，新的世界就是诞生在旧世界的腐烂与死亡当中。未来主义与

---

　　① D. H. Lawrence, *The Letters of D. H. Lawrence*, eds. George J. Zytaruk and James T. Boulton, Cambridge: Cambridge University Press, 1981, Vol. 2, pp. 183, 184.

劳伦斯艺术创新之间的关系得到了学术界广泛的承认。英国著名作家高尔斯华绥 1915 年在给文学编辑平克的一封信中说，《虹》具有"非常强烈的未来派文风"①。学者赫茨格尔指出："未来主义给他提供了新的方向和新的语言，帮助劳伦斯对他感到属于他的东西保持忠诚并信守它。"②学者金基德-威克斯在论《虹》和《恋爱中的女人》的文章中指出，劳伦斯这一时期尝试找到"一种语言，这种语言能够让他领悟在人类之中和人类之间起作用的非人类的力量"③，而未来主义在劳伦斯这一新风格的形成中发挥了巨大作用。正是未来主义帮助劳伦斯开创了新的语言模式，给他提供了一个新的表现领域，在此基础上，劳伦斯最终建立起自己的思想体系。

（3）劳伦斯与布卢姆斯伯里集团

布卢姆斯伯里集团属于英国上层知识分子团体，包括作家弗吉尼亚·伍尔夫、福斯特、T. S. 艾略特，艺术家罗杰·弗赖、凡尼莎（Vanessa Bell，1879—1961）、克利夫·贝尔（Clive Bell，1881—1964）、邓肯（Duncan Grant，1885—1978），政治学家狄更生（Goldsworthy Lowes Dickinson，1862—1932），哲学家乔治·穆尔、罗素，经济学家凯恩斯等。在 20 世纪头 20 年，这个团体是英国现代主义运动的积极推动者。

---

① ［英］高尔斯华绥：《评〈虹〉致平克信》，见蒋炳贤编选：《劳伦斯评论集》，9 页，上海，上海文艺出版社，1995。

② Kim A. Herzinger, *D. H. Lawrence in His Time，1908—1915*，London：Associated University Presses, 1982, p. 130.

③ Mark Kinkead-weekes, "The Marble and the Statue," *Imagined Worlds：Essays on Some English Novels and Novelists in Honour of John Butt*，eds. Maynard Mack and Ian Gregor，London：Methuen, 1968，p. 380.

　　布卢姆斯伯里集团与现代主义大规模发生联系，是在 1910 年。这一年，罗杰·弗赖在伦敦格拉夫顿画廊举办了一场法国现代画展，他创造性地给这次画展贴上了"后印象主义"的标签，以指代马奈、塞尚、高更、梵高、毕加索、马蒂斯这些早期现代主义画家的作品。这些颠覆了欧洲传统绘画结构风格的作品在英国引起巨大反响，并对英国早期现代主义运动产生巨大的推动作用。有批评家甚至认为这次画展"标志着英国现代主义运动的开始"①。1912 年，弗赖又举办了第二次后印象主义画展，1913 年，弗赖开办了奥米伽工场，设计和出售具有现代主义风格的造型艺术品，包括绘画、陶器、织物设计等。弗赖是英国现代主义艺术的鼓吹者、推动者和实践者。受弗赖的鼓动和影响，布卢姆斯伯里集团的画家克利夫·贝尔、凡尼莎、邓肯，作家弗吉尼亚·伍尔夫等也都纷纷加入现代主义艺术与文学阵营。如果说剑桥大学的传统给了布卢姆斯伯里集团以抽象和智识的刺激，弗赖和贝尔等画家的艺术实践则帮助这个集团浸泡在生活的真实感受之中，使他们从视觉艺术中直观地感受到现代主义的影响。弗赖为现代主义艺术辩护的形式美学理论对形式本身价值的重视，对质感的强调，有助于作家们摆脱在英国文学中占据支配地位的叙事因素，从外部现实退避到主观世界。伍尔夫小说在探索人的内心世界时力求捕捉存在本相偶然显现的瞬间，这一点也与后印象主义相切合。

　　工人出身的劳伦斯与上层知识分子团体布卢姆斯伯里集团曾经建立

---

　　① ［美］格伦·麦克劳德：《视觉艺术》，见迈克尔·莱文森编：《现代主义》，田智译，273 页，沈阳，辽宁教育出版社，2002。

过个人联系。1915 年年初，劳伦斯在英国南方一个小镇格雷特姆居住时，与福斯特相识，并有书信往还。劳伦斯表示"我喜欢他"①。但他们之间也发生过龃龉，劳伦斯不论当着福斯特的面，还是在给友人的信中都直言不讳地批评过福斯特，这让福斯特颇感不快。福斯特则告诉劳伦斯，自己钦佩他，却不想读他的东西。话虽这么说，福斯特并不是对劳伦斯的作品敬而远之。1927 年福斯特出版小说理论著作《小说面面观》，在其中说劳伦斯是"聪颖过人的说教者"，把他的作品归入"预言小说家"之列。② 1930 年劳伦斯去世后，福斯特著文悼念，对劳伦斯创作做了比较客观的评价。1960 年，在企鹅出版社因为出版劳伦斯的《查特莱夫人的情人》被告上法庭时，福斯特还出庭作证，为此书在英国解禁，助了一臂之力。

1915 年年初，劳伦斯经小说家吉尔伯特·坎南（Gilbert Cannan，1884—1955）的介绍，结识了议员莫瑞尔的妻子奥托琳·莫瑞尔夫人，她在伦敦贝德福特的寓所也是布卢姆斯伯里集团经常聚会的地方。在那里，劳伦斯认识了和奥托琳关系密切的哲学家罗素，感到有一种迫切的愿望要去"亲近他"。在 1915 年前后，他与罗素展开合作，筹备一系列反战演讲，并进行了一场乌托邦试验。

劳伦斯与布卢姆斯伯里集团的蜜月时间很短，他们很快就发现了彼此间深刻的隔阂。1915 年 3 月，劳伦斯应罗素邀请去剑桥访问，并会见

---

① D. H. Lawrence, *The Letters of D. H. Lawrence*, eds. George J. Zytaruk and James T. Boulton, Cambridge: Cambridge University Press, 1981, Vol. 2, p. 293.

② 参见［英］福斯特：《小说面面观》，苏炳文译，127 页，广州，花城出版社，1984。

罗素的一些朋友，其中包括哲学家穆尔和经济学家凯恩斯。劳伦斯对这次聚会一开始就流露出担心。他1915年3月2日对罗素说："我感到来剑桥极其重要——对我是非常重要的一个时刻。我不想被吓坏，但又担心真的被吓坏。我只关心我们将开展的革命……我害怕聚会，害怕结伙，害怕社团，害怕宗派……我真的相当担心。"①事实证明了劳伦斯的预感：这次会面成为劳伦斯"生活中的危机之一"②。凯恩斯把进入剑桥—布卢姆斯伯里集团看成一个"教化"劳伦斯的机会，希望这有助于他融入上层知识分子群体，但劳伦斯的表现"欠佳"。凯恩斯回忆说：劳伦斯"从一开始就很怪僻，话很少。除了含糊烦躁地表达不同意见外，整个早晨……他的整个反应都是颇不完美并且不公平的，但这通常不是没有根据的……劳伦斯不注意剑桥可能给他提供的任何有价值的东西。"③剑桥的这次聚会同样给劳伦斯留下恶劣印象。他在1915年3月19日给罗素的一封信中说："真的，剑桥使我非常生气和沮丧。我不能忍受它的腐臭和沼泽般污浊的味道。我得了忧郁症。这些病入膏肓的人怎么能复活？他们先该去死。"④剑桥之行使劳伦斯与罗素之间实现真诚交往的梦想破灭，到1915年秋，他与罗素已经彻底决裂。他在1915年9月14

① D. H. Lawrence, *The Letters of D. H. Lawrence*, eds. George J. Zytaruk and James T. Boulton, Cambridge: Cambridge University Press, 1981, Vol. 2, p. 300.

② David Garnett, *The Flowers of the Forest*, New York: Harcourt Brace & Co., 1956, p. 54.

③ John Maynard Keynes, "My Early Beliefs," *Two Memoirs*, London: Rupert Hart-Davis, 1949, p. 79.

④ D. H. Lawrence, *The Letters of D. H. Lawrence*, eds. George J. Zytaruk and James T. Boulton, Cambridge: Cambridge University Press, 1981, Vol. 2, p. 309.

日给罗素的信中，直言不讳地指责罗素："你是全人类的公敌。"劳伦斯
同时宣布与罗素绝交："让我们再次成为路人吧。我想这样好一些。"①
劳伦斯当然也令罗素寒了心，很久以后，他提起劳伦斯时，还攻击劳伦
斯是"彻头彻尾的恶魔"，说他的思想"直接导向奥斯威辛集中营"②。

　　虽然生活在同一个时代，劳伦斯与伍尔夫这两位杰出的小说家却从
未正式见过面，也没有过通信。直到劳伦斯于 1930 年去世后一年，伍
尔夫才发表了《论戴·赫·劳伦斯》一文，算是对这位同时代杰出小说家
的纪念。在这篇不长的文章中，伍尔夫的偏见与艺术家的敏感并存。她
首先声称"直到一九三一年四月为止，她对于劳伦斯的认识仅限于耳闻
其名，几乎完全没有实际接触"。伍尔夫说这番话时，显然忘记了自己
曾于 1920 年 12 月 2 日在《泰晤士报文学增刊》第 795 期发表过评论劳伦
斯小说《迷途的姑娘》的文章。以布卢姆斯伯里集团的出身和教养，尽管
她自己也不遗余力地反对维多利亚时代的妇女道德，追求女性解放，但
伍尔夫不可能对因为所谓"色情描写"被主流社会骂得狗血淋头的劳伦斯
公开表露出任何激赏。这句话的态度排除了他们之间所有个人联系的可
能，把自己摆放在一个安全的位置。在《论戴·赫·劳伦斯》一文中，她
也毫不掩饰自己对劳伦斯的偏见，说他名声"丑恶"，"以先知、神秘的
性欲理论的阐述者、隐秘术语的爱好者、放手使用'太阳神经丛'之类词
语的一门新术语学的发明者而著称于世"。伍尔夫对劳伦斯大多数作品

---

① D. H. Lawrence, *The Letters of D. H. Lawrence*, eds. George J. Zytaruk and James T. Boulton, Cambridge: Cambridge University Press, 1981, Vol. 2, p. 392.

② Bertrand Russell, *Portraits from Memory and Other Essays*, New York: Clarion, 1969, pp. 112, 114.

也没有多少好印象：《普鲁士军官》包含了"不自然的猥亵"，《迷途的姑娘》是"一部臃肿而带有水手味儿的书"，两部意大利游记"支离破碎而不连贯"，诗集《荨麻》和《紫罗兰》更是"念起来就像小男孩们随手涂写在门栅上，女佣们看了会跳起来咭咭嗤笑的那种话儿"。但在这篇文章中，伍尔夫作为艺术家的敏感仍然在发挥作用，这使她能够客观地称赞《儿子与情人》，说它"轮廓鲜明、果断明确、炉火纯青、坚如磐石"。伍尔夫也注意到劳伦斯"从他的出身获得了一种强大的动力"，认识到他在文学史上所占的独特地位：他"并不附和任何人，也不继承任何传统，他无视过去，也不理会现在，除非他影响未来"①。

除了私人关系上的恩恩怨怨，劳伦斯与布卢姆斯伯里集团作家之间还分享了一些共同的小说理论主张，进行了类似的小说艺术试验，追求着共同的文学理想。

众所周知，伍尔夫是现代小说艺术的积极倡导者，她坚决主张文学要表现人的心灵，表现人的精神世界。在《论现代小说》中，她批评威尔斯、贝内特、高尔斯华绥是物质主义者，热衷于表现"约定俗成的那种情节、喜剧、悲剧、爱情的欢乐和灾难"，认为这种传统的现实主义无法反映生活的真实和本质。她说："对我们来说，当前最时髦的小说形式，往往使我们错过、而不是得到我们所寻求的东西。不论我们把这个最基本的东西称为生活还是心灵，真实还是现实，它已飘然而去，或者远走高飞，不肯再被我们所提供的如此不合身的外衣所束缚。"那么生活

_____

①　［英］弗吉尼亚·伍尔夫：《论戴·赫·劳伦斯》，见《论小说与小说家》，瞿世镜译，220、221、222、223、224 页，上海，上海译文出版社，2000。

的真实和本质是什么呢？她在同一篇文章中写道："让我们考察一下一个普通人在普通的一天中的内心活动吧！心灵接纳了成百上千个印象——琐屑的、奇异的、倏忽即逝的或者用锋利的钢刀深深地铭刻在心头的印象。它们来自四面八方，就像不计其数的原子在不停地簇射；当这些原子坠落下来，构成了星期一或星期二的生活，其侧重点就和往昔有所不同。"她呼吁："让我们按照那些原子纷纷坠落到人的心灵上的顺序把它们记录下来；让我们来追踪这种模式，不论从表面上看来它是多么不连贯，多么不一致；按照这种模式，每一个情景或细节都会在思想意识中留下痕迹。"[①]在伍尔夫看来，生命可以分为"存在"与"非存在"即内心的和外在的两种状态。外在的生活是物质性的和社会性的活动，而内心生活则是由各种各样的记忆、感觉、体验、隐秘的思绪及无意识的欲望等构成。后者虽然根植于前者，来源于前者，但又是前者的主观折射、阐释、解悟与判断，因而它们更能代表生命的本质，更具有价值和意义。

文学表现主观化的一个直接后果，就是意识流小说的诞生。如前所述，19 世纪英国现实主义小说基本上是社会小说，在这类小说中，心理描写服务于性格塑造，处于从属地位。即使他们"在关注人物的内在心灵时，也通常被局限在白天的和意识层面的心理学，难得做到去揭示人物心灵的深度。它实际上拒绝考虑荣格称为'生活的夜的一面'的内

---

① ［英］弗吉尼亚·伍尔夫：《论现代小说》，见《论小说与小说家》，瞿世镜译，8、7、7-8 页，上海，上海译文出版社，2000。

容，也就是人的存在的非理性深度"①。并且，英国 19 世纪小说家在描写人物心理时，通常按照外部语言的规则和形式来写人物的内心活动，心理活动呈现出连贯性、条理性、逻辑性，实际上是作者概括性的转述，并不符合心灵的真实。意识流小说表现人物心理世界的创新之处在于，它使人物心理成为自为的运动，获得了独立的、主体的地位。意识流小说还首创了心理语言，展示了不同心理因素——感觉、表象、记忆、感情、思维、意志、梦境打破物理时间和固定空间的随意交替运动，使心理活动呈现不规则性、间断性和跳跃性，还心理以本来的面目。再者，意识流小说家对人物心理活动的积极意义有了新的认识，将其看成一个能动的，能够促进自我完善、自我创造和更新的内在机制。对人的心理功能的这种新认识，促使意识流小说家纷纷去开掘人的心理世界的能动力量，为拯救危机中的现代人类提供一条新的出路。意识流小说家除布卢姆斯伯里集团的伍尔夫外，还包括法国的普鲁斯特、英国的乔伊斯、美国的福克纳等，上述总结的特点不只属于伍尔夫，它们还被这几位小说家分享。

劳伦斯的小说创作同样应和了文学表现主观化这一现代主义潮流。我们在上文中讨论劳伦斯小说与未来主义关系时所提供的例证，也可以用来说明劳伦斯对心理描写的重视；劳伦斯通常被当成一位现代心理小说家，这也说明了心理描写在他创作中所占的分量。但与意识流小说家不同的是，劳伦斯专注于人的喧嚣躁动、神秘莫测的非理性心理世界，

① Ntakei da Silva, *Modernism and Virginia Woolf*, Windsor: Windsor Publications, 1990, p. 37.

他深刻揭示了非理性心理的表现形态、运动形式、内驱力，描绘出现代人骚乱、挣扎、渴望得到拯救的精神世界的整体图景，并从中挖掘出现代人精神更新的内在资源。

布卢姆斯伯里集团成员虽职业不同，年龄殊异，但都把人类交往和对于美好事物的热爱视为生活的最高准则，正是这一理想和信念把他们紧密联系在一起。正如伦纳德·伍尔夫（Leonard Sidney Woolf，1879—1961）所说的："经常有这样一个团体，包括作家和艺术家，他们不仅是朋友，而且被一种意识到的公共准则和目标，或者艺术或社会的目的联合起来。功利主义者、湖畔派诗人、法国印象派画家、英国的拉斐尔前派等都属于这一类团体。但我们的团体又相当不同，它的基础是友谊，有些发展成爱情和婚姻。我们心灵和思想的色彩是剑桥的氛围和穆尔的哲学赋予的。"①

布卢姆斯伯里集团的作家福斯特和伍尔夫在他们的创作中都致力于探索人类美好关系的种种可能性。对人与人之间真诚关系的向往，对"联结"的向往和探求更是福斯特小说的一贯主题。他的代表作《霍华德别墅》探索人与人之间打破阶级界限实现"联结"的可能性，《印度之行》则传达了人与人之间跨越民族界限实现"联结"的愿望。伍尔夫《达罗卫夫人》中的克莱丽莎在大战结束后的历史性时刻，强烈意识到个体生命间需要相互依赖、相互扶持、相互联结。她通过举办一场晚宴，把亲朋好友聚在一起，实现了"去联合，去创造"的愿望，并从中领悟到生命的真谛。《海浪》中，伍尔夫借助于超验的形式，使小说中的人物存在于由

---

① Leonard Woolf, *Beginning Again*, London：Hogarth Press, 1964, p. 25.

人类整体生命从古至今的纵向发展延续和六位朋友个体生命横向的渗透、融合所交织成的网络之中，通过这种联结，个体战胜了死亡。

劳伦斯同样重视人与人之间真实关系的重建，他把这种关系还原为基于性吸引力的两性关系。1913 年 5 月给爱德华·加尼特的信中说："我只能写我感受最强烈的东西，就目前而言，它就是男人与女人之间的关系。建立一种新型的两性关系，或重新调整旧的两性关系，这毕竟是当前问题之所在。"[1]1913 年 4 月 23 日给麦克劳德的信中说："我确信，只有通过重新调整男女之间的关系，使性变得自由和健康，英国才能从目前的衰退中挣脱出来。"[2]此前劳伦斯曾经希望与罗素建立密切的友谊，但他意识到自己与罗素之间出身教养差异造成的鸿沟，他告诫罗素，要想与他建立这种友谊，"你必须扔掉你的更深奥的知识和经验，用我的方式对我说话，否则我感到就像一个胡说八道的白痴和一个闯入者一样。我的世界是真实的，这是一个真实的世界，这是一个我以我的尺度能够理解的世界。不可否认，你也有一个真实的世界，而我却不能理解。我为得出这个结论感到很悲哀。你必须和我一起生活在我的世界中。因为它也是一个真实的世界。这是一个你能够与我一起栖息的世界，如果我不能同你在你的世界栖息的话"[3]。劳伦斯的全部创作都在尝试建立理想的两性关系。这种理想两性关系基于本能、躯体的相互感

---

[1]　D. H. Lawrence, *The Letters of D. H. Lawrence*, ed. James T. Boulton, Cambridge: Cambridge University Press, 1979, Vol. 1, p. 546.

[2]　D. H. Lawrence, *The Letters of D. H. Lawrence*, ed. James T. Boulton, Cambridge: Cambridge University Press, 1979, Vol. 1, p. 544.

[3]　D. H. Lawrence, *The Letters of D. H. Lawrence*, eds. George J. Zytaruk and James T. Boulton, Cambridge: Cambridge University Press, 1981, Vol. 2, p. 295.

应，通过性爱得到确立，在大自然的映衬下臻于完形。和谐的两性关系是沉沦中的人类复兴的希望，是新世界的基础。

虽然劳伦斯和布卢姆斯伯里集团作家都强调建立真诚个人关系和友情的重要性，但他们对这种关系的实现途径、性质的认识仍然有很大差别。劳伦斯不满意布卢姆斯伯里集团作家过多的社会性和理性。劳伦斯感到，布卢姆斯伯里集团的基本价值观——培养个人关系——已经变得做作和理性化，流于空谈了。在一封著名的信中，劳伦斯谈到布卢姆斯伯里集团："这些年轻人的谈话让我满肚子愤怒：他们无休止地谈话，无休止——其实从没有很多或真正的事情好说。他们既不礼貌，又喜欢炫耀。他们每个人都把自己装在坚硬的小甲壳里，头一探出来就说话……我真受不了。"①劳伦斯把对这一集团的印象写入他的小说。劳伦斯 1915 年与罗素闹翻后写的小说中的人物，有不少是以这个集团的成员为蓝本的。如《恋爱中的女人》中的赫米恩，《羽蛇》中的欧文，《查特莱夫人的情人》中的克利福德、蔑克里斯、福布斯，《双目失明的人》中的里德，这些人物身上都有布卢姆斯伯里集团知识分子的影子。

---

① D. H. Lawrence, *The Letters of D. H. Lawrence*, eds. George J. Zytaruk and James T. Boulton, Cambridge: Cambridge University Press, 1981, Vol. 2, pp. 332-333.

第一章 | 工业文明的批判及其现代意义

　　西方各种现代化理论通常把人类社会的发展划分成四个阶段：原始社会、传统农业社会、现代工业社会和后现代知识社会。现代化发生在第二个和第三个阶段，系指从传统农业社会向现代工业社会转变的历史进程及其变化，其主要特征包括工业化、城市化、民主化、法治化、理性化等，在此基础上产生的物质与精神成果总和统称为工业文明。在西方，现代化进程起始于文艺复兴，在经历了工业革命和资产阶级革命后，进入加速发展的时期，到20世纪70年代，一些最发达的西方国家率先进入后现代知识社会。

　　工业文明批判是18世纪后期以降西方文学的重要思想内容。18世纪后期兴起的浪漫主义文学，对法国大革命的理想与大革命实际结果之间的矛盾感到失望，对日益发展的资本主义社会现实（市侩习气、城市生活对淳朴乡村生活的破坏等）表达了极大的激愤和反抗之情。19 世纪 30 年代兴起的现实主义文学把抨击的矛头指向资本主义的"金钱原则"对人际关系的腐蚀、败坏，资本家对工人阶级的压迫和剥削，政治、社会体制不健全引起的特权当道、正义缺失现象等。无论浪漫主义还是现实主义文学，都把标榜自由、平等、博爱的人道主义作为批判工业文明的思想武器。现代主义文学继承了浪漫主义文学和现实主义文学批判工业文明的传统，但立足点和批判对象发生了本质的变化。现代主义文学对工业文明批判的思想基础是非理性主义，人性异化是其用力的重点；同时，现代主义文学从人类文明危机的高度看待西方社会、文化形态，将其描绘成一幅灾变和荒原的整体象征性图景。

劳伦斯进行工业文明批判的思想文化资源主要来自两个方面，一是非理性主义，对此我在导言第 3 部分已经专门论及。二是英国文化中的乡村田园传统。这两种思想文化资源使劳伦斯的工业文明批判具有了鲜明的时代和民族特色。劳伦斯把人性异化等同于人的社会化和机械化。他对伊斯特伍德地区煤矿工业生产及乡土田园生活解体过程的描写，在更广阔的范围对现代人的两性关系、心理世界的揭示，反对的都是人的社会化和机械化。劳伦斯还把工业文明造成的恶果上升到人类文明危机的高度加以认识，这反映了劳伦斯工业文明批判的深度和广度。

本章讨论的不是劳伦斯工业文明批判的全部内容，只限于他对伊斯特伍德地区煤矿工业生产及乡土田园生活解体过程的描写。这部分内容相对完整独立，是劳伦斯工业文明批判的基础和重要组成部分，而其他内容我将在随后的章节中以其他形式涉及。

第一节 工业文明批判的乡土与文化根源

一切先要从劳伦斯故乡伊斯特伍德（Eastwood，Nottinghamshire）特殊的地理风貌说起。伊斯特伍德位于诺丁汉郡与德比郡交界处的英国中部铁路艾瑞沃什支线上，艾瑞沃什河从附近流过，距诺丁汉郡首府诺丁汉市约 8 英里。伊斯特伍德因为 17 世纪中叶发现煤矿而逐渐发展起来，山谷中有几座煤矿，山谷南边斜坡的顶端，坐落着矿区小镇，主要居民是矿工及其家属。劳伦斯出生在这座小镇的一个矿工之家，伊斯特伍德煤矿产业的发展对自然环境的破坏，给矿工生活带来的苦难，对矿工心灵的扭曲，对两性关系的摧残，劳伦斯都是亲历者和见证人，因此，他大量的作品中对以煤矿生产为代表的工业文明的批判深刻而有力。劳伦斯在《诺丁汉与乡间矿区》一文中说："兴旺的维多利亚时代里，有钱阶级和工业促进者造下的一大孽，就是让工人沦落到丑陋的境地，丑陋，卑贱，没人样儿。丑陋的环境，丑陋的理想，丑陋的宗教，丑陋的希望，丑陋的爱情，丑陋的服装，丑陋的家具，丑陋的房屋，丑陋的劳资关系。"[1]这重复使用的句型和词汇，强调了劳伦斯对工业文明的切齿痛恨。

从小镇向谷地东北方向眺望，则是另一种风景。劳伦斯在《诺丁汉

---

[1] ［英]劳伦斯：《诺丁汉矿乡杂记》，见《劳伦斯散文精选》，黑马译，196 页，北京，人民日报出版社，1996。

与乡间矿区》中写道："这片山乡……东部和东北部是曼斯菲尔德以及舍伍德森林区。在我眼里，它过去是，现在依然是美丽的山乡——一边是诺丁汉的红砂岩和橡树，另一边是德比郡冷峻的石灰石、桉树和石墙。儿时和青年时代的故乡，仍然是森林密布、良田一片的旧农业英格兰，没有汽车，矿井只是田野上的一些皱褶，罗宾汉和他乐观的伙伴们离我并不遥远。"①这片谷地的中心地带是莫格林水库，周围是若干溪流和水塘。水库的右边是名为海帕克林地的森林区，左前方是安德伍德森林，就是传说中英雄罗宾汉出没的地方。水库、池塘、森林、农场，以及若干历史遗迹构成了这片谷地的主要景观。

1926 年 12 月 3 日，浪迹意大利的劳伦斯在给友人的信中满怀深情地描述这片土地：

> 走到沃克街……在第三所房子前站住——从左边的克里奇看过去，安德伍德就在前边，海帕克森林和安奈斯列在右边：我从 6 岁到 18 岁都住在这所房子里，我比世界上任何人都更熟悉这里的风景。然后越过一片空地，来到伯瑞奇，对着栅栏门拐角处的房子，我从 1 岁到 6 岁住在那里。沿着恩景巷，往前跨过在莫格瑞恩煤矿的铁道口，一直走，就到了阿尔弗瑞顿公路……向左转，朝着安德伍德，走到一处靠近水库的农场门房前。穿过这道门，向上走过车行道，到了下一道门。继续沿着车行道左边的人行道，穿过森林，

---

① ［英］劳伦斯：《诺丁汉矿乡杂记》，见《劳伦斯散文精选》，黑马译，190 页，北京，人民日报出版社，1996。

就到了菲利磨坊（这是《白孔雀》中写到的那个农场）。你跨过一条小溪后向右，穿过菲利磨坊的大门，登上去安奈斯列的小路。或者最好还是向右转，上坡，在你下到小溪前，继续上坡，直到一处崎岖不平已经废弃的牧场。在过去，它叫安奈斯列·克耐尔斯……很长时间一直空着……那是我心中的故乡。①

劳伦斯的这两段论述能够证实，他所说的"我心中的故乡"，并非代表了工业文明的伊斯特伍德矿井和小镇，而是它附近区域的乡村与自然，是一片象征着"森林与往昔农业的古老英格兰"的乐土。

劳伦斯对这块土地魂牵梦绕，不仅仅是因为它风景美丽，还因为他青少年时代曾无数次穿过林间小道，去初恋情人吉西·钱伯斯家的海格斯农场。海格斯农场及附近其他一些农场，如格瑞斯雷农场、菲利农场等，位于"我心中的故乡"的中心地带，有了这一处所在，劳伦斯投身到大自然中，就有了明确的目标和归宿。1901 年夏天，中学毕业的劳伦斯第一次随母亲去海格斯农场做客。第二年初春，大病初愈的劳伦斯由吉西的父亲用小推车推着，来到海格斯农场休养。自此，他在 10 年时间里频繁踏访海格斯农场及其附近地区。吉西在《一份私人档案》中，记录了劳伦斯在海格斯农场劳作的情形：

　　劳伦斯常常一整天地和我父亲、兄弟在田里干活。这些田有几

---

① D. H. Lawrence, *The Letters of D. H. Lawrence*, ed. Aldous Huxley, London: William Heinemann, 1934, p. 674.

英里见方，我们常常带上一篮子食物，在田里吃一整天，所以在田里干农活颇有些野餐风味。①

在导论中我已经提及，吉西父亲是海格斯农场的承租人。这意味着他并非农场的主人，只是从农场主手里租赁土地进行耕种。钱伯斯父子是家里的主要劳动力，都要下地干活，春种秋收。他们虽然有一些农机具可用，但干活主要还是靠人力和畜力。2004—2005 年笔者在英国剑桥大学访学期间，曾专程前往伊斯特伍德进行实地考察，其间还深入海格斯农场遗址参观。笔者发现，海格斯农场周围的土地多是坡地，相当贫瘠。这与《白孔雀》中透露的情况是一致的。以海格斯农场及其周围地区为背景的《白孔雀》中屡次提及，土地的出产有限，农场主过于苛刻，兔子不断骚扰，以致乔治不得不考虑离开土地，到加拿大去谋生。可见，钱伯斯家的农业劳作是相当艰辛的。劳伦斯是海格斯农场的客人，干活不是他赖以为生的手段，有"玩"和"休闲"的性质，包含了新鲜的刺激在里边。因此，劳伦斯才会把农场生活浪漫化。另一方面，一个工人的儿子由于这一份特殊机缘，接触到了农人生活，接触到了乡村、土地！英格兰有强大、深厚的乡村文化传统，劳伦斯通过田间的劳作亲身接触到了这一传统。

吉西在《一份私人档案》中还回忆了他们一起去林中观赏风景的情形：

---

① ［英］吉西·钱伯斯、弗丽达·劳伦斯：《一份私人档案：劳伦斯与两个女人》，叶兴国、张健译，15 页，北京，知识出版社，1991。

茶点以后，我们去了树林。我特别想让他看看我发现的一片高高的熟地林。那树林对我们很有吸引力。那树荫，那树叶的沙沙呢喃，那种冒险的感觉，那灌木林散发出的强烈的气味，野鸡突然发出的鸣叫，松鸡翅膀的拍击，都给我们以惊喜、刺激……盛开的鲜花使人赏心悦目，花的品种很多，有含苞待放的银莲花，有初吐芬芳的白屈菜和紫罗兰，还有小径两旁的勿忘我草和盖满林地的圆叶风铃草花瓣。我们常常采集许多花束，放在林间的草坪上，吮吸它们散发出来的浓郁的芳香。①

海格斯农场周围森林、水塘、溪流遍布，各种低矮灌木、奇花异草夹杂其间，它也是禽鸟和各种小兽物的乐园。劳伦斯和吉西春夏秋冬，无数次徜徉其间，他们深爱这神的恩赐之物，对其中的一草一木都了然于心。劳伦斯对美国浪漫主义作家梭罗的《瓦尔登湖》十分喜爱，也是因为梭罗文中的描述与眼前的风景、自己的感受遥相呼应。吉西写道：劳伦斯对《瓦尔登湖》"简直入了迷，尤其是对有关'池塘'的那些文章极感兴趣。我记得在一个假日的早晨，劳伦斯等在我兄弟去葛利斯雷农田干活的路上，告诉我们梭罗是怎样在树林的池塘边自己搭建了一间房子住在那里。那是一个静谧，没有太阳的早晨，一种阴郁的光线笼罩着四周

---

① ［英］吉西·钱伯斯、弗丽达·劳伦斯：《一份私人档案：劳伦斯与两个女人》，叶兴国、张健译，17页，北京，知识出版社，1991。

的景物，他在描述时的那种气氛好像与这个早晨的景色非常和谐"①。

但是，这片被劳伦斯称为"我心中的故乡"的区域并不大，而且与伊斯特伍德矿区毗邻，有些矿井还深入森林之中。劳伦斯和吉西等伙伴在林中漫步时，时常能听见卷扬机的轰鸣声，小火车的隆隆声，看见矿区杂乱的井架，烟囱冒出的浓烟，遇到拖着沉重的步子下班的矿工，闻到煤燃烧时刺鼻的硫黄气味，这些工业文明的"杰作"与乡野清新的气息、生机勃勃的花草树木、雪地上狐狸的脚印并存。这一独特的地域风貌，给青少年时代的劳伦斯心灵以极大的刺激，他说："乡间多么美啊，但人造的英格兰却丑得出奇。""当年的生活就是这样将工业主义与莎士比亚、弥尔顿、菲尔丁、乔治·艾略特农业的古老英格兰混杂在一起的。"②劳伦斯从这种对立中，强烈感受到大自然的幽静美丽，工业文明对大自然的侵蚀破坏，以及工业文明作为异己力量与正常人精神生活的冲突。日后渐趋成熟的劳伦斯丰富、复杂的思想的须根，就扎在早年对这尖锐对立的直观感受中，工业文明和大自然的冲突，也成为劳伦斯作品中一切冲突的基础。

把工业文明放在与大自然对立的地位加以批判，这一角度，一方面得自故乡土地上二者在狭小空间里尖锐对立的直观刺激，同时，也是英国文化中根深蒂固的乡村田园传统的反映。

我们知道，英国自 18 世纪中叶工业革命开始，大踏步迈上了工业

---

① [英]吉西·钱伯斯、弗丽达·劳伦斯：《一份私人档案：劳伦斯与两个女人》，叶兴国、张健译，69 页，北京，知识出版社，1991。

② [英]劳伦斯：《诺丁汉与乡间矿区》，见《劳伦斯散文选》，马澜译，172、169 页，天津，百花文艺出版社，1992。

化的进程。与此同时，英国工业资产阶级开始壮大，在 19 世纪头半期，英国的工业家、工程师、管理人员形成的阶层逐步壮大为社会的一支重要力量，工业精神逐渐形成。这个阶级的势力主要集中在英格兰北部和中部的曼彻斯特、伯明翰和诺丁汉等工业城市。在 19 世纪的英国，由于资本主义的飞速发展，资产阶级思想家们普遍产生了虚幻的乐观情绪，似乎资本主义是人类最完美的制度，是永远不会过时的。于是为资本主义辩护的各种理论纷纷出笼，马尔萨斯人口理论、功利主义哲学和曼彻斯特政治经济学就是其中的代表。马尔萨斯在他的《人口论》(1798)中认为，贫困与社会制度、财产分配不平等无关，它根源于人口的增长快于生活资料的增长，解救的办法是抑制人口的增长。工人的贫困不在于他们受到剥削，而在于他们过多生育。功利主义哲学认为人类行为是建立在个人利益基础之上的，因此个人利益是评价一切是非善恶的标准，也是整个道德理论的出发点。这一理论将追求个人利益、幸福看成人的自然本性，把自由竞争、资本家追逐最大利润合法化。曼彻斯特政治经济学产生于英国的工业中心曼彻斯特，他们提出自由贸易的原则，鼓吹政府和社会应该放手听任资本家活动。这些理论试图把资本主义剥削、现状、贫富差别合法化。

但伴随着资本主义的高歌猛进，批判工业化社会弊端的文化思想运动也一浪高过一浪。英国同样有着另一个悠长、强大的热爱乡村传统。贵族、金融资产阶级集团是这一传统的重要代表，他们主要定居在英国南方，拥有庄园或别墅，欣赏传统的乡村生活方式，憎恨城市生活。客观地讲，并非只有少数贵族和金融资产阶级推崇乡村田园生活，它有着广泛的社会基础，是一股强大的文化力量。在乡间拥有一栋房子是英国普通百姓梦寐以求的。我们从当今各种新闻媒体上经常能够看到英国乡村居民和环保人士抗议公路穿越乡村、破坏绿地的报道，这种让崇尚现代化的发展中国家民众感到不可思议的事情，在英国早就习以为常。并且，广大知识分子，其中包括作家，早已经加入维护乡村田园传统的行列中去，他们与贵族和金融资产阶级"合谋"创造了"乡村神话"。按照这一神话，城市是地狱，而乡村是天堂；工业和城市化不具有道德基础，它展现的只是物质主义；在城市生活中，人类获得了物质享受，却以失去灵魂为代价，现代性代表了世俗物质主义对精神理念的胜利，等等。卡莱尔（Thomas Carlyle，1795—1881）、罗斯金（John Ruskin，1819—1900）、阿诺德（Matthew Arnold，1822—1888）等英国 19 世纪杰出的思想家都毫无例外地站在维护英国乡村田园传统的立场上，一致认为"有机"的乡村社会，贡献着精神而非物质的价值，它是一种生活方式，在人类和精神价值上是独特的、无可替代的。他们一致呼吁要把"英格兰翠绿的土地""从这些黑暗的撒旦的工厂"解救出来。他们咒骂伦敦，攻击城市。

卡莱尔是拜金主义的猛烈鞭挞者。他认为，拜金主义是时代的悲剧，它腐蚀了人的灵魂，使道德沦丧，社会风气败坏，"是罪恶的渊薮，是整个社会坏疽的根本"①。卡莱尔指出："拜物教，供求关系，竞争，自由放任主义"创立了一个"最委琐""最使人绝望"的信仰，"使得所有的人都陷入利己主义、唯利是图、崇尚享乐与虚荣之中……人们因此而变得贪心不足：除了无穷的物欲之外，他们将一切置之度外！"他认为"这

---

① ［英］卡莱尔：《文明的忧思》，宁小银译，4 页，北京，中国档案出版社，1999。

样的世界决不会长久。一个物欲横流的世界很快就将失控：这样的世界正在走向灭亡，而根据自然法则，它也必须灭亡"①。罗斯金在《工作》一文中批判了英国社会的拜金主义盛行和城市污染："那个肮脏的大城市伦敦——车马喧哗、人声嘈杂、烟气弥漫、臭气熏天——一大堆可怕的高楼大厦在发酵般骚动不已，全身吐着毒液。"②整个沸腾的伦敦，都在玩着一个可怕的、令人作呕的游戏——赚钱。罗斯金的《19世纪上空的暴风云》一文追踪了伦敦上空的恶风臭雨、污云脏雾在近40年间形成的过程，对环境污染发出了"灾难"的预告。罗斯金指出，长此以往，污浊肮脏的云雾将遮蔽大自然最美好的馈赠——太阳也将见不到了，"大英帝国过去是日不落帝国，如今则变成日不升之国了"③。吉西在《一份私人档案》中记录了劳伦斯对卡莱尔的《法国革命》《英雄和英雄崇拜》《旧衣新裁》等著作的喜爱，以及从中获得的启示。事实上，劳伦斯也在多个方面继承了罗斯金对工业文明的批判态度。19世纪英国思想家阿诺德也是工业文明的坚定批判者。他在《文化与无政府状态》一书中指出："整个现代文明在很大程度上是机器文明，是外部文明"。这种文明将机器的特征广泛传播，尤其在英国，"机械性已到了无与伦比的地步"，

---

①　［英］卡莱尔：《文明的忧思》，宁小银译，50、51页，北京，中国档案出版社，1999。

②　［英］罗斯金：《罗斯金散文选》，沙铭瑶译，144页，天津，百花文艺出版社，1997。

③　［英］罗斯金：《罗斯金散文选》，沙铭瑶译，266页，天津，百花文艺出版社，1997。

"世上没有哪个国家比我们更推崇机械和物质文明"①。阿诺德把工业文明造就的中产阶级称为"非利士人"，在他眼里，这些"非利士人"是不关心心智的完美和精神的丰富、对文化艺术和人文思想缺乏兴趣、只知道追逐物质利益的平庸之辈，与英国文化的真正需要，与国家的强盛背道而驰。因此阿诺德指出："对机械工具的信仰乃是纠缠我们的一大危险。"②在作家当中，华兹华斯、乔治·艾略特、哈代、福斯特等都是乡村田园生活的热情讴歌者。

众所周知，英国在 20 世纪经历了持续的经济衰落，当年这个工业革命的先驱国家、工业生产最为发达的国家，已经不可避免地沦为二流国家。著名学者马丁·威纳（Martin J. Wiener）在他影响巨大的著作《英国文化与工业精神的衰落：1850—1980》（*English Culture and the Decline of the Industrial Spirit，1850-1980*）中，独辟蹊径地分析了英国工业衰退的原因。他把这种衰落的根源追踪到文化层面，认为这是英国工业精神被削弱所导致的结果。而工业精神的被削弱，是因为工业的发展与传统利益集团产生了严重对立，是一种弥漫在知识分子及文学、文化中对工业精神的敌意，因此英国强大的乡村田园传统及其根深蒂固的影响应该为英国经济的衰退负责。维纳站在工业文明的立场上，向英国的乡村田园传统兴师问罪，这从另一个侧面揭示了英国工业传统与乡村田园传统之间长久积累的矛盾。劳伦斯在他的作品中也深刻揭示了这种

---

① ［英］马修·阿诺德：《文化与无政府状态》，韩敏中译，11 页，北京，生活·读书·新知三联书店，2002。

② ［英］马修·阿诺德：《文化与无政府状态》，韩敏中译，12 页，北京，生活·读书·新知三联书店，2002。

矛盾，不过他与卡莱尔、罗斯金、阿诺德等前辈学者一样，是乡村田园传统的继承者和坚定维护者。劳伦斯在《诺丁汉与乡间矿区》中说："事实上，直至 1800 年，英国人还是绝对过着乡间生活的人，很有泥土气。几个世纪来，英国一直有城镇，可那绝不是真正的城镇，不过是一片片村落而已。从来不是真正的城镇，英国人的性格中从未表现出人的城市性一面。"但是，"工业制度一下子让这些变了个样"，今天的"英国人被彻底工业化了，因此不可救药地变成了彻头彻尾的城市鸟儿"①。在《查特莱夫人的情人》中，劳伦斯讨论了两个英格兰的问题："这就是历史。一个英格兰消灭了另一个英格兰。……工业的英格兰消灭了农业的英格兰……新英格兰消灭了旧英格兰。事态的继续并不是有机的，而是机械的。"有趣的是，《查特莱夫人的情人》中，处处对立的克利福德和康妮，在留恋旧英格兰、憎恨新英格兰这一点上，却有完全一致的意见。在第 5 章，克利福德由康妮推着轮椅在树林里散步，他看到美丽的林木花草，不由感叹："这儿是古老的英格兰，是它的心脏"，并且发誓"要把它完整地保存下去"。在第 11 章，康妮看到代表传统英格兰的遗迹正被黑烟和杂乱无章的建筑所吞噬，不由痛切地喊出"英格兰，我的英格兰"。

事实上，劳伦斯的家族是工业化进程的受益者。劳伦斯的外祖父是海军造船厂的技术工人，他的祖父是一个裁缝，后来漂泊到伊斯特伍德，在矿区扎下了根。他父亲是一名矿工，他的哥哥乔治是诺丁汉一家

---

① ［英］劳伦斯：《诺丁汉矿乡杂记》，见《劳伦斯散文精选》，黑马译，198 页，北京，人民日报出版社，1996。

工程公司的管理人员。劳伦斯自己也有过短暂的在公司从业的经历。由于青少年时代的劳伦斯在实际生活中必须依靠工业生产所带来的经济收益，所以他的早期作品中不经意间会流露出对煤矿工业生产的期冀和好感。《儿子与情人》中，矿区风景在一定程度上甚至是动人的。保罗临去诺丁汉上班前，望着山谷的景色，感到"从来也未曾发觉家乡对他有着这么强的感染力"。在保罗见到的清晨的风景中，也包括了"明顿矿上的蒸汽迅速地与晨光融为一体"。不久保罗随母亲去拜访利弗斯太太一家，途中经过矿区，见到"明顿矿上飘荡缕缕白烟，不时还传来一阵阵隆隆声和轧轧声"。保罗还看见车辆和马匹翻过高高的山脊，以及万绿丛中几家红色的农舍。这些下午阳光中的物景令母子二人感动。母亲说："世界真美好。"保罗补充说："煤矿也一样，你看它堆在一起，多像个活的东西——像一只我们不知道的大动物。"他又议论那些运煤的货车："还有排队等在那儿的货车，多像一串等着喂食的野兽。"保罗从生物有机性的角度欣赏矿山之美，取纯审美的态度。母亲也喜欢，但出发点是功利的，因为货车多说明需求大，需求大意味着收入增加，她说："有这么多货车等着，我真高兴，这说明这个星期的情况还不错。"因此，无论从出身还是从实际经济利益看，劳伦斯本应该是工业文明的维护者，至少他没有理由那么敌视工业文明。但劳伦斯天生对任何工业机器、现代交通工具，乃至日常生活中的机械用品，都毫无兴趣。更重要的是，在伊斯特伍德镇之外，他发现了"心中的故乡"——那片属于英国未被破坏的乡村自然区域，发现了海格斯农场。在那里，劳伦斯与钱伯斯一家的交往，为他与英国乡村田园生活传统建立联系提供了直接的契机，使他切身体会了英国的乡村田园生活。此外，他阅读卡莱尔、罗斯金、乔治·艾略特、哈代，欣然接受了英国文化中弥漫的对工业文明的敌意。因此，劳伦斯对工业文明的批判（就伊斯特伍德地区而言），一方面来自自己的生活体验，同时也来自英国的文化传统。

第二节　《白孔雀》：牧歌与失乐园

1. 牧歌与乐园图式

　　把劳伦斯第一部长篇小说《白孔雀》看成一部现代牧歌，在英美学界不乏其人。如迈克尔·斯夸尔斯认为："《白孔雀》事实上是一部变体的或现代版的牧歌小说。它的抒情性风景，诗情画意般的谷地，城市与乡村生活模式的尖锐冲突，城乡价值观之间的紧张关系，它对具有田园风的野餐的详尽描写，它的反牧歌结局，它对曾象征着人物'黄金时代'的谷地的充满怀旧情绪的回望，这些都使它具有了牧歌的特色。"①赫茨格尔也指出："《白孔雀》是一部牧歌小说……尽管它包含了大量的现实因素——例如它承认乡村生活经常是粗粝和苦涩的，工业的英格兰也日甚一日侵扰着风景——但《白孔雀》给人留下的最重要的印象是它的浪漫田

---

① Michael Squires, *The Pastoral Novel：Studies in George Eliot，Thomas Hardy，and D. H. Lawrence*，Charlottesville：University Press of Virginia，1975，p. 178。本节对《白孔雀》牧歌属性的分析，参考了此书的观点。

园牧歌旋律。"①本节将围绕《白孔雀》的牧歌属性，就其在批判工业文明方面的独特内容展开论述。

在西方，牧歌（pastoral）是一个有悠久传统的文学品种。远在古希腊时代，诗人们用它表现牧羊人在村野和自然中的纯朴生活，歌咏爱情和死亡。古罗马诗人维吉尔的《牧歌》是牧歌史上的一座高峰，他给牧歌注入了政治寓言的成分，以希腊的阿卡迪亚地区为原型，创造了理想化的乐土，并预言了一个新黄金时代的到来。维吉尔给牧歌定了型，对后世产生深远的影响。在文艺复兴时期，牧歌出现繁荣局面，斯宾塞、锡德尼、莎士比亚、德莱顿、弥尔顿等，都创作了杰出的牧歌作品。牧歌作者将乡村和城市刻意对立起来，乡村生活是纯朴的、自然的、宁静的，而城市生活则是复杂和败坏的。尽管许多牧歌的描述与城市和乡村的实际生活相去甚远，但这种二元对立的模式，极大满足了作家逃避现实、追寻乐土的理想。牧歌的传统在 18 世纪后发生了很大变化，受卢梭回归自然的理念及浪漫主义重视自然和民间因素的影响，乡村与城市冲突的倾向加剧；田园风光由于其脆弱和古旧，往往受到城市更便利的生活的侵扰和破坏，因此，田园风光的描绘中注入了苦涩的现实感，矫揉造作的风气逐渐被摒弃。这样写作的作家有彭斯、华兹华斯、乔治·桑等。早期的牧歌通常由牧羊人扮演其中角色，抒情感怀，形式主要是诗和剧。18 世纪以后，牧羊人角色已少见，牧歌被用来泛指一切美化乡村生活的作品，包括小说。由于牧歌处理死亡、命运、理想的乡村生

---

① Kim A. Herzinger, *D. H. Lawrence in His Time*, *1908—1915*, London: Associated University Presses, 1982, pp. 76-77.

活的式微一类主题，它的情调常常是感伤和忧郁的。文学中的现实主义兴起后，牧歌没有因为它缺乏写实性而走向消亡，而是在崇尚经验和写实的环境中生存下来。理性主义和社会批判也逐渐渗透到牧歌中来，"乡村"被看成传统、乡土、自然和宗法制社会的守卫者，"城市"则囊括了一切外来的、堕落的资本主义因素。

牧歌最初是文类的一种，但在发展过程中，它的含义得到了极大地丰富。现代学者已不限于只从类型、品种的层面上理解它。燕卜逊(William Empson，1906—1984)在他著名的《牧歌的若干形式》(*Some Versions of Pastoral*，1935)一书中认为，"牧歌并非由传统特征和惯例构成，它是一种特殊的结构关系，这种关系超越形式的限制，并得以存在下去"。"如今，牧歌仍然具有体裁名称的功能，然而它同时获得一种引申意义，这种引申意义与批评家追寻文学的神话和原型的努力直接有关。术语'牧歌'的这一用法体现了一种热衷于探讨和研究文学中的各种常见结构的倾向"①。学者们认为，构成牧歌的最本质的因素，可以超越文体的限制，永久地生存下去，因为它和人追求回归自然、回归乡土、回归单纯朴质生活的本性联系在一起。这展示了牧歌广阔的发展空间和弹性。在英国 19、20 世纪文学中，乔治·艾略特、哈代、劳伦斯的部分作品就是牧歌在现代社会保持强大生命的明证。

《白孔雀》的牧歌属性，主要表现在它以自然风景、农事、爱情为描

---

① 转引自[英]罗吉·福勒主编：《现代西方文学批评术语词典》，袁德成译，198页，成都，四川人民出版社，1987。

写对象，将乡土生活理想化，从而构筑起一个乐园图式。

大自然从来都是牧歌的基本素材，对劳伦斯当然也不例外。《白孔雀》对内瑟梅尔水库及其周围地区的自然风貌施以浓墨重彩，绘制了一幅与工业文明相对立的乐园图景。《白孔雀》第三稿的标题叫"内瑟梅尔"，定稿后第1部第1章的标题也叫"内瑟梅尔"，它是小说中人物活动的主要场所，也是小说表现的中心。"内瑟梅尔"就是本书本章第1节中所述、被劳伦斯称为"我心中的故乡"的那片区域，莫格林水库是它的中心，周围林木森森，池塘、溪流、农田、牧场、果园、磨坊、农舍点缀其间。乔治家的斯特利磨坊，是当地实有的菲利磨坊的翻版；而乔治一家人，是以住在菲利磨坊西边不远处海格斯农场的吉西·钱伯斯一家为原型创造的。劳伦斯把钱伯斯家的农场和家庭生活搬到了菲利农场。西里尔（劳伦斯自己的化身）家在内瑟梅尔的南边。小说中的莱斯利住在海克洛斯，在内瑟梅尔的东边，其住处以当地煤矿主巴伯家族的名为兰姆克洛斯的房产为原型。三组人物围绕着内瑟梅尔构成了一个三角形，而内瑟梅尔是人物活动的中心。劳伦斯在小说中具体描写了这个区域的方位和概况：

> ……斯特利磨坊坐落在狭长的内瑟梅尔河谷的北端，它的牧场和可耕地都在北坡上。西坡上草木丛生，这时已经被圈了起来，成了庄园一部分的公地。耕地以东边突然下降的河湾为界，一条窄窄的林地逐渐变宽成为杂木林，一直延伸到上水塘。从这儿再向东，山坡突然上升。坡上野草森森，老树星罗棋布，旧灌木树篱已经缠

满了荆棘。从西北面开始，沿小山边绕东南两面长着黑压压的树林，郁郁葱葱一直漫到内瑟梅尔南边，围住了我们的家。

在《白孔雀》中，这片区域最令人惊叹的是它的物种多样性。其实内瑟梅尔不过是方寸之地，却汇聚了众多的植物和动物。小说中提及名称的乔木、灌木、草本类植物，有七叶树、赤杨树、橡树、松树、榛树、山毛榉、枫树、岑树、椴树、白杨、苏格兰杉树、梅树、桤树、柳树、栎树、苹果树、榆树、楸树、梧桐、紫杉、醋栗、金链花树、丁香、山茶、樱桃、接骨木、常春藤、杜鹃花、荆棘、野山莓、蔷薇、剪秋萝、山楂、山茱萸、冬青、百合、槲寄生、蒲草、秀线菊、野薄荷、紫罗兰、天竺葵、兰花、筋骨花、菊花、蜀葵、大丽花、荆豆、黑莓、蘩萝、芦苇、蓟草、荨麻、樱草、绣球花、忍冬花、旱金莲、五叶地锦、香雪球、风玲草、立金花、木银莲花、水仙、报春花、虎耳草、香车叶草、风信子、勿忘我草、酢浆草、玲兰花、羊齿草、蒲公英、九轮草、水苏、雏菊、野豌豆、黄芪、玫瑰、防风草、茅草、地榆、紫巢菜、繁缕草、老鹳草、牡丹、矢车菊、飞燕草、旋花、泻根草、蕨草、山莓、牛筋草、毛茛、灯芯草、指顶花等近百种。此外，还有燕麦、玉米等庄稼。出没于此地的动物也十分丰富，小说中提及的有牛、马、羊、猪、猫、狗等常见家畜，以及孔雀、蜂、田鸡、水鸟、野雉、天鹅、乌鸦、苍头燕雀、松鼠、斑尾林鸽、鼬鼠、鼹鼠、秧鸡、知更鸟、云雀、蝴蝶、鹬鸪等飞禽走兽30余种。

英格兰纬度较高，但受北上的墨西哥暖流的影响，气候比较温和。1月的平温气温在4摄氏度以上，而7月的平温气温只有17摄氏度左右，可以说冬无极寒，夏无酷暑。英格兰的年平均降水量约 600 毫米，不算多，但分布均匀。由于是岛国，加上温带海洋性气候的影响，英格兰常常云遮雾罩。英格兰虽然少高山大川，但丘陵坡地也给地貌增添了许多变化。可以设想，这些因素合力作用于上述动植物，会变幻出多么动人的风景！而劳伦斯在《白孔雀》中从来不吝啬笔墨去展现这些风景。在他笔下，内瑟梅尔的春天万物萌发，生机盎然：

> 这是早春一个美妙的早晨……我的整个世界因为想起了夏天而感到一阵激动。木门旁，榛树下，幼嫩苍白的银莲已破土而出。那儿偶尔有赤热的阳光透射进来，闪着金光。到处呈现出一种实实在在的激动与欢欣，就像怀孕的妇人所感到的喜悦。在一个得天独厚的地方，一棵阔叶柳看起来活像夏日黎明的一块浅金色云朵。再近一些，每一根细枝上都悬着一块金色而小巧玲珑的高顶帽。蜜蜂发出嗡嗡声，就像是上帝那燃烧的荆豆丛。在这暖人的香气中，大自然处处发泄着它的欢乐。鸟儿欢叫着四下翻飞，衔着飘动的草丝、一束束雪白的绒毛扎进树林幽暗的去处，然后又冲出来，直插蓝天。

夏天的内瑟梅尔，阳光灿烂，林木花草繁盛，一切呈现出惬意、餍足的情景：

> 一天都很闷热。我们跳过小溪的时候，西边的太阳还是一片火红。傍晚的馨香开始苏醒，不知不觉地在沉寂的空气中弥散。偶尔

有一束黄色的阳光从浓密的树叶间斜射进来，情深意切地照着一串
串橙色的山楸果。树木寂静无声，挤在一起沉睡。路边只有几朵淡
红色的兰花，懒洋洋地站在那儿，若有所思地望着一<u>丛丛</u>紫红色的
筋骨草开得正艳，渴望着阳光的照射。

劳伦斯在《白孔雀》中，不仅客观地再现了自然物景的丰富和美丽，
更重要的是，他表现了人与自然之间的深刻联系。吉西·钱伯斯在《一
份私人档案》中证实："劳伦斯和死亡是截然不同的两个极端。对我来说
他一直象征着盎然的生命。他不仅拥有人的生命，而且他好像还能与其
他的大自然生命融为一体。他与野花飞鸟，陷阱中的野兔和地穴里的雀
蛋合而为一，息息相通，所以我一直认为他是不朽的，最严格意义上的
不朽。"①对劳伦斯来说，自然不是纯粹的客观外在之物，而是自我主体
的对象化；要想真正领悟它，就不能只是去看，去分析，去分类，而要
用真实的直觉意识和可靠的本能感情去把握它，占据它。劳伦斯的确有
这样一种本领，能用活力和激情将自己与周围的事物融在一起，尤其是
与大自然融为一体。《白孔雀》中的主人公继承了劳伦斯这种特质。埃米
莉说："当你能拥有满地的立金花时，谁还想要那黄金铺就的大道呢！"
这朴质的语言包含了她对内瑟梅尔山水的深厚感情。同样的意思乔治也
表达过："仅仅割这些草就值得生活在这里。"小说中的乔治是真正意义
上的自然世界的拥有者，他随手一摸，就能找到藏着的蜜蜂巢穴。他在

---

① ［英］吉西·钱伯斯、弗丽达·劳伦斯：《一份私人档案：劳伦斯与两个女人》，
叶兴国、张健译，164～165 页，北京，知识出版社，1991。

犁地时把红嘴鸥孵蛋的窝移开。他把一只野兔藏在他的毛毯下面，以逃避猎狗的追击。他在田间挥镰收割，或懒散地躺在水塘边晒太阳，或在月光下的林中漫步。他做这一切，就像在自家的后院里侍弄花草一样，那是"自家"的东西，他熟悉它们，就像熟悉自己口袋里的东西一样；他热爱它们，因为那是他生命的全部形式和意义。他对西里尔说的话反映了这种关系的实质："你看见大柳树边那棵茂盛的梧桐树了吗？记得当我父亲折断它的主枝时，我非常难过……好像我自己的主茎也被折断了似的。"这说明自然景物与人物的内在真实生命相呼应，与人物的命运发展是息息相关的。

在小说叙述人西里尔眼中，大自然是一个生命的有机体，它有思想，有感情，并且能够和自己声息相通。当他独自在水塘边观赏风景时，乔治问他在干什么，他说："我在想，这地方似乎很古老，正在沉思它的过去呢。"后来西里尔又说："我希望，在这四野茫茫的荒蛮山谷中，在这云影像香客朝圣般游移的地方，应当有什么东西召唤我向前，把我从这深沉的孤寂中唤起……"这说明西里尔意识到，自然与人的心灵是相互呼应的，自然具有将人"唤醒"的功能。西里尔在离开家乡去伦敦前，他的身份似乎是一名在校的大学生，也可能是公司职员、学校教师。身份不很确定的原因，是小说完全没有写到这个 23 岁知识青年的任何社会活动。他卷入莱蒂、乔治和莱斯利的三角关系中，却是感情上的局外人。他与乔治妹妹艾米莉的关系若即若离，虽然偶尔两情缱绻，有拥抱和亲吻，但兴趣似乎并不在其中。小说第 1 部共 8 章，除第 4 章西里尔与母亲赶往附近一个村子处理父亲的后事外，其他章节的故事，都有内瑟梅尔这一场景参与其中。主要的方式，就是西里尔作为故事的第一人称叙述者，一次次走出家门，到内瑟梅尔去。有时是去内瑟梅尔散步，有时去乔治家帮助干农活，有时陪妹妹莱蒂赴约会，有时受莱蒂差遣去叫莱斯利或乔治。其中有些理由，从人事的角度看，是完全不必要的。但只要有一个理由，哪怕是牵强的理由，西里尔都会投身到内瑟梅尔的大自然之中，去体验它春天的温柔、夏天的绚烂、秋天的寥落、冬天的萧瑟。虽然每个季节都有不同的心情和故事，自然的美却是永恒的。西里尔说："我和莱蒂一直都生活在树林与水色之间。"自然构成了西里尔生活的主要内容，甚至目的本身，他为自然而生。

除自然山水外，农事活动也是《白孔雀》建构乐园图式的重要因素。劳伦斯把农事活动理想化，从田间村舍、春种秋收中读出的是盎然的诗意。5月是播种的季节，乔治在地里施肥，随即西里尔加入进来。乌云低垂，各种禽鸟在田间地头鸣叫、欢跳、奔跑，西里尔陶醉于这幅田园美景，甚至觉得它"太优雅、太灿烂了一点"。6月是割草的季节，西里尔与乔治去收割湖心小岛上的一块草地。清晨凉爽湿润的空气，大地的芬芳，娇艳的花朵，以及虫草树木的静寂，那一份沁人心脾的美景令乔治无限感怀，以致伤心起来，迟迟不忍动手干活。

9月间收割燕麦，田间地头不断传来有节奏的、镰刀割麦时发出的沙沙声，割草机割草的扎扎声。收割了的麦子被捆好，立成麦禾堆。在沐浴了一天温热的秋阳之后，它们构成了一幅慵懒、恬静的图景：

麦捆变得更轻了；它们随随便便地相依相靠，像是彼此在低声细语。脚一踩在长而结实的麦茬上就发出噼噼啪啪的破裂声。麦草散发出缕缕香甜的气味。当把一捆捆可怜巴巴、晒得发白的麦捆举过树篱时，就会露出一片晃动的野草莓。迟熟的山莓随时都可能掉下地；在潮湿的草中还可以发现水灵灵的黑莓。……麦子已全部捆好，就只剩下把倒在地上的麦捆立起来堆成堆了。太阳落进金光灿灿的西天，金色随之变成红色，红色越来越深，好像快要燃尽的一团火。

农事活动彰显了乔治的躯体和力量之美。小说第 1 部第 5 章，西里尔和莱蒂及莱斯利一道去乔治家的农场，正赶上乔治和父亲在收割燕麦。兴致勃勃的莱蒂吵闹着要加入进来，乔治客气地劝阻了她。小说之后是乔治继续割燕麦的场面：

> 阳光温和，乔治已经把帽子丢到一边，黑油油的头发湿漉漉的，乱蓬蓬地卷了起来。他站得稳稳的，腰部的摆动优美而有节奏。他扎着腰带的臀部裤子上挂着刀石，褪了色的衬衣几乎变成了白色，正好在腰带上方撕裂了一道口子，露出了背部的肌肉，就像照在河湾里白色沙滩上的一抹亮光。有节奏的身体上透出某种超乎寻常的吸引力。

乔治强壮结实的身体，一起一伏的劳作中展现的力量之美对莱蒂产生了强烈的吸引力，她情不自禁地对乔治说："你的双肩逗得我真想摸一摸。它们棕褐色的颜色真美，显得很结实。"也在迷恋着莱蒂的乔治把手臂伸给他，只见莱蒂"犹豫了一下，接着迅速把指尖放在他平滑的棕色肌肉上，顺着胳膊滑动。突然她面红耳赤地把手藏在裙褶里"。

　　严寒的冬季，农家活动一样充满了乐趣。谷仓里打浆机在打萝卜浆，空气中飘逸着萝卜甜丝丝的气味。乔治给牛喂完饲料，又坐下来挤牛奶。埃米莉在挑选葡萄干，在木钵里切硬板油，或在缝纫机前做手工，母亲则做她的馅饼。无事可干时，乔治一家人（当然西里尔和莱蒂总是加入其中）就围坐在炉火旁喝咖啡、闲谈、读书，或者什么也不谈，仅仅是为了享受那份温馨而安逸的气氛。

　　爱情和友谊是牧歌的重要内容，《白孔雀》也不例外。莱蒂身上有分裂的两个自我，一个是本能与肉体，另一个是理性与精神。在现实生活中，乔治代表前者，莱斯利代表后者，他们都不具备二者的统一，因此无法满足莱蒂全部的内心需求。正因为这样，莱蒂在左右摇摆中毁掉了乔治和莱斯利，也毁掉了她自己。虽然这一爱情悲剧开创了劳伦斯表现肉体之爱与精神之爱的冲突的先河，有凝重的心理探索成分，但其中也包含了青春的感伤、浪漫的游戏，洋溢着浓郁的诗情画意，这些都符合传统牧歌的套路。如小说第 1 部第 5 章，在一天的劳作之后，莱蒂和乔治、莱斯利、西里尔、埃米莉等一起去林间漫步。花前月下，莱斯利把莱蒂抱到一根树杈上，两人窃窃私语。这时，乔治唱着古老的情歌走过来，莱蒂又叫乔治把自己从树杈上抱下来。三人争风吃醋的场面令人忍俊不禁。小说第 7 章，莱斯利从莱蒂口中得到订婚的许可后欣喜若狂。虽然莱斯利总体上是一个否定性的人物，但他此刻的喜悦却是由衷的、真诚的，他们的谈情说爱充满了机智和风趣。在第 8 章，莱蒂夜间拉着乔治去林中寻找槲寄生树，用来装点圣诞晚会。其实这只是一个由头，莱蒂真实的意图是想和乔治在一起。在黑暗中，乔治将莱蒂搂在怀里，在她的嘴上印上了一个吻。莱蒂被乔治的举动弄得心慌意乱，而激动的乔治说起话来也语无伦次。乔治想知道槲寄生树上的浆果多不多，就返回家取来了一盏防风灯。灯照亮了槲寄生树，也照亮了两人的脸。但他们没有去看树上的浆果，却只是含情脉脉地望着对方的眼睛。明明槲寄生树上的浆果疏疏落落，乔治却神不守舍地说："浆果真多啊。"莱蒂居然也"喃喃地表示同意"。言语在此刻是多余的，他们最后干脆什么也不说，沉浸在无言的幸福之中，如醉如痴。在第 2 部第 7 章，已经与莱斯利订婚的莱蒂仍不能忘怀乔治，又一次来找他。莱蒂把这次相会看成自己和乔治爱情最后的机会，同时又缺乏勇气向前迈进一步。他们一起散步到池塘边，在灿烂的阳光和满目的鲜花中，不知不觉靠得很近。莱蒂感慨地说："但愿我们能像云雀一样自由。"当乔治追问她的话是什么意思时，莱蒂随即退缩了，说："我们不得不考虑很多。"看看乔治神情沮丧，莱蒂再一次激励他："要是我是男人，我会自己安排一切——啊，难道我就不可能有我自己的方式！"还没有等乔治明白过来，莱蒂的心念又一次摇摆不定。当他们走到山腰往下回望磨坊和池塘时，莱蒂说自己要回家，而乔治坚持请莱蒂去农场喝茶，莱蒂提起乔治未婚妻梅格的名字，搅动了乔治内心无限的痛苦。莱蒂心中不忍，就提议在树林中待一会儿。他们坐在花草丛中，心情好了一些。莱蒂说到牧神树精，说到林网，说这说那，一会儿笑，一会儿又泪水盈盈，一颗纷乱的心，如同天上的云，忽阴忽晴，瞬息万变。最后莱蒂终于挣脱了情感的羁绊，渐渐冷静下来。在《白孔雀》中，莱蒂扮演的是文明人的角色，她身上精神的、理性的因素更加强大，这也是她最终选择莱斯利的根本原因；三角爱情发展至此，莱蒂与乔治已渐行渐远。劳伦斯在《白孔雀》中，总是将莱蒂与乔治、莱斯利的爱情场面安置在山水林木之间，主人公的喜悦与无奈，叙述人的忧伤，与大自然的阴晴节气变化交相辉映，营造出浪漫的抒情气氛。

西里尔与乔治一家的友情也为小说的牧歌情调增色不少。农场差不多是西里尔的第二个家，在小说中他出现的场景，大部分都在农场及周围区域。西里尔与乔治情同手足，患难与共，一起在内瑟梅尔度过了青春岁月。在小说第 2 部第 8 章，二人的关系发展到高峰。5 月的一天，他们一起干完农活后坐在一起小憩，在细雨蒙蒙中，彼此间"产生了近乎热烈的感情"。在 6 月割草季节，他们一起在水塘里洗澡，之后擦身子时，又互相打趣。乔治嘲笑西里尔纤瘦，西里尔就给他举出历史上许多纤瘦身材的例子，以证明自己比乔治高大健壮的身材更优越，这让乔治感到十分有趣。但无论如何，西里尔还是十分欣赏乔治"高贵、洁白而丰满的体形"，以至凝望得出了神。乔治看见西里尔着迷似地注视自己，就抓住西里尔，给他擦身体。这时的西里尔意识到，自己在乔治眼里就像是个孩子或他所钟爱而不畏惧的女人一样。"我柔弱无力地躺在他手中，让他抓住我。为了把我抓牢，他用手臂搂住了我，让我紧贴着他。我们赤裸的身躯的互相接触有一种极甜蜜的感觉。从某种程度上说，满足了我心灵中的一种朦胧的渴望，他也是如此。"乔治为西里尔擦完身子后，他们眼中含着笑意互相凝视，一刹那间感到"我们之间的友爱是那么完美，比我知道的任何男人或女人情爱更为完美"。西里尔与乔治的妹妹埃米莉也保持着很亲密的关系，经常在一起促膝谈心。一次西里尔与埃米莉在林中相遇，西里尔一时兴起，摘了几颗绣球花的浆果送给她。艾米莉拿红艳艳的果子轻轻触碰自己的嘴唇、脸颊，并用手抚弄着，看得西里尔魂不守舍，又赶紧给她编了一顶花冠。艾米莉也是西里尔徜徉山水间的陪伴者，他们一起去采花，去掏鸟巢，去探访内瑟梅尔未知的角落。后来西里尔在异乡的日子，他们还保持了频繁的通信，也保持着那一份青梅竹马的友谊。

2. 失乐园：挽歌的三个层面

牧歌其实并不限于表现乡土喜乐，它本身也含有悲剧成分。在西方早期牧歌中，牧羊人经常面对各种挫折：失败的爱情，暴虐的主人，死去的朋友，等等，牧羊人对同伴倾诉忧伤，感怀身世。后来，牧歌更发展出一个分支——哀歌。英国 18 世纪的格雷（Thomas Gray, 1716—1771）是著名的哀歌诗人，他的《墓园哀歌》中，诗人在夕阳西下、倦鸟归林的田园景色中，低首徘徊，沉思死亡的玄秘。19 世纪后期英国小说家哈代的小说，尤其是早期小说，牧歌气息十分浓郁，他满怀温情，写到乡土人物、田园情调、古老习俗在城市现代文明的冲击下的衰败。从牧歌史上的实例可以看到，牧歌不仅不拒绝衰败和忧伤，并且牧歌的美感和诗意在很大程度上依赖这种格局和情绪。同时，挽歌也最能明示乡土和自然所遭遇的挫折与破坏，并切合展现其魅力和潜在希望的努力。

《白孔雀》的失乐园主题，首先表现在传统农业耕作方式的逐渐瓦解上。掀开乔治一家日出而作、日入而息，春种秋收、自给自足的乡村田园生活温情脉脉的面纱，会发现它的基础并不牢固。土地是乡村生活赖以支撑的基础，但乔治一家并不拥有自己的土地，他们只是土地的租赁者，并且和地主时有冲突。土地的主人有饲养兔子的嗜好，那些兔子在主人的骄纵下，很快繁殖到可怕的数量，它们侵入乔治一家租种的牧场，啃光了牧草和庄稼。乔治的父亲反复交涉无用，只好大开杀戒。庄园主恼羞成怒，向他们下了驱逐警告。乔治一家为可能失去土地而仓皇失措，不得不考虑另谋生路。去加拿大是他们的选项之一，乔治为此曾感到欢欣鼓舞，以为能够开辟出一片新天地。但在莱蒂拒绝与他同行后，他又灰心丧气了。父亲同样为去加拿大憧憬过，不久也偃旗息鼓。此外，土地贫瘠，野狗经常骚扰羊群，也影响了农场的收益，"整个河谷越来越荒芜，越来越无利可图了"。有一次乔治和西里尔去一处废弃的农场参观。看到那里荒凉的情景，乔治对西里尔说："这就是磨坊将来的样子"，悲伤之情溢于言表。事实上，传统的农业生产方式根本无法养活乔治一家。乔治曾经说过："我们靠的是卖牛奶，靠的是我给镇议会运货。你不能说这就叫农业。我们不是农民，而是卖奶人、蔬菜水果商和运输承包商的可怜混合物。这行当风雨飘摇呐。"这说明乔治已经意识到，自己不再是纯粹的"农民"，从事的也不是传统的农业活动了。

小说发展到第 3 部第 1 章，传统农业耕作方式的解体开始加速。在这一章，乔治娶了白羊酒店主人的女儿梅格。城市景观在这一章的出现耐人寻味。这天，乔治驾了一辆马车，前来接梅格到市里去办结婚登记手续。他穿着夹克衫和绑腿式马裤，这副打扮像"要上牲口市场似的"。这说明了乔治对婚姻和梅格的轻蔑态度。但眼前的好天气和即将开始的新生活又让他觉得刺激兴奋。这种矛盾的心绪，决定了城市景观的双重景象。办完手续后，乔治带梅格去城里游玩。在好心情的感染下，虽然乔治"畏惧城市"，"害怕贸然闯入生活的异地"，但在城市他们仍兴奋异常，觉得自己就像长期蛰居在小岛上，首次来到广阔大陆的人一样。他们逛商店，泡酒吧，游科威克公园，上城堡和特伦特大桥，还去剧院看了一场演出，他们沉浸在澎湃的感情激荡中。这时的城市，既标志着乔治新生活的开始，也是他走向堕落的关键一步。城市的喧嚣和物质享乐刺激着他们的神经，唤起了他的物欲。白羊酒店主人去世后，乔治与妻子继承了她的酒店和田产，也搬离斯特利农场，转行开始经商。他经营酒店、牛奶场，贩马，生意逐渐兴旺发达。虽然乔治在经济上变得相当富裕，但却失去了真正的、本质的自我，失去了生活之根。正像他给西里尔的信中说的："我赚的钱不是想得到的却得到了。可是每当我在格雷麦德教堂后的山坡上耕种、收麦时，我就感到，是否干下去我并不在乎。……上星期我通过各种方式纯赚了五镑多钱。可现在我却情绪不安，心中不满，似乎渴望着什么东西，但又不知到底需要什么。"他还半开玩笑半认真地对西里尔说："我就喜欢回到农场去。这儿真不是个地方，不是种庄稼的地方。手边总有事干：一会儿要见旅行推销员，要不就是到酿酒商那儿去，再不就叫人看管马匹之类杂七杂八的事，生活就是这样一塌糊涂。"当他发现单纯的财运亨通并没有想象中那么美好时，他开始对社会主义学说发生了兴趣。他热衷于讨论私有制问题、就业、王权、土地问题，热衷于与人辩解，上台演说。他还与莱斯利展开辩论，把后者辩得落花流水。但他不久就对这些活动感到厌倦，热情烟消云散。最后乔治逐渐自暴自弃，沉沦为一个醉鬼。他放任自己的生意，任其衰败，狂饮滥醉，摧残自己的身体。当里西尔最后一次见到乔治时，他落魄得可怜，倚靠着门，就像是一棵长满黏糊糊的小真菌的正在倒下的树，苍白、软烂和腐朽。当西里尔鼓励他振作起来时，他乌黑的眼里闪动着恐怖和绝望眼光。他预感到自己已经走向末路，对西里尔说："我不久就会——不妨碍任何人的！"还说："我越早离开越好。"乔治堕落的一个重要原因是他脱离了土地，脱离了传统的乡村农业生产方式。

乔治最先搬离农场，随后是埃米莉和莫莉两姊妹，终于他们的父母也离开了。西里尔在异乡漂泊一年以后回到家乡，和埃米莉一起到农场寻梦，却发现那里完全变了样。它"再也不是曾使我们着迷地生活在那儿的那个完整的小世界了"，磨坊的大石屋里"有一种荒凉的牢房气息"，五个笼子里的金丝鸟在聒噪。斯特利农场来了新的居住者，那是一对工人夫妇，来自北方的外乡人。男子的气质让人怀疑是老鼠的远亲，女人打扮邋遢，性格古怪，不恰当的胡言乱语弄得二人兴味索然。曾经让西里尔魂牵梦萦的农场田园生活，随着乔治一家的离开，已经彻底解体，它的诗意也荡然无存。

《白孔雀》的失乐园主题，还表现在人与自然之间真正和谐的关系遭到了破坏。在劳伦斯看来，自然应该保持其粗糙、荒野、放任的原生形态，不接受任何人类出于功利目的的规划、安排和利用。人与自然要真正和谐相处，只有接受这种形态，并彻底地皈依它。小说中的两个自然人形象乔治和安纳布，社会关系极为单纯，在本能和直觉的支配下生活，从事体力劳动。他们真正与大自然的本质一致，与自然之间拥有这种和谐关系。乔治体魄强壮，粗俗野性，浑身洋溢着旺盛的生命力。小说第1部第3章，乔治在莱蒂家作客，莱蒂反复赞叹乔治"强壮"，还说乔治是个"原始人"。随后莱蒂搬来一大本画册，与乔治一起欣赏其中的作品。从小说的叙述看，这本画册是由查尔斯·霍姆（Charles Holme，1848—1923）在1902年编辑出版的《英国水彩画》，钱伯斯家曾把这样一本画册送给劳伦斯作为他21岁生日的礼物。劳伦斯对这本画册爱不释

手，还临摹过其中的画家莫里斯·格瑞芬哈根（Maurice William Grei-
ffenhagen，1862—1931）的画作《牧歌》。在写《白孔雀》时，他把这幅画
用了进来。乔治从画册中翻出这幅《牧歌》时，惊讶得叫了起来，而莱蒂
则羞红了脸。原来在格瑞芬黑根作于1891年的这幅水彩画上，一个裸
体的男子正在急不可耐地拥抱一位姑娘。姑娘的长裙敞开着，脸部表情
混合着羞怯与迷醉。男子古铜色的皮肤和健壮的体魄，与姑娘的现代装
束和优雅身姿形成鲜明对比。乔治毫不掩饰自己对这幅画的兴趣，他提
醒莱蒂注意画面上那个姑娘见到裸体男子时"惧怕"与"激情"混合的感
受，但莱蒂却回避了乔治提示的"激情"的一面，只是说："当一个野蛮
人一丝不挂地向她走来时，她完全会感到有点害怕。"莱蒂在这里使用的
"野蛮人"这个词，与她此前称乔治"原始人"是呼应的。尽管莱蒂嘴上拒
绝乔治露骨的引诱，但毫无疑问她把绘画中的人物与乔治和自己对号入
座了，而"原始人""野蛮人"正是乔治身上她所欣赏的特质。劳伦斯显然
认为，这反映了乔治与自然同一的品质。

《白孔雀》中的安纳布是另一个自然人的形象。与乔治不同，他曾在
剑桥大学接受教育，作过牧师，出身并不属于下层阶级。安纳布的生活
发生转折是在与一位贵族女子结婚之后。这位贵族女子受法国廉价小说
中的浪漫爱情故事影响，下嫁给了他，但婚后对安纳布需索无度，还表
现出强烈的控制欲，三年后又冷落他，移情恋上一位诗人。气恼的安纳
布不辞而别，到此地当了林场看守人，完全离群索居。安纳布把自己婚
姻的失败归咎于妻子的贵族出身和教养，并由此产生了对文明强烈的憎
恨情绪。在小说中，这个游离于情节主线之外的人物存在的主要目的，
就是诅咒文明、表彰纯自然的生活方式。小说中介绍他"是个只有一种

观念的人——那就是，他认为所有文明都是一种色彩艳丽的腐败真菌"，"他在思考问题时，总会想到人类的衰落——人类堕落成愚蠢、懦弱、腐败的废物"。小说中他第一次出场，就是和乔治为兔子发生争执打斗。强壮的乔治要和安纳布动手，还没有反应过来，就被击倒在地；西里尔冲过去帮忙，也挨了重重的一拳。他的孔武有力和冷峻强悍给读者留下深刻印象。又一次莱蒂、莱斯利、西里尔一伙在谷地游玩，看到安纳布阴沉地站在光轮中，身躯健美强壮，一动不动，活像个邪恶的畜牧神。他很不客气地教训莱蒂一伙人："不管是男人还是女人都得做个好动物。"叙述人后来也说："'做个好动物，忠实于动物本性'便是他的格言。"安纳布养了一大群孩子，让他们像鸟儿、鼬鼠、蝰蛇之类兽物般自由自在地在大自然中成长。

由于现实逻辑的牵引和诱惑，乔治和安纳布这两个自然人并不易长久维持其纯自然的状态。乔治无法拒绝文明的教化，他甚至渴望被文明驯化，因为文明作用于乔治，并非是以某种非人道、残忍的方式。它是便利的，能够满足他的各种欲望，帮助他在社会中立足，而且是朋友以极其友善的方式提供给他的。西里尔和莱蒂承担了用文明教化乔治的职责。西里尔与他在一起，经常教他化学、植物学、心理学，以及诗歌、哲学，还有关于生活、性、生命的起源的知识，就像美国白人教化印第安土著一样。莱蒂与乔治在一起，大多是谈画，谈诗，谈音乐，跳舞，用一种艺术的情调来熏陶他。莱蒂有丰富的文学、文化、艺术知识，当她随口吟咏诗句时，乔治常常似懂非懂。她引经据典，乔治更如坠雾里。在第2部第7章，莱蒂用拉丁语吟诵古罗马诗人贺拉斯描写特洛伊战争的诗句，乔治问："你念的什么?"莱蒂知道他不懂，就说"什么也不是"。那种占有知识者的优越感溢于言表。还是第 7 章，乔治叫莱蒂到家里喝茶，莱蒂不去，乔治坚持让她去，莱蒂就说，"在维吉尔的诗歌里，你记得欧律狄克是怎么下到地狱的吗?"乔治自然不懂，就所答非所问，依旧说："可是，你必须去喝茶。"莱蒂就用拉丁文念了两句诗作为回答，乔治更不懂。后来莱蒂把乔治比作农牧神、树精、酒神，乔治也不懂。不懂倒也罢了，但要命的是，乔治虽是自然之身，但却资质聪颖，渴慕文明，依恋文明。他爱莱蒂，实际上是把她当成文明的化身。正因为如此，他逐渐接受了文明的驯化，使自己的自然本性被压抑和扭曲，造成他的内在生命力日趋衰竭。就安纳布而言，他虽然有崇尚自然、排斥现代文明的坚定信念，自视清高，他却不得不依赖庄园主的雇佣来维持生活。他的工作是看守林地，防止当地人盗伐树木、猎杀动物，这一工作把他摆在了与当地矿工、农人为敌的位置。最后他被采石场塌方的石头压死，而传言他是被与他结仇的人设计杀死的。从某种程度上说，他也是现代文明与自然为敌的牺牲品。

我在上一节已经指出，劳伦斯在《白孔雀》中表现了煤矿工业生产对大自然的污染。事实上，内瑟梅尔谷地的自然风景，还受到另一种形式的侵扰，即城市居民把它作为休闲的场所和观赏的对象。在现代工业社会，人类对自然的这种利用早已成为一种生活常态，它就像阳光、空气和水一样，是我们生活中的一部分，是我们生活的必需品。我们厌倦城市的喧嚣时，就会想到回归自然，在自然中释放自己，在自然中恢复自己。这看起来无可厚非，但劳伦斯认为，这种"消费心态"破坏了自然的原生态，也异化了人与自然真正和谐的关系。《白孔雀》第 2 部第 9 章提供了现代城市人以此种方式"消费"自然的一个绝好例证。这一章的标题是"牧歌与牡丹花"，写新婚的莱斯利与莱蒂邀请朋友到乔治家农场附近举行野餐会。参加婚礼的客人，都是温文尔雅、彬彬有礼的城市人，他们希望逃进内瑟梅尔的牧歌世界放松一下自己。这群客人刚一到，就想抓起木叉干翻草的农活。乔治的父亲只好捡了最轻的几把交给他们。他们装模作样、嘻嘻哈哈地干了一会儿，就丢下了。随后他们开始议论牧歌诗人和牧歌中的人物，扮演着牧歌中的故事，赞叹着这里纯朴、优雅的牧歌气氛。接着他们又在田野漫步，采集花朵，谈笑风生。到了喝茶时分，有男仆把茶点一一摆好，客人们坐在干草上，品尝着漂亮的橡木托盘里盛放的葡萄、桃子、草莓等美味，觥筹交错，高谈阔论。在酒足饭饱之后，才恋恋不舍地离开农场。细心的读者会注意到，这一场景中出现了传统牧歌的所有元素：自然、爱情、农事、吟诗作唱，但这不是真正的牧歌，而是对牧歌的戏拟，通过戏拟要达到嘲讽的效果。这些城里人的矫揉造作，他们的表演性，都显示出他们与真正的牧歌格格不入。更具有讽刺意味的是，内瑟梅尔这片牧歌乐园真正的主人乔治在这场野餐会中，却扮演了一个尴尬的角色。当达西小姐想把干活的乔治叫过来，为他们"富有牧歌情调的幸福境界"助兴时，莱蒂迟疑了，她知道乔治的到来准会扫了他们的雅兴。果然，乔治没有接莱蒂递过来的漂亮杯子，而是俯身用嘴在水潭里饮水，之后还把水搅浑，抓起一把淤泥扔在地上。在和大家谈话时，他显得局促不安，只会用干巴巴的单音节词回答问题，以至于这些高雅的客人一致认为他是个"扫兴的人"。莱蒂甚至对乔治极为恼怒，巴不得他走得远远的。乔治对这群客人也十分不满，因为他们打搅了他干活。他愤愤地说，农人为了野兔把麦子啃光而伤脑筋，这些人"却坐在我们的地里，大谈田园诗，啃着桃子"。最后双方闹得不欢而散。这一场景显示，不管文明人如何"热爱"自然，这样的姿态必然把自己摆在与自然为敌的位置上。当自然被人类以这样的态度占有和消费时，自然的真义也就不可挽回地丧失了。

《白孔雀》中，无论是爱情还是友情，都在向解体的方向不可阻挡地发展。西里尔作为见证者和当事人，目睹和经历了这一切，内心充满感伤之情。莱蒂与莱斯利的婚姻是一场悲剧，也导致了乔治的毁灭。与此相一致，三人关系的发展在自然时序上从春天起步，发展到莱蒂和莱斯利订婚，已经是冬天。时序上如此变化，不是一个好的兆头。在莱蒂与莱斯利定情前的那一刻，西里尔眼中的冬天是一幅万木萧瑟的景象：

> 绵绵细雨，好像给山山水水挂上了一幅肮脏的帘幕。花园的走道旁，旱金莲的叶子已在寒霜中枯萎朽败，鲜绿的花盘已经被冬天宣布死刑的黑旗所取代，花柄枯槁，垂挂在松弛无力的茎上。草木落叶遍布，潮润而鲜艳：五叶地锦团团深红，欧椴树落叶呈金黄色，山毛榉树下，树叶铺成了一片红褐色，远处角落里是一簇簇黑色的枫叶，被雨水浸得沉甸甸的；而它们本来应该是鲜艳的柠檬色。偶尔有一片宽大的树叶脱落下来，飘飘荡荡跳着死亡的舞蹈落下来。

乌鸦是不祥之鸟，在莱蒂等待莱斯利来访之前，一只乌鸦在窗外的树枝上缩成黑色的一团，莱蒂称它是"不幸的东西""悲哀的预兆""不祥之兆"。不久，又有几只乌鸦在空中奋飞，抵抗着风雨的挟裹，但一切都是徒劳，很快就被席卷而去。西里尔称被风刮走的乌鸦"像两个绝望的灵魂去寻求寄托的躯体"。而恰在此时，莱斯利按响了门铃。当西里尔看到莱蒂屈从于理智，给莱斯利以明确的订婚暗示，任莱斯利亲吻时，他的目光又一次转向窗外："我坐在自己的窗口边，望着低垂的云层翻滚旋转而去。万事万物似乎也随之飘走。我自己好像也失去了本体，已经开始与有形的事物和坚实的、日常生活的固定之路相剥离。"这感受实际上正是莱蒂放弃内心本能的需要，与莱斯利订婚之悲剧性的真实写照。此后，莱蒂和莱斯利的关系几经摇摆，逐渐稳固，但他们的内心却渐行渐远，咫尺天涯。

乔治是西里尔的好朋友，莱蒂是西里尔的妹妹，西里尔关心他们的命运。因为猎杀野兔受到庄园主的警告，乔治一家可能失去土地；而莱蒂又会因长大结婚而搬离，想到这些，西里尔不禁黯然神伤，大自然也随之变幻了色彩："我凭窗眺望，想把这些事情理出个头绪。起雾了，雾像集会的幽灵，阴森森地从四面合拢，把内瑟梅尔裹在一片溟蒙之中，我思绪重重，想到我的朋友将不在我们这个舒适的河谷边跟在犁耙后面走了，想到我隔壁莱蒂的房间将会关得严严实实以掩盖它的空虚而不是它的欢乐，一想到这种时候我就不禁温情脉脉地怀念起那个把我们大家聚在一起的洼地；一想到它将会那样地荒凉，我怎么能够忍受！"

小说第 3 部，内瑟梅尔的几个主人公长大成人，各自开始了新的生活。莱蒂结婚后与莱斯利去法国旅行。7 个星期以后，西里尔也将离乡到伦敦开始新的生活。乔治说："现在我必须走了。"乔治的意思不是要背井离乡，而是在爱情落空后选择与梅格一起生活。不久埃米莉和莫莉也离去了，乔治父母放弃了原先的农场。爱情不再，友伴分离，西里尔愈发觉得仓皇失措，有"天地发生了突变的感受"。他承认"这宁静故乡里漫长生活的航程已告结束"，"是我们大伙儿远走高飞的时候了"。但一想到要互相告别，漂泊异乡，西里尔仍感到"心情沉重"。10月间西里尔到了伦敦，内心多了一份浓浓的乡愁。他在街头徘徊，看到黄昏中的路灯从树杈间投下来孤独的光，总是在心头唤起对内瑟梅尔山水人物的回忆："我在这个伦敦郊区漫步时，总是沉浸在与内瑟梅尔河谷那个潮湿的小地方散步时同样的心情之中。我心中有一个奇异的声音在呼唤，它呼唤着山间的小路；我又感到树林在等待我，呼唤我，召唤我。"内瑟梅尔的一切代表了家乡最美的内涵，是乡愁的承载物，他对此魂牵梦绕。

但是，已经告别了青春期的西里尔，在离开故乡多年后，再次回到故乡，却发现内瑟梅尔物是人非，自己在故乡的山水面前已经是个十足的陌生人了：

> 我在内瑟梅尔四处转悠，它如今已把我忘到九霄云外。水仙花仍然在船底下不断发出爽朗的笑声，在闲聊中相互点头称道，我注视着它们时，它们根本没停下一刻来看我一眼。水中，水仙花的黄色倒影映在水面柳枝的阴影中，它们在阴影里讲着神秘的故事时不断微微颤动。我感到自己像个离开了游伴的孩子。……
>
> 我多么想被什么事物认出来。我对自己说，林中仙女正从林边望着我。可是，当我走上前去时，她们退缩了，愁闷地扫了我一眼，就像树林中正在落下的花朵一样转过身去。我成了陌生人，成了闯入者。树林中，欢快的小鸟喊喊喳喳地向我呼喊。燕雀一闪而过，一只知更鸟站在那儿粗暴地问道：

"喂，你是谁？"

西里尔从内瑟梅尔感到双重的痛苦：在异乡时因思念它而痛苦，返乡时，却又发现它成了与自己毫无关系的陌生物。他伤感地想到："内瑟梅尔不再是一个完美的、出色的小世界了……他是一个小小的、不足道的山谷，迷失在地球的空间中。"乐园一去不返了。

第三节　伊斯特伍德矿区：工业文明的一面镜子

1. 伊斯特伍德煤矿工业史

如前所述，劳伦斯小说描写了家乡伊斯特伍德地区的煤矿工业。这个位于诺丁汉市西北约 8 英里处，邻近德比郡边界的山谷地带，早在 17 世纪后期，就有了采煤业，伊斯特伍德由此成为煤矿工人的一个定居点。最初的煤矿主通常是当地农场主或自耕农，他们在自家的土地上挖煤。后来出现了合伙人制，一些合伙人集资从土地所有者手中租赁土地开办小煤窑。劳伦斯在《诺丁汉与乡间矿区》一文中，介绍了最初的小煤窑是什么样子：煤层很浅，有些矿井就是在山包的侧面开一个口子，矿工们就经由这个豁口进出。有些矿井装着吊桶，在井下干活的矿工及煤块通过吊桶上下，吊桶由一头毛驴提供动力。《儿子与情人》第 1 章开头也写到这些传统的小煤矿："驴子疲惫不堪地拖动升降机的转盘，把地下的煤块运上来。""矿工和驴子像蚂蚁般钻进地下，麦田和草地上便随之出现奇形怪状的土墩以及一块块黑斑。"

从 18 世纪末到 19 世纪末这一百多年间，随着英国工业的飞速发展，对煤炭的需求量成倍增长，伊斯特伍德采煤业也进入它的黄金时代。18 世纪后期，连接艾瑞沃什河与矿区的克茹福德运河开凿完成，19 世纪 40 年代，中部铁路艾瑞沃什支线贯通，这些都极大地改善了煤炭外销的交通条件。由于市场扩大，运输能力提高，伊斯特伍德老式煤矿的现代化改造也提上了议事议程。两家大型煤矿公司巴特利公司和巴伯·沃克公司在 40 年代先后宣布成立。这些公司属于现代资本主义工业企业，他们增加投资，引进新型采煤技术，增加矿工和管理人员，提高管理水平，挖掘新矿井，使煤炭产量急剧增加。一些统计数字说明了伊斯特伍德采煤业兴旺的景象：1803—1848 年，伊斯特伍德通过运河外销的煤从 254268 吨增加到 427670 吨，增长了约 68%。1849—1869 年，运河的煤炭运力萎缩，铁路运力飞速增长。在这 20 年间，伊斯特伍德通过铁路共运出 170 多万吨煤，在 1848 年的基础上增长了 298%。伊斯特伍德地区的煤矿在 19 世纪 50 年代，每年平均出产 15 万吨煤，到了 19 世纪 90 年代，达到每年 100 多万吨。煤矿业的扩张，也反映在伊斯特伍德人口的增加上。这个煤矿小镇的居住人口在 1881 年时大约有 3500 人，1886 年是 4500 人，1893 年约有 5000 人。到 1910 年，劳伦斯 25 岁时，有超过 4400 人在伊斯特伍德矿井工作，这个数字比 1885 年伊斯特伍德地区全部人口的总数还多。[1]

伊斯特伍德采煤业经过 19 世纪的辉煌之后，在 20 世纪 20 年代出

---

① 参见 A. R. and C. P. Griffin, "A Social and Economic History of Eastwood and the Nottinghamshire Mining Country," *A D. H. Lawrence Handbook*, ed. Keith Sagar, Manchester: Manchester University Press, 1982, pp. 127-128.

现了前所未有的严重衰退。在劳伦斯年轻的时代，煤炭的需求有周期性
变化，有的年份很好，有的年份就不太景气；冬天好，夏天就差一些，
但长期的趋势是上升的。这一次不同，它的衰退是永久性的。原因很
多，如新兴资本主义国家美国、德国、日本崛起，更便宜的煤炭打进英
国市场。而英国的采煤业因为工人工资高，福利好，导致成本增加，国
际竞争力下降，煤炭销量萎缩。这反过来又造成煤矿开工不足，矿井关
闭，矿工大量失业。到 30 年代末，失业的矿工们不得不依靠"贫困保护
法案"来申请救济了。到 70 年代，伊斯特伍德最后一座矿井关闭。如今
你漫步伊斯特伍德，除了一两座废弃的井架、一些建筑物和一些指示牌
提示着当年这里曾经是矿区外，再也找不到矿区的任何痕迹了。

劳伦斯的小说客观上呈现了伊斯特伍德煤矿发展的历史，它也是英
国工业发展的一个缩影。劳伦斯的《儿子与情人》开头描写了当地采煤业
从小煤窑向现代资本主义煤矿公司迈进的时刻：

> 六十年前的一场突变使辘轳煤窑一下子变成了金融家们的大型
> 煤矿。诺丁汉郡和德比郡的煤铁矿藏一经探明，卡斯顿—韦特公司
> 立即应运而生。在一片欢呼声中，帕莫斯顿勋爵为该公司坐落在舍
> 伍德森林灌木公园边的第一家煤矿开张剪了彩。
>
> ……
>
> 卡斯顿—韦特公司鸿运高照，在塞尔比到纳特尔溪流横贯的山
> 谷里相继开掘了一个个新矿井，不久竟有六个矿井开工生产。从坐
> 落在林中砂岩上的纳特尔，一条铁路蜿蜒而去，经过卡尔特会修道
> 院，罗宾汉泉，灌木公园，然后到达突兀于小麦田间的明顿矿；再

从那里跨越山谷边的广袤田野到煤山，而后拐弯向北，直奔俯视克里奇和德比郡群山的贝格里和塞尔比。这六个矿好似六颗镶嵌在田野间的黑饰纽，而铁路犹如一弯链条，把它们连成一串。

这是伊斯特伍德矿区发展历程中的重要一幕。长篇小说《虹》的开头从另一个角度概述了当地采煤业的发展情形。在 1840 年前后，一条横穿马什农场草地的运河开凿完成，把埃尔瓦希溪谷一带新开的各个煤矿连成一体。此后不久，在运河的另一侧又开了一座新煤矿，中部铁路也沿着溪谷通到伊尔克斯顿山脚。运河开凿和铁路修建所带动的煤矿业发展，又使矿区城镇繁荣兴旺起来。

《恋爱中的女人》描写了煤矿公司内部的改革。克里奇家族以经营煤矿发家。老克里奇管理煤矿的办法是老式的，慈善因素在他的管理中起相当大的作用。他对矿工很好，想使他们获得足够的工资和住房，千方百计提高他们的福利。但矿工富了还想更富，胃口越来越大，结果管理上漏洞百出，效率低下。家族所经营的煤矿因此也陷入不景气之中，矿井千疮百孔，陈旧破烂，"像上了年纪的狮子，雄风不再"。在小说第 17 章，老克里奇将死，儿子杰罗尔德接管了煤矿，开始进行大刀阔斧的改革。为了紧缩开支，增加利润，他取消了给死难矿工家属的免费津贴"寡妇煤"，将诸如工具维修费等各种开支承包给工人，清洗掉不称职的老职员，任用经过专门训练的业务人员，引进先进设备，运用严密的科学方法。这些改革使企业提高了生产效率，利润大幅度增加。

劳伦斯的童年和少年时代是在伊斯特伍德煤矿业飞速发展中度过的，他的上述三部小说也客观地呈现了煤矿生产上升时期的景象。如前所述，伊斯特伍德在 20 世纪 20 年代陷入永久的衰退之中，这就为他在 1928 年出版的《查特莱夫人的情人》中描写煤矿生产提供了一个新背景。小说中的克利福德战前曾在德国波恩研究煤矿技术，在战场受伤后回到他的祖业拉格比矿区，发现他所继承的煤矿是一片衰败景象："矿场在林木间荒芜着，煤坑上面生满了荆棘，铁轨腐锈得发红。死了的煤矿场，可怕得像死神本身一样。"克利福德决定通过技术革新来改变煤矿经营不善的状况，具体思路是将煤变成煤气。小说中的克利福德为此殚精竭虑，但始终没有能够使煤矿生产发生好转。

2. 伊斯特伍德矿工的经济状态与劳伦斯的阶级立场

劳伦斯的小说客观折射了伊斯特伍德煤矿一百多年的兴衰历史。留意劳伦斯对矿工生活的描写，读者必定会注意到一个极其突出的现象：这里工人的生活并不处于极端困苦状态，劳资矛盾也没有发展到无法调和的程度。如果与狄更斯、左拉小说中的工人阶级状况加以比较，劳伦斯小说中的工人生活甚至可以说是小康的。这种特殊现象与伊斯特伍德矿区的具体情形有关，也与劳伦斯父兄的职业身份有关。这一特殊现象的重要性在于，它为劳伦斯另辟蹊径批判工业文明提供了现实基础。

让我们先来了解一下伊斯特伍德矿区工人真实的生活状态。与英国其他地区的煤矿工业相比，伊斯特伍德矿区工人的工资和福利，可以说是一个特例。从 19 世纪 50 年代到 1914 年，矿工的工资水平一直在稳定地增加。在 19 世纪末，矿工平均一个班次能挣到 9～10 先令。20 先令是一英镑，一个矿工一个星期可以挣二三英镑。而在同一时期，一个农场雇工要干一个多月才能挣到这个数目。当然，矿工之间的收入也有很大差距。所在采煤面比较好的包工头，在布尔战争或第一次世界大战这段景气时期，一个星期的收入能达到五六英镑。统计资料显示，在19世纪末20世纪初，伊斯特伍德矿工之家的子女比其他职业者的子女要多。家里孩子多，拖累大，生活就贫困。如果一个矿工家庭只有一个人工作，还有一些正在成长的孩子，这样的家庭就会感到生活相当拮据。但他们也有苦尽甜来的时候。等儿子们长到十二三岁，就会跟随父亲下井干活，一个中年矿工有三四个儿子在井下工作的情况并不少见。这样的一个家庭，生活水准已经达到了中产阶级的水平。①

伊斯特伍德主要的煤矿公司巴伯·沃克公司在改善矿工住房和其他福利方面也做了很大的努力。巴伯·沃克公司为工人修建住房，大力资助学校、教会、图书馆、福利院、体育等公益事业，还给它的雇工提供其他社会福利。仅就住房这一项来说，在1851年，矿区有339栋工人住房，1871年增加到532栋，到1901年更增加到974栋。房屋的质量在总体上也在提高。19世纪70年代以前，矿工们的住房大都是一些连排的茅草披顶的棚屋，破败且狭小。19世纪七八十年代以后修建的房子，则更加宽敞坚固。一般的房子都有一个起居室，一个厨房，三个卧室，还有后花园。这些房子由公司出资修建，然后出售或出租给矿工。生活殷实的矿工之家，会租赁或购买品质好的房子，还会置备昂贵的家

---

① 参见 A. R. and C. P. Griffin, "A Social and Economic History of Eastwood and the Nottinghamshire Mining Country," *A D. H. Lawrence Handbook*, ed. Keith Sagar, Manchester: Manchester University Press, 1982, pp. 129-134。

具和钢琴。在 1871 年，平均四个矿工中，就有一个人家里雇有女仆。①
《恋爱中的女人》中写到老煤矿主克里奇管理煤矿的时期，工人"极少有
人困苦，人人都富足……在那些岁月里，做梦都没有想到会如此富裕"。
这基本反映了伊斯特伍德的实际状况。这也是为什么在 19 世纪后期，
伊斯特伍德被看成男人，甚至妇女能够发迹和致富的地方。

　　劳伦斯的父亲是井下矿工，经济状况与伊斯特伍德一般矿工家庭没
有太大差异。他有五个孩子，当这些孩子年幼时，生活是相当困难的。
但随着几个孩子长大、就业，家庭生活有了很大改善。劳伦斯父母在伊
斯特伍德的家一共搬过四次。劳伦斯 1885 年 9 月 11 日出生在伊斯特伍
德镇的维多利亚街 8A 号。两年后，也就是 1887 年下半年，他们的家搬
到伊斯特伍德伯瑞彻的戈登路 57 号（后来是 58 号）一所大一些的房子。
1891 年，劳伦斯 6 岁时，全家搬到沃克街 3 号（现在是 8 号）。劳伦斯就
是从这里向远方眺望，可以看到属于"我心中的故乡"的那片谷地。劳伦
斯在这里住了 14 年。1905 年，劳伦斯家最后一次搬到利恩·克若福特
街 97 号，这是一所半独立的房子，有一个大花园。这一年，劳伦斯 20
岁。房子越住越大，越住越好，劳伦斯家庭生活的改善由此可见一斑。
可以肯定地说，劳伦斯一家是伊斯特伍德地区煤矿工业发展的直接受益
者。一些研究者把那个时代家庭雇佣女仆，或年收入在 150 英镑以上当
成中产阶级必不可少的经济条件，以此标准衡量，劳伦斯的家庭已经可
以跨入中产阶级行列了。

---

　　① 参见 A. R. and C. P. Griffin, "A Social and Economic History of Eastwood and the
Nottinghamshire Mining Country," *A D. H. Lawrence Handbook*, ed. Keith Sagar, Man-
chester：Manchester University Press，1982，pp. 135-141。

劳伦斯的长篇小说《儿子与情人》真实地反映了伊斯特伍德一般矿工，以及劳伦斯家庭的日常生活。莫瑞尔一家的生活来源，最初主要是靠莫瑞尔在煤矿工作。井下作业采取的是承包制，由工头承领任务，然后再分配给矿工不同的作业面，施行的是计件工资、周薪制。莫瑞尔的收入在不同季节有较大的起伏。平时一周能挣 50～55 先令，冬天煤炭需求量大时，每周可以挣 5 英镑。有一次，莫瑞尔在井下事故中受伤住院，煤矿公司发了 14 先令补助，伤病人协会给了 10 先令，伤残人基金会给了 5 先令，此外工友们也资助了 5 先令或 7 先令，这笔钱差不多相当于莫瑞尔平时一周挣到的工资，使莫瑞尔一家不至于断绝生活来源。莫瑞尔有 5 个孩子，当这些孩子幼小时，家庭生活是比较窘迫的。我们看到保罗、安妮等几个孩子采蘑菇、拾麦穗、摘黑莓，以补贴家用，也看到莫瑞尔太太在市场上为了买一个碟子和人讨价还价，看到莫瑞尔太太为了每周的开销精打细算。但当威廉、保罗开始工作时，莫瑞尔一家的家境就有很大改善。威廉 13 岁时，母亲在合作社办公室为他找了一份工作，每周有约 6 先令。16 岁时，他每周能挣 14 先令。威廉 19 岁时离开合作社办公室，在诺丁汉找到了一份工作，每周挣 30 先令。这是一份相当高的收入，难怪莫瑞尔夫妇为此感到"非常荣耀"，当地人也"夸奖威廉，似乎他即将平步青云似的"。威廉不久又在伦敦找到新的工作，年薪是 120 英镑。这是一笔惊人的收入，所以"母亲简直不知道到底是喜还是悲"。当然，威廉到伦敦后的高收入并没有给家里多少助益，因为他很少寄钱回来，原先他的那份工资反而失去了。这种困难局面持续了约一年时间，直到保罗加入工作的行列。在 19 岁时，保罗能挣到 20 先令的周薪，不久，他的姐姐安妮、哥哥约瑟也都有了工作。当保罗 20 岁时，莫瑞尔一家的生活已经相当宽裕，甚至可以外出度假了。他们在海边租了一栋别墅，尽情享受了两个星期的假期。这是莫瑞尔一家生活的重大转折，从此，经济问题已经不再困扰他们。

上述情况反映了伊斯特伍德矿工经济状况的主流。但这并不是说那里所有矿工的生活都富足安康，伊斯特伍德也不是人间天堂。在劳伦斯小说中，矿工的悲剧时有发生，也有困苦难耐的生活。《菊花的幽香》中写到一场矿难使妻子失去了丈夫，一个家庭失去了生活来源。《查特莱夫人的情人》中的波尔敦太太，她的丈夫 28 岁就在矿井事故中丧了命。因为矿主认定是波太太的丈夫在事故发生时没有听从指挥，是自己的错，所以只给了很少的赔偿费，致使波太太孤儿寡母生活艰难。《一个患病的矿工》中的威利是一名矿工，原先有一份体面收入。但因为罢工，因为新婚，收入减少，开支增加，他在经济上开始感到拮据。不久，威利又在井下事故中受伤，一家人为未来感到担忧，陷入绝望之中。

总体而言，在 19 世纪末 20 世纪初的伊斯特伍德，挖煤算是一个有较高收入的职业。即使有些矿工家庭比较困苦，他们也没有陷入赤贫状态，所承受的来自煤矿主的剥削没有趋于极端。相对于资本主义发展过程中，工人阶级普遍遭受的严酷剥削和压迫而言，伊斯特伍德矿工的处境有其特殊性。这种状况从客观上决定了劳伦斯不可能表现严酷、尖锐的阶级压迫与阶级斗争。《白孔雀》写到煤矿工人因不满井下工作制度，举行了罢工。严寒和饥饿给罢工带来了重重困难，整个过程充满痛苦、无望和愤恨，但矿工们仍然坚持了很长时间。劳伦斯的《恋爱中的女人》写到煤矿工人的一次大规模抗争活动。工人因不满意煤矿主关闭一个矿井而爆发了大规模游行示威，结果引发骚乱，矿井着火，并招致军警开枪镇压。劳伦斯早期还有一组短篇小说以罢工为题材。如《罢工补贴》中，参加罢工的煤矿工人幽默、乐观、互助，对取得罢工胜利充满信心。《病中的矿工》写受伤的威利渴望参加罢工，却心有余而力不足。《轮到她了》中，丈夫因罢工没有了工资，妻子只得把私房钱拿来购买生活必需品。但是，因为伊斯特伍德煤矿工人阶级特殊的经济状况，劳伦斯失去了对这些偶发的劳资矛盾进行概括和提炼的现实基础，它们在劳伦斯小说中只能是一些小插曲，或只是作为背景来处理，从未成为小说表现的主体。也正因为如此，劳伦斯做不到像 19 世纪现实主义、自然主义作家那样，把对工业资本主义的批判，集中在控诉资本家对工人阶级的残酷压迫和剥削，披露工人阶级极端困苦的生活，反映尖锐的劳资矛盾上，他也就失去了循着前辈足迹如此批判社会的现实基础。这是劳伦斯的局限，但如果换一个角度看，也未尝不是劳伦斯的造化，这使他有机会另辟蹊径，探索表现劳资矛盾的新角度。

　　劳伦斯极其憎恶资产阶级，认为他们完全丧失了生命的活力。可如果我们对劳伦斯的全部作品加以深入分析，会发现他的阶级立场有时也是摇摆的。他并不是坚定的工人阶级一分子，对资产阶级生活方式也常有艳羡之心。在他的早期作品中，这种摇摆立场更见明显。《儿子与情人》中的保罗与母亲谈话时，明确为工人阶级辩护：

　　　　"你知道，"他对母亲说，"我并不想跻身于生活优裕的中产阶级。我还是喜欢自己阶层的普通老百姓。我自己也是个普通老百姓。"

　　　　"不过，儿子，如果这些话是出自别人之口，难道你不会感到难过吗？因为你知道自己可以和任何绅士媲美。"

　　"作为我个人，"他答道，"而不是从阶级或所受的教育，或行为举止看，就我个人而言，是这样的。"

　　"好呀。那为什么还要谈什么普通老百姓的事呢？"

　　"因为——人的差别并不在于他们所属的阶级，而在于人本身。人们从中产阶级那里只能得到各种想法，但从普通老百姓那里得到的却是——生活本身，是温暖。你能真切地感受到他们的爱和恨。"

　　保罗对工人阶级的态度反映了劳伦斯的部分意见：下层民众的生命更真实，更合乎本质。这与劳伦斯在《诺丁汉与乡间矿区》中对矿工的认识是遥相呼应的。这篇文章认为，矿工本质上属于井下、酒馆和黑夜，在其中，他们牢固地建立起了一种肉体的、本能的和直觉的联系，这种联系极其真实有力。劳伦斯的短篇小说《范妮和安妮》也表现了工人阶级的优越性。范妮曾是一个贵妇家的女仆，养成了上层社会的举止、打扮和谈吐。但为年龄所迫，她不得不屈身嫁给工人哈里。哈里满口土话，举止粗俗，毫无上进心，并且他母亲敌视范妮的"标准英语口音"。这些不如意最初令范妮沮丧，但后来她逐渐感受到哈里肉体的吸引力，终于战胜了自己已经养成的对下层阶级的偏见，与哈里结了婚。

　　但劳伦斯在《我的小传》中又认为，劳动阶级在视野、知识和认识上都太过"狭隘"，对人构成了"束缚"。他因此说，"一个人绝对不能成为任何阶级的一员"①。劳伦斯的这一认识反映了他的阶级意识的另一面。

　　————————

　　① ［英］劳伦斯：《自画像一帧》，见《劳伦斯散文精选》，黑马译，168 页，北京，人民日报出版社，1996。

在《儿子与情人》中，我们也分明看到，保罗完全遵照母亲的安排，远离矿井，远离工人阶级。他去矿区代领父亲工资的经历无疑是一场噩梦，他对矿工们的粗俗玩笑和高声喧哗极不适应，挤在其中如芒刺在背。好不容易受完"酷刑"，回家后对母亲说宁可不要每月的零花钱，也不愿意去代领父亲的工资了。这说明保罗从心底里是拒绝工人阶级的。他可以抽象地谈论工人阶级的种种优越性，而一旦在现实生活的场景中直接与工人阶级发生联系，他的身体则代替他的头脑做出了厌恶的反应。他的人生道路是脱离工人阶级的，他已跻身中产阶级行列，最后在艺术界崭露头角，实现了自己的理想。长篇小说《白孔雀》洋溢着浓郁的中产阶级情调。劳伦斯虚荣地把自传性主人公西里尔安排在一个中产阶级之家。为了避免现实生活中自己的矿工父亲在小说中"煞风景"，他让西里尔的父亲早早地死去。莱蒂和西里尔姐弟两个，一个与矿主之子谈情说爱，一个整日陶醉在山水之中。二人还热衷于用丰富的知识和高雅的艺术修养来驯化农民乔治。更进一步，当劳伦斯以"社会化""机械化"的标准来检验工人时，他们常常丧失了其阶级的"优越性"，被劳伦斯与资产阶级归为一类，分享了同样的命运。《虹》《恋爱中的女人》《查特莱夫人的情人》等作品中，常常有蓬头垢面的矿工，形同鬼魅，在林间小道上匆匆走过，或在大街上看着女人涎笑。在两性关系中，他们也总是牺牲品。在《儿子与情人》中我们看到，煤矿业导致了两性的分离与隔绝：女性工作在家里，男性工作在煤矿；男人下班后去酒馆，女人休闲时则去教堂。女性属于白天、家庭和教堂，她们面对的永远是生活中理性的一面、事实的一面、物质的一面。男子属于黑夜、矿井、酒馆，当他们不得不回到现实世界时，面对生活中的实际事务与责任时，常常无所适从。结果，两性双方尽管住在同一座屋檐下，但矿工的本能使他们与妻子在道德和精神上相疏离，一性反对另一性，造成了两性关系的紧张对抗，彼此隔绝，咫尺天涯。

3. 工业家群像

　　劳伦斯对工人阶级的态度始终是摇摆的，但成熟之后的劳伦斯，对资产阶级的批判从未动摇，从来都不遗余力。劳伦斯在《我的小传》中写道："身为工人阶级的一员，我感到，当我与中产阶级在一起时，我生命的震颤被切断了。我承认他们是迷人、有教养的大好人，可他们硬是让我的某一部分停止转动，某一部分非切除不可。""我无法从我自己的阶级摇身一变进入中产阶级。我无论如何也不能为了中产阶级浅薄虚伪的精神自傲而抛弃我的激情，抛弃我与本阶级同胞之间、我与土地和生灵之间生就的血肉姻缘。中产者一势利眼起来，就只剩下了精神的浅薄与虚伪。"①英国学者瓦尔特·艾伦也认为，"他来自一个工人阶级家庭，几乎毫不例外地有他的阶级觉悟。也就是这种怀着深仇大恨的阶级意识，导致他天才中存在着那么多的令人不愉快的方面，以及当他的想象力衰退时而不知不觉地养成的那种虚张声势的、嘲弄的、咄咄逼人的语调。——在他的小说中，他可以赞美工人阶级和贵族阶级，可是他从来没有对资产阶级赞一词"②。艾伦出于偏见，显然并不认同劳伦斯的阶

---

　　①　[英]劳伦斯：《自画像一帧》，见《劳伦斯散文精选》，黑马译，167、169 页，北京，人民日报出版社，1996。

　　②　[英]瓦尔特·艾伦：《没有成功的伟大小说家》，见蒋炳贤编选：《劳伦斯评论集》，106～107 页，上海，上海文艺出版社，1995。

级意识，但他也的确道出了实情。

按阶级身份对人物进行划类、区分和甄别，是劳伦斯小说中阶级意识的重要体现。他的小说中有一群煤矿工业家，他们缺乏内在的真正生命，是社会化、机械化地典型代表，反映了工业资产阶级腐朽、堕落的深度，也反映了劳伦斯仇恨资产阶级的态度。

《虹》厄秀拉的舅舅小汤姆从小就头脑精明，工于心计，深得老师喜爱。他中学毕业后，在伦敦工作，结交了许多科学界名流。23 岁时，因为和上司闹别扭，他一气之下辞职，辗转于意大利、美国、德国，行踪不定。后来，他在约克郡着手经营一家大煤矿公司，成为煤矿的经理。它的外表看上去潇洒刚毅，待人宽厚和蔼，但内在的生命激情已经枯竭，所以他看人时眼神总是游移不定，不能专注。"他的举止彬彬有礼，显得陌生、冷淡，一笑起来便仰起鼻子，龇牙咧嘴，一副牲畜似的怪模怪样。他的皮肤细腻光滑，有些部位如蜡一般发亮，遮盖着他的令人生厌的庸俗与反常的心态。从他的粗壮的大腿和腰间能隐约看得出他的堕落与庸俗的迹象。"在属于他的矿区，矿工的工资虽然很高，但工作环境危险，条件恶劣，很多矿工死于事故或肺病。小汤姆女管家的丈夫原先是一个煤矿装卸工，后来患肺病死去，女管家两个妹妹的前夫也有类似的遭遇。这样的事情在矿区如此普遍，以致女子不再把婚姻看成天长地久的事情，女人找丈夫只是找一个能够养活她们的人，因为男人意味着工作和收入，至于这个人是谁，这是无所谓的。丈夫死了，再换一个就是了。女管家的两个妹妹就刚刚改嫁。小汤姆给应邀来访问他的侄女厄秀拉讲述发生在自己矿区的这一切，言辞冷漠，甚至还冷嘲热讽。他完全理解这一切，但他认为这一切都理所当然，无关紧要，"矿井才是要紧的，围绕着矿井总有一些次要的东西，多着呐"。在矿区的所闻所见，使厄秀拉意识到矿井就是一个巨大的机械怪物，它吞噬着、奴役着生命。在厄秀拉眼中，她的舅舅是工业文明的化身，当他为机器效劳的时候，正是他获得唯一的幸福和自由的时候。舅舅被阳光晒得布满汗珠的脸，让厄秀拉想起"潮湿、膨胀、臭气冲天的沼泽，在那里生命与腐败并存"，以致厄秀拉觉得在舅舅身上闻到了那股沼泽般腐烂恶臭的气味，这些气味，直刺她的鼻孔，令她恶心、窒息。她还觉得舅舅是一只史前大蜥蜴。想到此，一股怒火从厄秀拉心中升起，"她恨不得踏平、碾碎机器，恨不得捣毁煤矿，不让威吉斯顿的人再干机器活"。

《恋爱中的女人》中，杰罗尔德作为一个工业巨子的形象引人注目。杰罗尔德在接替父亲掌管煤矿以后，很快弄明白了煤矿运转困难的全部症结，就在于父亲把煤矿办成了慈善机构。他知道，要使这种局面彻底改观，必须抛弃"民主、平等"等"愚蠢""可笑"的观念，而要把自己的意志贯穿到煤矿的经营与管理中去，使煤矿服从他的意志："与物质进行斗争，人们必须有严密的组织和完美的工具，这种组织的机械结构应该非常灵巧、和谐，应该服从一个人的意志，按照规定的动作反复无情的运转，非人道地、不可抗拒地完成某项任务。"杰罗尔德很快取得了成功。由于这一改革家形象，顺应了英国工业发展的需要，小说中交代，杰罗尔德用不了几年，就会步入政界，成为议会成员，进入统治集团。这种使企业管理正规化、程序化、优化的改革，在劳伦斯看来，就是把管理体系变成一架无情的机器，把工人变成机器的一个个部件，这是与人之本性为敌，是对人的异化。经过杰罗尔德的改革，企业增产了，但矿工们却完全沦为机械的附庸。随着他们越来越被机械操纵，他们的生活失去了欢乐和希望。资本对人的异化作用，不仅降临到工人身上，也降临到它的控制者身上，杰罗尔德变成了一个精神空虚、感情枯竭的人，经常会有一种莫名的恐惧袭上心头，使他半夜惊起，顾影自怜，"害怕有朝一日会精神崩溃，变成一堆无用的东西"。他在这种空虚与恐惧中越陷越深，到后来只有三样东西能使他幸福起来：毒品的麻醉、伯金的安慰、女人的陶醉。

作为工业家的代表，杰罗尔德是一个彻头彻尾的物质主义者。他认为物质的满足，如有饭吃、有房子住是生活的基础，为达到这个目的，就需要生产。他声称自己"活着就是为了工作，就是为了生产东西"。杰罗尔德的"生产力原则"遭到伯金的激烈反驳，他指出工业文明的现实恶果和终极关怀的缺失："我们是些极为阴郁的说谎者，我们的一个主意，就是对自己说谎，说我们有一个完美世界的理想，这个世界廉洁、正直、富强，于是我们就用污秽遮盖这个世界……人们就像昆虫在污秽里奔忙着。这样，你的矿工就可以在他的客厅里面有一架钢琴，你就可以在现代化的房子里面有一个男管家和一部汽车，而作为一个国家，我们就可以加以炫耀了。"杰罗尔德洋洋得意的讽刺激起伯金更大的怒火，在他眼里，"杰罗尔德身上有一股悠然自得的冷酷，甚至难以名状的恶意，正在散发出来，正在透过他的听起来似乎有理的生产力原则规范，闪现出来"。伯金认为，"生活的最高和最终目标"，也就是"人需要一种真正纯洁单一的活动"，即爱。在一个"没有上帝"的时代，"生活中心"应该聚集在两性关系上。伯金和杰罗尔德的辩论反映了劳伦斯自己对工业文明的态度：它虽然创造了物质财富，但它制造了更大的不幸，它解决不了人类的终极关怀问题。

　　《查特莱夫人的情人》中的克利福德从先辈那里继承了两处煤矿的所
有权。他原本对煤矿并无兴趣，而希望在文学方面发展，只是在新来的
看护妇波太太的影响下，才找到了"新的扩展自己的需要"，摇身一变成
了实业家。属于他的两处煤矿，有过它的黄金时代，但如今已经败落。
他视察矿井，召见经理，阅读现代采煤技术书籍，很快找到了煤矿生产
衰退的症结。他决定采用新的技术，把煤直接转化成气，或用煤发电，
以提高效益。小说中描写他投身煤矿事业时，感到了能够控制几千矿工
的命运，使别人听命于自己的那种权威性，感到自己重新获得了生命，
这生命"从煤炭里，从矿穴中，蓬勃地向他涌来"。不幸的是，克利福德
没有赶上杰罗尔德那个时代，煤炭生产在 20 世纪 20 年代已经陷入永久
性的衰退之中，没有任何办法能够让它起死回生。小说中克利福德的宏
伟计划始终停留在纸上谈兵阶段，没有真正落实。在这样的背景下，煤
矿主克利福德的形象就不再显得强势，他的生育能力的丧失是他所代表
的工业资产阶级没有生命力的象征。他还被描写成虾蟹等甲壳类无脊椎
动物，披着机械一般的钢甲，内脏却稀烂如浆。他坐着轮椅在庄园里转
来转去，俨然一个半人半机械的怪物。在《为〈查特莱夫人的情人〉一辩》
中，劳伦斯对克利福德这样评价："克利福德的瘫痪是一种象征，象征
着今日大多数他那种人和他那个阶级在情感和激情深处的瘫痪"，"他是
个纯粹的个性之人，与他的同胞男女全然断了联系，只剩下习惯。他身
上热情全无，壁炉凉了，心已非人心。他纯粹是我们文明的产物，但也
是人类死亡的象征。他善良的时候也不失刻板，他根本不知热情与同情
为何物"[①]。克利福德的形象，反映了现代工业资产阶级机械化和堕落

---

　　① ［英]劳伦斯：《为〈恰特莱夫人的情夫〉一辩》，见《劳伦斯散文精选》，黑马译，
329、328 页，北京，人民日报出版社，1996。

的程度。

4. 工业文明与大自然的冲突

把以矿区为代表的工业文明与大自然对立起来，表现自然环境的被污染、被侵占和被破坏，表现各种反自然力量的反生命本质，是劳伦斯批判工业文明的另一个非常重要的角度。

从前一节的分析中我们已经了解到，《白孔雀》以写景见长，以内瑟梅尔为中心的自然景观是牧歌图景的重要组成部分。而与它形成鲜明对照的，是邻近的矿区景观：

> 我们走到了那十分丑陋的几排房屋。它们背靠矿山，到处都是黑的，满是煤烟。房屋紧挨着，只有一个入口，从一个方形花园进去，园里长着带黑斑点的阴沉沉的野草，从入口那里还可以望到一排令人厌恶的矮小的煤灰坑棚子，路上铺着一层乌黑的煤渣。
>
> 我们的马车颠簸着驶过辛德尔山那粗糙的鹅卵石路，又朝巨大的矿山脚下驶去。矿山散发出一股股熏人的硫黄气味，白天因为炉渣慢慢燃烧着红火，使空气很炽热，山上结了一层灰烬的硬皮。我们来到山顶，看见眼前的城市就像一片高高堆起的模糊不清的山峦。我寻找着往日读书的那所学校的方塔和圣安德鲁斯教堂那傲然高耸的塔尖。蓝天下，城镇上空一片灰暗，就像悬挂着一幅又薄又脏的天幕。

《白孔雀》中大自然的对立面是矿区。《儿子与情人》中，贝斯特伍德矿区所代表的工业文明是以侵占、破坏大自然为代价发展起来的。起初，这里是大片的森林、草地、农田，发现煤矿之后，田野中便出现了一些"奇形怪状的土墩以及一块块黑斑"，这是挖小煤窑造成的结果。而"矿工居住的茅棚也开始流星似地散布在教区的农庄上"。在大约 60 年前，现代意义上的大型煤炭公司成立，溪谷间六个矿井先后开工，联结各个矿井间的铁路也修建起来。这些矿井和铁路点缀在森林小溪之间，逐渐地蚕食、侵吞、破坏着自然之美和它的完整性。煤矿扩大了生产，矿工增加，需要新的住房。原先的工棚区被付之一炬，清除的垃圾堆成了一座小山。新的住房修建起来，外表虽然美观，但厨房正对着垃圾坑，环境令人作呕。

劳伦斯在《虹》中，以细腻的笔墨，再一次展现了工业文明对大自然的侵占过程，工业文明又一次以大自然破坏者的角色出现。马什农场的周围，原先是一望无际的原野。一条河流，蜿蜒曲折，缓缓流过一片片赤杨树林，远处是起伏的小山，山上耸立着一座教堂。布兰温家族成员日出而作，日入而息，与大自然息息相通，这是一幅人与自然和谐相处的画面。但自从运河、铁路开通，煤矿修建后，运河附近的镇子因靠近工业区而日趋繁华，布兰温家靠给镇上居民提供生活用品而富裕起来，生活方式渐渐改变。开始时，布兰温一家对周围发生的乱纷纷的变化惊讶不已。把他们隔绝开来的堤坝令他们困惑不安，在土地上干活时，从河堤那边传来卷扬机有节奏的轰鸣，在人们心中掀起莫名的恐惧。家人赶马车从镇上回家时，常常会遇见蓬头垢面的煤矿工人成群结队地从矿井出来。收获季节，连风也夹杂着煤块燃烧散发的硫黄味儿。工业化的发展向这块古老的土地投来了阴影，运河、铁路和煤矿的井架标志着古老文明的结束与新时代的开始。与宁静、翠绿的乡村构成强烈对照的是污浊、灰暗、肮脏的矿区，以及矿区里人们呆滞的目光和麻木的表情。劳伦斯把自然看成这片土地的主人，而工业文明是外来的，是强迫之物，是一个"偶然事件"。所以，他写道："入侵完成了。"

在《恋爱中的女人》第 1 章，厄秀拉和古娟去观看克里奇家族成员的婚礼。他们走在路上，看到杂乱无章的街道，蓬头垢面的居民，盖满煤灰的菜园，就如同进入了一个鬼魅的世界。一直在外地工作的古娟不由叫道："厄秀拉，这世界疯了。"沿路走下去，景象越来越不堪：

> 姐妹俩穿过一片覆盖着一层黑灰的田野，沿着一条黑色的小路走着。左边的景色挺美，山谷旁立着许多矿井架，右边远处山上的麦田和树林披了层黑魆魆的薄纱。在黑色的天空中两行烟柱，一白一黑，笔直地升向天穹，蔚为壮观。……她们脚下的这条黑路是矿工们长年累月踩出来的。一道铁墙把路和田野分隔开来，通向大路的栏杆被矿工们的衣服磨得发亮。此时，姐妹俩行走在几排房屋中，这儿的房屋更破旧。女人们围着粗布围裙，双手交叉在胸前，站在屋旁聊天。她们像土著人那样的眼睛直勾勾地看着。小孩们嘴里叫着骂人的话。

《查特莱夫人的情人》在更大更系统的规模上表现了工业文明与大自然的对立和冲突。克利福德在英国中部矿区的府宅是一座 18 世纪的老屋，建在高坡上的一个橡树园里，这座壮丽的贵族府宅因为距煤矿和特弗沙尔村落不远，它的美丽和宁静全被破坏了。在这栋住宅里，能听见矿坑里筛煤机的轰鸣声，卷扬机的喷气声，载重车换轨时的响声，以及火车的汽笛声。近处的天边，总是"笼罩着一种蛋白石色的霜和烟混成的蒙雾"，当风吹来的时候，屋里便充满了硫黄的臭味。屋前屋后花草树叶上，总是铺着一层煤灰，好像是天上降下的黑露。特弗沙尔村落是矿工的居住区，"差不多挨着园门开始，极其丑恶地蔓延一里之长，一行行寒酸肮脏的砖墙小屋，黑石板的房顶，尖锐的屋角，带着无限悲怆的气概"。小说第 11 章，康妮乘车去阿斯巍，途中经过特弗沙尔，她被这个村落受到的工业文明的荼毒震惊了。不仅这个村落环境受到煤矿生产的严重污染，更可怕的是，当地社区和居民的精神完全堕落了。这里"丝毫没有自然美，丝毫没有生之乐趣，甚至一只鸟、一只野兽所有的美的本能全部消失了，人类的直觉官能都全部死了"。康妮乘车穿行于其间，就好像穿行于地狱之中，芸芸鬼魅就是新英格兰正在生产着的"一种新人类"，这是"迷醉于金钱及社会政治生活，而自然的直觉的官能确是死灭了的新人类"，他们不过是"有人类模样的、歪曲的、妖怪的小东西"，是行尸走肉。

小说以无尽的诗意笔墨描绘出与工业文明对立的另一个世界——拉格比庄园附近一片年代久远的树林。它是舍伍德森林的残存部分，传说中的草莽英雄罗宾汉曾在此打猎。如今这片树林不再宽广，但仍保存着"老英格兰时代的什么神秘东西"，甚至克利福德都赞叹，这里是"老英格兰的心"。在劳伦斯笔下，这片树林成为理想的圣土，培养理想情爱和两性关系的伊甸园，对抗工业文明的堡垒。

这片树林最大的特点是它生机盎然，并且与康妮生命的觉醒过程、与康妮和梅勒斯理想两性关系的建立过程相生相伴，相辅相成。在康妮生命的低潮期，在她被日渐增大的不安感所困扰时，她投身进这片树林，想从中得到慰藉。但这种急功近利的做法一开始并不成功，树林不能成为她避难的地方，"因为她和树林并没有真正的接触"，"没有接触树林本身的精神"。直到在小说第 5 章，她与克利福德一起走进树林、与守猎人梅勒斯相遇时，树林本身的精神才被她触着。克利福德坐在轮椅上，奢谈着"古老的英格兰"，发誓要保护这片树林，但他冷静地暗示康妮可以找一个情人生一个孩，这一番蔑视生命本质的谈话，以及他需要梅勒斯帮他把轮椅车推出树林，说明他在精神上与这片树林是隔绝的。梅勒斯是克利福德刚刚请来的护林人，他牵着一头猎犬，在树林中轻快地行走，敏捷而从容，这显示他才是树林的真正主人，是自然的精灵。康妮与梅勒斯双目对视，各自心中有了对方。这时，尽管是二月的寒冬，万物萧瑟，但康妮仍然感到她与树林建立起了内在的联系，感受到了树林正在积聚着力量，等待着生命喷发的时刻：

> 古老的树林散发出忧郁的古代气息，这气息使她感到安慰……她喜欢这片残余森林的内向性，喜欢老树那无言的含蓄。老树具有一种非常强大的沉默力量，同时又体现出一种充满生命力的存在。它们也在等待：固执而淡薄地等待，散发出沉默的潜能。

随着春天降临大地，阳光雨露催促着树木、花草、家禽、鸟兽迅速地生长、发育、成熟，自然界一片生机。"山毛榉的褐色芽儿，温柔地展开着。老去的冬天的粗糙，全变成温柔了。甚至倔强嶙峋的橡树，也发出最柔媚的嫩叶，伸展着纤纤的褐色的小翅翼，好像是些向阳的蝙蝠的翅翼。"与此同时，康妮的生命也开始觉醒："在 3 月的风中，无穷的词语在她的意识中掠过：'你必须重生！我相信肉体之复活！一粒麦子不落在地里，死掉，是不会结出许多麦粒的。当报春花吐蕊时，我也会再度出现，来看太阳。'"康妮靠着一株小松树坐下，她感到这小松树荡动着一种奇异的、有弹性的、有力的、向上的生命。她觉得自己的生命被大自然激发出来，获得了自由。受大自然的招引，康妮与梅勒斯有了第一次性爱。当第二天再走进树林时，康妮惊讶地发现"所有的树都在静默中努力着发芽了。她今天几乎可以感觉着她自己的身体里面，潮涌着那些大树的精液，向上涌着，直至树芽顶上，最后发为橡树的发光的小叶儿，红得像血一样"。可以看出，这片树林与人本源的内部存在是完全呼应的。之后，康妮尽可能多地逃进树林中。时间从春天进入初夏，自然界"处处都是蕾芽，处处都是生命的突跃"。康妮与梅勒斯的理想两性关系终于得以建立，康妮获得了新生，最后还有一个孩子即将出世，预告了两人以后共同新生活的可能性。

劳伦斯的《白孔雀》和《查特莱夫人的情人》都有对大自然的倾力描写。二者不同的是，《白孔雀》中的大自然在小说中具有支配地位，它是广大的、强势的，人只有进入大自然中才能够存在，才具有意义。甚至是莱斯利这样的社会化人物也莫不如此。以煤矿生产为代表的工业文明在小说中的存在可以说微不足道，也没有力量对大自然形成有实质意义的威胁。但在《查特莱夫人的情人》中，二者的力量对比发生了根本变化。这片树林成了自然的残存物，它随时随地都受到来自工业文明及其社会力量的侵扰和破坏：克利福德的父亲在战争时期砍掉庄园成千上万棵林木，送到前线修筑工事。这一行为给与世隔绝的树林中开了一个口子，使树林受了伤，破坏了它的完整性。这片树林小到已经难以躲避煤矿生产的喧嚣。梅勒斯知道，所谓树林的僻静是欺人的，煤矿的喧嚣把寂静完全破坏了，世界上再也没有僻静的地方，再也容不下遁世者了。梅勒斯知道，"过失是从那边来的，从那邪恶的电灯光和恶魔似的机器之嚣声里来的。那边，那贪婪的机械化的贪婪世界，闪着灯光，吐着炽焰的金属，激发着熙来攘去的喧声，那儿便是无限罪恶所在的地方，准备着把不能同流合污的东西一概毁灭了。不久那世界便要把这树林毁灭了，吊钟花将不再开花了。一切可以受伤的东西，定要在铁的蹂躏之下消灭"。梅勒斯担心着这片树林未来的命运。而在现实中，各种敌对力量也在日甚一日地进逼。克利福德多次闯入树林之中，他的轮椅车一路碾碎路边野花。梅勒斯的前妻找到树林向他寻衅吵架。还有矿工前来偷猎，康妮和梅勒斯的秘密交往被人窥视，等等。这些都说明，这片树林已经"不能保证他们达到真正逃避的目的"。从这个意义上讲，"这树林不仅仅象征一种生活方式，而且象征着生机遭到压抑的那种被围困、受打击的状态"①。工业文明与大自然的对立中，大自然处在劣势，处在被瓦解和破坏的过程中。从这个意义上讲，小说中康妮和梅勒斯获得的胜利只是象征性的。

---

① ［美］朱利安·莫伊纳汉：《〈查特里夫人的情人〉：生命的真谛》，见蒋炳贤编选：《劳伦斯评论集》，180 页，上海，上海文艺出版社，1995。

第二章

新女性·性·两性关系

马克思在《1844 年经济学—哲学手稿》中说："男女之间的关系是人与人之间的直接的、自然的、必然的关系……根据这种关系就可以判断出人的整个文明程度。"[①]在马克思看来，两性关系是人类之间最为本质的联系，是衡量人类文明程度的重要标准。劳伦斯无疑会同意马克思对两性关系重要性的判断，但他把着眼点放在两性关系对创造健康生命的意义上。劳伦斯说："个体自我的实际进化是个体和外部宇宙相互作用的结果。这意味着，就像母亲子宫中婴儿的成长是父母血流滋养了胎儿的生命核心一样，每一个男人女人的成长和发展，乃是本能的自我与其他某种或某

[①] 马克思：《1844 年经济学—哲学手稿》，刘丕坤译，72 页，北京，人民出版社，1979。

些自我这两极之间相互熔铸的结果。正是个体自我和其他某个或某些生命体之间循环往复的生命熔铸，才带来了个体在精神和肉体上的发展和进化。这是一条生命和创造的法则，我们无可逃避。"①劳伦斯1914年6月2日给麦克劳德的信表达了类似的思想："所有生命和知识的源泉都来自男人和女人，所有生活的源泉都在于两者之间的交换、会聚和融合：男人的生活和女人的生活，男人的知识和女人的知识，男人的存在和女人的存在。"②每个人都来自他们的父母，但劳伦斯相信，人还有第二次诞生，而且是更为重要的诞生。父母只给了孩子生理意义上的生命，只有第二次诞生，人才能够获得真正的自我，获得完整的生命。而第二次生命诞生的关键是两性之间的"生命激荡波动"，以及"交换、会聚和融合"。正是基于对两性关系重要性的认识，两性关系才成了劳伦斯小说表现的中心。

劳伦斯渴望建立理想的两性关系，他对现实世界中种种畸形两性关系的批判也不遗余力。正所谓不破不立，在对畸形两性关系的批判中，理想的标准才得以树立起来。在劳伦斯笔下，充满精神厮杀与搏斗的畸形两性关系最后走向死亡，而经过艰难的心理调适建立起来的理想两性关系，将迎来新生的彩虹。

值得注意的是，有关劳伦斯作品的绝大多数争议也都因本章讨论的问题而起。劳伦斯用两性关系涵盖和取代人类关系的全部内容，放肆地

---

① D. H. Lawrence, *Psychoanalysis and Unconsciousness*, London: Martin Secker, 1931, p. 119.

② D. H. Lawrence, *The Letters of D. H. Lawrence*, eds. George J. Zytaruk and James T. Boulton, Cambridge: Cambridge University Press, 1981, Vol. 2, p. 181.

攻击新女性，毫无节制地进行性描写，渲染和夸大同性恋的作用，其思想之极端、片面，给了批评者以物议的口实。本章的意图，是揭示劳伦斯笔下两性关系问题产生的社会历史根源，呈现性质上截然对立的两类两性关系的具体内涵和形式，并就两性关系所涉及的性描写及同性恋诸问题作一些辨析工作，以澄清一些误解，也对其创作中真正具有危害性的思想内容进行批判。

第一节　女权运动与劳伦斯小说中的新女性

1. 女权运动与新女性的诞生

英国女权运动兴起于 19 世纪 60 年代，在 20 世纪初得到迅速发展。这场运动极大地动摇了维多利亚时代的传统女性观念，提高了女性在家庭和社会中的地位。劳伦斯对性及两性关系本质的理解，对畸形两性关系的批判，对理想两性关系的建构，对性问题的认识，都反映了这场运动对他的冲击和影响；同时，也包含了他对这场运动的反思。

作为讨论英国女权运动的起点，我们首先要了解 19 世纪维多利亚时代的传统女性观念和女性地位。概言之，在维多利亚时代的英国，虽然资本主义政治、经济制度早已经确立，但在家庭观念和制度上，封建主义的影响依然十分强大。被普遍接受的观念是男尊女卑，男人是女人的主宰，女人是男人的附属品。典型的中产阶级家庭是建立在夫权至上和明确分工基础之上的：男主外，女主内；男人挣钱养家，承担社会责任，女人安排家庭生活，照顾丈夫，抚养孩子。丈夫在家庭中享有绝对权威，而已婚女子从法律角度讲一无所有。她们不能成为独立法人，不能支配自己的劳动所得，不能分享和继承财产。女性的身体属于丈夫，她们的贞操受到严格的社会监督；丈夫可以任意抛弃她们，她们却没有要求离婚的权利。英国学者约翰·梅彭对这种家庭模式作了简要的说明："维多利亚式的家庭是一个庞大的父权制机构……妻子和母亲的角色是充当相当繁重的家庭经济事务的管理者，她极少有指望过任何别的生活。统治整个机构的是维多利亚时代的父亲，他拥有不容置疑的权力"①。美国女权主义批评家凯特·米利特对此毫不客气地指出：在那个时代，"妇女一旦结婚便开始了'公民死亡'，她几乎丧失了一切公民权利，就像如今的重罪犯人入狱一样"②。社会普遍接受的角色分工和领域分离观念，把已婚女性牢牢限制在家庭的私人领域，使她们无法进入公共领域，接受与男性相同的教育，从事与男性相当的职业，得到同样的报酬，她们也没有选举权。

有趣的是，在维多利亚时代，这种与英国先进资本主义制度极不相称的女性观念和地位，却能够得到社会的广泛肯定，甚至被神化。19世纪维多利亚时代众多报刊书籍中所描绘的中产阶级妻子都是纯洁的，美丽的，高雅的，贤淑的。她们忠实于自己在家庭中的神圣职责，不仅为丈夫提供温馨舒适的家庭生活，让丈夫从忙碌纷繁的公共事务中抽身

---

① John Mepham, *Virginia Woolf*, *A Literary Life*, London: Macmillan Press Ltd., 1991, p. 39.

② ［美］凯特·米利特：《性政治》，宋文伟译，87 页，南京，江苏人民出版社，2000。

时，能有一个宁静的港湾得到休憩，而且还努力使家庭成为培养高尚美德和虔诚宗教情感的场所。这样的家庭体制更被上升到国家和公共利益的高度来认识："家庭是安宁有序社会的基石，妻子和母亲是家庭的核心。"①英国诗人帕特莫（Coventry Patmore，1823—1896）在 1854 年发表《家庭天使》一诗，颂扬了在家庭中为丈夫营造"天堂"的中产阶级女性形象，由此，"家庭天使"成了对维多利亚时代中产阶级已婚女性形象最"生动"的概括。对劳伦斯产生过重要影响，坚决反工业文明的英国思想家、艺术批评家罗斯金在一篇名为《百合——谈王后的花园》的演讲中，也大肆赞美家庭，鼓吹这种为妻之道。他认为男女各有其擅长的领域，女性的"经营范围"在家庭，他们应该谨守这一"本分"。在家庭中，妻子应该顺从丈夫，为丈夫谦恭地服务，把家庭建设成"和平的地方""避难所"，使它"免遭一切伤害""免遭一切恐怖、怀疑和分裂"。有了这样的妻子，人间就变成了乐园：

> 一个真正的妻子无论走到哪里，这个家都会随之而至。她头顶上也许唯有星星在闪烁，她脚旁也许仅有冰凉夜晚中草丛的萤火虫在闪亮，但是，只要她在就有家。对于一个高尚的妇女来说，家在她身边延伸开去，覆盖着雪松顶篷的场所或漆着朱红的屋宇也无法与它相比。它静静地透出光亮，洒向远方，为那些无家可归的人照

---

① ［英］杰里米·帕克斯曼：《英国人》，严维明译，242 页，上海，上海译文出版社，2000。

亮前面的路程。①

　　在 19 世纪的英国，因为男性海外移民大量增加等多种原因，导致本土男女比例严重失调，成年男子成为"稀缺"资源，这造成了大量的适龄女子单身。1851 年英国第一次人口普查资料显示，10 岁以上的英国男性人口约 760 万，女性人口约 815.5 万，女性比男性约多 55.5 万。同一时期，20 岁以上的单身女性达 150 万，寡居的女性达 75 万。另据统计，1871 年，20～24 岁的女性中，三分之二未婚，30％的 24～35 岁的女性未婚。尽管女性在家庭中地位低下，这种情形仍使得结婚成为女性的一个令人羡慕的归宿。此外，维多利亚时代全社会对美德的重视、对责任的强调，不只针对女性，对男子甚至有更高的要求。所以，尽管从法律上讲，男子可以对妻子为所欲为，实际上已婚男子要克制、本分得多。基于这些原因，全社会对婚姻和家庭的美化才找到了着力点，也使得真相更容易被掩饰。

　　但是，女权运动的先驱者们没有被蒙蔽，她们开始组织起来，为改变女性严酷的生存状况而斗争。1866 年，英国一个名为肯辛顿协会的妇女组织举行请愿活动，要求与男子具有同样的政治权利。在寻求国会立法的努力失败后，不甘气馁的组织者发起成立了妇女平权运动伦敦协会。很快，类似的组织在全国纷纷成立。1887 年，英国 17 个独立的平权运动组织合并成立妇女平权协会全国联盟（NUWSS）。此后，NU-

---

　　① ［英］罗斯金：《百合——谈王后的花园》，见《罗斯金散文选》，沙铭瑶译，74 页，天津，百花文艺出版社，1997。

WSS 迅速发展壮大，到 1914 年第一次世界大战爆发前，它在全英国有 500 个地方支部，成员超过 10 万人。由于英国卷入第一次世界大战，NUWSS 领导人宣布暂时放弃所有政治要求，直到第一次世界大战结束。

妇女社会与政治联盟（WSPU）成立于 1903 年 10 月，由原 NUWSS 在曼彻斯特的一些成员组建。这个组织不满 NUWSS 的和平斗争方式，主张采取更为激进的措施争取妇女权益。它只接受女性会员，把选举权看成两性平等的核心问题。为了阐述她们的激进态度，她们提出了一个响亮的口号："要行动，不要言辞。"1905 年开始，因为推动的一个有关妇女选举权的法案没有在议会中通过，WSPU 发动了一系列针对国会的游行示威活动，其中不少成员因此被捕。1908 年，WSPU 在伦敦海德公园举行了 50 万人大集会。1912 年，WSPU 又发动了一场"非暴力抵制运动"，但这场运动很快被暴力行动所淹没，以致酿成严重骚乱。一些 WSPU 分子砸商店，烧房子，甚至向西敏寺等公共建筑投掷炸弹。在一次这类抗争活动中，该组织一名成员在混乱中被皇家骑警踩死，成为轰动一时的事件。第一次世界大战爆发后，联盟通过与政府谈判达成妥协，结束针对政府的街头运动，支持政府进行战争。此后联盟逐渐退出了公众的视线。1917 年，联盟宣布解体。

妇女合作社是一个妇女合作互助组织，成立于 1883 年，19 世纪 90 年代开始迅速发展。1889 年它在英国有 1700 名成员，1933 年达到 72000 名成员。该组织的主要目的是争取妇女在政治、社会、家庭、健康、教育等方面的平等权益，传播合作获益的思想，努力消除妇女贫困状况。比较 NUWSS 和 WSPU 等女权运动组织，妇女合作社把精力更多地投入到妇女自助、自救的实际工作中去，很少搞街头运动，因此，它更受普通家庭妇女欢迎，也更有生命力。

第一次世界大战是英国女权运动发展的一个重要分水岭。从表面上看，许多女权组织暂时放弃了他们的政治诉求，女权运动因此走向低潮，但实际上，战争在客观上极大地改善了英国妇女的地位。战争期间，由于大批适龄男子入伍，他们留下的工作职位空缺不得不由妇女来填补；一些传统上由男子承担的工作，如管理店铺工作、军役部门的工作，也有大量女性加入。妇女参加工作意味着她们可以直接对战争做出贡献，也意味着经济上获得独立，由此带来她们社会地位的提高。战争时期的特殊环境，也冲击着关于女性的一些传统观念，人们以更宽容的态度对待贞操、婚外恋、同居等问题。战争结束后，这一切现实的变化，终于在政治上反映出来：妇女获得了选举权，以及其他诸多过去所没有的权利。

英国女权运动的蓬勃发展，极大地冲击了维多利亚时代的传统女性观念，使女性地位得到了很大的提高。在 19 世纪末 20 世纪初，英国出现了一大批具有叛逆性格的新女性。如果说维多利亚时代女性是"封闭、恋家、无性、没有选举权的女性"，那么新女性则蔑视维多利亚时代的家庭体制，积极参与公共社会生活，追求思想独立，经济独立，更主动地与男性交往，有的还追求性解放。与劳伦斯同一时代的女性作家弗吉尼亚·伍尔夫、曼斯菲尔德，艺术家凡尼莎·贝尔，学者多拉·罗素（Dora Winifred Russell，1894—1986）、鲍惠尔小姐（Eileen Power，1899—1940)等都是杰出的新女性，她们不仅思想前卫，日常行为、穿着、举止上也十分大胆开放。伍尔夫是一个自觉的维多利亚时代女性偶像的破坏者，她的众多作品都在致力于解构维多利亚时代的女性观念，塑造新女性的形象。她在《女人的职业》一文中以讽刺的口吻写道：在维多利亚时代，"每一幢房子都有她的天使"，这些"天使""具有强烈的同情心，具有非常的魅力，绝对地无私。她擅长于家庭生活中的那种困难的艺术。每一天她都在作出牺牲……她极其纯洁。"伍尔夫宣称，自己的使命就是要"杀死这房间里的天使"①。20年代曾在英国游学，见证过女权运动，接触过新女性的中国诗人徐志摩把她们描绘成一群有"怪僻"的"背女性"："头发是剪了的，又不好好收拾，一团和糟的散在肩上；袜子永远是粗纱的；鞋上不是沾有泥就是带灰，并且大都是最难看的样式；裙子不是异样的短就是过分的长，眉目间也许有一两圈'天才的黄晕'，或是带着最可厌的美国式龟壳大眼镜，但她们的脸上却从不见脂粉的痕迹，手上装饰亦是永远没有的，至多无非是多烧了香烟的焦痕；哗笑的声音，十次有九次半盖过同座的男子；走起路来也是挺胸凸肚的，再也辨不出是夏娃的后身；开起口来大半是男子不敢出口的话……总之她们的全人格只是一幅妇女解放的讽刺画。"②徐志摩的描述虽嫌夸张浮浅，但也的确反映了一些最前卫的新女性的特征。英国一位同时代的妇女曾经忧心忡忡地说："我们国家妇女道德水准江河日下的速度令人担忧。"她认为，"教育制度缺乏远见，战争环境中培养的兴奋情绪，

---

① ［英］弗吉尼亚·伍尔夫：《女人的职业》，见《伍尔芙随笔集》，孔小炯、黄梅译，91、92页，深圳，海天出版社，1993。

② 徐志摩：《曼殊斐尔》，见《徐志摩全集》（第一卷），226页，天津，天津人民出版社，2005。

妇女的解放，以及大批妇女在摆脱家庭影响之后获得经济独立"①，这些弊端对妇女道德水准的下降负有不可推卸的责任。

2. 劳伦斯与女权运动

与劳伦斯关系密切的女性或者与女权运动有直接联系，或者是接受过女权运动洗礼的新女性。劳伦斯的母亲莉蒂娅在妇女合作社伊斯特伍德支部担任会计多年，积极参加支部活动，并在其中扮演了重要角色，深受同事的尊敬。她性格保守，笃信宗教，养育孩子、照顾丈夫都尽心尽责，这些是维多利亚时代女性的典型特征。但另一方面，莉蒂娅思维敏捷，能言善辩，在知识和教养方面都高过丈夫。她按照自己的意志规划孩子们的前程，支配一切家庭事务，剥夺了丈夫作为一家之长的权威，架空了他的地位。这使得家庭不再是丈夫的"休憩港湾"，而成了伤心之地。莉蒂娅的这种强势风格与她在女权组织中所受的熏陶和"新女性"的影响有千丝万缕的联系。

劳伦斯的初恋情人吉西·钱伯斯出身农家，性格拘谨，思想温和，对政治没有多少兴趣。但她受过良好的教育，长期担任小学教师，文笔优美的回忆录《一份私人档案》证明她是一位颇有才华的知识型女性。显然，她是女权运动争取妇女接受教育和工作权利运动的受益者。吉西与英国女权运动也没有完全绝缘，劳伦斯另一个在伊斯特伍德的情人艾丽丝·达克斯经常把鼓吹女权运动的《新时代》杂志送给吉西和劳伦斯，希

---

① 转引自 Mrs Neville-Rolfe, "The Changing Moral Standard," *The Nineteenth Century and After*, Vol. 84 (1918), p. 725。

望引起他们对女权运动的兴趣。吉西在《一份私人档案》中回忆了她陪同劳伦斯出席英国小说家亨特举办的午餐会的情形。去亨特家之前，他们先拜访了文学编辑、作家休弗，休弗拿出一张参加女权运动会议的通知，问吉西是否感兴趣。吉西回答说："我有几个非常热心此项运动的朋友给我讲过这些情况。"休弗又告诉吉西，因为妇女还没有获得选举权，所以自己也两次放弃了投票的权利。吉西对休弗所说在妇女得到选举权之前自己永远不会去参加选举的话肃然起敬，称它有"骑士风度"①。在亨特家的午餐会上，也许是因为吉西在场，亨特把话题转到女权运动上来，讲述了一些妇女因为女权运动被捕，受到迫害。这些资料显示，吉西十分熟悉女权运动。众所周知，吉西是《儿子与情人》中米丽安的原型，《白孔雀》中的莱蒂身上也有吉西的影子。

在诺丁汉，妇女平权协会全国联盟这个稍微保守，但更有组织性的团体十分活跃，艾丽丝·达克斯是它的成员。艾丽丝 1878 年出生在利物浦，是一个职员的女儿，曾经在利物浦的邮局工作过，是当地平权运动的活跃分子。1905 年结婚后，她随作药剂师的丈夫迁居到诺丁汉伊斯特伍德，又积极投身地方的妇女运动，成为小有名气的领袖人物。艾丽丝相貌不佳，衣着邋遢，但作风大胆，行事果断。在一般伊斯特伍德人眼里，她行为过于"出格"，因此口碑很差。她和劳伦斯有过肉体关系，还一度准备与劳伦斯私奔。但两人的私情维持的时间不长，后来劳伦斯曾骂艾丽丝是"一条母狗"，欺骗了自己。与吉西·钱伯斯去世前把

---

① ［英］吉西·钱伯斯、弗丽达·劳伦斯：《一份私人档案：劳伦斯与两个女人》，叶兴国、张健译，126 页，北京，知识出版社，1991。

劳伦斯大量书信付之一炬不同，艾丽丝毫不避讳与劳伦斯的关系，她把劳伦斯给她的书信都保存下来。这种做法从一个侧面反映了艾丽丝我行我素、放浪形骸的性格。

露易·伯罗斯1904年在伊尔克斯顿教师进修中心参加教师培训班时与劳伦斯相识。在1906年，又与劳伦斯一起进入诺丁汉大学学院学习，成为同学，建立了密切的关系。1908年夏天大学毕业后，露易到兰开斯特郡一所学校当教师，后又转到当地另一所学校做校长。1910年夏天，劳伦斯去兰开斯特郡探望正在姐姐家养病的母亲，与露易重逢，二人感情有了进一步发展。征得母亲同意后，劳伦斯与露易在1910年12月3日宣布订婚。他们的婚约关系维持了一年多时间，他们于1912年2月4日解除了婚约。露易身材高大，精力充沛，独立性很强，同时又肉感动人，温柔可爱。无论在大学期间，还是参加工作以后，她都是女权运动的积极参加者。正因为露易与女权运动的密切关系，劳伦斯在1909年3月28日给露易的信中，饶有兴趣地向她描述了在伦敦目睹的两个与女权运动有关的场景。一个场景是女权分子在游行示威："成千上万女权运动分子在列队游行，狂热地喊着口号。到处是刺耳的叫声，标语挥舞的哗哗声，传单洒落的沙沙声。"另一个场景是一群保守分子在围攻两个坐在汽车里的女权分子，劳伦斯写道：

> 我被夹在女权运动分子队列前疯狂的反对人群当中。但愿你能感受到那股奔涌的恶毒浪潮！密密麻麻的大群男人冲向一辆汽车。汽车里只有两位落单的女人，其中一位站着高声嘲弄蛮横的人群，另一位坐着，黑眼睛里满是悲伤。"男人们要是控制不了自己，"卡

梅伦小姐说："就该女人来控制他们。"我们在前面听着，一伙人叫喊着，接着整个人群开始狂吼，其中有百十个凶暴的男人向汽车涌去，扬言要把汽车掀翻。那两个女人让步了。在嚎叫和嘲笑声中，汽车一点点溃退。①

劳伦斯在 1911 年 6 月 14 日给露易的一封信里，也谈到女权运动。劳伦斯随信寄给露易一份女权组织举办游行的海报，以及奥莉芙·施赖纳(Olive Schreiner，1855 —1920)在那个时期有重大影响的女权主义著作《妇女与劳动》。他问露易是否愿意星期六来谈谈女权组织举办的游行活动，并讨论一下施赖纳的书。

劳伦斯 1908 年来到伦敦南郊克罗伊顿学校任教，在那里，他与海伦·考克(Helen Corke)相识并成为情人。海伦出身工人阶级，像劳伦斯一样，通过自己的努力进入知识分子行列。她身材小巧，皮肤白皙，红头发，有一双灰蓝色的眼睛，颇具魅力。她是女权运动的积极参加者，还是一个双性恋者。劳伦斯认识她时，她与女教师阿格尼丝·霍尔特的关系正走向结束，刚开始与四十多岁已婚音乐教师赫伯特·麦卡尼特的恋爱。后来麦卡尼特迫于世俗压力突然自杀，海伦受到很大打击。劳伦斯同情海伦的遭遇，在安慰她的过程中，对她产生了强烈的感情，并与她发生了肉体关系。在写给海伦的一些信中，劳伦斯坦率地谈到他们之间的性关系。劳伦斯似乎对海伦强烈的性需求感到难以适应。他对

---

① D. H. Lawrence，*The Letters of D. H. Lawrence*，ed. James Boulton，Cambridge：Cambridge University Press，1979，Vol. 1，pp. 122-123.

海伦说："你我之间只有性。"说自己星期六"很棒"，是因为喝了酒，而星期天没有弄到酒喝，表现得就像个大傻瓜。劳伦斯还说自己"受不了我们之间过度的性关系"，因为它对身体有害，并且表示"我将永远不会再要求这种性关系了"①。海伦成为劳伦斯长篇小说《逾矩者》中海伦娜的原型。

没有证据显示弗丽达直接参加过女权运动，但生就性格叛逆的弗丽达，在性解放方面的作为，与最激进的女权分子相比有过之无不及。弗丽达的姐姐埃尔斯（Else Jaffe，1874—1973）是海德堡大学社会学博士，著名社会学家马克斯·韦伯（Max Weber，1864—1920）的弟子。1902年，埃尔斯嫁给犹太裔经济学家、富翁、现代艺术赞助人埃德加·贾菲（Edgar Jaffe，1866—1921），由此进入了德国各种反主流文化的中心。1907年，弗丽达从英国前往德国看望姐姐时，与埃尔斯的情人、奥地利精神分析学家格罗斯坠入情网。1911年，弗丽达又横刀夺爱，从格罗斯妻子弗丽达·格罗斯（Frieda Schloffer-Gross，1876—1950）的手里把她的情人、画家、无政府主义者弗立克据为己有。格罗斯是弗洛伊德最赏识的两个弟子之一（另一个是荣格），但私生活放纵，吸食毒品，1921年吸毒成瘾致死。弗里克同样私生活放纵，并与1907年苏黎世警察局爆炸案、1908年的一起电车颠覆案有牵连，后来被苏黎世警方逮捕。弗丽达通过与姐姐埃尔斯、情人格罗斯和弗里克的关系，与当时欧洲最激进的各种社会思潮建立了联系。弗丽达也深深认同在这些欧

---

① D. H. Lawrence, *The Letters of D. H. Lawrence*, ed. James Boulton, Cambridge：Cambridge University Press，1979，Vol. 1, p. 286.

洲前卫知识分子当中流行的性解放思想和行为，并身体力行。弗丽达有
一句名言："假如性是'自由的'，这个世界马上就会变成天堂。"①弗丽
达追求性自由，一方面是出于自身享乐的需要，另一方面是因为她坚信
性爱的解放力量。她认为性的无拘无束的宣泄，可以治疗种种社会痼
疾，还可以创造男人。而她的使命就是"成为一个性爱的诗神"，"去安
慰和解放一个富于创造力的男人"②。可以说，正是这些新女性完成了
劳伦斯的肉体解放，使他在心智上迅速成熟起来。

　　劳伦斯的小说对女权运动也有直接的描写。《白孔雀》中的莱蒂婚后
一度热衷于参加各种社会运动，并加入了一个叫"妇女联盟"的女权组
织，但她很快发现这一切毫无意义。她在给西里尔的信中说："我肯定
我们大大取笑过一个直头发，瞪着眼睛看人的姑娘，她为妇女运动受过
坐牢之苦，因而当我看见自己'妇女联盟'的徽章时，真为自己感到惭
愧。"《儿子与情人》中莫瑞尔太太在妇女合作社所属妇女俱乐部的活动，
是劳伦斯母亲参加妇女合作社活动的真实写照：

　　　　俱乐部每星期一晚上在贝斯特伍德合作社杂货店楼上的长房间
　　里聚一次会，讨论合作带来的好处以及其他社会福利问题。有的时
　　候，莫瑞尔太太给大家读读报。她在家里总是忙于家务，现在却坐
　　在那儿飞快地写着，思考着，不停地参阅书本，然后接着往下写，

---

①　[英]吉西·钱伯斯、弗丽达·劳伦斯：《一份私人档案：劳伦斯与两个女人》，
叶兴国、张健译，184页，北京，知识出版社，1991。
②　[美]布伦达·马多克斯：《劳伦斯：有妇之夫》，邹海仑、李传家、蔡曙光译，
144页，北京，中央编译出版社，1999。

孩子们见了都十分惊诧。每逢这种时候，他们都不由得对母亲肃然起敬。

这个妇女合作社还要求其成员审查各自家庭的生活状况，并找到不足之处。有些矿工丈夫发现妻子参加妇女合作社后，对事物有了全新的衡量标准，变得过于独立，甚至不愿意受丈夫约束了，他们因此很不喜欢这个组织，叫它"叽里呱啦店"，也就是说闲话的地方。毫无疑问，莫瑞尔太太在妇女合作社的活动，影响到她在家庭中与丈夫的关系。她的独立与自尊，固然使她成为家庭中的主心骨，使孩子们的心灵有了靠山，但同样，莫瑞尔在家庭中被排挤和边缘化，与她对事物"全新的衡量标准"有莫大关系。

《儿子与情人》中的克拉拉以劳伦斯的情人艾丽丝为原型。她出身贫寒，是一个女权主义者。在参加妇女运动的 10 年时间里，克拉拉获得了相当的教育。保罗和她相识后，通过她又认识了另外一些女权主义者。有一次，保罗约克拉拉一起去看演出，碰头时见到克拉拉和另一位"主张女权的朋友"在一起。另一次，保罗去克拉拉家里看望她，见到克拉拉在做花边，保罗问这活儿累不累，克拉拉说："多少有点累。女人干的活儿不都是这样吗？这是自从我们强行进入劳动市场后，男人们耍的又一个花招。"克拉拉这番话，表明了她女权主义者的立场。保罗母亲知道保罗与克拉拉的关系后，担心人言可畏。保罗承认"她和她丈夫分居，还到处上台演讲，因此和别的已婚妇女不一样"。但保罗一点都不担心，他宽慰母亲说："他们知道她是主张妇女参政等等事情的。他们说又怎么样呢！"

《虹》中的英格小姐对"女权运动也颇感兴趣"，她与厄秀拉的同性恋关系说明她的确是一位"敢作敢为的现代女性"，"追求彻底的自由、独立"。英格小姐还向厄秀拉发表了一套独特的"女权主义"观点："男人不行了，他们没有本事"，"别看他们终日高谈阔论，口若悬河，其实他们内心非常愚蠢、空虚。他们将一切都纳入陈旧的、毫无生气的概念。在他们看来，爱情只不过是一个空洞的概念。他们并非在爱一个人，而是爱一个概念……他们都性无能，无力征服女人"。厄秀拉在一所小学任教时的同事玛吉热心于女权运动，主张妇女参政，有选举权。厄秀拉经常和她一起讨论妇女问题，还和她去诺丁汉参加过争取妇女解放的"盛大集会"。受玛吉影响，厄秀拉甚至想将来自己也要"成为女名人，领导妇女运动"。她参加过诺丁汉的女权会议，读过女权主义著作《妇女与劳动》。厄秀拉具有鲜明的叛逆性格，而劳伦斯情人露易的生活经历和个性气质在很大程度上融入了厄秀拉的形象之中。

3. 劳伦斯对新女性的态度

或许，对劳伦斯更为重要的，是他对女权主义态度的变化，以及这种变化对其创作的影响。

我们应该认识到，由于劳伦斯母亲及与他关系密切的其他女性的影响，劳伦斯接受了女权主义思想，并将其贯彻到自己小说的艺术表现中。首先，劳伦斯小说中的绝大多数女性主人公，都是经过女权运动洗礼的新女性，她们强悍、独立、行动无拘无束、追求性爱自由和享受，莱蒂、安娜、厄秀拉、古娟、康妮、凯特等是其突出的代表。另一些女性形象，如《儿子与情人》中的米丽安、葛楚德，《虹》中的莉迪娅，似乎有维多利亚时代传统女性的特征。如米丽安的顺从、"无性"，葛楚德忠实地扮演了家庭主妇的角色，莉迪娅遵从妻子和母亲本分等，但这些只是表面现象。米丽安没有家庭观念，与父母和兄弟格格不入，也不喜欢家务。她渴慕知识，希望通过学习改变命运、在经济上能够自立。她的"无性"，很难说是特定时代的产物，更多是知识女性的性格气质使然。葛楚德处处与丈夫对立，削弱丈夫在家庭中的作用，打击丈夫的自尊，具有驾驭男性的强烈冲动。莉迪娅对丈夫汤姆也不是维多利亚时代女性对男性的那种依赖和顺从，她内心深处有一团汤姆无法理解的黑暗，也就是说，她从未向汤姆彻底地敞开自己，她的精神独立是不容汤姆侵犯的。这些都是新女性的特征，与维多利亚时代的女性风尚格格不入。其次，劳伦斯对传统意义上的婚姻和家庭模式完全没有好感。读者在劳伦斯小说中很难找到传统意义上和美幸福的婚姻和家庭，家庭成员的角色常常缺位、僭越或扭曲，家庭生活乏味，家庭成员的社会职能不彰。缔结传统意义之婚姻者通常都会陷入困境之中，如《白孔雀》中的莱蒂父母、安纳布夫妻、莱蒂与莱斯利，《儿子与情人》中的葛楚德与莫瑞尔，《虹》中的安娜与威尔，《查特莱夫人的情人》中的康妮与克利福德等。从《恋爱中的女人》开头克里奇家族成员举行婚礼的场面，以及这部小说第26章对旧货市场上一对青年男女置办结婚家具过程的描写，都可以看出劳伦斯的讽刺态度。而追求新生的人物常常要离家出走，如《迷途的姑娘》中的爱尔维娜，《恋爱中的女人》中的厄秀拉，《查特莱夫人的情人》里的康妮等。劳伦斯追求的理想两性关系完全脱离了传统婚姻和家庭这个平台，脱离了社会认可的种种形式，转而寻求以直觉的默契、本能的应和、血性的碰撞为基础的结合。

有西方学者指出，现代主义作家当中，普遍存在着对强势新女性的迷恋和恐惧这两种既矛盾又统一的倾向："女性主义支持社会文化的丕变，其激进的内涵在现代主义的创作中造成了对性别的史无前例的关注。……这样的关注大多表现了男性现代主义者对女性新力量的恐惧，结果却产生了一种厌女症和胜利的男性主义的混合物……这种男性主义的厌女症总是与它辩证的孪生兄弟结伴而行：对获得力量的女性的迷恋和强烈认同。"①在劳伦斯身上，这两种矛盾的倾向尤其明显。他在 1915年 11 月 2 日给辛西娅·阿斯奎斯夫人的信中写道："我非常希望你把你的想法告诉我，因为这个问题应该让我国妇女决定。男人对它会视而不见。我想没有一个男人会对此作出丝毫的反应。但是对妇女我仍旧寄予了一些希望。"②1915 年 11 月 2 日给休·梅瑞狄斯（Hugh Meredith）的信中说："我觉得男人已无希望，他们全都死了……也许妇女还行。"③从劳伦斯的作品中我们可以看出，他十分看重女性在两性关系更新、英国重建、人类复活中的作用；我们也可以看出，劳伦斯对莱蒂、克拉拉、安娜、厄秀拉、古娟等女主人公身上的女性独立意识、性激情是十分着迷的。但这只是问题的一半。劳伦斯同时又对强势女性身上的控制欲、支配欲感到恐惧。对此弗丽达一目了然，她在《不是我，而是风》中写道："我认为在他的灵魂深处他总是害怕女人，他意识到了最后她们比

---

① ［美］迈克尔·莱文森编：《现代主义》，田智译，235 页，沈阳，辽宁教育出版社，2002。

② D. H. Lawrence, *The Letters of D. H. Lawrence*, eds. George J. Zytaruk and James T. Boulton, Cambridge：Cambridge University Press，1981，Vol. 2，p. 425.

③ D. H. Lawrence, *The Letters of D. H. Lawrence*, eds. George J. Zytaruk and James T. Boulton, Cambridge：Cambridge University Press，1981，Vol. 2，p. 426.

男人更强大。女人具备绝对优秀的品质。男人却游移不定，他的精神飞来飞去，但是总不能超越女人的范围。男人生于女人并且为了灵与肉的终极需要又回到女人身边。她就像泥土和死亡，万事万物无不以它们为归宿。"①劳伦斯从自己的经历中感受到女性在男性成长及两性关系中的创造性或毁灭性的双重力量，这种感受又被女权主义的理论与实践所强化。

如前所述，第一次世界大战是英国女权运动发展的一个重要分水岭。英国女性为战争做出了重大贡献，她们在社会中的地位也大幅度提高，越来越与男性平起平坐，越来越男性化，同时，也越来越令劳伦斯感到畏惧。劳伦斯认为，这种带有竞争意识进入男性世界的女性具有毁灭性，她们会破坏两性之间的自然平衡，因此他对这种变化是担忧和反对的。于是，劳伦斯在战争后期开始患上了"厌女症"，对新女性的反感增加，迷恋减弱。他攻击妇女解放："当代最伟大的解放运动就是妇女的解放，也许两千年来最深刻的斗争就是妇女争取独立或自由的斗争……在我看来，斗争是胜利了。它甚至正在超出胜利的范畴，变成女性的暴虐，家庭中的女暴君。"他又说："今天的女人常常很紧张，一触即发，异常警觉，不是为了爱，而是为了干仗而挽起袖管。瞧她那模样：那仅能遮体的衣裙，那头盔般的帽子，那齐平的短发和刻板的举止，无论你怎么看，她都更像个士兵而不像其它。"②劳伦斯 1917 年 1 月

---

① 吉西·钱伯斯、弗丽达·劳伦斯：《一份私人档案：劳伦斯与两个女人》，叶兴国、张健译，226 页，北京，知识出版社，1991。

② ［英］劳伦斯：《生活的真谛》，见《性与可爱》，姚暨荣译，52、53 页，广州，花城出版社，1988。

20 日给罗伯特·门特西尔的信中担忧地写道："如果本属于男人的活动由女人承担，会造成女性对自己青春可怕的摧残……我确信在我们国家，妇女将会从根本上摧毁男人。一想到这一点，我的心就不再平静，而变得阴暗起来。"①

战争结束后，劳伦斯的厌女症有了新的发展。劳伦斯在变本加厉攻击女性的同时，也更加侧重于树立"理想"的女性样板。劳伦斯认为，被战争翻转了的两性关系、两性地位和女性角色，现在应该重新颠倒过来。女性应该放弃她们的优势心理和独立地位，恢复她们固有的性格，学会服从于男人；而男人有必要享有妇女，并坚定地领导她们。1918 年 12 月 5 日他在给曼斯菲尔德的信中说："我确实认为，女人必须屈服于男人，而男人也应该当仁不让。我确实认为，男人必须昂首阔步地走在女人的前边，用不着转身去询问他们的女人是否同意。总之，女人必须毫不犹豫地跟随着男人前进。"②劳伦斯研究者奚拉里·辛普森在《劳伦斯与女权主义》一书中指出：相对于爱和权利等问题尚无定见的前期作品，"劳伦斯 20 年代的作品发展了明显的反女权主义倾向"③，这的确是真知灼见。

最后应该强调的是，劳伦斯在战后转向男权立场，并不是要恢复 19 世纪维多利亚时代传统的婚姻和家庭关系，他是在接受了女权运动

---

①　D. H. Lawrence，*The Letters of D. H. Lawrence*，eds. James Boulton and Andrew Robertson，Cambridge：Cambridge University Press，1984，Vol. 3，pp. 78-79.

②　D. H. Lawrence，*The Letters of D. H. Lawrence*，eds. James Boulton and Andrew Robertson，Cambridge：Cambridge University Press，1984，Vol. 3，p. 302.

③　Hilary Simpson，*D. H. Lawrence and Feminism*，DeKalb：Northern Illinois Uiversity Press，1982，p. 65.

的洗礼之后，希望在一个更高的层面上重新构建理想的两性关系。这是对女权运动的回应，又是对它的超越。就此而言，劳伦斯是向前看的。

第二节　文明束缚下的畸形两性关系

在劳伦斯看来，畸形两性关系的形成与女权运动有很大关系，因为这场运动提高了女性的地位，同时也导致了女性主体意识的恶性膨胀。劳伦斯还认为，畸形两性关系是人之社会化的必然产物。把畸形两性关系的形成归罪于两个不同的方面，其实并不矛盾，因为在劳伦斯眼中，二者都是工业文明所结的恶果。从这个意义上讲，劳伦斯对畸形两性关系的批判，是他工业文明批判的重要组成部分，本节的内容按理也应该归并到第一章。我之所以将它从第一章独立出来，在本章论述，是考虑到两性关系问题之于劳伦斯小说的重要性，以及畸形两性关系与理想两性关系的对立统一性。

本节集中讨论劳伦斯小说中畸形两性关系的三种主要类型：社会化婚姻、无性之爱、精神占有。

1. 社会化婚姻

在劳伦斯小说中，"社会化婚姻"是指两性双方或其中一方遵从社会规范，按照社会普遍认可的伦理原则和习惯生活。这些人往往具有一定社会地位，并忠实于自己扮演的社会角色。马克思认为，"人是一切社会关系的总和"，这说明社会性是人的本质属性，人不可能脱离社会而存在。劳伦斯却将"社会化"看成工业文明对人、对两性关系最大的扭曲和戮害。

《虹》中的工程兵斯克里班斯基是一个社会人的样板。厄秀拉有一次与他谈到战争和国家义务等"大"问题时，把他的本质揭露出来。斯克里班斯基承认自己想去打仗，并认为打仗是最庄严神圣的事情。厄秀拉诘问："人死了，还有什么庄严不庄严?"斯克里班斯基强调战争可以保护殖民地土著人的幸福和安宁，保卫国家安全。厄秀拉对此也不以为然。斯克里班斯基说他渴望"为国家打仗"，因为"我属于国家，我要为祖国尽义务"。厄秀拉反问道，如果无仗可打，或国家不需要他去打仗时，他干什么。被这个简单又深刻的问题逼到死胡同的斯克里班斯基只好说："别人干什么，我就干什么。"厄秀拉火了，她尖刻地抨击他："你什么都不是，好像压根儿就不存在，没有你这个人。"厄秀拉的话触及真正的、本质的自我的问题。没有内在本质的自我，只有社会赋予他的角色，这正是斯克里班斯基的要害所在，是他致命的缺陷。在他眼里，"一个人只不过是国家和现代社会这个伟大建筑物中的一块砖罢了。他个人的行为是微不足道的，他附属于社会。社会结构需要得到保护，任何人不能以个人的理由毁坏它，因为个人的理由无法证明它的毁坏行为是正当的。……人只要在社会大建筑中，在人类创造的精美绝伦的文明中寻找到自己的位置就行了，如此而已。社会大建筑才重要，而个人不过是一个小份子，微不足道"。作为社会化的人，斯克里班斯基感到只有结婚，他与厄秀拉的关系才会获得社会的保护，他才能感到安全。厄秀拉对他急于结婚的目的了然于心：一旦他们结了婚，他们的关系就公开化，他就变成了斯克里班斯基先生，她就变成了斯克里班斯基太太，他们就成了这个僵死的社会关系的一部分。正因为斯克里班斯基的社会人属性，他与厄秀拉的两性关系才难以获得成功。他最后向厄秀拉求婚不成，转而又向上校女儿求婚，急于摆脱被厄秀拉戳穿本相后造成的"黑暗的威胁，解除心灵的折磨"。他与上校女儿的婚姻使他重新返回社会普遍接受的文明规范之中。

《白孔雀》中莱蒂与莱斯利的两性关系是深受工业文明戕害的一个重要典型。莱蒂出生在城镇的中产之家，从小受到良好的文化教养，知识丰富，举手投足间有一种天然的优雅和风度。她尚言谈，喜欢辞令游戏，好引经据典。父亲去世时给她留下了一笔小小遗产，加剧了她身上贪慕虚荣、向往上层社会生活的倾向。在小说中，劳伦斯借白孔雀意象绝妙地概括了莱蒂身上文明的属性。西里尔去拜访安纳布时，在猎场的墓园里看到一只搔首弄姿的白孔雀。安纳布捡起一块草皮向它扔去，孔雀在天使雕像头上拉了一堆粪后飞走了。接着安纳布咒骂这只孔雀，"这傲慢的蠢货！……这是女人的化身"，"一个女人直到死都是极其虚荣的，是尖叫抱怨的泼妇，是肮脏龌龊的东西"。安纳布有理由指桑骂槐，借白孔雀诅咒女人，因为他从自己的前妻那里吃了很大的亏。但白孔雀意象在此出现，主要还是象征追慕文明和理性的莱蒂。莱斯利是富家子弟，相貌英俊，风度翩翩，令人倾倒。像莱蒂一样，他也爱说话，一坐下就滔滔不绝。莱斯利还热衷于各种公益事业，一会儿安排网球比赛，一会儿又组织游园会，再不就上教堂，搞慈善募捐。这是一个事业上正在发迹的资产者形象、工业文明的代表。

《白孔雀》对莱蒂与莱斯利畸形两性关系的本质作了深刻的揭示。"话多"和"尚谈"被劳伦斯看成文明的表征，而莱蒂与莱斯利的关系正是建立在言词基础上的。他们只要在一起，总是调情打趣，谈笑风生。莱蒂与乔治讲话，很少能够得到语言上的回应，与莱斯利说话，却总像遇到了知音，两个人经常卿卿我我，情话绵绵。但是，莱蒂与莱斯利在一起说话感到心情愉快，却无法点燃心头激情的火焰，带不来令人热血沸腾的冲动。言语上的交往不是拉近了他们的距离，而是加深了他们之间的隔阂。莱蒂似乎很惧怕二人单独在一起，多次约会，她都要把弟弟西里尔带上。有一次莱斯利来访，见到莱蒂睡姿美艳动人，忍不住吻了她。莱蒂醒来，对此表示反感和抗议。他们第一次同居后，莱蒂完全没有肌肤相亲的羞涩和柔情，早上起来，穿一身黑衣，面色苍白冰冷。再见到莱斯利，她感到十分气恼，飞快地作了一个厌恶的手势。而且莱蒂也不愿意见到自己的一双手，一看见它就赶紧藏到裙子后面。显而易见，莱蒂的本能和直觉清楚地暗示自己不爱莱斯利；与他在一起，激起的只是厌恶，而不是情欲。莱蒂最后与莱斯利结婚只是理性的抉择，当莱斯利问她："你想再次离开我吗？"莱蒂答道："不！只是我的手臂失去了知觉。"

《白孔雀》第 3 部展示了莱蒂与莱斯利这一对文明人婚姻的后果。莱蒂婚后对乔治始终无法忘怀，总要想方设法介入乔治的生活。自她宣布和莱斯利订婚之后差不多过了十年，她和乔治的关系仍像是情人一般。在家庭生活中，她全身心地投入生育和抚养孩子的"事业"中，完全忽略了自我的存在，放弃了自我的发展。"她已下决心忍受这种生活，忽视自我，把她自身的潜力注入另一个人或其他人的血脉之中，而把自身的生命摆到次要的位置上。"婚姻也未给莱斯利带来好处。他当上了郡议员，以矿主的身份经常对经济问题发表权威性讲话。他表面看起来无限风光，但内心十分空虚，失去了以前的果断和自信。由于无法从莱蒂身上获得真爱，他逐渐养成了对婚姻的玩世不恭态度："由于莱蒂总是一个好妻子，莱斯利闲来便宠赏她一番，没有空时也就舒心地把她丢在脑后了。"他们的婚姻失去了活力和激情，两性关系坠入了迷途。

《儿子与情人》中葛楚德与莫瑞尔的婚姻，以劳伦斯父母的婚姻为蓝本。小说一开始就凸显了莫瑞尔与妻子在出身、气质和教养上的差异。葛楚德出生在市民家庭，莫瑞尔是矿工。莫瑞尔肩宽背厚，身材挺拔，热情爽朗，激情洋溢，热衷于感官享乐；葛楚德则勤于思考，头脑灵活，善于言语交流，志趣高雅，冷峻骄傲。葛楚德代表理性和精神，莫瑞尔象征感性和直觉。一开始，正是各自身上独特的气质使他们相互吸引，莫瑞尔见到葛楚德时"像消了魂似的"，葛楚德感到莫瑞尔"浑身发出柔和的光泽，犹如生命之火在燃烧，那么炽热，那么富有诱惑"。而一旦他们进入实际的家庭生活领域，彼此间的纷争立即开始了，这种纷争涉及生活方式、经济责任，以及家庭中的权力等。莫瑞尔从井下挖煤不仅得到薪水，还有真正的快乐。一大早，他迎着清新的晨风走出家门去矿井上班。他喜欢清晨，喜欢走在田野上，而"他在井下就像在田野里那样快活"。他刚认识葛楚德时，对她说自己 10 岁就到井下干活，"像老鼠那样生活，晚上才钻出地面来看看"。他讲这番话时，丝毫没有抱怨哀伤的情绪。然后他对井下鼹鼠一番绘声绘色的描述，让葛楚德着迷、倾倒。婚后孩子们有时也缠着要他讲井下的故事，而莫瑞尔总是乐于满足孩子们的愿望。他讲一匹叫"塔菲"的小马如何喜欢闻鼻烟，一只小老鼠如何钻入袖筒里，让孩子们感到新奇快乐。与矿工同伴去酒馆喝酒，是莫瑞尔娱乐的主要方式。平时下班后，莫瑞尔爱到酒馆喝几杯，然后才回家。在一个两天的假期，莫瑞尔一大早满心欢喜地起来，在花园里一面吹口哨，一面忙着木工活。九点半，他的矿工同伴来找他，莫瑞尔努力压抑着得意的情绪，走出家门。他们要去诺丁汉，但这并不是唯一的目的，沿途有若干酒馆，酒馆里还有赌博一类游戏，这才是他们的最爱。莫瑞尔与同伴先在月星酒馆买酒喝，然后是古村酒馆，再走五英里，到布尔威尔酒馆，已经是正午时分，诺丁汉还没有到，莫瑞尔就被啤酒灌得昏昏沉沉。他倒身在树下睡了一个多小时，随后又与同伴到牧场酒馆吃午饭，接下来又去山坳酒馆玩纸牌、玩九柱戏或多米诺骨牌，其间自然少不了又喝酒。一直到晚上七点，他们才搭乘火车回家。这就是莫瑞尔一天的假期生活。他放纵感官享乐，把家庭、责任、妻子、儿女抛在了脑后。劳伦斯认为，莫瑞尔的这种生活源于感性、直觉和本能，是幽深黑暗的矿井、矿工伙伴们的亲密关系，以及传统的煤炭生产方式塑造了这种生活样式。但这种天性和本能的保存只限于在矿井中、酒馆里与伙伴们相处时，一旦他回到家庭生活中，回到社会和责任当中，通常就会感到窘迫，感到难以应付。劳伦斯说，矿工们"不具备白天的雄心和智慧"，他们"逃避事实"，因为"以老婆、金钱和因为家庭必需品而产生的唠叨这种种面貌出现的一切事实总是严峻的"①。莫瑞尔太太希望和丈夫过一种有"精神和思想"的生活，夫妻间能坦诚地讲心里话，交换意见和观点，但她失望了。因为每当此时，丈夫总是毕恭毕敬听她讲，却好像什么也没听懂，她为沟通感情所作的努力全是白费力

① ［英］劳伦斯：《诺丁汉与乡间矿区》，见《劳伦斯散文选》，马澜译，170、171页，天津，百花文艺出版社，1992。

气。到后来，丈夫甚至一到晚上就坐立不安，怕妻子和自己谈话。莫瑞尔的收入情况并不太坏，可是遇上结婚，以及后来子女众多时，也会感到负担沉重。对葛楚德来说，问题的严重性还不完全在于莫瑞尔没有足够的钱养家，而是丈夫对包括金钱在内的一切家庭事务毫不操心，毫无责任感。他固执地龟缩在由矿井和酒馆组成的世界里，不问柴米油盐，不管岁入岁出，把一切都推给妻子。妻子承担起了家庭责任，当然也就获得了相应的权利。莫瑞尔一度试图向妻子的地位挑战，以树立自己在家庭中的权威，但他的寻衅毫无策略，虎头蛇尾。在经过给威廉理发引起争吵，以及醉酒殴打妻子等事件之后，莫瑞尔彻底败北，再也不敢向妻子的权威挑战。他在家中越来越委顿，经常到酒馆喝个烂醉，自甘堕落，渐渐完全丧失了男子气和生命的活力。小说写道：妻子"正在遗弃他，把整个身心转向孩子。从此，他仅仅像一只空果壳似的。和许多男人一样，他自己也默认这一点，把位置让给了孩子们。"葛楚德与莫瑞尔冲突的本质，是莫瑞尔基于本能直觉的生活方式，无法适应现代文明规范。正是在文明的压迫下，莫瑞尔逐渐被毁灭。

2. 无性之爱

　　总体而言，劳伦斯小说中的无性之爱与精神占有都属于两性关系社会化的重要表征，只不过形式特殊，才专门加以论述。无性之爱是指男女交往和互动中，排斥性爱因素参与，或性爱因素缺失的两性关系类型。劳伦斯认为两性关系中对性行为的回避和克制是文明驯化的结果，它使人变得虚伪、矜持，在性面前迟钝、冷漠、缺乏激情。劳伦斯对此给予了尖刻的批判。

无性之爱在《儿子与情人》中的米丽安和《查特莱夫人的情人》中的克利福德身上表现得最为突出。米丽安是一个受文明压抑极深的姑娘，谦卑、内敛、虔敬，狂热地追求学问和知识，并以此来满足自己。她缺乏活力和朝气，固执于精神之恋，回避与保罗的肉体关系，这也是造成她与保罗两性关系不能顺利发展的一个重要因素。保罗在与米丽安交往许多年以后，在米丽安过 21 岁生日时给米丽安写了一封信，宣布米丽安"是一个修女"："在我们的一切关系中，都没有肉体的介入。我和你不是通过感情而是通过精神在谈话，这就是为什么我们不能像常人那样相爱。我们的爱不是普通人的爱。"米丽安接到信后十分痛苦，她出于维系与保罗关系的考虑，为他"献了身"，但这并没有改变他们关系的实质和保罗对她的印象。因为米丽安的表现，是一个修女把自己作为祭品献给上帝的行为，其主导思想是责任、奉献、义务，其中本能、肉体需要的成分微乎其微。尽管后来保罗又鼓起勇气和兴趣，完成了他们之间交往多年以来的第一次结合，但因它不是出于相互血液的呼唤，因此，保罗事后"留下了失败和死亡的感觉"。尽管保罗之后仍与米丽安交往，但米丽安再也没有激起过他的爱，而失败的感觉倒是愈来愈强了。于是，他的感情完全转向克拉拉，米丽安渐渐地在他的心目中不占什么地位了，两人的恋情以失败结束。

就无性之爱而言，《查特莱夫人的情人》中的克利福德在某种意义上，未尝不是米丽安形象的延续，只是无性之爱由心理情感特征讽刺性地变成由于外力作用造成性功能丧失后迫不得已的选择。克利福德在战场上负伤导致下半身瘫痪，失去了性能力。这意味着他生命力的彻底丧失，意味着对肉体完全的弃绝。瘫痪后的克利福德回到拉格比的世袭庄园，为消磨时间，开始从事小说创作。这是他自欺欺人的所谓精神生活，却也包含着庸俗功利的动机。他写小说没有任何深度，却懂得怎样炫技取巧来迎合读者的低级趣味。康妮的父亲这样评价克利福德的作品："克利福德的作品是巧妙的，但是底子里空无一物。那是不能长久的。"克利福德并不这么想，他精通各种宣传的手段，懂得如何巧妙地包装吹嘘自己。他取得了成功。随着他的文学声望日隆，他的作品开始赚钱，一年可以赚上 1000 英镑，他的画像随处可见，他成为青年知识界的著名人物，慕名前来拜访他的人也络绎不绝，可谓名利双收。起初康妮并不能完全理解父亲对克利福德作品的评价，她想到克利福德不仅因此出了名，还赚到了钱，自然是一件好事。康妮极力帮助他，并且逐渐培养起与克利福德相同的兴趣。她与他一起讨论小说的写作，以他的生活为生活，以他的快乐为快乐。但很快，康妮即发现这种生活是空虚的，与真实是脱节的，这种生活"什么也没有，没有实质，没有接触，没有联系"，只有"无穷无尽的长谈和心理分析"。我们知道，劳伦斯一贯反感空洞的言辞、滔滔不绝的宏论。在他的小说中，人物的"说话"能力是一个价值尺度，词语能力发达，好引经据典者，常常是生命力匮乏的标志。当克利福德和康妮在林中小憩时，克利福德颇为自得地引用莎士比亚和济慈的诗句，赞美紫罗兰和银莲花，这引起了康妮极大的反感。她觉得克利福德总是把每一件活生生的东西都变成空洞的字眼，使"这些现成的字词和语句，吸取了一切有生命的事物的精华"。

文学创作取得成功后的克利福德与知识界交往密切。《查特莱夫人的情人》第 4 章叙述了一场几个克利福德的剑桥同学在他的庄园的聚会。小说第 1 章曾写到，战前康妮姊妹与剑桥大学学生有过往来。这些学生都有特定的模式：他们喜欢穿法兰绒裤和法兰绒开领衬衣，在政治上是无政府主义者，两性关系上主张性自由，嘲笑一切，连说话的样子也像一个模子倒出来似的。克利福德毕业于剑桥大学，他请来庄园里做客的这些同学与康妮姊妹战前交往的剑桥学生没有本质区别。这些教养优越、智力发达的人都崇尚精神生活，喜欢高谈阔论，而话题不外是性。他们虽然在具体的观点上不同，但都认为性放纵是合情合理的。督克斯甚至说："真正的学问是从全部的有意识的肉体产生出来的。"我们知道劳伦斯对性之重要性的强调，比起这些人有过之无不及，但这并不说明劳伦斯认同他们。这不仅因为他们的夸夸其谈空洞无聊，毫无结果和意义，就像枯死的树叶，一阵风便吹散了。更因为他们谈论性就像说吃饭、睡觉那样，随便而简单，那种轻浮的态度是对性的蔑视和亵渎；他们追求的性满足不过是淫秽和色情，与劳伦斯借性爱来激发生命本能力量有本质的区别。

日常生活中的克利福德，是一个极端虚伪、自私的人。他深爱自己庄园的那片树林，但这种爱与康妮从中寻找生命力量完全不同。他要的是占有，永远属于他的那种私人的占有。这也是为什么克利福德在表达他热爱这片树林的时刻，与康妮谈起了生育孩子的事情。他是要康妮为他生一个后代，以继承自己的产业。克利福德自己丧失了生育能力，尽管他声称婚姻是神圣的，但为了有一个后代，他甚至明确建议康妮与其他男人私通生个孩子。他不相信什么人伦之道，更没有骨肉之情。孩子对于他，只是一个"物件"，有这个"物件"就行，至于怎么得到它，是无关紧要的。康妮不敢相信如此厚颜无耻和冷酷无情的话，是出自丈夫之口，而克利福德为了说服康妮，竟然提到康妮婚前在德国有情人之事，潜台词是这类事情无关紧要。与他的剑桥同学追求的性放纵不同，克利福德由于身体的残疾，无可奈何地成了"禁欲主义者"。于是他搬出了灵魂高于肉体，物质短暂，而精神永恒的理论，振振有词地说什么宇宙"一方面是物质地损耗着，另一方面，则是精神地上升着"，"身体无疑是个多余的东西"，偶然的、短暂的性行为是不足道的。性行为不过是"像鸟的交尾似的"，像"找牙科医生治牙"。克利福德崇尚的所谓"精神""灵魂"还原到现实层面上，就是对"长久的婚姻""终身的结合""共同的生活"的强调。贬低性满足，将性仅看成传宗接代的工具，将无性的婚姻神圣化，克利福德这种堕落的伦理观念，对被劳伦斯视为两性关系的基石、具有神圣意义的性，同样是一种亵渎，是他不能接受的。

3. 精神占有

　　劳伦斯小说中，精神占有主要表现为两性关系中女性在精神上掌控、知晓、把握男性的一种欲望和冲动。《儿子与情人》中的米丽安在与保罗的关系中，其精神占有欲发挥了很大作用。米丽安虽然羞怯、纤弱，这一欲望却绝不逊色。她与克拉拉交上朋友，就是因为克拉拉曾在乔丹公司工作，而克拉拉的丈夫道斯现在仍是乔丹公司的锻工，通过克拉拉，有可能了解到保罗在公司的情况。米丽安也喜欢翻看保罗的东西，喜欢捉摸他在想什么、干什么。她更是经常缠着保罗，要求他教自己法语、数学等知识。保罗恨米丽安从他这里得到许多东西，自己却一点也不奉献，至少她没有付出炽热的感情。母亲一直不喜欢米丽安，一方面固然是变态的母爱在作怪，但对米丽安本人印象不佳也是重要原因。她曾对保罗说："我忍受不了，我可以忍受其他女人，但是忍受不了她。她不给我留一点地位，哪怕是一丁点儿……"母亲还吓唬他："她这种女人就希望把男人的灵魂都吸得干干净净，一无所剩。"母亲夸张地把米丽安比作吸血鬼，这说明她看出了米丽安身上的精神占有欲。在劳伦斯所提供的多种畸形两性关系形式中，女性对男性的精神占有是最为普遍的一种。他小说中的两性关系冲突，多与这种精神占有有关。《虹》中的安娜无论身披月华，和威尔无声无息地进行心理对抗，还是解衣起舞，在造物主面前袒露胸怀，或者在教堂尽情嘲笑威尔的虔诚，都是为了在精神上占有对方，征服对方。威尔对抗着、挣扎着、回避着，一步步在爱与恨双重锁链的束缚下，丧失了男性的意志。《恋爱中的女人》里，赫米恩作为伯金原先的情人，以高傲俯就的姿态、做作的宽容和夸张的激情与厄秀拉对抗，竭力想把伯金据为己有，在种种努力失败后，甚至不惜拿起镇纸，朝伯金头上猛击。

如本章第 1 节所述，从第一次世界大战后期开始，劳伦斯的厌女症有了新的发展。正是在这一背景下，他对两性关系中女性对男性的精神占有更加反感，表现得也更加直露。他让笔下那些专断、强悍、占有欲极强的女人，迷狂般地对男性展开征服、控制、占有，导演了一幕幕悲剧。

《捣蛋鬼》中的两个军人乔和艾伯特，在战时被分配到火车站为部队转运马饲料，他们的具体任务是从当地农民的马车上卸下干草，再装上火车。起初运送干草的农民都是男子，到第三天却来了一个叫斯托克斯的姑娘。斯托克斯小姐很快注意到年轻英俊的乔，主动追求他。乔本来对斯托克斯小姐没有兴趣，但经不住她引诱纠缠，勉强答应和她约会。日子一天天过去，斯托克斯小姐变得容光焕发，乔却日渐阴郁、沉默，垂头丧气。老兵油子艾伯特为此颇感不平，他给乔出主意将斯托克斯小姐耍弄了一顿。斯托克斯受到羞辱，终于离开乔，两个男人也大大松了一口气。

斯托克斯小姐最显著的特征是男性化。虽然在战争期间，女人干男人的活儿早已是司空见惯的，但赶马车可不是随便一个女子能做得了的，不过斯托克斯小姐看起来应付自如。她高大、强壮，戴毡帽，穿卡其服，麻布工装裤，打绑腿，干活干净利索。她那响亮的吆喝声威风凛凛，"好似战场上的呐喊"。这是劳伦斯惯常表现的"角色错位"的典型情形。斯托克斯小姐第一次见到乔就爱上了这个焕发着青春气息的小伙子，就"直勾勾地盯着他"，"想迷住"他。在第一个周末，斯托克斯小姐给乔拍了一封电报，叫他来约会。乔没有去。斯托克斯小姐不放弃，在下一个周末，乔和艾伯特去城里看马戏表演，又一次见到斯托克斯小姐。在返回的路上，斯托克斯小姐趁夜色抓住了乔的手指。她又利用修自行车轮胎的机会，支走艾伯特，随后"胳膊在乔的腰里轻轻一按，拽着他向前走去"，又"微微一按，顺势把他拉到胸前"。斯托克斯小姐就这样俘虏了乔。在整个过程中，斯托克斯小姐始终是主动的，强势的。斯托克斯小姐并不放荡，追求乔也不是出于玩弄的目的，况且女性主动追求男性本来也无可厚非，但劳伦斯基于他在战争中对女权运动的新体验，认为妇女解放已经走得太远，超出了建立和谐两性关系所能够容忍的极限。因此，劳伦斯就把斯托克斯小姐的行为上纲上线，解释为女子试图控制男子，而且认为这种过于主动、力图将自己的意志强加于男人的行为违反了自然伦理。斯托克斯小姐在俘获了乔之后，变得"容光焕发，鲜艳夺目，几乎光彩逼人"，而乔"显得阴郁，缄默，丧家犬似的，头耷拉着，皱紧的眉间射出可怖的目光，样子怪得很"。他与艾伯特的关系也不像以前那样亲密了。这种变化，说明了二人之间的两性关系走向畸形：女性的强势压抑了男人的自主选择的能力，使其男性气概丧失。只是后来在艾伯特的帮助下，乔才摆脱了斯托克斯小姐的纠缠，维护了男性的尊严。

劳伦斯这一时期的中短篇小说探索了女性精神占有欲的多种表现形式。《马贩子的女儿》中，因家庭破产，梅布尔绝望中投塘自杀，被医生救起。医生没有想到，他的人道主义举动却招来了梅布尔的爱慕。梅布尔以自己困难、可怜、无助的处境胁迫医生就范。医生无法说不爱，只能说爱。不得不爱的医生觉得被梅布尔的激情撕裂了，心中有说不出的痛苦。《两只蓝鸟》中，妻子长期在外游荡，丈夫的工作、生活由女秘书安排照料。女秘书因为一个人忙不过来，还把她的母亲、妹妹请来作帮手。一家人包办了主人的一切，忠实勤苦，兢兢业业。更"可贵"的是，虽女秘书年轻漂亮，可从未试图在性方面引诱主人。妻子游荡归来，在这个一切都尽善尽美的家里发现自己是多余的，她想介入丈夫的世界，却发现空间完全被女秘书挤占了。略有些嫉妒的妻子将醋意向女秘书发泄，女秘书痛苦地说："说真的，有哪个女人需要嫉妒我吗？"事实确实如此。但问题出在哪里呢？小说用两只鸟儿的斗架暗喻两个女子为男子进行的争斗。它不是传统小说中爱的归属与权利的争夺，而是对空间——精神空间和生活空间的争夺。劳伦斯对以任何名义——怜悯、同情、各式各样的爱——占有、控制、主宰他人的情感、心灵，甚至生活空间，都深恶痛绝。

《请买票啊》是劳伦斯表现两性关系中女性精神占有欲的一篇十分突

出的作品。小说写战争时期英国中部矿区有轨电车上的一群女售票员，她们大胆、泼辣、粗野，穿着难看的蓝制服，头戴旧得不像样的尖帽子，活像饱经风霜的老兵痞子。电车公司有一个叫汤马斯的查票员领班，魁梧英俊，姑娘们都很喜欢他。汤马斯行为放浪，而在缺少男子的战时，姑娘们也乐于被他引诱。售票员安妮爱上了汤马斯，她与一般女子逢场作戏不同，希望更多地了解他的精神世界，与他的关系更密切一些。可汤马斯只愿意扮演幽会对象的角色，当安妮想独自占有他时，他退缩了，安妮感到痛苦绝望。当安妮发现汤马斯很快和别的姑娘相好，变得狂怒起来。她与汤马斯以前的旧情人串通起来，将汤马斯逮住暴打了一顿。《请买票啊》中这段描写读来令人震惊：

> 安妮解下皮腰带，挥舞着，用带扣的一端猛抽他的头。他纵身一蹿，一把攫住她。转瞬间，姑娘们蜂拥而上，连拉带扯，又揪又打……此刻，他成了她们的玩物。她们要报仇，要他屈服。她们活像一群奇怪的发狂的野兽，吊住他，扑在他身上，要把他揿倒。他的紧身外套被撕成两片，诺拉揪住他的后衣领，一心要勒死他。幸亏纽扣绷掉了。他拼死挣扎，怒不可遏，又怕得要命，差点儿疯了。这时，外套的背面已撕得精光，衬衫袖子也扯掉，露出赤裸裸的臂膀。姑娘们又冲过去，捏紧拳头揍他，掐他，拽他，或扑在他身上，推推搡搡，一股劲儿用头撞他，要不就发狂似的捆他。这汉子低头弯腰，畏畏缩缩，东躲西闪，同时左右开弓，乱挡一阵。这一下，姑娘们更冒火了。

汤马斯是一个情场老手，他玩弄了那么多无辜的姑娘，得到报复也是罪有应得。但问题是，劳伦斯的同情并不在这一群姑娘身上，更不在安妮身上。劳伦斯颠覆了日常生活原则和伦理规范，把攻击的矛头对准女性的精神占有欲：

> 他俩越来越相好，到了非常亲密的程度。可是，安妮要把它看作一个有心灵的人，一个男子汉，她要在精神方面了解他，并且希望他也能做出同样的反应。……
>
> 可是她错了。约翰·汤马斯只打算扮演幽会对象的角色，他根本不想和盘托出真面目。当她开始对他的内心世界发生兴趣，探听他的生活与性格时，他却滑脚了。他讨厌心灵的交流。他明白，消除这种兴趣的唯一办法是逃避。这时，安妮要独占男人的欲望变得很强烈，女人都是这样的。于是他撒手了。

劳伦斯作品中表现出的对女性精神占有欲的憎恨，在《阿伦的杖杆》中达到登峰造极的地步。阿伦的妻子是一个自大狂，一个具有强烈精神占有欲的人。她认为"女人是天地万物的中心，而男人则只是一件附属品。她作为女人，尤其是作为母亲，是世上生命万物最伟大的源泉，也是文明最伟大的源泉。男人不过是工具和作最后加工的人。她却是源泉，是本质"。阿伦认识到，"她的全部意志，是完完全全地占有她的男人"。为反抗她的精神占有欲，阿伦愤而离家出走。在意大利明朗的天空下，他的思绪中仍充满了对女人的刻骨仇恨，诅咒自己的妻子是魔鬼、毒蛇。小说中另一个人物阿盖尔直言不讳，说现代女人是"可怕的东西"。阿伦只有在摆脱了女人精神上的控制之后，才找到了久违的欲望。

应该认识到，劳伦斯对精神占有欲的痛恨与他对工业文明导致的社会化、机械化的痛恨是一致的。但当这种痛恨引导他违背日常生活经验和常识的判断，把女性视为万恶之源和洪水猛兽，极尽诅咒攻击之能事时，他就走到了自己意图的反面。这样做不仅损害了他批判工业文明的力量，其作品的艺术性也因这种歇斯底里的主观偏见而大受伤害。

第三节　理想两性关系的缔造

劳伦斯不仅表现各种畸形两性关系，同时也在苦苦探寻理想的两性关系模式。虽然劳伦斯笔下的理想两性关系总是"进行时"，从未以终极形式示人，但这些处在探索过程中的理想两性关系，都包含了若干合乎"理想"的要素。

1. 双星平衡原则

劳伦斯在《爱情》一文中曾用玫瑰的花瓣和整体的关系比喻两性之间各自独立又完美统一的关系，他说："我们像一朵玫瑰。男女双方的激情既完全分离，又美妙地结合，一种新的形状，一种超然状态在纯洁统一的激情中，在寻求清晰与独立的纯洁激情中诞生了，两者合而为一，被投进玫瑰般的完美的天堂中。"①在《恋爱中的女人》第13章，伯金又用

---

① ［英］劳伦斯：《爱情》，见《性与可爱》，姚暨荣译，99 页，广州，花城出版社，1988。

"双星平衡"来比喻这种关系。他向厄秀拉提出，自己需要与厄秀拉建立"奇妙的结合"，在这种结合之中，两性双方"既不是相互对抗又不是混为一体"，"男人着实地存在着，女人也着实地生存着，两种纯洁的存在物各自为对方构成了自由，宛如一种力量的两极互相平衡"。伯金用星辰来比喻这种两性间的平衡："这是一种平衡，两个单独的个人间的绝对平衡，就像天上的星星互相平衡一样。"厄秀拉起初把"星星互相平衡"误解成"火星和它的卫星"，这种从属关系是她反感的，因此表态"我绝不想要一颗卫星，永远不想！"随即伯金进一步解释："我的意思是指两颗单独对等的星星在联合中要保持平衡。"伯金所说的双星平衡，是指两颗恒星之间在万有引力作用下，围绕共同质心作椭圆轨道运动的一种物理现象。伯金用此比喻来表达一种你中有我、我中有你，既保持各自的独立和平等，又是和谐的统一体的两性关系。小说中，伯金和厄秀拉的两性关系经过一番磨合适应，终于达到了这种理想境界，情形如伯金所描述的：

> 在这种焕然一新又美不胜言的幸福中，和谐已越过相互了解，在那里已不存在"你"或"我"，而唯有作为第三者的奇迹的存在，这奇迹不是一个人的，而是我的存在和她的存在熔为一炉，成为一种全新的、取自于双重存在的天造地设般的一体。而当"我"不再是我自己，"你"也不再是你自己时，又怎能说"我爱你"呢？我们俩已升华为新的完整的一体，那儿是一片静谧无声，因为不存在值得回答的问题，一切都是完美和一体化的。语言往返于各自不同的人之间，可是在完整的"整体"中，只有默默无声的幸福感。

2. 屈服

《恋爱中的女人》中，最初厄秀拉和伯金对双星平衡关系中个体的地位问题的看法有很大分歧。伯金强调双星平衡关系中个体的独立性，认为个性高于一切。两性走到一起，并不意味着双方个性的消融。相反，两个旧的自我经由这种关系的熔铸，再造了两个全新的、独立的自我。正如他所说："个人的灵魂优于爱情，胜过要求结合的欲望，尽管比感情上的任何痛苦更为强烈，但却是一种自由、骄傲、独立的美好境地。这种境地承认与他人永久结合的义务，同对方一起屈服于爱情的束缚和控制，但即使在相爱和屈服时，也永远不丧失个人的尊严和独立。"厄秀拉的看法相反。她认为爱情是两性结合的基础，爱情高于一切，它当然也远比个体的独立性重要。在她看来，爱意味着向爱人献出自己，为对方全身心地服务。为了爱情，她愿意"成为他恭顺的奴仆"。同时，自己所爱之人也必须"完全舍弃自我"，"必须彻底地爱她"，"彻底地屈服于她"，"完全成为她的男人"，自己要"完全地、彻底地作为自己的财产那样亲昵地拥有他"。也就是说，两性双方要为了爱情相互屈服，为爱情献身。这样，个体就无独立地位，个性当然也就在两性关系中没有容身之地了。

初看起来，伯金强调的是个体的独立，厄秀拉坚持的是个体为爱屈服，似乎厄秀拉对两性关系的观念更符合劳伦斯的期待。其实正好相反。厄秀拉的观念本质上是强化女性在两性关系中所处的优越地位，而劳伦斯借伯金之口，想通过强调"平衡"和"独立"，来确立男性对女性的君临和统治。双方争执的焦点是谁屈服于谁的问题。伯金的观念代表了

劳伦斯的态度：在两性关系的重建中，男性要掌握主导权，女性要学会
屈服。

在《恋爱中的女人》第 12 章，伯金借谈马的双重意志问题，对自己
的观点又做了发挥。他认为马身上有两种相互矛盾的意志：一种意志是
渴望把自己置于人类的控制之下，另一种意志是追求自由与放任。厄秀
拉不相信马会愿意自己受人类的操纵，伯金却说马是这样想的，因为
"使你自己的意志顺从于更高一级的存在物"，是"最高级的爱的冲动"。
伯金借这个臆造的例子实际上传达了他对两性关系的思考：女性要屈服
于男性。厄秀拉听懂了他的意思，就讥笑他的爱情观很"新奇"。伯金干
脆直白地说："女人如同马一样：她内心有两种互相对立的意志在起作
用。一种意志指示她完全屈服；另一种意志唤起她进行反抗，把驾驭她
的骑手摔死。"伯金的话反映了他对女性违背本性，不愿意听命于男性的
现状的忧虑。厄秀拉说自己就是要做脱缰的马，伯金于是以向这种女权
挑战的骑手自命。在第 13 章，伯金和厄秀拉单独在一起时，见到一只
雄猫逗弄一只雌猫。雄猫趾高气扬、大摇大摆地走到雌猫跟前，雌猫见
状马上蜷缩起身子，卑微地趴在地上，用两只绿宝石一样的大眼睛热切
地望着雄猫。见到雄猫不理睬自己，雌猫就又朝前爬了几步，再次温顺
地蜷缩起来。雄猫为了取乐，在雌猫脸上打了一巴掌。雌猫想逃掉，雄
猫又一巴掌打下来，雌猫立刻顺从地躺了下来。雄猫后来再给了雌猫几
巴掌，雌猫仍然毫不反抗。厄秀拉为雌猫抱不平，斥责雄猫是个恶霸，
"就像所有男性一样"。伯金立即借题发挥，说雄猫这是为了表示亲热，
为了维护两性间必要的稳定和平衡。他赞扬雄猫有"卓越的智慧"，还鼓
励雄猫保持自己的雄性尊严和高度的理解力。这些话听起来犹如痴人说

梦，但伯金的意思是明确的，即女性的屈服是建立平衡、对等两性关系的必要条件。当厄秀拉反驳说这是傲慢的男性优越感作怪，是恃强凌弱时，伯金说雄猫的愿望"只是想给那只雌猫带来稳固的平衡"，与它建立起一种"不同寻常的、持久的亲密关系"。如果说这是"恃强凌弱"，那也是必要的，正是男性的这种规划和统帅，才使女性从混沌中找到了明确的身份和方向，找到了真正适合自己的形式。

伯金对厄秀拉身上的女性优越感和强势姿态有充分认识："女人希望获得，希望占有，希望控制，希望操纵，一切都得归于她，归到万物之母——女人那里去。一切事物始于她，万物最终归宿于她。"劳伦斯把这种女人称为"大母亲"，因为她们孕育了男性生命，并在生育时遭受过苦难，她们便因此高傲自大，希望把男性据为己有，"用锁链束缚住儿子，使之成为她永久的囚徒"。这样的女性"是生活中可怕蛮横的女王，仿佛是只蜂王，所有其他的蜜蜂都得围绕着她转"。此时的厄秀拉在伯金眼里，就是一位"大母亲"，她标榜爱情，实际上是把自己摆在了"造物主"的位置。她为"造物"受难牺牲，也要求"造物"顺从和依附自己。伯金在马和猫的讨论中借题发挥，其实都是在表达对女性优越感和强势姿态的不满。在他规划的双星平衡原则中，女性的屈服是前提条件。这种屈服当然不同于19世纪维多利亚时代女性那种社会角色和身份上的从属和受奴役状况。伯金所要求的新女性的屈服是基于对自身性别本体深刻的体认，是对自身性别角色和宿命的自觉接受，是为与男性共同实现升华、提升个体生命境界这一更伟大的目标服务。

伯金意识到要战胜女性优越感和强势姿态是非常困难的，但他决定采取行动。在小说第19章，伯金病愈后在法国待了一段时间，然后悄然返回英国。在一个月明之夜，他来到威利湖畔，向湖里扔石头，要把月影击碎。正巧处在焦虑中的厄秀拉也来到威利湖漫步，目睹了那惊心动魄的一幕。月亮作为一个自然意象，在《白孔雀》《儿子与情人》《虹》等作品中都有出现，一般象征女性的优越感和强势姿态。伯金不断把石头扔进水中，月影一次次被击碎，又一次次回到原形。伯金心力交瘁，却不肯放弃。伯金想用石头击碎月影是毫无常识之举，但对厄秀拉的心理却产生了极大的震动。她终于明白，伯金为何想击碎月影，为何不肯说爱她，为何要求她屈服，这其中都有深意，就是他需要厄秀拉"精神上的屈服"。厄秀拉终于接受了这样宿命，而伯金此刻也适时向厄秀拉表达了自己理解的爱情。他们终于有了热烈的亲吻和拥抱，两性关系进入一个新的阶段。

在《恋爱中的女人》之后，劳伦斯加大了对理想两性关系探索的力度，也更加热衷于表现女性对男性的屈服，把它看成理想两性关系必不可少的程序。如《迷途的姑娘》《羽蛇》《查特莱夫人的情人》等长篇小说，《狐》《你抚摸了我》《小甲虫》《上尉的洋娃娃》等中短篇小说，都宣扬了这种屈服原则。《狐》中的班福特和玛奇合伙承租了一个农场，靠饲养牛和家禽为生。在战争的非常时期，适龄男子大都上了前线，后方的生产只好由这些妇女承担。但她们并不擅长农场的经营管理，养的牛总是逞性乱跑，招惹是非，最后被卖掉；养的鸡鸭关在棚子里就昏昏欲睡，放出来又怎么也赶不回去。两个姑娘尽管累得精疲力竭，却没有多少成效。更糟糕的是，自战争以来，这儿总有狐狸出没，一只接一只鸡被它拖走。玛奇和班福特想尽了各种办法，也无济于事。生活最落魄的时候，她们不得不把农庄住宅出租，自己搬到一节火车车厢去住，以此来增加收入，节省开支。战争终于结束了，一个名叫亨利的年轻士兵来到农场住了下来。亨利不是农场的主人，但他的一举一动仍然像在自己的家一样。他通过几句谈话就发现两个姑娘不善农事，随即以真正行家的态度善意提醒她们战争已经结束，从前线归来的男子将重返他们过去的工作岗位，"农场用不着雇那么多女工了"。他自信地对两个姑娘说："这个地方缺一个男工。"两个姑娘虽然口头上不承认，但内心都同意亨利的判断。亨利留了下来，就仿佛真正的主人归来，很快使农场恢复了生机与活力，那只不断骚扰的狐狸也被亨利除掉。劳伦斯如此安排情节的目的、用意十分明显：两个姑娘在农场的任务只是非常时期的应急措施，现在这一切应该结束了。

劳伦斯在小说一开始就描写了玛奇的男性化装束："她总是打着绑腿，穿着马裤，上身是一件束腰外套，头上戴一顶宽松便帽，在外边东奔西忙。她的肩背平挺，动作从容而自信，还捎带点儿冷漠和嘲讽的神态，让人看上去十足像一个姿态优美、举止又随便的年轻小伙子。"班福特是农场的主要投资人，而玛奇包揽了大多数户外的活计，如此装束是她的工作性质使然。但劳伦斯认为，就像两个姑娘经营农场一样，男性化的装束也是一种角色错位。随着战争的结束，女性也应该重新回到她们固有的角色中去。亨利不久对玛奇展开追求，这追求很快得到玛奇的回应。二人建立崭新的两性关系之际，也是他们进入各自本分的角色之时：

> 她似乎和往常不一样了。往常，她总是穿一件臀部宽大、膝盖头纽扣扣牢、像盔甲一样坚不可摧的硬布裤子。腿上缠着绑腿，脚

上踏着皮靴。看她那副打扮，他怎么也不会想到她会有一双女人的腿和脚。此刻出现在他面前的她迥然不同了。她穿着裙子，露出柔软的双腿，温柔可亲。他满脸通红，把鼻子伸进茶杯，细声细气地啜饮着……顷刻之间，他升起了一种从未有过的感觉，他觉得他不再是一个少年，而是肩负着严肃责任的男子汉了。一种奇怪的静谧与严肃感袭上心头。沉静中，他感到他已是一个男子汉了，男人的使命悄悄地压在他的身上。

玛奇的装束回归女性化，意味着对自己女性角色的确认，而亨利也由此意识到自己的男性责任。在劳伦斯眼里，这是建立理想两性关系新的基础。我们看到，在《狐》中，玛奇对爱情的追求，也经历了一个方式上的变化。一开始，玛奇总觉得自己要为爱情的成功做点什么，应该朝着一个特定的方向去努力，应该"用力"去爱。但后来她发现，亨利并不接受她努力向他献上的爱情。她意识到新的爱情方式应该是"被动地接受爱情，淹没在爱情里"，她应该像大海中的水藻，"永远在水下柔和地顺着水势摆动，把自己纤细的柔毛温柔地伸进潮流中，极其敏感而柔顺地待在充满阴影的大海里，一辈子都不能抬起头伸出水面望一望。……只有在波涛下面它们才能长出比钢铁还坚韧有力的根部，顺着潮水柔和摆动时才能那么坚强……它们只有在水底下才能比长在陆地上的结实的橡树更强壮，更难以摧毁。但是一定要在水底下，永远待在水底下。而她既然是女人，就得跟海藻一样"。一切让男人来做，女人只是被动地接受就可以了。玛奇"被动"地接受了这爱情，小说的结尾展示了一个女性俯首听命的情景："他要她不再用心观察，不再用眼去看，不再用脑子去想。他要她把她的心灵蒙起来，就像东方妇女用面纱蒙住她们的脸蛋。他要她把她交给他，要她让她独立的精神沉沉入睡。他要从她身上取走全部的力量，她生存的全部理由。他要她屈就，俯首，要她从顽强的意识中盲目地消亡。"

长篇小说《阿伦的杖杆》从男性的角度树立了一个"管教"女人的理想标杆。当杰姆宣称爱和献身是最宝贵的东西，最伟大的事情就是把自己献身给爱时，以救世主自居的里立教导杰姆："挺起你的脊梁，要紧的是你的脊梁。你不应自暴自弃。你不能完全投入女人的怀抱。"他认为爱使杰姆变得软弱，变成了傻瓜。后来里立营救了因虚弱倒在街头的阿伦。阿伦见到他的第一句话就是"我屈服于她了。"这个"她"指的是约瑟菲娜，阿伦因爱她、屈服于她而使自己"完了"。对女人屈服的代价如此之大，难怪里立会恨之入骨。里立以同样的思想教导处在危机中的阿伦："每个人都必须保持独立性——男女都一样……从本质上讲，除非各人有各人的独立性，否则是没有什么好处的。"如果不是这样，结了婚的男子就会沦为妻子挣钱的工具、生儿育女的工具，她们会不惜一切代价去追求这种爱，而让男子作出牺牲。"当一个女人有了孩子，我的上帝，她简直成了马厩里的母马。她坐在干草上时，你只能饿死，因为那是给小马驹保暖用的。""男人的雄风在这世界上已经绝迹。"当阿伦抵挡不住诱惑，第二次回家，又和妻子争吵离家后，他终于明白"爱是一场战斗。在这场战斗中，双方都极力想操纵对方的灵魂。迄今为止，男人们总是让女人操纵自己"。有了血的教训，在里立的教导下，阿伦最终认识到，要自己掌握自己灵魂，保持自己独立的存在。他终于在女人面前挺起了腰杆。

3. 去社会化

　　理想的两性关系是否需要社会承认的婚姻形式加以保障？劳伦斯的答案是否定的。劳伦斯一贯对作为文明产物的婚姻形式没有好感，她认为现代婚姻是建立在两性对家具、图书、体育运动或文艺娱乐活动的共同兴趣、"与对方说得来""互相钦佩对方聪明的头脑"等基础之上的，这种婚姻形式阻隔了血液的呼应，是灾难性的。在《恋爱中的女人》第16章，伯金对婚姻表达了刻骨的憎恶。伯金说："旧式意义上的婚姻让我厌恶"，这种旧式婚姻使"每一对情侣都躲在各自的小房子里，只关心自己的微小利益。闷在自个儿的小小隐私中——那可是世界上最令人厌烦的事情"。在伯金的思考中，"传统的爱情方式仿佛是一种可怕的枷锁，一种献祭"。他"一想到爱情、婚姻、孩子，以及永生永世生活在一起，过着家庭夫妻般恩爱、隐居的生活，一种毛骨悚然的厌恶感便油然而生"。伯金认为，"我们需要更广阔的东西，我相信男女间存在着一种额外的，却是完全完美的联系——那是在婚姻之外的"。显而易见，在劳伦斯对理想两性关系的设计中，不包括传统意义上的婚姻形式。不过《恋爱中的女人》中，厄秀拉和伯金理想两性关系的建立，虽然排除了到教堂举行婚礼这一传统婚姻的重要步骤，双方也从未以夫妻相称，但还是去有关部门办理了登记手续，以使他们的关系获得"正式的保证"。如果我们要对这一对理想两性关系的去社会化程度有所挑剔的话，这是其不彻底性的一个表现。人不可能提着自己的头离开地球，即便是一贯以决绝姿态出现的劳伦斯，对此也无能为力。

　　但劳伦斯仍然固执地追求去社会化。在《恋爱中的女人》第26章，厄秀拉和伯金为结婚，需要购置一些家具。两人一起去旧货市场逛，看到一把很漂亮的旧式椅子，做工很精细，线条优美，大方华贵，两人都很喜欢，就买了下来。随后两个人开始议论这把椅子，从这把旧椅子说到它所代表的昔日英国的辉煌，现在英国的衰败，于是两个人一起诅咒现在的英国，结果越说越生气。起先他们还赞美简·奥斯丁时代的英国，最后因为生气，连过去的英国也否定了，认为过去的英国是物质主义的，现在的英国是机械主义的，二者没有本质区别，是一丘之貉。因为这把椅子是昔日英国辉煌时期的代表，于是厄秀拉说："我不打算要这把椅子了。"进一步，厄秀拉表示："我不要旧东西。"伯金不仅附和她，还进一步发挥："对我来说，一想起自己的房子和自己的家具，我就觉得憎恶。"厄秀拉稍有一些常识，她争辩说，人总得有个地方居住。天马行空的伯金反驳说：可以住在任何地方，但绝不可以住在一个确切的地方。一旦有了一个永久性的住所，就等于有了一个固定的环境，而"每一件家具都是一块禁戒石"。伯金在这一点上的确是言行一致的。他的住处经常更换，行踪飘忽不定。小说中他的一个临时住处是自己在威利湖畔搭建的小屋，它远离尘嚣，设施简陋，颇有些梭罗在瓦尔登湖畔搭建的小木屋那种遗世独立的味道。但厄秀拉对没有固定的住所仍有些迟疑，伯金进一步解释道："因为那些房屋，家具和衣服，它们都属于旧的，低级的世界，属于可憎的人的社会。它们会使你变得毫无个性。"两个越说越气，最后决定不要这把椅子。但因为已经买了，就把它转让给一对行将结婚的青年男女。之后，两个人手拉手上了电车，极兴奋热烈地议论着，引得其他乘客全都看他们，他们也毫不在乎。伯金说："我们将在地球表面天马行空，去寻觅那个不包括这一切的世界。"厄秀拉也表示："我不想继承地球，不想继承任何东西。"伯金回答："我也不想，我希望自己被剥夺继承权。"劳伦斯十分偏激地认为，一切社会结构、社会关系，甚至物质商品，都是文明的产物，都应该彻底打碎和抛弃。那么，既然是理想的两性关系，就应该与现代文明社会彻底绝缘。但是，一个十分实际的问题马上产生了：作为现代社会的人，如何能够完全脱离这个社会存在？又如何能够脱离物质而存在？劳伦斯显然意识到理想和现实之间的矛盾，他在《恋爱中的女人》中为解决这一矛盾找到了这个折中的，也是讨巧的办法。"买椅子"是劳伦斯为新型两性关系告别文明束缚而安排的一个仪式，其象征意义远大于实际意义。

厄秀拉与伯金的两性关系确定后，厄秀拉还上演了一出离家出走的好戏，把理想两性关系的去社会化推向高潮。在第 27 章，厄秀拉回家后，神采飞扬地高声宣布了自己明天将要结婚的消息。父母对此大感惊讶，也非常气愤，因为他们事先连一点消息都不知道。与父母关系原本不睦的厄秀拉经不住父亲充满敌意的追问，与他争吵起来，喊道："我哪天结婚，这无关紧要，无关紧要！除了我自己，不关任何人的事。"气急败坏的父亲打了厄秀拉一巴掌。厄秀拉趁机宣布和他们决裂，她简单地收拾了一些行李，冲入茫茫夜色之中去找伯金。几天之后，厄秀拉再次回到父母的住所取一些自己的物品。此时父母已经搬离了老宅，只留下古娟在守房子。这座她们住过许多年的房子如今是一派被遗弃的凄凉景象：窗户是"黑乎乎、空荡荡的，令人毛骨悚然"，门厅"阴沉空旷"，餐厅如同地窖。厄秀拉和古娟走上楼梯，楼梯发出的空洞声响"在心中引起一阵悸动"。厄秀拉感慨地说："想想吧，我们曾经在这里度过许多年！"她们不敢设想如果再在这里住下去，自己会变成什么样子。在收拾好自己的物品后，她们仿佛逃命似的，离开了自己的家。如前所述，在劳伦斯看来，固定的住所、家都是文明的组成部分，厄秀拉离家是她与旧事物和一切社会形式决裂的象征。在此前，厄秀拉和伯金还一起写了辞职信，放弃了原先的工作，因为伯金说过："如果我发现我自己有足够的钱生活下去，我就辞去一切工作，它对我毫无意义。"辞职后，他们双双离开英国。两个摆脱了一切社会关系的赤子之身携手踏上了新生活之途。

理想两性关系的去社会化，在《查特莱夫人的情人》中有更深刻表现，即在人物关系的价值评判上，排斥一般的社会标准。如果我们把劳伦斯强加在克利福德身上的许多否定性言词除去，从社会公认的（社会化的）标准（这一标准在任何时代都是有效的）衡量，克利福德并不是一个恶人。他忠诚、善良、宽容、意志坚强，有高雅的趣味。妻子与人私奔后，作为丈夫，他在精神上十分痛苦，但他并未采取什么极端措施阻止。就他的社会地位，他是做得到的。而康妮倒有许多可挑剔之处。在少女时代，她随随便便就与人发生关系。和克利福德的结合，并没有谁强迫她，开始时也不是没有感情。只是在克利福德丧失性功能后，她的情感发生了转移，这是在丈夫最需要她的时候！她先是与克利福德的朋友幽会，后又和狩猎人梅勒斯私奔。对这个狩猎人，康妮除知道他满嘴土话，孤僻，毫无幽默感外，还知道什么呢？她对他的了解，仅限于几次性关系。但是，请注意：在康妮的情感方式中（这也是劳伦斯肯定的），一切社会的道德标准和价值尺度都是无效的，它不能规范康妮的情感流向和选择，当然也不能用它来评价作品中的人物。康妮依据的是她心灵最深处生命本体的呼唤和需求，因为压抑、沉闷，尤其是不能满足性需求的生活与本能冲突，她的情感立即背弃了克利福德，克利福德就成了"死鱼一样的绅士"。她的血液的呼唤得到梅勒斯的呼应，梅勒斯就成了她的上帝，她无限地爱他。

劳伦斯在《唇齿相依论男女》中指出："在我们眼里女人就像一种偶像或一个提线木偶，总得扮演个什么角色：情人、情妇、妻子或母亲。我们真该破除这种一成不变的观念，从而真正认识到女人之难以捕捉的特质：女人是一条流淌着的生命之河……男女之间的关系就是两条河并行，时有交汇，随后又会分流，自行其径。"①《恋爱中的女人》中伯金与厄秀拉的关系正是褪去了这一切社会化的束缚，回返到人与人之间最纯粹的关系，回到生命的本质。

4. 性爱体验

健康的性爱是理想两性关系的重要组成部分。劳伦斯重视两性关系中性的自然、畅快淋漓的宣泄，而对他而言，理想的两性关系就是能够保证这种宣泄，而不是压抑它。劳伦斯认为，没有什么比健康的性爱更能激发人的美好天性、活力、朝气，调节人类最基本的关系——两性关系，只是因为人们固守道德上的偏见，才没有认识到这一点。劳伦斯宣布："真希望我们的文明教会了我们如何使性吸引力适度微妙地释放，如何令性之火燃得纯洁而勃发，以不同程度的力量和不同的传导方式溅起火花，闪着光芒，熊熊燃烧，那样的话我们每个人或许都可以一生在

---

① ［英］劳伦斯：《唇齿相依论男女》，见《劳伦斯随笔选》，毕冰宾译，52页，成都，四川人民出版社，1998。

恋爱中度过。"劳伦斯还把性与美联系起来："性与美是同一的，就如同火焰与火一样。"他认为"我们文明造成的一大灾难，就是仇恨性"①。我在前一节分析了《儿子与情人》中保罗与米丽安之间畸形的关系，这种关系排除了性爱体验，因此成为保罗成长、成熟的桎梏，而保罗与克拉拉的性爱关系就成为突破这种桎梏的重要途径。

保罗第一次见到克拉拉时，她正与米丽安在一起。在经过与米丽安长久沉闷的交往后，保罗立即发现，克拉拉比米丽安吸引人。克拉拉已婚，年龄稍长，并且很穷，但这丝毫无损于她的魅力。她颈脖雪白，头发秀美，曲线迷人，身材丰满，处处流溢着性感之美，宛如性感之神。另一次保罗、克拉拉、米丽安三人在米丽安家农场附近散步，见到了邻居家的一匹马。克拉拉立即对马发生了兴趣，她对马的主人说："你的马真棒！"随后亲吻了马一下说："像人一样可爱。"她还特意加重语气重复说："我认为比大多数男人更可爱。"这时的克拉拉完全被这匹马迷住了，她走过去抚摸着它的脖子，希望与马能有心灵上的交流和对话，这当然不可能，所以她遗憾地说："可惜它不会说话。"在这里，马是情欲的化身，它对克拉拉身上情欲起到了呼唤和辉映作用。果然在那匹马被牵走后，克拉拉突然迸出一句没头没脑的话："她需要一个男人。"这句话里的"她"虽是指米丽安邻居家的一个女人，其实潜台词是说："我需要一个男人！"此时的克拉拉已经被马招惹得心迷意乱。随后他们三人在小山上采野花，克拉拉痴痴地跪在地上，使劲嗅花的香味，半天没有开

---

① ［英］劳伦斯：《性与美》，见《劳伦斯散文精选》，黑马译，210、205 页，北京，人民日报出版社，1996。

腔。保罗显然也接受了这两个场景所发出的信息，为克拉拉的激情感染，突然毫无意识地抓起一把野樱草花撒在她的头发和脖子上，说："假如上帝不要你，魔鬼一定要你。"情欲之魔挣出了潘多拉盒子，让保罗感到兴奋异常。后来很多次，保罗每当想起克拉拉，就会浑身发热，这与对米丽安的感觉完全相反。细心的读者会发现正是在与克拉拉的初次见面后，保罗开始攻击米丽安："你头上要是插上些红色浆果就好了，你为什么看上去总像个女巫，或者像个尼姑，从来不像一个欢快的人？"他对米丽安性冷淡的不满溢于言表。而在与克拉拉交往中，保罗的男性自我终于得以确立。

克拉拉并非劳伦斯笔下的理想女性，她虽然性力十足，可也过于世俗，没有能力使保罗的生命境界获得全面提升。可是在此刻，保罗也只需要性爱解放自己，而克拉拉对保罗施展的唯一"魔法"也是性爱，她引导保罗充分享受了性爱的快乐。保罗与克拉拉性爱关系中有两个重要的场景，都有水的意象相伴。第一次，他们二人去公园，刚下过雨，上涨的河水丰盈、湍急、浩荡，象征情欲之流的汹涌奔放。他们踩在岸边的泥水里，艰难地跋涉着，但始终不肯离开河水，充分享受着情爱带给他们的激动与快乐。第二场高潮戏是在海滨。在清冷的早晨，二人赤裸着身体，在海风朝阳中沿着沙滩奔跑，又到海水中嬉戏：

　　　　他脱下衣服，飞快地向沙滩奔去。她正在寻找他。她的手臂朝他举起来，她随着海浪一会儿升起，一会儿沉下，仿佛是沉浸在液体银的池子之中。他跳过一道道浪花，不一会儿，她的手已经搭在了他肩上。他们在情爱的波涛中沉醉。

保罗从克拉拉火热的情爱中得到了满足。小说中，水成了他们汹涌爱欲的象征：

> 当他开始做爱时，他的感情非常强烈，足以带上一切——理智、灵魂、热血——像一阵风一样都带上，像特伦特河无声无息地将它深色的旋涡和弯弯绕绕的水流一起带走一样。那点点滴滴的非难和细小的感觉渐渐没有了，思想也没有了，都让一股洪流带走了。他变成了一种巨大的直觉，而不是一个有头脑的人。他的手像是活生生的人；他的四肢和躯体都充满活力和意识，不受他的意志的支配，生存于自身之中。

性爱体验使保罗找到了真正的自我，一个完整的自我。直觉复活了，躯体复活了，本能的、非理性支配的自我出现了。

《查特莱夫人的情人》是劳伦斯张扬性爱力量的最突出的例子。贵族女子康妮在战前与同样出身贵族的克利福德结了婚。克利福德下半身瘫痪后，健康的康妮无法再与他过正常的性爱生活，生命力被压抑，日渐枯萎憔悴。一次康妮到庄园附近的树林中散步，无意间看到猎场看守人梅勒斯正在他的小棚屋里洗澡。"那是一个孤居着而内心也孤独着的人的完美的、洁白的、孤零零的裸体"，白皙的背部，细弱的腰骨，瘦长的双臂，浑身放射着生命之光。康妮被震撼了。回到家里，康妮作了很久以来不曾做过的事情——在镜子面前观察自己的裸体。康妮以前的容貌很美，四肢散发着安闲的风致，身体的曲线流畅圆润。但现在，缺少了情爱的滋润，身体变得消瘦平板，皮肤沉闷晦暗，成了"无意义的物质"。梅勒斯的裸体帮助她发现了与克利福德在一起生活的全部虚假性，内心激起强烈的反叛情绪。很快，康妮到树林中去找梅勒斯，不久又有了第二次。康妮与梅勒斯第一次肉体交合发生在他们第二次见面时。这次交合并没有给康妮带来快感和兴奋，她在一种沉睡状态中静静地躺着，被动地听任梅勒斯的摆布，她感到梅勒斯对自己还是一个陌生人。小说具体描写了康妮与梅勒斯之间共七次肉体交合，此后六次，康妮与梅勒斯的动作越来越舒展、越来越癫狂，感受也越来越美妙。劳伦斯以赤裸裸的坦诚，描绘了主人公所经历的激动、兴奋、狂乱、愉悦的过程，并从这一生命冲动开掘出人的丰富、深刻、纤细的心理感受力。它在瞬间使人物重新确立了对人生、宇宙、人类的信念，抛弃了旧我，获得了新生："她知道……一切都完了。她没有了。她已经没有了。她再也不存在了，她出世了：一个女人。"性爱的神奇力量，还使康妮体会到肉体的神圣感识，认为它是生命的源头，天地造化的结晶。

第四节　性描写及同性恋诸问题

1. 性描写之争议与辨析

　　研究劳伦斯，他创作中的性描写等敏感问题是无法回避的。在劳伦斯有生之年，他的作品曾多次被当局以"淫秽罪"查禁。第一次是《虹》。这部现在被认为是劳伦斯代表作的小说出版后，受到批评家的恶评，其罪名主要就是"淫秽"。1915 年 10 月 5 日《每日新闻》发表署名林德的文章，指责劳伦斯这部小说中的人物像一群"家畜"，"跟野兽一样，寡廉鲜耻"，全书展现了"茫茫一片枯燥无味的生殖力崇拜的荒野"①。1915年10月23日出版的《环球杂志》刊登法国人肖特的一封来信，攻击《虹》是"一次性的狂欢"，"具有颓废倾向的思想的冲动"，在"宣扬淫秽"方面，法国作家左拉的小说比起《虹》，"在强烈程度上不过是小菜一碟"②。连一些英国作家也加入抨击《虹》的行列。如高尔斯华绥（John Galsworthy, 1867—1933）在给文学经理人平克（J. B. Pinker, 1863—1922）的一封信里，指责《虹》"如此醉心于人的性生活的描写"，从而"使自己的作品毫无价值"，小说"令人在审美情趣上感到可憎"③。在1915年11月初，《虹》被当局以"淫秽罪"告上法庭，法庭判决小说禁止销售，已经装订和未装订的一千多册图书在伦敦皇家交易所门前被付之一炬。1929年，劳伦斯的诗集《三色紫罗兰》在邮寄过程中被警方以"淫秽物品拒绝转运"为由没收。同年6月间，艺术家多萝西·沃伦在她的画廊举办了一场当代美术展，其中展出的主要是劳伦斯的画作。画展获得巨大成功，短短三周时间，就有12000多人涌到画廊参观。但同时，也有人对画展不满，向政府部门举报。警方前来搜查，取走了劳伦斯的13幅作品，理由当然还是"淫秽"。

　　因为性描写惹出是非和官司最多的，当然是劳伦斯的长篇小说《查

---

① ［英］罗·林德：《〈虹〉使劳伦斯声誉扫地》，见蒋炳贤编选：《劳伦斯评论集》，4、5页，上海，上海文艺出版社，1995。

② ［法］克·肖特：《一封关于文学的信》，见蒋炳贤编选：《劳伦斯评论集》，6页，上海，上海文艺出版社，1995。

③ ［英］高尔斯华绥：《评〈虹〉致平克信》，见蒋炳贤编选：《劳伦斯评论集》，9页，上海，上海文艺出版社，1995。

特莱夫人的情人》。这部作品动笔于 1926 年 10 月间，12 月完成初稿。此后，劳伦斯又开始重写这部作品，于 1928 年 1 月定稿。这部小说因为存在大量赤裸裸的性描写，以致当初自愿替他打字的女打字员中途终止了工作，说小说太过色情，令人厌恶。小说完成后，英国、美国的出版商不敢问津，劳伦斯只好拿到管制稍微宽松的意大利出了删节本，而全本只能以盗版的方式在坊间流传。这种局面一直持续到 50 年代。1950 年，日本翻译家伊藤整将《查特莱夫人的情人》翻译成日文，由小山书屋出版。结果译本刚一面世，就被当局以"淫书"嫌疑查禁，译者和出版商也被告上法庭。这场官司历时 7 年之久，最后以译者和出版商败诉告终。1959 年，美国纽约的格罗夫出版社（The Grove Press）出版了《查特莱夫人的情人》全本。当时这家出版社还在草创时期，出版商有意用此书冲撞美国的书报审查制度，为出版社打知名度。书出版后，果然被联邦邮政局禁运。格罗夫出版社和承销此书的读者俱乐部"读者订阅"，立即将邮政局告上法庭。此案经过三个月的审理，最后法庭认为，这部小说"诚实且有较高的文学价值"，因此做出撤销禁令的判决，《查特莱夫人的情人》闯关美国成功。

　　与上述两次官司相比，1960 年在伦敦围绕《查特莱夫人的情人》引发的一场官司更具有全局的意义。这一年，英国出版商企鹅出版社出版了《查特莱夫人的情人》的全本。正待发行之际，伦敦首席检察官琼斯指认此书"淫秽"，会使读者"道德败坏，心智腐化"，因此提出公诉，要求禁止该书发行。在法庭辩论中，琼斯提出了《查特莱夫人的情人》三点"淫秽"证据。其一，小说中存在大量的性描写。这些性描写绝大多数都极其详尽，"丝毫不容有任何想象的余地"；虽然性交的地点有所变化，但"强调的始终是幽会时的亢奋、满足，以及种种感官上的描写"。其二，全书充斥了大量"猥亵"词语和对话，一些淫秽的字眼不厌其烦地被重复。其三，小说其他的情节，也都是为这些性描写服务的，是性交的"前戏"，是"补白"。除了性交的展示，小说对人物性格极少描绘，他们"好像只是两具肉体，彼此不断发生性关系的一对肉体"。企鹅出版社聘请了著名律师出庭辩护。1960年10月，由律师邀请35位社会名流出庭为该书作证。这些社会名流一致认为，《查特莱夫人的情人》有很高的文学价值，绝不是什么"淫书"。最后法庭判决企鹅出版社胜诉，《查特莱夫人的情人》获准发行。①

毋庸讳言，劳伦斯作品中的性描写是大量存在的。诗集《瞧，我们过来了！》《三色紫罗兰》中的一些作品，对躯体和欲望也有非常直白的描写。如《被恋者之歌》有"在她的两个乳房之间是我的家"这样的诗句，《金鱼草》直接写性行为本身。在劳伦斯的诗集《鸟·兽·花》中，自然界也充满情欲。无花果象征"女性的私处"，"有裂缝，有通道，/有通往神经中枢的美妙的湿性的传导"，杏树有着"少妇般的赤裸，完完全全的裸露"，乌龟在交媾，鲸鱼在生产。在这些作品中，裸体、性器官、性行为是司空见惯的，劳伦斯毫不避讳对它们加以坦率的描写。《查特莱夫人的情人》中的性描写更是登峰造极，康妮与梅勒斯前后七次性爱活动劳伦斯都写得细致入微，这其中包括对性器官的具体展示，故意使用的猥亵用语，对性爱活动大张旗鼓的议论等。这些给卫道者提供了查禁和

---

① 详情可参阅《译海》编辑部编：《审判〈查泰莱夫人的情人〉》，广州，花城出版社，1996。

诋毁的充足理由。

问题是，性描写是否必然等同于"色情"和"淫秽"？劳伦斯的回答是否定的。面对潮水般涌来的攻击谩骂，劳伦斯写过《为〈查特莱夫人的情人〉一辩》《色情与淫秽》《〈三色紫罗兰〉自序》等文章为自己辩护。劳伦斯把严肃的性描写与"色情""淫秽"作了区分。他认为，性是人的原始欲望，是人的本能需要，是种族延续的手段。但是自人类进入文明社会以后，性就一直处在被压抑、被私藏、被神秘化的状态，人们渴望性，同时又对性感到恐惧。这就为"淫秽"地对待性，使性成为色情提供了基础。劳伦斯在《为〈查特莱夫人的情人〉一辩》中列举了两个例子。其一是英国巴克上校娶了一个老婆，二人共同生活五年后，妻子才发现丈夫是个女扮男装者。其二是一位年高德劭的牧师，一辈子圣洁，在花甲之年却因为猥亵少女被告法庭。劳伦斯称这些人是清教主义所制造的"性痴呆儿"，说他们玷污了性。另一方面，当今一些时尚青年，百无禁忌，完全放浪形骸，把肉体、性当玩物来品尝，来取乐，这同样是对性的践踏。正因为脑子里存了对性的不洁的念头，所以许多原本只是客观"描述肚脐眼以下部分的词"在这些人眼中也成了"淫词秽语"。劳伦斯说："这些词被人的头脑的联想弄脏了，它本身原本是干净的，它的所指也是干净的。问题在于我们该清洗一下头脑了，解除对词语的禁忌。"劳伦斯指出："几乎全部现代的性都是纯精神的，冷漠的，无血性的。这就是性格之性。"他大声呼吁，"对性树立起应有的尊重，对肉体的奇特体验产生应有的敬畏"。他称自己的《查特莱夫人的情人》是一部"今天人们必需的真诚而健康的小说"，它的写作目的，就是"要让男人和女人们全面、诚实、纯洁地想性的事，即便我们不能尽情地纵欲，但我们至少要有完整而纯洁的性观念"①。正因为有这样的目的，劳伦斯一方面大张旗鼓地谈论性，描写性，同时又严肃地看待性，在性和真正温柔的爱情之间建立起牢固的联系，使性爱表现成为他探索两性关系的重要组成部分，以此来探索困扰现代人的紧迫时代课题。应该说，在劳伦斯之前，文学中的爱情和性行为一般是截然对立的。作家们把爱情当作人性的归宿、至善至美的所在，满腔热情地构筑起许许多多理想的结合模式：志同道合，门当户对，郎才女貌，精神交流，等等。但是，性行为作为人类得以延续的最基本的生命活动，却受到文学的否定。性行为只有在这种情况下才会出现：作为主人公道德缺陷、灵魂丑恶的见证，作为低层次的、只知肉欲结合的标志，作为走向堕落或误入歧途的象征。高尚的、受到肯定的爱情，哪怕再浪漫、再火热，也不含性行为于其中。最大胆的作家，莫过于把性行为作为爱情的高潮或结束，而那个瞬间，常常被放到作品之外。托尔斯泰《安娜·卡列尼娜》中，安娜和渥伦斯基第一次肉体接触，作者不著一字，而用长长的省略号代替，就是一个典型的例子。而只有到劳伦斯，才大张旗鼓地把性爱当作文学表现的严肃主题。

　　劳伦斯描写的性爱不同于传统文学中描写的爱情，也不是对性行为的审美观照。劳伦斯在传统文学中属于爱情的领域——男女的相互吸引、爱慕、追求——寻找性的动机和成分，又用审美的眼光审视性行为本身，并使二者有机地贯穿为一个过程，这才是劳伦斯描写的性爱。一

---

　　① ［英］劳伦斯：《为〈恰特莱夫人的情夫〉一辩》，见《劳伦斯散文精选》，黑马译，320、296、297、294、295页，北京，人民日报出版社，1996。

句话，它是以自然本能为基础的两性关系的全过程。这样，传统文学中热情讴歌的爱情和刻意回避的性行为被劳伦斯在性爱的旗帜下统一起来。是劳伦斯第一次突破了简单的美与丑的分野，客观地表现了人的这一生命活动的全过程。是劳伦斯第一次放弃了仅仅从外部寻找这一生命活动的美感或快感、颂扬或鞭挞的浅陋模式，而把性爱作为丰满的、自足的系统，探索其中蕴含的更为深邃的东西。劳伦斯成功地解剖了这一系统，他的作品有自己的运动规律、结构层次、功能状态，打有时代、社会的烙印，也积淀着某种文化原型，既是精神大搏斗、大厮杀的场所，又是解决人类困境的关键所在。主要是通过对这一系统的深刻解剖，劳伦斯完成了他的"血的哲学"：他从两性的生命活动中，提炼出"欲望""血性""肉体""本能""直觉""躯体"，即他常说的"另一个自我"，用以和"老式的自我"，即人的理性、社会性相对抗。因此在劳伦斯小说中，性爱不是廉价的展览，而蕴含了深刻的目的性。

正因为性爱描写有严肃的目的性，劳伦斯的具体表现手法自然与一般通俗小说的做法不同。他不去具体展览性过程中外在的动作，不去写人物间猥亵的对话和视觉印象，不以追求生理快感为目的。劳伦斯转向心理分析，强调人物瞬间的心理感受和体验。作为表现对象的性行为本身，反而不再是人物注意的中心，它被人物丰富的心理活动肢解、淡化，成为若有若无的东西。重要的是被唤起的情绪（它没有泛化，是性活动的直接产物），它弥漫在字里行间，引导人物和读者共同经历一次美的享受。其次，劳伦斯也经常通过自然景物的烘托和暗示来表现性。鸟巢模模糊糊带有性的色彩，《儿子与情人》中的保罗和米丽安把手伸进圆圆的入口，暖烘烘的感觉使他们萌发了一种难以捉摸的亲密感，爱诞生了。樱桃丰收的季节，保罗爬到树上摘樱桃，风吹拂着，"使整个树微妙地、以一种令人热血沸腾的动作摇晃起来"，唤起了保罗对肉体的欲望，他吻了米丽安。马匹、月亮、花朵，是劳伦斯最常用的性爱象征物。有时，甚至自然景物还在模拟着性爱活动。如《逾矩的罪人》中把一对情人的蜜月生活与大自然"风景"相交织："蔚蓝的天空与大海正在欢乐地交谈，笑声不绝；小小的海湾口两个地角相对而立，中间一泓流水在低声私语。"经过自然景物的缓冲和间隔，性爱活动中的生理刺激淡化，美感成分大大增强。再就是女性在性体验中的主体地位。尽管劳伦斯是男性作家，尽管他对新女性攻击甚多，但他通常还是让女性来充当性爱活动的创造者和诱导者，性爱过程的观察者和叙述者，情感和心理活动的发送者。他笔下的女性具有更丰富、纤细的情感体验，她们听凭血性意识的呼唤，沉醉在盲目、自然的激情洪流中，不存有游戏和猥亵的念头。

劳伦斯的性描写虽然与色情无关，但并不说明它没有其他问题。人类的羞耻之心拒绝将自身的某些行为毫无遮掩地公之于众，就犹如我们拒绝欣赏残暴的杀戮一样。也正因如此，文学表现不能没有禁忌，不能无所顾忌。劳伦斯把个体性行为的意义抬到人类文明兴衰的高度加以认识，在《查特莱夫人的情人》等作品中连篇累牍、纤毫毕现地加以描写，这种对性的过分崇拜和暴露，不论出于何种目的，其本身都是对性的另一种形式的亵渎。

2. 同性恋描写面面观

劳伦斯在《为〈查特莱夫人的情人〉一辩》中说："最根本的血性接触

是在男人和女人之间进行的……这是积极的性接触，同性恋次之，尽管它不是对男女间因精神之性造成不满的唯一替代物。"①可见劳伦斯是把同性关系当成两性关系的重要补充来看待的。劳伦斯在《惠特曼》一文中分析了惠特曼《草叶集》中同性恋描写的深刻寓意："新的世界建立在同志爱之上，新的、伟大的、蓬勃的生命将是男人之间的爱。由这男性爱将生发出对未来的向往。"劳伦斯对惠特曼的概括实际上也表达了自己对同性恋的态度，因此他才会说："惠特曼这位大诗人对我来说是太重要了。"②

　　劳伦斯小说中的男同性恋从一般意义上的同性友谊发展而来。《白孔雀》中西里尔与乔治是要好的同性朋友，他们在池塘洗澡时的亲昵动作已经有了同性恋的意味。《儿子与情人》中，保罗的成长不仅需要经验异性关系，同性关系也是必不可少的。在保罗的哥哥威廉去世后，莫瑞尔太太带保罗第一次拜访米丽安家农场。保罗见到了米丽安，也认识了她的哥哥埃德加。开始时保罗对米丽安并无好感，只与埃德加和他的弟弟一起玩。他们一起为萝卜锄草，播种，或躺在谷仓的干草堆上聊天。他们关系融洽，成了亲密体贴的朋友。保罗与米丽安有矛盾时，总愿意跟埃德加在一起。保罗与米丽安的关系经常充满紧张和冲突，而与埃德加的关系始终融洽和谐。这种关系对处于心理极度敏感时期的保罗是一种精神上的抚慰和支撑。

---

　　①　［英］劳伦斯：《为〈恰特莱夫人的情夫〉一辩》，见《劳伦斯散文精选》，黑马译，321页，北京，人民日报出版社，1996。

　　②　［英］劳伦斯：《惠特曼》，见《灵魂的剖白》，毕冰宾译，224～225、227页，桂林，漓江出版社，1991。

　　除了与埃德加兄弟的关系，保罗还和其他一些同性有密切交往。例如美术学校的杰瑟普，大学里做化学实验的斯威恩，当教师的牛顿等。他以工作为由，和杰瑟普一起绘图、学习，他和斯威恩结伴一起到城里去玩，又与牛顿一起去月星酒店打台球。保罗有意寻求与同性的友谊，在与异性关系紧张时，他总能找到身边的同性转移精神上的焦虑。在和异性交往时，一般情形下他会疏远与同性的关系，沉浸到个人情感的小天地中。而对保罗来说，异性情感，并不能完全满足他精神的需要，他的精神的成长需要更丰富的养料。

　　如果说上述保罗与埃德加等人的友谊属于人之常情，而与克拉拉丈夫道斯的关系就比较复杂了。克拉拉与道斯关系不好，却没有离婚，因此保罗是夺人之妻，这也是为什么道斯对他总是横眉冷对。他们在酒馆里见面后，还打过一架。但在这种情况下，保罗却感到，在他俩之间存在着一种微妙的亲密关系。保罗常常想起道斯，老想和他接近，与他交朋友。他知道，道斯也常常想到他，他像被什么东西牵挂着似的，不愿离开他。这种心有灵犀，发生在两个男性之间，而且是死对头的两个男性之间，细细想来，也是可以理解的。因为仇恨，他们双双进入了对方的视野，不再是路人，不再是陌生人。难道仇恨就那么纯粹，不包含怜悯、钦慕等感情？道斯因病住院，保罗前往探望。小说写道："这两个对手之间存在着一种互相关联的感情。自从他们开始争斗以来，这种感情比以往任何时候都更为强烈。在某种程度上，保罗是自觉有罪的，感到对于他的对手，他是多少负有责任的，而且他自己正处于这样的心情，所以他感到对道斯甚至有一种痛苦的亲切感，因为保罗自己也正陷于痛苦而感到绝望。此外，他们是在赤裸裸的极端仇恨中相遇，这本身就是一种联结。不管怎么样，作为质朴而富有感情的人，他们是已经较量过了。"道斯见到保罗，对他充满了恐惧、仇恨和痛苦的感情，但谈着谈着，他们慢慢地和解了。此后保罗还去医院看过道斯一两次。小说写道："这两个男子汉之间存在着一种友情。"是保罗把道斯病重住院的消息告诉不知情的克拉拉，这成了他们关系转变的一个契机。以后，保罗与道斯尽管彼此仇恨，却不妨碍他们成为朋友，相互信赖。在道斯出疗养院的前夜，保罗去看他，两人住在一起。临睡前，道斯叫保罗来看他裸露的腿，他的腿因病有些肿，"保罗看着他漂亮的双腿，两人就病的问题讨论了一会儿"。同性关系对心智的影响、对精神成长的意义、对两性关系的作用，在《儿子与情人》中得到更为全面的探索。

《恋爱中的女人》中的同性恋描写更加自觉，目的性也更强。这部小说的第 2 章，在克里奇家族成员的婚礼上，伯金和杰罗尔德谈起有关本能的问题。伯金认为人应该"本能地凭冲动行事"，持不同意见的杰罗尔德与他激烈地争辩起来，结果二人产生了"一种近乎爱的奇异的敌意"。敌意中掺杂着爱，这种情感在《儿子与情人》保罗和道斯的关系中我们已经见识过，它是两个男性相互认同的一个征象。后来伯金和杰罗尔德一起去伦敦，住在同一所公寓里，彼此见到了对方的裸体。在赫米恩的庄园做客时，伯金和杰罗尔德碰巧又住在一个套间内。杰罗尔德对如何打发旧情人米尼蒂、要不要结婚等问题拿不定主意，穿着睡衣坐在伯金床头向他征询意见，一对白皙健美的腿裸露着。经过这两次近距离的接触，他们的亲密关系有了进一步发展。在《恋爱中的女人》中，伯金和杰罗尔德在对待男性友恋的态度上存在明显的落差：伯金积极主动，杰罗尔德消极被动。有了前几次二人的交往作铺垫，当杰罗尔德探望病中的伯金时，伯金突然意识到"两个男人之间的爱情和永恒的结合"的必要性和重要性。他激动得要求杰罗尔德与他歃血为盟，发誓永生永世彼此相爱，但杰罗尔德却不敢承认彼此间的这种情感。两个人在第 20 章有一次赤身格斗，两具雪白、健壮的肉体在一起揪扭、摔打，体验到前所未有的快感释放。伯金提醒说："咱俩在思想上、精神上都心心相印，因此我们在肉体上或多或少也要亲密无间，这样更完整。"虽然杰罗尔德同样从肌肤的亲密接触中感到惬意，但仍不愿回应伯金的要求。在伯金看来，应该"进入与另一个男人之间的纽带，那纽带是用纯粹的信任和爱编结起来的，尔后再与女人建立起同样的纽带"，只有这样，两性关系才会完整，世界才会和谐。也就是说，理想两性关系除满足自身的若干条件外，还需要有和谐的男性关系作为补充，因为这种关系给人提供了更大的自由，使人有了更强的个性力量。而杰罗尔德由于无法脱离现行社会秩序，加上意志麻木，不能跨出这关键的一步。伯金意识到杰罗尔德已经无可救药，遂与他渐行渐远。杰罗尔德失去伯金的关爱，很快与古娟坠入危险的情爱之中，最后冻死在阿尔卑斯山雪谷。杰罗尔德死后，伯金悲伤地想起杰罗尔德曾经有一次握住他的手，"在短暂的时间内热情地掌握了那果敢的爱。但一秒钟之后，他松开了手，永远地放弃了"。在那一刻，他也放弃了自己的生命。在小说结尾，伯金对厄秀拉说，他需要杰罗尔德。厄秀拉问："有我还不够吗？"伯金强调指出，除了与她之间的异性关系外，"我同时还需要一位男性朋友，我跟他之间的关系和我跟你之间的关系一样，都是永恒的"，"若要想过一种完美、幸福的生活，我还需要和一个男人永久的结合，那是另一种爱情"。

《阿伦的杖杆》的中里立是一位作家，他在去剧院看演出时认识了阿伦。随后在朋友家的聚会中，二人目光交视，感到似曾相识。这是二人交好的重要信号。阿伦因屈服于约瑟菲娜而导致身心受到极大摧残，病倒街头，被里立搭救。在阿伦情况危急的时刻，里立脱掉他的裤子，用含了樟脑的油反复按摩阿伦的下半身，把每一个地方都擦得发热、发亮。就如同施了魔术一般，生命又重新回到阿伦身上，他活了过来。里立与阿伦的这次肌肤接触象征着男性友恋对处在两性关系灾难中的男子的拯救作用。阿伦恢复健康后，还在里立的住处停留了两个星期，二人关系融洽，"建立了一种不可思议的相互理解——就像亲兄弟一样"。里立告诉他，由于男子对女人卑躬屈膝，他们的雄风已经不再。阿伦对此深表赞同。但当里立向他鼓吹两个男人要团结在一起时，阿伦却不愿意响应他，因为他此时还没有完全领会两个男性结盟的重要意义。里立不辞而别后，由于抵挡不住两性之爱的诱惑，阿伦在夜里潜回自己的家，想与妻子重修旧好，结果发现妻子的意志坚不可摧，只好再一次出走。在佛罗伦萨，阿伦又受到托雷侯爵夫人引诱，屈服于两性之爱。里立及时出现，再次救他脱离了险境。如果说在《恋爱中的女人》中，劳伦斯把男同性恋作为两性关系的补充加以肯定，那么在《阿伦的杖杆》中，两性关系被置于男同性恋的对立面。由于劳伦斯认定在人类现实的两性关系中，女性的主宰和统治已根深蒂固，想借助男女间的调整来恢复两性关系的生机和活力，已经没有可能，因此需要男性之爱加以拯救。一旦男人从两性之爱里脱身出来，与同性结盟，他们的力量就会失而复得，重新强大起来。而女人所倚持的靠山会倒塌，这时，她们的灵魂就会希望向男人臣服。按照劳伦斯的设计，在男性同盟中，有一个力量更强大者，他是领袖，而另一位则要在灵魂深处向比他更伟大的灵魂屈从。这样的男性同盟才会稳固，才有生命力。劳伦斯这一设计，展示了他使男同性恋服务于更宏大目标的野心。批评者皆认为《阿伦的杖杆》表现了超人思想，显而易见，劳伦斯的这一设计，就使男性同盟成为其超人思想的重要组成部分。它不仅肩负着拯救两性关系的责任，也肩负着拯救陷入危机中的人类的责任。

劳伦斯在《袋鼠》和《羽蛇》这两部长篇小说中，把男同性恋的重要性上升到一个新的高度。《袋鼠》中的英国作家索默斯到澳大利亚后，先后有三位男性向他示爱：退伍军人杰克，右翼的退伍兵组织领袖、绰号袋鼠的本杰明·库利，左翼的工党领袖斯特劳瑟斯。这些人属于对立的政治组织，但都认为男性之爱是建立新的社会秩序的基础，都野心勃勃试图控制国家命运，都希望索默斯能够为他们的组织效力。索默斯起初认同他们的理念，被他们的魅力感染，对他们的示爱欣然接受。但当这些人拉索默斯入伙时，知识分子出身的索默斯追求遗世独立，不愿意为任何特定阵营服务，于是明智地退缩了。索默斯有妻子相随，但两性关系冲突或重建之类劳伦斯热衷的话题在小说中并没有展开，同性恋是小说的情节主体，它贯穿在主人公的政治活动中，成为人物政治理想的重要组成部分。同时，《袋鼠》在表现同性友恋的细节方面比此前的小说更多，也更直露。《羽蛇》中的卡拉斯可和西比阿诺是政治上的盟友，为了窃取国家政权，合伙导演了一场用本土的克斯卡埃多宗教驱逐外来的基督教的运动。西比阿诺是将军，他控制着部分军队，向克斯卡埃多的教主卡拉斯可效忠。而卡拉斯可则借助宗教仪式把西比阿诺吸纳到克斯卡埃多神体系之中。卡拉斯可神化西比阿诺的关键仪式出现在第 22 章。卡拉斯可把西比阿诺带到自己的房间里，通过一系列问话的诱导，辅以反复按摩刺激他的腰背、下身和大腿，使他进入昏昏欲睡的状态，犹如被催眠一样。这一场景与劳伦斯以往小说中表现的同性恋场景有相似之处，即男性之间以裸体相见，通过肌肤接触，达到血性相知和融合。

同性恋描写，尤其是男同性恋描写在劳伦斯长篇小说中多而广泛。劳伦斯倾向于借助男同性恋解决构建理想两性关系所面临的最大障碍——女性精神占有的问题。他还想通过男同性恋建立起一个政治力量的核心，这个核心一方面基于共同的政治信念，更主要的是基于本能、躯体的感知和呼应，用这个政治力量核心来解决西方文明的危机问题。正是因为劳伦斯逐渐赋予男同性恋更重要的意义，他的描写就越来越繁复，越来越露骨。同性恋问题比性描写涉及更复杂的人伦关系，更敏感，也更具争议性。这些描写要让广大读者接受，恐怕要费更多的时日。

第三章

探索非理性心理世界

第一节 非理性心理活动的现象形态

　　阅读劳伦斯早期短篇小说，细心的读者会发现一个十分独特的现象：主人公的情绪会突然失控，做出与本人惯常行为不符，与环境不相协调的极端、怪异的举动，通常是发怒、沮丧，有时毫无节制地发笑，甚至表现出暴力等极端倾向。就好像在人物的内心深处，有一个被绑缚的魔鬼，突然挣脱出来，兴风作浪；又好像一个人突然邪灵附体，失去了本相。

　　劳伦斯在其早期短篇小说中，对表现人物情绪失控的兴趣相当大，有时甚至把这种情绪失控作为小说描写的中心，由它主导情节发展的进程。如《病中的矿工》中，因事故受伤在家休养的威利，想随工友们去诺丁汉看球赛，被妻子阻拦。以他的病情，根本无法徒步到诺丁汉去，他自己也明白这一点。但他突然变得愤怒起来，并开始打骂妻子：

"走开，走开，就是你，就是你害了我，走开吧。"

他一把抓住她，他那小脑袋气得发疯了。他强壮得就像一头狮子。

"威利，人家会听见的！"

"我跟你说，伤口又疼了，我要为这个杀死你。"

至此，他不再提去看球赛的事，却把自己伤口疼归咎于妻子，并声称要为此杀死妻子，这是怎样的逻辑！他的叫骂声引得邻居赶来相劝，可他仍旧不停地喊："杀死你！我要杀死你！"此刻的威利陷入非理性的发作之中，他无法控制自己。过后，他渐渐平静下来，问妻子："刚才我说了些什么？"确认了自己的所作所为后，他又毫无节制地哭泣起来。

这是一个非常典型的场面，普遍存在于劳伦斯早期的作品中。像《罢工补贴》中爱夫雷姆和岳母的争吵，在岳母持续的强硬后，他突然叫骂："你他妈的到底想不想给我喝点茶？"他的这种行为与平时判若两人。最后他在妻子的抚慰下，才逐渐安静下来。《白色长筒袜》中，丈夫因为妻子接受一个以前的追求者的礼物而咒骂她；反过来，妻子因为受到丈夫的侮辱，产生了报复的心理，故意夸大与以前追求者的关系，结果招来丈夫的拳头。看着受委屈而眼泪汪汪的妻子，丈夫感到"突然地，一阵极度的痛苦浸透了他的全身。他走过去，慢慢地、轻轻地用双手握住了她的手"。这是和解的表示，一场家庭风暴过去，他们重新回到生活的正轨。

这里列举的劳伦斯作品中这种情绪失控现象，其实在日常生活中并不罕见。人因为身体不适、生活困顿、劳累积攒的愤懑情绪，会在一个偶然事件中爆发出来，做出非理性的举动。这种情绪失控现象之所以引起我的重视，是因为它在劳伦斯上述作品中居于核心位置，是情节的高潮和主题的寄予所在。这几篇小说都涉及一些重大的社会问题，如阶级对立、罢工、经济贫困等，从常理讲，它们理应是作者关注的重点，而事实上，它们却退居次要地位，作用被弱化。读者会责备劳伦斯本末倒置，但这的确是上述小说的一大特色。

上述作品中，情绪的失控都有外部的原因，如病痛、经济窘迫、嫉妒，这些原因是清晰明确的，人物的反应在我们当下的经验和认识的范围内，是用日常生活逻辑可以理解和把握的。但同样写于早期的短篇小说《菊花的幽香》就略有不同。这篇小说因形式完美，意象深沉，感情真挚而受到广泛好评。小说描写了一个矿工妻子从下午到深夜这段时间里的活动。下午她带着孩子沿矿区铁路线回家，途中摘下一朵野菊花簪在头上。当火车司机的父亲把运煤的小火车停在她家门口，向她要茶喝，并议论起她的丈夫。矿工们三三两两地下班了，而丈夫还没有回来。妻子猜测丈夫可能又去了酒馆，因此生出怨愤，同时也有焦虑和不祥的预感。故事发展到此，妻子的情感线索中规中矩，没有什么费解之处。但接下来，丈夫因矿井事故死去的消息传来，很快遗体被运回家，妻子给丈夫擦洗和入殓，在此过程中，妻子的心理反应却让我们感到陌生了。劳伦斯为了让读者产生深刻的印象，特意安排了矿工母亲这个角色作为陪衬。这位老人难以承受儿子的死，她的哭泣就一直没有停止过，一切反应都是丧失了儿子应该有的反应，与人类普便的伦理道德规范是一致的。反观妻子，却显得出奇的冷静；她的内心活动，更令一般读者困惑不解。她心理活动的核心是自己和这个死去的丈夫的内在联系："伊丽莎白用脸蛋儿和嘴唇亲遍了丈夫的遗体。她似乎在倾听，在询问，试图取得某种联系。然而，她办不到。她被赶开了。他是无法渗透的。"妻子感到丈夫的死割断了他们的精神联系，丈夫变成了一个陌生人。这是多么不合时宜，多么不近人情的心理反应！但这一切就这样发生了。对妻子而言，丈夫的死成了一个契机，使她有机会客观地反思自己与丈夫的关系。她问自己："我是谁呢？我一直在做些什么？……我做错了什么事呢？我一直与之生活的那是谁呢？"她感到自己过去与丈夫的联系是虚假的，并得出结论："他一直都是同她分开的，好像从未同她一起生活过，从未同她有过一样的感觉。"既然"他们在生活中彼此拒不接受"，丈夫的死对她就是一种解脱。解脱了的妻子甚至能冷静地去设想丈夫死时所遭受的痛苦，并感到"怜悯"。作为与丈夫联系纽带的腹中胎儿失去了意义，如"寒冰般"让她感到"畏惧"。她想表现得像婆婆指望的那样，哭出声来，"但是她办不到，她发不出声来"。

这是丈夫尸骨未寒时的妻子！她对丈夫有过不忠或不爱丈夫吗？没有。她与生前丈夫的生活是典型的矿工之家的生活：丈夫在井下干活，挣钱养活全家；他虽然酗酒，却没有特别出格之处。妻子主理家务，哺育孩子。他们的生活并不尽如人意，可也没有到绝望的地步。妻子的心理反应比爱或不爱、软弱或坚强一类情感体验复杂得多，也深沉得多。换句话说，她的内心掀起的风暴属于精神层面，来自生命之深处，而不是情感层面的。眼前事件所涉及的现实层面的善与恶、得与失、痛苦与喜乐都一一褪去，她被这种来自本体深处的精神风暴所左右。

在《病中的矿工》《罢工补贴》和《白色长筒袜》中，人物通过"情绪失控"，让读者窥见了其生命本体力量的瞬间爆发。与这三篇小说相比，《菊花的幽香》对这种生命本体力量的展现要充分、深入得多，意义也丰富得多。简言之，以丈夫的死为契机，人物长期被压抑的内在的真实自我浮现出来。

劳伦斯挖掘人物身上的"内在真实自我"，并不总是通过情绪描写和心理分析，他也写人物瞬间发生的怪异、带有破坏性的举动。例如《儿子与情人》中保罗毁弃姐姐安妮玩具娃娃的举动。保罗在从沙发上往下跳时，不小心踩坏了姐姐的玩具娃娃，安妮伤心地哭了一场。过了两天，保罗突然向姐姐建议把玩具娃娃"火葬掉"，于是出现了如下的场面：

> 保罗用砖块堆成一个祭坛，把阿拉贝拉肚子里的刨花抽出一些，再把碎蜡块放在它的脸上，然后浇了一些煤油把娃娃点着。他看见蜡块在阿拉贝拉破碎的额头上溶化开来，犹如汗珠似地滴到火里，心里有一种幸灾乐祸的满足感。他静静地看着这个又大又傻的娃娃在燃烧，心里有说不出的高兴。最后，他用一根柴火拨弄灰烬，把娃娃的手和脚挑到一边，用石块把烧得发黑的手脚砸得粉碎。

小说中的保罗不是现实生活中的"坏小子"，相反，他从小受母亲言传身教，行事大方得体，不乏绅士修养。也正因为如此，保罗的这一

"残忍"举动才显得尤其突兀。

火葬玩具娃娃或许还可以解释为孩子不懂事的恶作剧，但成人后的保罗在母亲病重时，给她服用过量吗啡，就再也不能如此辩解了。母亲身患癌症，受病痛折磨。圣诞节前的一天，保罗把母亲止痛用的吗啡全部拿来，将药片碾成粉末。安妮问他干什么，保罗说要将它们全部放进母亲喝的牛奶里，"随后他们两人像在策划什么阴谋的小孩子一样笑了起来"。后来，保罗又哄母亲把搀了过量吗啡的牛奶一点点喝下，其间，母亲发现牛奶"苦"、令人"恶心"，保罗又骗母亲说这是一种新药。母亲喝完过量吗啡的当夜，病情急转直下，第二天上午死去。可以毫不夸张地说，是保罗取走了母亲的性命。从保罗性格发展的逻辑看，他做出如此举动是不可思议的：他一直与母亲相依为命，为了保护母亲，与母亲在一起，他甚至诅咒父亲早点死去。那么，是因为照顾病人过于疲惫，产生逆反心理？或不忍母亲再受病痛折磨？小说中没有这些方面的暗示。小说中保罗也没有为他的"罪恶"行为承担社会责任，自己更没有负罪感，因为他根本没有自觉。同样，这一件"伤天害理"之事，竟也没有引起叙述人的"愤慨"，给予保罗严厉谴责，叙述人仿佛毫不在意。为玩具娃娃举行火葬和给母亲服用过量安眠药这两个细节，为小说明朗的画面涂上了一抹阴郁的色调，它与人物发展的现实逻辑格格不入；它是孤零零悬置着，招摇着，使你不得不去注意它；它逼迫你离开日常生活经验的范畴，去探究生命本体的奥秘。

至此，我们不得不承认，在劳伦斯小说中，存在着一股来自冥冥之中巨大、神秘、令人不安的力量。当读者在劳伦斯小说中看到人物某一悖于常理的神态、行动、梦境，某种神经质的专注时，发掘它背后隐藏的意义，就会发现这股力量。再如《恋爱中的女人》中"湖上灯会"一章，厄秀拉、古娟、伯金、杰罗尔德四个人在湖上泛舟，伯金为厄秀拉点燃了两盏纸灯，一盏上面画着白鹤飞过蓝天，一盏是海洋世界，几只蟹在海草中爬行。古娟也想要灯，伯金就给她点燃了两盏，一盏是蝴蝶翩翩起舞，一盏是海底章鱼。古娟对这盏章鱼灯的反应很强烈，她叫道："真可怕。"接着又"惊恐万状地嚷着：太可怕了"。她坚持要拿自己的章鱼灯换厄秀拉的蟹灯，换到手才罢休。章鱼的意象在小说中没有作其他发挥，我们不知道这盏灯触发了古娟什么隐秘的感情，但她的反应是强烈的。劳伦斯斩断了人物心理变化与社会、世俗生活的直接因果联系，通过人物的有悖于情理的反应把读者的注意力引向他的内心世界。在人之生命的某个时刻，这股力量猛然间苏醒，使人陷入非理性的发作之中，以致身体扭曲，情绪失控，行为极端，而人的理性对此毫无自觉，这种现象在劳伦斯笔下比比皆是。

事实上，观察劳伦斯笔下人物的非理性心理活动，还有另一条途径。由于非理性心理世界异常丰富、深广，所担负的功能又十分复杂、多样，所以当需要非理性心理的本质力量以一种特异、整体的面貌呈现出来，对人物自身或他人有所触动、有所呼唤时，劳伦斯常常使用独特的意象去概括它，使之对象化。他使用最多的是黑暗、黑神，以及潘神等意象。这种情形从《虹》开始密集起来，例如沉浸在新婚幸福中的安娜有时会觉得，"在这荡漾着欢乐的气氛中，一个胆怯而凶恶的黑色阴影，像只食肉兽在游荡，然后又消失得无影无踪，似缕缕游丝从眼前飘逝。安娜不由一阵恐惧"。威尔同样感受到"在他身上，存在着他无力冲破的黑暗，这黑暗永远不会在他身上消失"。在这里，"黑色阴影""黑暗"其实就是人物身上的非理性心理能量，它随时准备冲破理性束缚，干涉安娜和威尔的"幸福"生活。

劳伦斯的长篇小说《袋鼠》第 12 章"噩梦"中，主人公索默斯回忆了战时在英国康沃尔的生活。那期间的生活其实并不像标题所示的全是"噩梦"，当他独自在古代凯尔特人留下的祭坛遗迹徜徉，想象着原始初民用人作牺牲举行祭祀仪式时，他感到"愿意随波逐流漂入某种血的黑暗中去，令自己的血管再次随着徘徊于史前人祭场上神秘石头中的野性震荡而共振。人祭！他能感到他那黑暗的血液意识再次附着其上，可望而又感到神秘。古老的神灵，古老恐怖的神灵缠绕着尘世中黑暗的沼地边缘，天光四射开去，明朗的天随之化为乌有"。这显然是一种正面的心理反应，原始遗迹触动了非理性心理世界的"黑暗"力量。

索默斯旅行到澳大利亚时，一天夜里，他独自走进一片灌木丛，感到"一定有什么巨大、有意识的东西藏匿着！他继续朝前走，走了一英里左右，进到灌木丛中，一直来到一片巨大赤裸的死树跟前，那些树干在月光下闪烁着灿灿磷光。林中的恐怖攫住了他。他良久地看着那轮朗月，思绪僵住了。树丛中藏匿着什么东西！想到此，它不禁毛骨悚然。一定有幽灵在里边"。索默斯并非遇到了什么毒蛇猛兽，也没有遇到什么超自然的力量，他实际上是在凝视自己的心像——那黑暗的非理性力量。澳大利亚这片广袤、少受文明沾染的土地，频繁地激发着他内在的非理性心理力量，使他相信，"确有上帝，但永远在黑暗中……上帝其实是巨大的活生生的黑暗"，"在身心的中央，仍然是古已有之的、黑暗、无以言表的神"，"这黑神，永远隐匿于冥冥之中"。

在中篇小说《圣·莫》中，那匹名叫圣·莫的马，其实也是卢·威特内在非理性心理力量的写照。她第一次见到那匹马，就感到在马的身上有一股黑暗的力量，这股力量招引着她，使她对马产生了异常亲近的感觉："圣·莫那具有野性的、杰出的、充满活力的头似乎从另一个世界里看着她，她产生了一个幻觉，仿佛构成她自己的世界的墙突然融化了，把她留在了一片无边的黑暗里。"它"像一团火一样可怕地呈现在外层世界的黑暗中，她便无法再相信自己生活着的这个世界了"。除了用"黑暗""黑神"把非理性心理世界对象化外，劳伦斯在《圣·莫》中还引入了潘神意象。希腊神话中的潘是山林、畜牧之神，长着人的身子，山羊的脚、腿和耳朵。它住在山林水泽，善吹笛子，还喜欢和山林女神舞蹈嬉戏。在神话及后世文学作品中，潘神常被描述成精力旺盛、感性、粗鲁的好色之徒。当卢·威特与母亲感受到圣·莫身上不可思议的力量时，她们认真讨论了潘神的问题。话题是由教长的来访引起的。卢·威特说教长相貌"出奇地像潘神"。教长倒也谦逊，他说自己的脸"恐怕不是伟大的畜牧神潘神的脸，而是伟大的山羊潘神的脸"。教长在这里的区分，实际上代表了劳伦斯自己的本意：潘神本来具有两面性。它有好色淫荡的一面，这一面已经堕落，只要看看现实生活中色情泛滥的情形就很清楚了。但潘神还有另一层意思，即象征人纯正的、未沾染文明的原始欲念和本我。因此，卢·威特问教长："潘神没变成长着羊腿的人之前是什么样子呢？"卢·威特的朋友卡特赖特接口说："我得说他是隐藏在万物身上的神明。"于是，众人又就人能否看见神明的问题展开了讨论。卡特赖特故作神秘地说，要用人身上的第三只眼才能看见。这句话引起卢·威特和她母亲的沉思，最后他们一致认为，潘神附着在圣·莫身上。卢·威特对圣·莫身上潘神属性的肯定，也是对自身非理性心理力量的肯定。

　　劳伦斯在《论做人》一文中指出："人都是由两个方面组成的，我们每个人都有两个自我。第一是这个躯体，它经不起外界刺激，也无法控制，这个非理性身体具有强烈的欲望和激情……第二是具有意识的自我，自己了解的自我。"①我们把劳伦斯所说被"欲望""激情""躯体"主宰的自我，转换成较规范、科学的语言，其实就是人物的非理性心理活动，就是非理性主义思潮所张扬的人之本能、潜意识、欲望，也就是上述人物身上那些"奇异的黑暗角落"里潜藏的东西。综合来看，劳伦斯笔下人物身上的非理性心理活动，有以下突出特征。

　　第一，它产生的过程、方式缺乏人物自身理性的感知和自觉，释放的方式是放纵的，从不掩饰，从不做作，总是自由坦荡、无拘无束地表现自己。它常常在转瞬间就投入持续的发泄中，火山般喷发，又骤然间冷却。例如在《恋爱中的女人》第 1 章的开头，厄秀拉和古娟在家里闲聊，谈到婚姻问题。古娟问厄秀拉是否考虑过婚姻，厄秀拉说"我也不知道"。古娟感到惊奇，因为她们的年龄已经不小了，怎么会不考虑这个问题呢？古娟提示说，婚姻意味着"你的境遇会比现在好"，随即厄秀拉的脸上"略过一层阴影"。这是劳伦斯小说中人物内心活动常见的一种呈现形式：在人物常态的活动中，会突然有负面的情绪，夸张或极端的动作、表情表露出来。厄秀拉的脸上为什么会略过一层阴影？从上下文看，她是不喜欢从这个角度考虑婚姻的，但如此表情，未免反应过度了

---

　　① ［英］劳伦斯：《论做人》，见《性与可爱》，姚暨荣译，13 页，广州，花城出版社，1988。

一些。接下来，古娟追问："要有合适的你也不考虑吗?"厄秀拉说自己已经拒绝了好几次了，其中一个人年收入有一千英镑呢。古娟听了好生羡慕，又问，难道你没有被深深地吸引吗? 厄秀拉回答："要是我被吸引，我就来个闪电式的结婚。"说到此处，叙述人写道："姐妹俩快活起来，脸上一下子放出光彩。"但接着，她俩"对视着放声大笑，心底深处却有些恐惧"。过了一会儿，古娟又说："我一直希望找个陪伴的男人。"然后"她的下嘴唇给牙齿咬了一下，做了一个半是阴笑，半是痛楚的鬼脸，厄秀拉有些害怕"。这是一场姐妹俩的闲聊，没有利害纷争，也不必作什么重大决断，所以气氛应该是轻松的。事实上，开始时气氛的确如此，但说着说着，她们变得焦躁烦乱起来。在接下来的场景中，"轻蔑""冷漠""冷冷""紧张""憎恨"等词汇不断出现，而这些情绪变化以现实的动因是无法解释的。

再看《恋爱中的女人》中更有特色的一段引文:

> 她满意了，疲倦地闭上眼睛，脸上显出宁静的神色，看去宛如安睡中的女王。然后，她动了一下身子，脸上出现了淡淡的友善的微笑。这会儿她好似又成了愉快的女主人了。接着，她礼貌地欠欠身子，仿佛在座的每一位都受欢迎，都令人喜欢。但立刻阴影重来，鹰似的愠怒代替了脸上的笑意。她痛恨所有在座的人，躲在眉毛下的眼睛飞速地扫视了一下四周，犹如一只被逼入绝境的野兽。

这是《恋爱中的女人》第 2 章描写婚宴上克里奇太太心理活动的一节。此前她问坐在身边的伯金，餐厅里一个年轻人是谁，伯金说不认识。克里奇太太所问的那个年轻人，在小说中始终没有交代是谁，也不曾再露面，因此是无关紧要的。但作者却捕捉了克里奇太太的这段情绪变化。注意她情绪的前后差异：微笑—愠怒，欢迎—痛恨，愉快的女主人—逼入绝境的野兽。作为宴会的女主人，她本该处处显得温文尔雅，举止得体，但她无力控制自己的情感。并没有外在的原因招致她情感的迅急变化；如婚礼的不如意、某人的嘲讽、疾病或食物刺激等，都没有。这是纯粹神经质的情绪发作，不加节制，没有掩饰。

第二，劳伦斯笔下人物非理性心理活动的产生虽然离不开外在客观事件的刺激，但这些外在客观事件只提供了一个触发的契机。人物的心理活动被激起后，并不按照生活逻辑和日常经验的轨道发展，它不追求现实的功利性目的，也不夹杂世俗生活中同类体验所包含的肤浅的道德评价，更不受社会礼仪、道德的调节和规范。它是心灵深处冥冥黑暗中生命本体力量的盲动，它所唤起的爱与恨、生与死、痛苦与狂喜的体验，远远超出了日常生活中人们同类体验可能释放的能量，它是至上至纯的精神产物。

劳伦斯小说中人物对一切外部事件的反应都与常人不同，这是许多读者阅读后的一致感受。如果你再读一遍劳伦斯写于 20 年代的短篇小说《微笑》，这种印象可能会进一步加强。小说中的男子得到妻子病重的消息，夜里赶火车前去探望，但妻子已经死在修道院里。当他站在妻子灵床前，盯着妻子的脸看时，"一股抑制不住要笑的感觉从内心深处涌出，他哼哼了一下，随即一个反常的微笑从脸上掠过"。他抬头一看，发现对面三个修女的脸也在响应他的微笑。但她们的微笑各有不同，一个脸上带着顽皮的狂喜，第二个是懵懂的微笑，同时，也有微笑渐渐在修道院长的脸上出现。突然，男子停止了微笑，看着妻子入殓。很快，他又感到他的妻子好像在轻轻地挠他肋骨的某个地方，使他忍不住又要笑。小说中的男主人公以作家曼斯菲尔德的丈夫默里为原型。默里与劳伦斯的关系曾经十分密切，但后来默里与劳伦斯的妻子弗丽达有了暧昧关系。劳伦斯察觉了他们的这种暧昧关系，这篇小说就是对默里的一个报复。撇开背景不谈，从常理看，男主人公在妻子的灵床前发笑，从轻处说，是不合时宜，说得重一些，是违背人伦的，是不人道的残忍行为。劳伦斯曾将这篇小说交给自己的代理人加奈特，请他转给杂志编辑，但加奈特感到十分棘手，因为杂志的编辑"害怕它"，可见对死者的敬畏是没有中西文化界限的。男主人公和妻子的关系是否恶劣？或者妻子是否有不忠行为？男主人公的"笑"是否是恶意的报复？小说中都没有具体交代。劳伦斯斩断了男主人公的"笑"和外部事件的联系，撤销了人伦道德尺度的框范，而专注于非理性情绪放肆的发作。

《恋爱中的女人》里厄秀拉对伯金的情感方式中更见出其"纯粹性"：

> 厄秀拉感到对伯金恨之入骨，她的整个头脑似乎变成了一块坚硬精巧的仇恨的水晶，她的整个性格似乎被削磨，加固成一支仇恨的标枪。她无法想象这仇恨是什么东西，而它却控制了她这最深沉，最终极的仇恨，它恨得那样纯，那样洁，那么不可思议……她不管走到哪里，这种剧烈憎恨伯金的魔力都左右着她。

厄秀拉和伯金是一对新人，他们的两性关系是作者赞赏的理想两性关系。这一段厄秀拉对伯金的仇恨不是肇始于外在事件，如嫉妒、怠慢、背弃等所引起的纠纷，它的产生是非理性心理自身运动的结果。它是纯粹的，是内在生命能量的爆发。情形正如作者解释的："她的仇恨不是世俗的仇恨，她不是因为这件或那桩琐事而恨他，她不想伤害他……她的仇恨是那样的纯洁，那样的晶亮……当她听说伯金又病倒时，她的仇恨反而更增强了几分，如果这种仇恨还有可能增强的话。这震惊了她，彻底击溃了她，而她又无法躲避，她无法躲避这种降临在她身上的仇恨的变形。"劳伦斯给厄秀拉的"仇恨"所下的这段注脚显示，它是纯粹的内在生命力量，不涉及世俗的感情好恶，自己无法控制。

第三，劳伦斯非常擅长在人物心理转折的临界点上表现非理性心理活动。两种情感状态相伴而生，一种状态达到极限就迅速向另一种状态转化，在这个转折点上，两种情感都迸发出最大能量，强度增到最大值。是爱与恨的交替，是生与死的并陈，是狂喜与痛苦的转化，仿佛雷电的两极，一经撞击，就发出隆隆轰响。人物经过如此的激情碰撞，最后走向两个极端：或毁灭自己，也毁灭别人；或使自己，也使别人获得新生。《虹》中安娜与威尔的关系是一个典型的例子：

> 今天，仿佛一切都粉碎了，被糟蹋，被毁掉。但明天一切又变好了；今天她一见他的身影就气得发疯，他喝酒时声音令人作呕，可明天她爱他，为他在地板上踱步的姿态所陶醉。

安娜和威尔就在这种爱与恨的交替泛滥中生活，爱起来可以烈火熊熊，恨起来同样刻骨铭心；爱到深处是无言的恨，恨到极点是温情的爱。这种情感的放纵无休无止，处于永恒的运动状态。在这种情感的放纵中，他们的两性关系走向毁灭。《恋爱中的女人》中厄秀拉和伯金的关系则是相反的例子。这一对新人形象，经过非理性激情的持续碰撞，走向了新生。

综上所述，劳伦斯小说中人物的心理活动具有内在生成性，自给自足，它受制于人的本能因素，而非社会性因素。它有着深刻的非理性根源，从稳健的性格因素的角度是无法分析的。人物受某种偶然因素的触动失去控制后，展现了内心原本被理性压抑的一面。本章的任务，就是对劳伦斯小说中人物非理性心理的现象形态加以细致描述，对其性质、内涵、意义和危害性作深入的分析和评价。

第二节 非理性心理的构成要素

我在前一节描述了非理性心理活动的外部形态，本节将从表象深入到内部，去发现人物非理性心理的构成要素。

劳伦斯笔下的非理性心理活动属于人的潜意识领域，主要由各种本能、欲望、原型构成。劳伦斯这一认识，与弗洛伊德的精神分析理论是一致的。但劳伦斯没有生搬硬套弗洛伊德，他对这些本能、欲望、原型的具体内涵，有自己独特的归纳。在劳伦斯小说中，非理性心理主要由性驱力、权力意志、死亡本能三项要素构成，它们是导致人物极端强烈情绪反应的根源，是推动两性关系发展的内在动力，也是劳伦斯倾心的改变文明形态和世界秩序的重要力量。

1. 性驱力

弗洛伊德在早期把人的本能分为自我本能和性本能两种，后期他对这种划分作了调整，把自我本能与性本能合二为一，使其同属于生的本能。同时，他又提出了"死的本能"，以与"生的本能"对立。在弗洛伊德的理论体系中，性本能无疑是生的本能中最重要的因素，它是生命中建设性、进取性的力量，目的是维持生命的存在、延续和发展。性本能也是劳伦斯小说人物非理性心理的重要构成因素，但作为小说家，他对性本能的理解和表现融合了个人的生活经验与创造。

在劳伦斯笔下，性本能主要表现为两性间不由自主相互吸引的本能，要求性满足的愿望，驱使人物以伴侣形式存在的冲动，我将其称为性驱力。总体而言，劳伦斯小说中人物的性趋力基本上是通过同他者的融合来扩大自己人格的追求，实现存在的最大化。事实上，性驱力普遍存在于人类，甚至其他生物的活动之中，但劳伦斯笔下人物的性驱力，无一例外都十分强旺、持久、纯粹，它是人物的本质属性，是人物两性关系发展的动力，因此有特别的意义。

性驱力的存在和作用在《虹》中表现得最为突出。《虹》中的布兰温家族三代人都有很强的性驱力。第一代汤姆进入青春期后被高涨的情欲搅得心烦意乱，产生了与女性交往的强烈渴望。19岁那年，喝醉酒的汤姆被勾引，与一个妓女鬼混了一夜。此后他有过一两个情人。再后来他到一处风景区玩耍，与一个水性杨花的姑娘有过艳遇。那姑娘趁自己的情人不在身边，不断挑逗他，情欲被撩拨得发狂的汤姆与她发生了露水情。本性单纯的汤姆虽为自己的性体验感到羞愧，又怕染上病，但仍控制不住要去满足自己的欲望。当身边没有女人时，他就喝得酩酊大醉，以缓解内心的焦灼和欲望，浇灭青春激情的火焰。直到有一天他赶马车回家，路上见到一身黑衣的莉迪亚，两人四目相对，汤姆立即觉得自己应该和这女人结婚，随即展开锲而不舍的追求。莉迪亚的前夫是一位波兰流亡者，与汤姆相遇时，正要去当地小镇教堂的牧师家作管家。汤姆的追求立即得到莉迪亚的响应，他们很快就走到了一起。

劳伦斯在表现汤姆和莉迪亚两性关系的建立过程时，格外突出了来自两个人非理性心理世界中性驱力所起的主导作用，以及由此产生的结果。两个人的出身、成长环境、经历等完全不同，汤姆是一个小农场主、纯粹乡土性的人物，日出而作，日入而息。他中学一毕业就欢天喜地回到了自己的农场，除了附近的市集，没有到过更远的地方。莉迪亚是一个波兰地主的女儿，门第优越，幼时受过很好的教育；长大后曾在波兰民族解放战争中做护理工作，与丈夫并肩战斗；起义失败后，随丈夫一起流亡到伦敦；丈夫去世后，她辗转到约克，最后落脚到本镇。这些常人眼中的不同，本该成为他们建立两性关系的障碍，而事实却相反。一方面，汤姆感到，"他不了解莉迪亚，他们来自不同的国度，是互不相识的陌生人，彼此无法交谈。每当莉迪亚谈起波兰或以往的事情，布兰温觉得是那样遥远陌生，怎么也听不明白"。他们之间不仅有不同民族文化差异，情调也格格不入。但另一方面，汤姆又不由自主受到莉迪亚的吸引，他身上强大的性驱力将他推向她，渴望与她建立属于两个人的世界。莉迪亚同样"强烈地感到自己与布兰温性格和志趣都不相投，因为他和她不属于同一类人。不过，盲目的本能引导着她要得到他，拥有他，然后将自己托付给他"。可以看出，两个人身上的这种性驱力是纯生理性的，较少考虑财产、地位、门第等现实关系，甚至不考虑气质、趣味、性格等个性因素。汤姆"把过去和未来统统抛到脑后，整个身心沉浸在眼前这个与莉迪亚相抱相偎的时刻。在这个时刻，他获得了她，同他在一起，除了他们俩，其他一切都不存在。他们超越了表面的生疏，在人类本能的拥抱当中融为一体。"

布兰温家族的第二代安娜在进入青春期后，性情变得暴躁，喜怒无常，而且动不动就脸红，心神不定。这是她性觉醒的征兆。第一次遇到威尔，安娜显得神情慌乱，她意识到，这个英俊的小伙子"已徘徊在她的意识的边缘，随时都可能闯进来"。几次往来后，两个年轻人便疏远了长辈，开始营造自己独立的天地。8月的一个雨夜，春情萌动的安娜拉着威尔上到阁楼，二人紧紧拥抱在一起，他们的情欲有如屋外滂沱的大雨，放肆地泛滥着。随后不久，安娜就向父亲提出结婚的要求，这时她才18岁。情欲的火焰在她胸中熊熊燃烧，要与威尔结合的强烈欲望使她全然不顾父亲的反对。新婚期间，安娜和威尔整日缩在自己的小巢里，不让外界任何人和事来打扰他们。在夜里，黑暗将小屋团团包围，仿佛这个世界仅存他们两个人，其他人统统被洪水淹没了。都上午八点了，他们还躺在床上，早餐也不知道吃。到12点时，安娜叫："我快饿死了。"威尔说："我也是。"但二人都不动。时间过去了一分又一分，安娜又说："亲爱的，我快饿死了。"威尔说"我这就起床"，但仍不动。安娜又催威尔："起来吧，给我弄些吃的。"威尔说："好的。"又拖了很长时间，威尔才起来准备早餐。他们觉得就像探险者到了人迹未至的荒岛上，这世界就他们两个人。拿来了早餐，两人又钻进被窝里吃，渐渐黄昏又来临了。就这样，他们躺在床上漫无边际地调笑，紧紧地拥抱，无休止地亲吻，昏头昏脑，没日没夜。安娜常常在"大白天里将他剥得一丝不挂……她随心所欲地摆弄他；他也听从她的摆弄。她从他身上得到奇妙的满足而容光焕发。"

我们从前一章的论述中已经知道，安娜和威尔的两性关系是畸形的。但劳伦斯在表现安娜和威尔身上的性驱力时，将它与人物两性关系的性质和走向区分开来，这一点与处理汤姆和莉迪亚身上性驱力的做法是一样的。也就是说，人物身上的性驱力属于生理本能，它在任何情况下都存在并执意显示自己，其本身没有善恶好坏之分。它是两性关系的凝固剂，与人物的道德选择无关，与生命的向上提升或向下沉沦无关，也不是道德上的瑕疵或道德考量的依据。不论是理想的两性关系，还是畸形的两性关系，性驱力都能发挥作用。汤姆和莉迪亚建立起来的是理想的两性关系。他们的性驱力获得现实满足后，生命体验发生了巨大变化。汤姆"知道了自己生命的强有力的源泉，一个新的宇宙展现在他面前"，"周围的所有事物，他所使用的牲口，还有随风摆动的麦苗，这一切在他面前显示出一种平静而新型的关系"。莉迪亚同样感到身上有一个新的生命、一个新的有机体在诞生。安娜和威尔的两性关系最后走向歧途，但他们的性驱力依然强旺："它们之间的爱变成了狂放的情欲发泄，从中获得极度的快感。没有思想上的亲近，没有温存的爱，只有肉欲的追求，只有感觉器官如饥似渴的陶醉和性器官的极度满足。"

2. 权力意志

权力意志这一概念借自尼采，用在劳伦斯研究中，专门指代他小说人物非理性心理世界中具有的强力扩张、侵入、覆盖他人精神领域，使之发生同化，或屈从于自己的一种冲动，它通过否定他者来追求自己的人格完满。

我们在上一章探讨过两性关系中的精神占有欲问题，劳伦斯把它看成是工业文明产生的恶果。同时，精神占有欲还可以追究到非理性心理层面上，这就是权力意志。具有权力意志的人物，总会表现出强烈的支配欲，要求对他人或物实施控制、主宰、把握。劳伦斯笔下人物的权力意志，是一种潜意识力量，它不以占有财物、获得现实权力为目的，但它客观上能够对两性关系，甚至世界秩序起到破坏或修复作用，是劳伦斯小说中人物非理性心理活动的重要内容。

人物身上的权力意志与性驱力并行不悖。通常情况，性驱力在人物建立两性关系的初期，发挥的作用更大，也更明显。如《虹》中布兰温家族三代人，他们最先表现出来的非理性心理无一例外都是性驱力。进入青春期后渴望与异性交往，渴望性爱体验，是人之常情。劳伦斯将这一人类生理变化，强化到极端的程度，使之成为这一时期人物的精神主宰、生活的核心力量。但随着两性之间关系的深入，权力意志会逐渐上升到主导地位。这也是为什么劳伦斯小说中两性关系总是充满了厮杀与搏斗的原因。

《虹》中安娜和威尔的两性关系之所以走向毁灭，就是安娜和威尔的权力意志相互斗争、最后安娜的权力意志战胜威尔所导致的结果。开始时，威尔身上的权力意志占着上风。他们之间权力意志的第一次较量，是婚前一次在月光下的田野中搬运麦捆的竞赛。安娜总想与威尔保持一段距离，而威尔拼命要追上安娜。最后威尔加快步伐，达到了目的。它导致的直接后果是安娜答应嫁给他。婚后安娜与威尔的生活充满无休止

的精神搏斗，究其实质，还是权力意志不断释放自己的能量。他们的斗
争是惨烈的："威尔想将自己的意志强加于她。她浑身哆嗦起来。他也
开始颤抖。她想抛弃他，将他弃于荒郊旷野，让黑暗中的肮脏野狗围
攻、咬噬他。他必须战胜安娜，迫使她留在自己身边。安娜为了不受威
尔的控制也同他搏斗。"威尔的权力意志主要表现为确立男性在家庭中的
主宰地位；对安娜而言，则是打垮威尔的男性权威，把他排斥出自己的
心灵世界，这个世界她将只与上帝和孩子分享。威尔一件夏娃木雕的遭
遇充分体现了这种权力意志斗争的性质。在与安娜认识之初，有艺术天
赋的威尔在为教堂刻一件夏娃雕像，名字是《夏娃出世》，表现上帝用亚
当的肋骨造出夏娃的那一紧张和永恒的瞬间，以彰显在对人的创造中，
男性的力量和男性权威的作用。结婚以后，威尔不断涌起创作的欲望，
想把这雕像刻完。但安娜惧怕威尔通过完成雕像而在精神上压倒自己，
所以不断诋毁威尔这件木刻。她讥笑夏娃像个小木偶，她质问威尔为什
么把亚当刻得与上帝一样大，而夏娃却像个玩具娃娃。她还攻击威尔：
"每个男人都是女人生的，却说女人是从男人身上造出来的，真是厚颜
无耻。你们男人脸皮厚，太不知羞耻。"威尔受到打击，刻来刻去总刻不
好，最后一气之下，把木刻一把火烧掉了。再如安娜的裸舞，也是双方
权力意志较量的重要场景，不过，此时威尔的权力意志已经大为削弱，
完全处在守势。那是一个星期六下午，安娜在卧室里生了火，脱下身上
的衣服，欢快地跳起舞来。在独舞中，安娜得意忘形，她蔑视威尔，只
当他不存在。这时，威尔上楼来，看见这个场面，第一个反应是愤怒，
随后是呆若木鸡，继而是难受。他感到，"安娜跳舞时的奇特舞姿和力
量吞没了他。他被焚烧……他束手待毙，两眼昏花看不清妻子，再也看

不见她了。他们中间隔着一层密不透风的幕帐。"这一个个场景，标志着威尔在权力意志的争斗中节节败北。

《恋爱中的女人》中的杰罗尔德也是一个权力意志极强的人。他从父亲手中接管煤矿后激动不已，是因为煤矿可以作为他实现自己权力意志的工具。他要用最高的效率采出最多的煤来，他要同物质、同大地和地下蕴藏的煤较量一番，把它们降服在自己的意志之下。小说第9章"煤灰"写杰罗尔德在火车的岔道口制服烈马的场面，很好地表现了他这种权力意志的残忍。当时正有火车轰隆隆经过岔道口，杰罗尔德骑的枣红马怕火车，开始后退，可杰罗尔德硬把它拉回来，让马头朝着发出巨大声响的火车。杰罗尔德折磨这匹马，并没有什么现实利益可图，他就是要把自己的意志强加在马身上，使马在极端状况下，仍然无条件地服从自己。火车不断嘶鸣，车厢一节一节隆隆地压过道口。受惊了的马身体剧烈晃动，不断试图转身逃走。杰罗尔德沉重地坐在马上，像磁铁一般紧紧地陷进马的身体，脸上始终挂着淡淡的微笑，一次次强行把马拉了回来。马无论如何也挣不脱缰绳，躲不开令人恐惧的轰鸣声。这时火车猛地一刹闸，车厢顿时发出可怕的声响。马突然腾空扬起前蹄，似乎要把杰罗尔德从马背上摔下来。杰罗尔德脸上仍挂着笑，身体前倾，强行将马又拉回到先前的位置。马嘶叫着，两条前腿再次扬起，身体不停地打转转。而杰罗尔德始终镇定自若，大手"像机器一样无情地紧紧勒住马缰绳，缰绳似利剑一般刺进马的身体"。马被火车这机械怪物吓得半死，在杰罗尔德强大的意志面前又无从逃遁，它的意志被彻底摧垮。

《恋爱中的女人》第18章，古娟应聘给杰罗尔德的妹妹威妮弗莱德作美术家庭教师。一天她与威妮弗莱德想从笼子里抓一只名叫俾斯麦的兔子来作画。这只健壮的兔子异常凶猛，古娟费了九牛二虎之力，也不能把它驯服，反而被那团剧烈动弹的东西弄得晕头转向，手腕也被兔子的爪子抓得伤痕累累。这时杰罗尔德走过来，见到如此场面，对古娟说："你应该叫个男人替你干这事。"说着，他伸出强劲有力的手，提着兔子的耳朵把兔子拎了起来。兔子在空中蜷缩成一团，又像弓一样猛地弹开，如此反复，简直似凶神附体一般不可思议。杰罗尔德的身体起先随着兔子的蹬动摇晃，等看准了机会，他猛地倒退一步，用另一只空着的手掐住兔子的脖子，将它甩到手臂底下，牢牢地夹住。兔子挣扎再三，终于在杰罗尔德手臂下一动不动，彻底屈服了。杰罗尔德的强力意志和残暴在对这只小生物施虐的过程中又一次得到淋漓尽致的展示。

3. 死亡本能

按照弗洛伊德对本能的理解，人身上除性本能（生存本能）外，还存在着死亡本能，它代表生命中攻击性、自毁性、破坏性的力量，它的目的是分解和消灭生命，把有机的生命带回到无机物状态。当这种本能向外表现时，它是破坏、损害、攻击的动力；当向外侵犯受挫时，它往往退回到自我内部，表现为自虐、自杀的倾向。劳伦斯承认人的死亡本能，他说："说到底，人只有两个欲望，生的欲望和死的欲望。""死和巨大的毁灭暗流是生活中不可避免的一半。"劳伦斯还论述了死亡本能的具体表现形式。他说："人类纪元的秋天来临时，死的欲望便成为唯一的统治力量。我想杀人，想制造危言耸听的事件。我渴望毁灭，渴望分裂，我希望爆发无政府主义的革命——这都是一回事，都是属于死的欲望。"①死亡本能是劳伦斯笔下人物非理性心理活动的第三项重要内容，不过它并不像性驱力和权力意志那样广泛存在，只在《恋爱中的女人》等中后期作品中表现得较为充分。

《恋爱中的女人》中的杰罗尔德在很大程度上被弑亲原罪控制着。年幼时，他和弟弟一起玩一杆枪，不小心扣动扳机，把弟弟的脑袋打飞了。他手上因此沾上亲人的血，犯了罪过。《圣经·创世记》中记载了人类祖先的两次原罪，一次是亚当夏娃偷吃禁果，一次是该隐杀死自己的兄弟亚伯。亚伯和该隐各拿祭品奉献给上帝，但上帝只看中了亚伯的祭品。恼怒、嫉妒的该隐杀死了亚伯，结果受到上帝的惩罚。劳伦斯把杰罗尔德少时误杀弟弟一事与《圣经》中该隐杀死亚伯对应起来，使这一与死亡相关的原型依附在他身上。弗洛伊德精神分析理论指出，早年的经历，会形成情结或潜意识，潜伏在人的内心深处，对人一生的命运发生决定性影响。杰罗尔德就是这样，小说中这件事被不断提起，始终伴随着他。第一次是在他妹妹的婚礼上。伯金见到杰罗尔德的第一句话就说："我岂是看守我兄弟的。"这句话出自《圣经·创世记》第 4 章，是该隐向上帝掩饰自己弑兄罪行时说的一句话。伯金的这个提示，把杰罗尔德与该隐的罪行联系起来。虽然该隐是谋杀，杰罗尔德是误杀，但按照弗洛伊德的定义，这都是死亡本能的表现。劳伦斯也是在这个意义上使用这一原型的。伯金在说完这句话后，随即"记起了该隐的叫喊"，然后

---

① ［英］劳伦斯：《安宁的现实》，见《安宁的现实——劳伦斯哲理散文选》，姚暨荣译，162、165、167 页，上海，上海三联书店，1992。

他断定"杰罗尔德就是该隐"，也就是说，杰罗尔德注定摆脱不了死亡本能的纠缠。小说第4章，古娟和厄秀拉看见杰罗尔德在游泳，厄秀拉问古娟："你知道他开枪杀死了他兄弟这件事吗？"古娟表示不知道，厄秀拉就把详细经过讲给她听。古娟听后表示："太可怕了。想到这样的事发生在一个孩子身上，而他将不得不一辈子背着这个沉重的包袱，真是太可怕了。想象一下吧，两个孩子在一起玩耍着，突然晴天霹雳，无缘无故这件事发生了。"古娟推测："这是谋杀，这是可以想象的，因为它的背后有一个意志。"厄秀拉同意古娟的判断，她说："也许它的背后有一个无意识的意志。这种杀人游戏有着某种原始的杀人欲望在里边。"当然这是两个人的猜测，小说没有去证实这是误杀还是有意识的谋杀，它只是原罪，借此与死亡的本能冲动联系在一起。在"湖上灯会"一章，杰罗尔德与古娟在一起时，叙述人又一次提到他幼年时失手打死弟弟一事，说他"从此就像该隐一样遭人冷落"。还是这一章，杰罗尔德的妹妹溺水后，杰罗尔德一次次发疯似地下水去寻找。伯金很了解他，知道他被往事折磨，希望赎罪，说："你在玩命，你是在作践自己。"杰罗尔德沉默了一下，反问："作践自己？这和作践有何相干？"伯金说："那就离开这里，好吧？"伯金叫他放弃救人的念头，说你"真是自讨苦吃，何必老让往事像磨坊的大磨石挂在脖颈上一样折磨自己，赶紧去吧"。伯金点出了杰罗尔德身上被负罪感纠缠时所表现出的自虐倾向，这也是死亡本能的一种表现。

在《恋爱中的女人》中的古娟身上，死亡本能的力量也十分强大。小说中交代古娟对沼泽地水生植物有特殊嗜好。第10章"写生簿"里，古娟与厄秀拉一起到威利沃特湖畔写生。古娟像个佛教徒似的盘腿坐在那里，两眼出神地凝视着湖滨下面湿泥中长出的肥厚、饱满的水生植物，而此刻厄秀拉的注意力却被水边的几十只翩翩飞舞的蝴蝶吸引，她站起身来，就像没有意识的蝴蝶一样跑开了。姊妹两个对待水生植物的态度形成鲜明对照：古娟爱水生植物，厄秀拉却厌恶它。水生植物通常生在阴暗潮湿之处，长在淤泥或沼泽之上，它的死亡属性在第 14 章得到揭示。当时厄秀拉和伯金正在湖上划船，伯金突然问厄秀拉："你能闻出沼泽的气味吗？"厄秀拉说："这气味很好闻。"伯金说："不，很吓人。"厄秀拉问是什么原因？伯金说："它像冥河一样不住地翻滚，带着莲花、毒蛇和地狱的火，永远奔腾向前。"伯金认为，冥河是死亡之路的神秘象征。"当创造万物的源泉终止时，我们就被卷入毁灭的血泪中。先开始是毒蛇，天鹅和莲花，接着是杰罗尔德和古娟，他们都诞生在毁灭的进程里。"

暴力总是令古娟着迷，施虐与血腥的场面总是能够激起她的快感。在上文列举的"煤灰"一章的例子中，古娟正巧在场，目睹杰罗尔德施展权力意志的经过，竟然激动得昏厥过去。事后她脑子里还念念不忘那个让她心醉神迷的场面："那男人威武而柔软的身体压在马的身上，那强壮有力的大腿钳住颤抖的马，牢牢地控制着它，那腰部、大腿和小腿似乎有股柔软的白色磁力，把马紧紧圈住，逼得它俯首听命。"在第 14 章，古娟突然对一群在附近出现的公牛产生了兴趣，她抑制不住要在这群公牛面前跳舞的冲动。这种挑衅行为可能招致公牛的攻击，因而极其危险，但古娟毫不畏惧。她"展开手，仰起脸，踏着急速的舞步向牛群冲去。她发疯似的把身子伸向牛群，两只脚扭动着，仿佛中了邪。……她还有意露出自己的脖颈，狂热地给牛看。"面对古娟咄咄逼人的挑衅动作，牛群"一面往后退缩，一面像着了魔似地死死盯着古娟"。在这种紧张的对峙中，古娟产生了强烈的快感。古娟并不就此罢休，当这群公牛被赶来的杰罗尔德惊散后重新聚拢在高坡上时，她又尾随而去，继续挑衅，直至把牛吓得落荒而逃，消失在远方。古娟不顾生命危险的怪异行为，并不是要达到什么现实目的，获取什么物质利益。她的行为体现出侵犯性和攻击性，这正是她死亡本能的反映。随后古娟和杰罗尔德的对话也充分揭示了这一点。古娟对杰罗尔德好心的劝告丝毫不领情，他的每一句话都遭到她的封堵，态度极其傲慢、乖戾、狂暴。最后，她竟然"抑制不住用暴力报复的欲望"，打了杰罗尔德一巴掌。在这种凶狠、充满敌意的行为中，古娟身上的死亡本能得到赤裸裸的宣泄。也正是因为如此，他们两个人才能互相认同、结盟，成为一对死亡的使者。古娟说是杰罗尔德把自己变成了这样，杰罗尔德也没有因为挨打恼羞成怒，反而欲火中烧、对古娟说爱她。

杰罗尔德和古娟这两个死亡本能极其强旺的人物，相互之间自然会产生强大的吸引力。古娟第一次在煤矿主托马斯·克里奇女儿的婚礼上见到克里奇的长子杰罗尔德时，就"感到一种异样的冲动，浑身热血沸腾"。她激动地大声喊道："天哪！这是怎么回事？"过了片刻，她肯定地说："我要更多地了解那个男人。"在第10章"写生簿"中，古娟在湖畔写生，正巧杰罗尔德划船从此经过。杰罗尔德要求看古娟的写生簿，古娟就递给他。两个人在画册交接之际，都产生了异样的激动。杰罗尔德感到"他们两个人之间的情感交流是很强的"。而古娟"感到他的身体伸展过来，就像从地下涌出的沼泽之火一样向她伸展过来。杰罗尔德的手就像一根树干似的伸向她。古娟在情欲方面对杰罗尔德的敏感领悟，使得她血管中的血流凝滞了，头脑也失去直觉，变得模糊起来。在这柔和充盈的湖水里，这只船带给她的极度快乐，简直就像销魂般地完美"。在第22章，古娟和杰罗尔德彼此都产生了放纵的欲望。这种情欲涌上古娟的心头，使她"倍感精神，觉得双手充满力量，似乎能把世界撕得粉碎"。她还想起了罗马人在灭亡时刻最后的放纵，并因此感到"兴奋"，她"明白自己也正需要这种放纵"。到第24章，杰罗尔德和古娟第一次有了肉体关系，这是一次被死亡笼罩和主宰的奇异结合。当时杰罗尔德的父亲刚刚去世，心神不宁的杰罗尔德在夜色中迷了路，误闯到墓地。在那里，他弄清了方向，决定冒险去古娟家。他拖着在墓地粘的湿泥，爬上了古娟的床。这两个死亡使者身上的死亡本能借着情欲的宣泄有了一次充分的暴露。杰罗尔德"把所有压抑着的黑暗和死亡的腐朽，一股脑地倾入她的身体"后，陷入"解脱和神奇的狂喜之中"。古娟则"带着温顺的喜悦心情，在强烈刺激的感觉所引起的阵痛中，承受着那种死亡的肆虐"。

《恋爱中的女人》中与白色相关的意象也是杰罗尔德身上死亡本能的一个重要象征。小说第4章"游泳者"里，古娟和厄秀拉一起出去散步，经过湖畔，看见"从船库里跑出一个白色的人影……纵身跳起，在空中弯成一道白色的弧，一跃而入水中"，这人是杰罗尔德。第10章"写生簿"中，古娟和厄秀拉在湖畔写生，古娟注意到划船的杰罗尔德的后背及他运动着的洁白腰部："当他弯腰向前划桨时，他似乎是在将白色的东西围抱起来……他的亮闪闪的灰白头发看去就像天空中的闪电。"小说第14章"湖上灯会"，杰罗尔德一次次下水救人，在爬上船帮的瞬间，裸露的腰部闪着白色的幽光，这令在一旁观看的古娟心醉神迷。白色意象所象征的杰罗尔德的死亡本能，在小说最后一章有了更充分的揭示。杰罗尔德和古娟，以及伯金和厄秀拉四人一起前往欧洲大陆的阿尔卑斯山雪谷度假。在那里，他到达了灵魂的最后栖息地，到达了他生命的终点。"这个雪制成的摇篮通向一个永恒的地方，这是世界的中心，世界的终结。"伯金和厄秀拉耐不住这个冰雪世界的死寂，离开那里前往南方意大利。古娟与艺术家黑尔克有了私情后，怒不可遏的杰罗尔德想掐死古娟，没有成功，结果精神崩溃，神情恍惚中走入茫茫雪谷的深处，最后被冻死。这正是他的归宿：变成一块冷冰冰的物质。

第三节　自我拯救的内在源泉

1. 本质的自我

众所周知，人类的心理活动具有自我更新和净化功能。在近代文学史上，"丰富的心灵生活"是一个褒义词，用来表彰那些感情充沛、思想深刻的主人公。"感伤""忧郁"曾经是浪漫主义时代动人的文学人物的情感类型。现实主义作家托尔斯泰把有无心灵生活作为人物道德评判的标准；他笔下的探索型主人公通过忏悔、思辨、感悟等心理活动形式能够达致道德完善，使自我获得更新。20世纪现代主义作家更是热衷于探索人的心理世界，表现人如何通过强化或激活某种心理功能，使自我获得拯救。劳伦斯对人非理性心理功能的挖掘和利用，与文学传统契合，与时代浪潮呼应，但最主要的是，他开拓了新的维度。

如本章第 1 节所述，劳伦斯将人的心理世界分成两部分，一个是主要包含理性、性格、道德因素的老式自我，另一个是由人的"欲望""血性""本能""直觉""躯体"构成的另一个自我，即非理性部分。劳伦斯对人心理世界的划分有深刻意义：他反对社会化的人，反对被现代工业文明所驯化的人，把它看成人类最深重的灾难，而老式的自我正是文明的内化形式，是人的社会化、奴役化的表征。他把"另一个自我"作为新的人格理想，用以和老式自我对抗。劳伦斯认为，现代人痛苦的根源是不理解、也不信任自己身上的非理性心理力量："真正使文明的人民感到苦恼的是他们虽有丰富的感情但他们对此一无所知。他们不认识自己身上有的感情，他们不能使他们身上的感情臻于完成的境界，他们对自己身上的感情产生不了激情。他们之所以会感到痛苦其原因就在于此。这有如你们大家虽然都有能量但不能使用——相反地，能量倒会毁灭你。感情是什么？感情是富于生命力的能量的一种表现形态。"[①]劳伦斯深信，人只要能够将其内在的非理性心理能量激活，并在非理性心理的驱动下生活，就可以战胜工业文明的灾难，使人类获得新生。"我们剩下可做的只有一件事：挣扎着去寻找事物的心脏，那儿存放着不灭的火焰，用它为自己重新点燃另一盏灯。总之，我们得再进行一次艰苦的跋涉，一直进入能量的中心，以探求律动的思想。我们得在无畏的大脑和鲁莽的真情之间，萌发新的种子，新思想的种子。"[②]因此，他一路高歌

---

① ［英］劳伦斯：《惊慌失措状态》，见《劳伦斯散文选》，马澜译，140～141 页，天津，百花文艺出版社，1992。

② ［英］劳伦斯：《论人的命运》，见《性与可爱》，姚暨荣译，10 页，广州，花城出版社，1988。

人的肉体、本能、欲望、血性："我的伟大宗教，是信仰血性和肉体，它比理智更聪慧。我们的头脑可能犯错，但我们的血性所感觉、所相信和所传达的，永远是正确的。理智不过是一具枷锁，我关心知识干什么？我的全部需要就是直接回答我的血液，不需要头脑、道德或别的什么劳什子进行无聊的干预。"①正因如此，劳伦斯才在他的小说中，不断探索个体生命和两性关系如何在非理性心理能量的驱动下，从文明的束缚中挣脱出来获得新生，到达理想境界。

2. 沉睡生命的唤醒模式

劳伦斯小说中的许多人物，他们的生命起初处于沉睡状态，也就是非理性的本能、欲望、躯体处于被压抑状态。只有激活本能、欲望和躯体，这些沉睡着的生命才能被唤醒。追求新生是劳伦斯毕生的目标，因此，激活本能、欲望和躯体，使沉睡的生命苏醒就成为他小说中人物的一种常态。

唤醒本能、欲望和躯体的方式在劳伦斯小说中常常是特定的，归纳起来大致有三种。

首先是注视。注视是两性接触的第一步，这一人的日常行为和经验，本身并无玄妙之处。习语中有"眉目传情""眉来眼去"，说明两性之间最初的情意几乎都是通过眼目传达的。但劳伦斯把注视情境化、典型化了，赋予它深刻的心理内涵。

---

① D. H. Lawrence, *The Letters of D. H. Lawrence*, ed. James T. Boulton, Cambridge: Cambridge University Press, 1979, Vol. 1, p. 503.

例如在《狐》这篇小说中玛奇角色的错位，说明她的生命是沉睡的。在这沉睡的生命被唤醒的过程中，来自亨利的注视起了决定性的作用。狐狸是男性和情欲的象征，它与后来者亨利构成了互文关系。所以，当玛奇与狐狸不期而遇，和狐狸的眼睛相对时，她像被迷住似的不能动弹。她本来正在狩猎，却没有勇气开枪，结果狐狸在她的注视下，大模大样地跑掉了。玛奇神情恍惚，她感觉狐狸的眼光射透了她的大脑，看穿了她，征服了她。接着，亨利来到农场，给农场的振兴带来了希望。初一见到亨利，玛奇就感到他是那只狐狸。他机警、狡猾、性感，喜欢窥视，眼睛异常清澈明亮。而亨利也很快注意到玛奇："那个小伙子四仰八叉地躺在靠背椅上，偏要望着她。他的眼睛长久地、镇定地、追根寻底地瞧着她，使她恨不得找个地方钻进去。""他的眼光一再转回到她身上，毫不放松地寻觅着，他在无意间集中了他的全部注意力。"玛奇被亨利的目光所触动，坐在灯光不及的角落里，听凭自己陷进他那迷人的魅力中去，沉睡在玛奇心中的某种东西被唤醒了。她脱掉一身男人装束，换上了裙子，决心与亨利一起去开始新的生活。注视，在这里发挥的是典型的唤醒作用，它把玛奇从不正常的生活状态中唤醒，让她正视自我，正视那个被压抑的、真实的自我。中篇小说《少女与吉卜赛人》中少女叶薇蒂生命苏醒的程式与《狐》类似。叶薇蒂是一个牧师的女儿。牧师的妻子和一个身无分文的年轻人私奔，使这个脑袋里只有《圣经》的可怜人备受打击，一个管家婆乘虚而入，控制了他的家。她努力营造一种圣洁的气氛，使家人弃绝情欲，甚至连家里的环境都是沉闷的："这栋房子式样丑陋，污秽不堪，充满了中产阶级特有的那种忧郁的气氛。堕落的舒适环境已不再让人感到舒适，反而变得沉闷而肮脏。姑娘们觉得这座坚固的石头房子很不干净，但又说不出什么原因。破旧的家具似乎有些寒酸，家里每一件东西都给人一种毫无生气的感觉。甚至连饭菜也有一种沉闷污秽之感，这让刚从国外归来的年轻姑娘觉得恶心。"这个教区长的女儿生活在沉闷压抑的环境中，一个吉卜赛男子凭借他专注的眼神，俘获了少女的心。这部小说有大量关于吉卜赛男子眼神的描写。他们第一次目光相遇时，是在公路上。叶薇蒂与她的朋友开车去拜访一位贵妇人，在途中见到吉卜赛人的大篷车，叶薇蒂发现"他那双黑眼睛里有探寻的意味，有傲慢的神色，还有对鲍勃利奥这种人不屑一顾的态度"。被他摄魂夺魄的眼神吸引，叶薇蒂同意让他的妻子给自己算命。叶薇蒂请吉卜赛女人算完命之后，再一次注意到吉卜赛男子专注的目光："他那英俊的脸上一双大胆的眼睛却始终凝视着叶薇蒂。叶薇蒂的脸颊和头颈感觉到他那灼热的目光。她不敢抬头张望。"这吉卜赛男子的目光是"来自卑微部落的人的眼睛；那目光中有贱民的骄傲以及流浪者对人的轻蔑和挑战"，当这目光第三次与叶薇蒂相遇时，叶薇蒂已经"感到自己灵魂中有某种坚冰似的东西与他的凝视相遇，但是她的肉体似乎先融化了"。此后，她每每梦见那位吉卜赛男子，记忆中出现他"那双凝视着自己的无畏的大眼睛。那双眼睛中流露出一种不加掩饰的欲望，逼得她匍匐在床前，浑身无力，好像是有人用一种什么药物融化了她的全身，将她重新浇铸成形"。也正是因为那双眼睛的吸引，她感到自己充满力量，开始反抗自己沉闷的家庭，放弃了与一个门当户对男子的婚姻，频繁地与吉卜赛男子幽会，在此过程中，她的生命本能苏醒了。

抚摸同样具有激活非理性本能，唤醒沉睡生命的功效。《你抚摸了我》中的老姑娘马蒂尔达和妹妹住在一处叫"陶器作坊"的房子里，她们

很少与外界交往，父亲也垂垂老矣。如果不是一个青年男子哈德里安的
到来，她们可能就要这样孤独、无趣地度过一生。哈德里安是父亲的养
子，15岁时去了加拿大，第一次世界大战爆发，他应征入伍。战争结
束后，他得到休假机会，来探望家人。表面上看，马蒂尔达有些恼怒哈
德利安的到来，因为他扰乱了她宁静的生活，而且还可能与自己分父亲
的遗产。但马蒂尔达的内心反映比表面要复杂得多，她的"深蓝色眼睛
里有一种异样的、强烈的神色，眼睑上露出些青筋，垂得相当低。她把
头轻快地昂着，可是脸上却有一种痛苦的神情"。这说明马蒂尔达内心
深处的某种东西被哈德里安触着了，打动了。哈德里安当天晚上住在父
亲为他腾出的房间里。午夜，处于焦躁、痛苦、烦乱中的马蒂尔达，觉
得有必要去看看病中的父亲。她摸黑进了他的房间，在神情恍惚中伸出
一只手去抚摸父亲的额头：

> "您睡着了吗？"她站在床边悄悄地又问了一遍。问完，她在黑
> 暗中伸出一只手去抚摸他的额头。她的手指很轻巧地先摸到了鼻子
> 和眉毛，接着她便把那只纤细轻巧的手放到了他的前额上。他的前
> 额似乎光滑、柔嫩——很光滑、很柔嫩。在心神恍惚中，她觉得有
> 点惊讶。但是，这微微的一点儿惊讶并不能使她清醒过来。她轻轻
> 地对着床俯下身子，用手指抹了抹他前额上蓄得很短的头发。

当她感到不对劲时，哈德里安已经醒了。马蒂尔达惊慌狼狈地离开
后，小说写到哈德里安对抚摸的感觉："她那只温柔细腻的手抚摸到了
他的脸上，却惊动了他，使他心灵深处有了某种感触。……她的轻盈柔

媚、充满情感的摩挲使他异常吃惊，并且为他打开了以前从未领略过的种种意境。"就像经由上帝之手的触摸一样，一切都改变了。哈德利安的眼睛里有了"新的意识"。哈德里安固执地要把马蒂尔达娶到手，终于如愿以偿。对二人来说，这预示着新的生活，而抚摸是人物关系及人物心理转变的契机。

在表现沉睡生命的觉醒时，劳伦斯对裸露有着近于偏执的嗜好。他相信裸露有神奇的力量，能够使裸露者和人物沟通，和天地沟通，和大自然真正融为一体。他在短篇小说《太阳》中将他的裸露崇拜发挥得淋漓尽致。美国女子朱丽叶在乏味的婚姻生活中找不到快乐，变得郁郁寡欢，医生建议她去晒一晒太阳。朱丽叶抱着狐疑的态度横渡大西洋，到意大利去做日光浴。来到南欧海滨一个人迹罕至的山谷后，朱丽叶发现周围物景令人愉悦，却又感到它们都是"身外之物"，和自己建立不起联系，因此，"她内心烦恼、失意，对什么都觉得不实在"，对做日光浴也兴趣索然。直到有一天，她看到地中海的太阳赤身露体、纤尘不染地从海平面跃起，喷薄而出，她才被深深震撼，渴望周身袒露，投入太阳的怀抱。于是她脱掉了衣服，赤裸裸躺在阳光下，向太阳敞开身体和心扉。太阳是生命的源泉，朱丽叶感到阳光的热力，感到自己正在苏醒：

> 她感觉得出太阳已经渗透到她的骨头里；不，远非如此，甚至已经渗透到她的思想和感情的深处。原来那种抑郁阴暗的心理开始消失，淤积在思想深处的阴冷血块也行将溶解。她开始感到周身都暖和起来。她翻了一个身，让双肩、腰部、臀部甚至脚跟都晒一晒太阳。她躺着，昏昏欲睡，对此刻所作的一切都感到莫可名状。原

来那疲惫的、冷透了的心正在消融，继而在消融中蒸发升华。

此后，那光辉灿烂的太阳就在她的心中占据了一个主宰的位置，她的生活进入了一个"秘而不宣的程序"，一种只与太阳发生联系的程序。每天她把自己暴露给太阳，接受它的爱抚，直到阳光渗透到她体内的每一个细胞。在阳光的照耀下，朱丽叶体内生长出一股新的力量，一种更隐蔽、更具野性的力量，她久违的欲望开始萌生、膨胀，喷薄欲出了。小说在接下来的篇幅，写一个意大利农民与朱丽叶相互间产生的欲望。这个住在附近的打柴农民发现了晒日光浴的朱丽叶，对她肉感的裸体产生了强烈欲望。在朱丽叶眼中，这个农民就是太阳，她被自然界的太阳唤醒的本能欲望需要一个现实的对象获得宣泄，这个农民就成了她宣泄欲望的对象。朱丽叶这时感到"她体内那神秘之花大开着，像一朵怒放的荷花，又像朵仙人掌花，散发着难以自制的欲火"。她被这股欲火控制，不能自已。虽然后来她和农民之间什么也没有发生，她也重新接纳了有着"灰白的城里人的脸，油光光的灰白头发；用餐时一副正经劲儿，饮酒、吃菜都温文尔雅"的丈夫，但升腾的欲望彻底改变了她，给了她一个全新的生命。

注视、抚摸、裸露等典型情境在劳伦斯小说中之所以具有唤醒生命的功效，就因为它们直接诉诸人的直觉、本能，而非理智、道德。当心灵赤裸裸直接面对时，理性纷纷脱落，人物回归自然本真的状态。在劳伦斯的长篇小说中，劳伦斯总要提供直觉、本能支配下，理想的人的认知方式、情感方式和生存方式的细节。他的中短篇小说则借助一些启悟性的情境，召唤出潜藏的、被压抑的"新的自我"。

常常令读者感到困惑的是，劳伦斯总让那些阶层、地位、教养、身份迥然不同的人物，充当生命的唤醒者和被唤醒者的角色。在这方面，下层民众具有天然的优势。《少女与吉卜赛人》中的吉卜赛人是一个赶着大篷车的流浪者，靠给人算命和卖一些小玩意为生。《狐》中的亨利自幼丧失双亲，在军队里也只是一个普通士兵。《你抚摸了我》的哈德里安在救济院度过童年，后来跑到加拿大当伐木工人。《太阳》中朱丽叶的引诱者是一个未知名的农夫。说这些社会下层的人物具有优势，不是说他们堪称道德典范。事实上，除了那个吉卜赛男子温柔、仗义，在大洪水临来之际，冒着生命危险来救援叶薇蒂外，其他人物在道德上往往还有瑕疵。如亨利除干活是一把好手外，简直一无是处，他还要对班福特的死负责。哈德里安幼时逃学、打架，处心积虑地要得到遗产，强迫马蒂尔达嫁给他。《太阳》中那个未知名的农夫粗俗、低贱。但是，按照劳伦斯的非理性主义逻辑，一切社会的道德标准和价值尺度都是无效的，它不能规范人物的情感流向和选择，我们也不能依据它来评价作品中的人物。这些人物之所以能够扮演劳伦斯所推崇的角色，是因为他们身上更少文明的束缚，过着源于血性、肉体、直觉的生活。

3. 追求生命更高的飞升

个体生命从沉睡中被唤醒，并不是劳伦斯探索人类新生之途的终极目标。就像劳伦斯本人一样，他笔下的一些更具思想内涵的人物也在不懈地追求个体生命的不断飞升，力图将生命提升到更高的境界。前者是被动的，后者是主动的；前者代表理想生命的初级形态，而后者代表理想生命的高级形态。

《虹》中厄秀拉承担的最重要使命，就是抛弃一切宗教道德束缚，复活自己的血性和本能，让非理性的自我无拘无束地得到表现，并在其引导下，将生命提升到一个新的境界。

尚在少年阶段的厄秀拉，凭借自己的常识，对基督教道德产生了怀疑。牧师宣讲的"耶稣为我而死，为我而受苦"让她浑身起鸡皮疙瘩，耶稣钉在十字架上的身体令她"毛骨悚然"。厄秀拉想，如果"富人升天国，比骆驼穿过针眼还难"，自己是不是愿意当一个穷光蛋呢？节日本应是快乐的，为什么复活节无法给人快乐呢？耶稣怎么可能把一张饼分成五千份，让五千个人吃饱？别人打你的左脸，你把右脸也伸给他吗？一连串追问得到的都是否定的回答。厄秀拉终于恍然大悟，原来"基督教谦卑的说教并不光明正大，却教人堕落，甘受屈辱"。她于是抛弃了基督教道德的束缚，走向"反叛的极端"。

心灵获得解放的厄秀拉领悟到自己需要爱，需要活生生的生命，需要享受生活，她身上强大的性驱力被唤醒了。她坠入情网，与斯克里班斯基频繁约会。斯克里班斯基给厄秀拉讲起自己同伴的爱情故事和交友体验，这实际上是一些非常普通、非常"纯洁"的故事和经验，但厄秀拉仍然想入非非："她一边听，身体一边发颤。原来外边有一个充满情欲的世界，而且可以无拘无束，那么令人神往！她要开始闯进这个奇幻的世界，随心所欲地领略一番，那将多么令人陶醉啊！"虽然斯克里班斯基是一个社会化的人，但这丝毫不影响她与他一起享受情爱，追求生理满足。斯克里班斯基去南非后，厄秀拉强大的性驱力又把她引向英格小姐。英格小姐人很漂亮，受过科学方面的教育，接受了许多现代思潮的影响，热心于妇女解放运动。她们一起游泳，交谈，拥抱，还频繁传递火热的情书。英格鼓励厄秀拉与自己发展这种关系，认为这是对旧的社会秩序的反叛。英格说："人的欲望是评判一切真与善的唯一标准。真理并不存在于人性之外，而是人类理智与情感的一种产物。"后来，英格爱上了厄秀拉的舅舅汤姆，她们才结束了这段关系。斯克里班斯基从非洲回国度假，厄秀拉与他又一起纵身投进火热的情欲洪流中去："她投进他怀里，就像怎样也无法将黑夜劈开一样。她享受着流过身上的吻的洪流，那暖烘烘的，煽动性欲的吻的洪流贴着她的身体而过，浸浴着她，拥着她，流进她每一条神经。那是一股洪流，一股肉欲的暗流。她紧紧地拥抱着他，双唇尽情地吻着他的唇。"这时，斯克里班斯基向厄秀拉求婚，被厄秀拉拒绝。即便如此，他们仍一起去伦敦、法国旅行，又到海滨别墅度假，爱得如胶似漆。后来，斯克里班斯基又一次向厄秀拉求婚，厄秀拉仍然拒绝。而在拒绝的同时，她还在享受着斯克里班斯基的情爱。当朋友问她到底爱不爱斯科里班斯基时，厄秀拉肯定地回答"我当然爱他"，但是，"我并不在乎爱情，它并没有多少价值；爱他或者不爱他我并不在乎；得到或者得不到爱我也不在乎。那些对我无所谓"。性爱体验是厄秀拉的个体生命境界向上飞升的重要步骤，它是纯生理性的，与精神层面的"爱情"无关。也正因为如此，斯克里班斯基虽然是社会化的人，却并不妨碍厄秀拉从他身上获得性爱满足。

在个体生命的成长历程中，厄秀拉的直觉感悟力发挥了重要作用。这种直觉感悟力使她本能地分辨出与自己内在生命节律、本质一致的人与物，去呼应它、认同它；同时，排斥那些与自己内在生命节律、本质相反的人与物。小说中，船闸事件和卢昂旅行是厄秀拉直觉判断力的出色展示，通过它们，她明白了自己真正需要什么，也看清了斯克里班斯基的"阉人"真相。

一天，厄秀拉与斯克里班斯基一起到运河水闸处散步，见有一艘船泊在那里。船夫是一个瘦汉，正和妻子为给出生不久的孩子取名争执不休。瘦汉被厄秀拉的气质吸引，主动向她打招呼。知道了厄秀拉的名字，夫妻都很满意，想给他们的孩子也起名厄秀拉。厄秀拉很激动，就把自己一根贵重的项链送给小厄秀拉作纪念。一直站在远处没有过来也没有说话的斯克里班斯基这时插了一句话，这是他在这一场景中说的唯一一句话："宝石和珍珠都是真的，值三四英镑呢。"厄秀拉当然听出了弦外之音，但她没有理睬，执意把项链送给了小厄秀拉。厄秀拉的风姿令瘦汉着迷，在与厄秀拉交谈过程中，他再三打量厄秀拉，眼神中有迷恋和殷勤。这是一个男子对女子所怀的自然欲望，瘦汉并不觉得自己鲁莽，也毫不掩饰自己。厄秀拉也因为邂逅这个瘦汉而感到"神采飞扬，感到生活丰富多彩，心里乐得暖洋洋的"。她坦然接受了瘦汉传递过来的激情。这说明厄秀拉和瘦汉能够以内在的自我坦诚相见。斯克里班斯基提醒厄秀拉的那句话表明他是一个物质主义者，是理智型的人，这样的人总是戴着厚厚的面具，被各种社会规范、教条所束缚，无法率性地张扬内在的自我。因此，当斯克里班斯基与厄秀拉离开船闸时，不由十分嫉妒那个瘦汉，他"可以那样冒失、直率地欣喜、崇拜另一个女人厄秀拉，欣赏她的体态和灵魂"，表现出"一个男人肉体与灵魂对一个姑娘的肉体与灵魂如饥似渴"，自己却做不到。也正是因为如此，厄秀拉感到斯克里班斯基带给她的只是"暮气沉沉，似乎世界不过是死水一潭"。

厄秀拉与斯克里班斯基在热恋中安排了一次巴黎之行。在巴黎期间，厄秀拉一直感到非常幸福。在返回伦敦途中，她突然决定在法国一个叫卢昂的城市下车。至于原因，是她似乎想试一试这座城市"究竟能使自己产生什么感觉"。卢昂是一座古老的城市，它"古老的街道，教堂，悠久的历史和宁静的气氛深深打动了她。她无限眷恋这异国风光，仿佛是似曾相识的旧物。用巨石砌成的教堂在弥撒曲中沉睡，既不知人生之短暂，也听不见叫骂声"。但卢昂之行对斯克里班斯基却犹如一场酷刑，他极度痛苦，感到像进了死亡谷一样可怕。他生出一种预感："厄秀拉会甩掉他去跟随别的什么，不再需要他了。"至于为什么两个人对卢昂的感受截然相反？为什么斯克里班斯基对他与厄秀拉的关系会由此生出不祥的预感？小说中的有关叙述不甚明了。苏联学者让季耶娃推测说："既然这一稳固的教堂，未受时代影响的教堂在厄秀拉看来是真正的现实，那么，它就从反面突出了厄秀拉和安东之间的关系是不真实的。"[①]卢昂古老的教堂与厄秀拉内在的自我相呼应，也照出了斯克里班斯基虚假的原形。正因为厄秀拉和斯克里班斯基都在潜意识中察觉了这一点，所以他们的反应才截然不同。

我在本章第 2 节论述了非理性心理因素的重要组成部分——权力意志，但我列举的都是否定性人物的例子。在《虹》中，权力意志也表现在厄秀拉这个受到作者肯定的人物身上。写《虹》时的劳伦斯似乎相信，权力意志同时也是具有正面意义的生命能量，权力意志的强大与否是衡量有机体活力的重要尺度，权力意志的对等平衡是保持健康两性关系的关键因素之一。在与斯克里班斯基的交往过程中，厄秀拉的权力意志一次

---

① ［苏联］季·基·让季耶娃：《论劳伦斯的三部曲——〈儿子与情人〉、〈虹〉、〈恋爱中的妇女〉》，见蒋炳贤编选：《劳伦斯评论集》，279 页，上海，上海文艺出版社，1995。

次被激发、被强化，并最终摧毁了斯克里班斯基的权力意志。小说第11章，在舅舅汤姆的婚礼舞会上，厄秀拉与斯克里班斯基一起跳舞，本该是轻松的娱乐实际上却是一场意志力的较量：

> 厄秀拉的手刚一触到他的胳膊，他便不由自主地搂紧她，仿佛要将她搂进自己的意志范围。他们的舞步合成一个和谐的动作在光滑的草地上滑动，永不休止地滑着，流着。在每一个动作里，都体现了他和她的意志。然而，他两人的意志并未融合在一起，任何一方的意志都不向另一方屈服。

开始时，斯克里班斯基的意志力占上风，他很主动。但厄秀拉的意志很快就显露出来，于是他们两人跳舞的每一个动作，都"体现了他和她的意志"。这时两个人意志的能量是相当的，所以谁也没向谁屈服，两个意志在竞争中，创造出完美、出神入化的舞步，他们"完全卷进了深深的、流动着的力量的河流，变得精力充沛"。

这是月亮还未升起时的情景。但渐渐地，月亮升了起来。月亮作为女性的象征，在此成为厄秀拉的共谋，对她的意志力起到了激发、加强的作用，对斯克里班斯基的意志力则发挥了压抑、削弱的作用。因此月亮一升起来，两人都觉得"好像船儿突然触了礁，而他们自己成了散落在岸边的船只残骸"。厄秀拉沐浴在月光下，顿时着魔似的疯狂起来，对眼前的一切熟视无睹，只想着与月光进行神秘的交流。斯克里班斯基在她眼里，也不再能与她匹配，不再可爱，她觉得斯克里班斯基"就像一块压在她身上的磁石，压得她不能动弹"。厄秀拉感到月光的凉爽、自由、光亮，感叹自己不能像它那样自由，那么随心所欲，于是，她的心向月光奔去。斯克里班斯基察觉到厄秀拉心理的变化，两次胆怯地问："你今晚不喜欢我吗？"问得厄秀拉心头火起，恼怒得几乎想撕碎一切。斯克里班斯基因为与厄秀拉交往不久，他的意志力还算强旺，所以他不打算服输。另一首曲子响起来时，斯克里班斯基抓住机会，又一次邀厄秀拉跳舞，想重新把厄秀拉置于自己意志力的控制之下。"他邀她跳舞……他的身体紧贴着她，像一团轻柔的东西要压倒她，征服她，使她俯首帖耳。""他暗下决心一定要征服她……他真想弄一条绳索将她捆住，将她制服。"小说把月光下的厄秀拉比喻为一根盐柱，斯克里班斯基竭尽全力想将这发亮的、冰凉的盐柱攫住，逮住，网住，但他没有成功。与此同时，厄秀拉开始进攻了：

> 她硬邦邦地、使劲地搂紧他，像月光一样冰凉，像盐柱一样使人灼痛。渐渐地，他的温暖的心变凉了，软铁般的双手变瘫了。她仍旧那样冷酷，如同一池子盐在浸泡着他，腐蚀着他，毁灭着他。她胜利了，心满意足；而他的心却在痛苦和悲哀中发抖。她抱着他——她的战利品，将他吞噬，消灭。她胜利了，而他，被销蚀得无影无踪。

两个人意志力交战的结果，以斯克里班斯基大败告终。第15章的别墅之夜，厄秀拉和斯克里班斯基一起来到海边沙丘上散步，又一次见到了月亮，二人的意志力又一次展开较量。在月光下，厄秀拉陷入迷狂，威势大增，权力意志也达到顶点。这种意志力如果遇到一个能量与她相当的男子，那种碰撞，能够使两性关系升华。但斯克里班斯基不行，他是一个社会化的"阉人"形象，承受不了厄秀拉的非理性生命力量。在厄秀拉强大的意志力面前，斯克里班斯基节节败退，甚至昏死过去。这个场面使斯克里班斯基的精神经受了一次酷刑，他感到威胁和恐怖，就转而寻求新欢，想立即结婚，以解除心灵的折磨。不久他与上校的女儿结婚去了印度。但对厄秀拉而言，权力意志的充分释放和胜利，意味着她的生命质量和境界上升到一个新的高度。

值得注意的是，劳伦斯《虹》之后的作品，对权力意志的态度逐渐在作调整，开始倾向于把女性身上的权力意志完全当作负面的、具有摧毁性和破坏性的力量，这与他主张女性向男性屈服的观点是同步的。与主张女性放弃权力意志相反，劳伦斯战后的作品将男性的权力意志看成超人的重要品质。

在厄秀拉与斯克里班斯基的交往过程中，有一个问题十分令人费解：为什么厄秀拉虽然逐渐看清了斯克里班斯基的"阉人"本质，却仍然迷恋他？甚至答应嫁给他？在斯克里班斯基去印度后，还乞求与他结婚？其实，厄秀拉的举动有其非理性心理基础：她在情欲上对斯克里班斯基仍十分依赖，还无法克服这种性吸引力的控制。如前所述，性驱力在厄秀拉个体生命成长中的作用总体而言是正面的，但它如果始终固执在斯克里班斯基身上，尤其是在他的"阉人"真相暴露以后，它就成了桎梏她个体生命进一步上升的障碍。而克服这一障碍，是劳伦斯在《虹》中为厄秀拉个体生命达致最高境界设计的最后一环。

斯克里班斯基结婚后，前往印度。迷茫中的厄秀拉有一天到田野散步，下起了小雨，她急忙抄小路回家。忽然，她发现远处雨雾中出现了一群马。那群马堵在一座小桥上，挡住了她的路。当厄秀拉仍旧向桥冲去时，马群开始在她的前方奔跑，最后汇聚到一棵大橡树下，挤成黑压压的一团。厄秀拉也只有爬上这棵橡树，翻过树篱，才能到达安全区域。厄秀拉无所畏惧，继续前进。当她接近马群时，马群四散开来，在她周围转圈圈，紧接着像受到什么惊吓似的，突然狂奔而去。但还没有容厄秀拉喘一口气，马又重新集结在大橡树下。马在这里象征斯克里班斯基的性引力和权力意志。虽然斯克里班斯基已经远赴印度，厄秀拉的性驱力仍依附在他身上。劳伦斯设计的这个厄秀拉与奔马对峙的场面，为厄秀拉最终摆脱斯克里班斯基性引力和意志力的控制、生命获得超越提供了机会。正是因为有这样的寓意，这个对峙场面才如此紧张、激烈，火药味十足。这群马"发红的鼻子喷着粗气，在发泄长期忍耐的愤懑；结实、强健的腰部在用力挤压，要挣断箍着的肚兜，一直在疯狂地使劲挤压着，鼓胀着，但始终无法把那紧箍的肚兜挣脱。雨水把马腰部洗刷得乌黑发亮，却怎么也无法将马肚子里的熊熊怒火泼凉、扑灭"。在马的威逼面前，厄秀拉不甘示弱，"她仍然朝前跑着，马群眼看就要冲过来，她还是一个劲往前跑。她神色紧张，热血沸腾，几乎沸腾到白热，要将她熔化，要将她烧死"。厄秀拉终于设法跑到橡树前，爬上树，翻到高大篱笆的另一侧，彻底摆脱了马的威逼。厄秀拉回家以后大病一场，斯克里班斯基的影子在她的脑子里逐渐消失了，她知道她与斯克里班斯基的交往大半是不真实的，"她知道斯克里班斯基从来未真实过，就在她极度需要他，与他一起沉浸在极度欢乐的日子里，他也是由她暂时创造出来的，到最后他还是毁灭了，消散了"。正是在与斯克里班斯基的一次次心理冲撞中，厄秀拉否定了社会化的人，摆脱了一切社会关系，摆脱了文明枷锁的束缚，非理性的自我被充分激活，获得了新生，看见了象征新生的彩虹。正如厄秀拉所说："我没有父亲，没有母亲，没有情人，这世上没有我的位置，我不属于贝尔多佛，不属于诺丁汉，不属于英格兰，不属于这个世界。它们都不存在。我被束缚，被纠缠住，而它们都是不真实的。我须冲决羁绊，就像核桃冲破不真实的硬壳而出一样。"

《恋爱中的女人》是《虹》的姊妹篇，其中的厄秀拉形象是《虹》中厄秀拉形象的新发展。《恋爱中的女人》中的厄秀拉一开始就以新人形象示人，她的主要使命是不断拓展自己全新生命境界的深度和广度，提升其高度，并在此基础上，与伯金共同构建理想的两性关系。相比较《虹》，《恋爱中的女人》中的厄秀拉对新生命的感受更敏锐、更充盈。

在《恋爱中的女人》中，伯金对厄秀拉说："我要一个我看不见的女人。"厄秀拉没有理解伯金的意思，笑着说自己无法当隐身人。伯金于是解释说："我要找到一个你，一个你自己也不知道存在的你，一个你普通的自身所否定的你。……我不要你的美色，不要你的女性情感，也不要你的思想、见解和观念——对我来说这些都是不重要的。""我们将抛弃一切，甚至我们自己。我们将不再是我们自己，这样在我们身上就会产生出纯自我。"这实际上是伯金所说新人的标准，这个新人应该是一个纯粹的人，一个脱离了一切社会意识和联系的人，一个完全受非理性自我支配的人。厄秀拉后来领悟到了这一点："她知道自己已经换了一个人，是个非父母所生的人。她没有父亲，也没有母亲，没有以前的亲友；她只有她自己，纯洁得像银子一般。"

《恋爱中的女人》提供了厄秀拉和伯金这两个全新个体生命建立起来

的理想两性关系的范例。其实我们在第 2 章第 3 节所分析的理想两性关系的四大因素，如双星平衡、屈服、去社会化、性爱体验，都有其非理性心理基础，或本身就属于非理性心理的构成要素，它们都在厄秀拉和伯金身上应验了。除此之外，他们相互间的认知方式和情感方式也是直觉的。厄秀拉和伯金精神一致，气质接近，但他们的关系不是终极性的，也非固定不变，特别是在初期，带有很强的随意性。传统小说中，两性吸引的过程，是通过对双方优秀品质的认识——如忠诚、美丽、善良、勇敢——来实现的。一旦实现，两性双方的关系便固定下来。而厄秀拉却从来不会通过理性对伯金形成一个确定的观念，然后在这个观念指导下采取合乎逻辑的行动，即使这个观念的形成需要一个漫长的过程。从来没有！在这个过程中，厄秀拉依靠的是瞬间的直觉、印象，她认为只有它才是真实的。她和伯金的关系，时好时坏，有时还相互仇恨。在第 19 章，伯金心血来潮，忽然决定到厄秀拉家向她求婚，结果两个人情绪不对头，闹得不欢而散。这个时候，在厄秀拉眼中，伯金就成了一个令人厌恶的牧师、一个讨厌的传教士，她认为，任何一个人，只要和伯金交往两周，就会无法忍受。相反，如果厄秀拉在直觉中，心灵与伯金得到交流，伯金在她眼中，就是上帝之子，"是那些来自天堂的，奇特的造物主中的一个"。在《虹》中，厄秀拉曾试图把斯克里班斯基创造成一个新人，她失败了。现在上帝为她送来了伯金。他在精神能量上与她相当，与她能够相互呼应，达到一种动态的平衡，这是一种双方精神达到高度充盈、丰满饱和状态的平衡。两个独立的新生命形成一个合体，"奏响了强劲的音符，振荡在宇宙的中心，在真实世界的中心，这个真实世界是她以前从未涉足过的"。

作为这样一个新人形象，《恋爱中的女人》中的厄秀拉对新生的感受不仅敏锐、丰富，而且超越了"小我"，进入更深广的历史空间，与人类获得新生的想象联系起来。在劳伦斯所理解的非理性生命体系中，死亡本能占有重要位置。我在本章第 2 节对此已有论述。但在劳伦斯小说中还有另一种死亡，它是创造性的，富于生机与活力的，是获得新生的必由之路，是新生体验的重要组成部分。正因为如此，在小说第 15 章中，劳伦斯以酣畅淋漓的笔墨，书写了厄秀拉对死亡神秘玄妙的体验："在死亡边缘那一片黑暗之中，她失魂落魄似地坐着。她意识到自己的一生一直在一步步地朝着这死亡的边缘靠近……临近死亡的感觉就如上了麻醉一般，一片漆黑，根本没有思索，她明白她已临近死亡。一生中，她始终沿着奋斗的道路前进，而且已接近成功。她懂得了她必须懂得的一切，经历了她必须经历的一切，在某种痛苦的成熟之中，她成功了。现在，她只须从这成功之树上投身一跃，便进入了死亡。人必须将自己的追求进行到底，冒险也得有始有终，下一步便是离开悬崖，踏入死亡。"死亡之后是新生。在第 29 章，厄秀拉和伯金一起赴欧洲大陆，到阿尔卑斯山去度蜜月。这时的厄秀拉感到新生即将来临。小说写道："临行前的数周内，厄秀拉一直陷于茫然若失的状态之中，她已不是原来的自己，她什么也不是，她的那个新的自我将接踵而至，马上就要来临。"他们乘坐的航船，行进在漆黑的夜里，他们俩宛如生命的种子，随着一阵阵轻缓的、梦一般的晃动，落入了那无底的黑色空间。正如死亡可以体验一样，新生也是可以体验的。"在厄秀拉心中，对前方那个未知世界的感觉，战胜了其他的一切。在茫茫的夜色中，似乎那个幻想的未知天堂，将光芒射入了她的心灵，使她的胸膛里到处流溢着奇妙的光彩。这种感觉只会在天上有，只会在她前往的那个未知的天堂中才会出现。她体验到一种在未知世界里离群索居的甜蜜和乐趣。"这是新生，是新的生命跃入了天堂。

劳伦斯被人们称为预言家、说教家、先知、传道者，或褒或贬的评论，都证明了他对人类命运的关注。他殚精竭虑，想把人类从精神危机中拯救出来。那么，现代人死亡的灵魂怎么才能再生？复活的具体途径是什么？自然是劳伦斯思考的重大问题。

可以说，劳伦斯对他那个时代可能有的选择都作了尝试。第一次世界大战期间，他的思想最为活跃，也最为进步。1915 年年初，劳伦斯与哲学家罗素筹备一系列讲座，推销他们的社会改革方案。1915 年 2 月 12 日他在致罗素的信中说："这个国家必须有一场革命。这场革命要从工业、交通运输和土地的国有化开始——要一次成功。届时，人们不论是否生病或年老，不论什么情况使他不能工作，他仍然有自己的一份工资。"①俄国十月革命对他震动很大。他和他的俄国朋友科特连斯基频繁联系，热切关注着那里发生的一切。他对俄国的革命实践寄予厚望，指出俄国的未来正是人类的希望所在："那是我唯一能够寄托希望的国家"②，"我一想到那个年轻的新国家，就无限热爱它"③。但劳伦斯的政治思想常常是很不成熟的，他经常在各种学说之间游离。在第一次世界

---

① D. H. Lawrence, *The Letters of D. H. Lawrence*, eds. George J. Zytaruk and James T. Boulton, Cambridge: Cambridge University Press, 1981, Vol. 2, p. 282.

② D. H. Lawrence, *The Letters of D. H. Lawrence*, eds. George J. Zytaruk and James T. Boulton, Cambridge: Cambridge University Press, 1981, Vol. 2, p. 124.

③ D. H. Lawrence, *The Letters of D. H. Lawrence*, eds. George J. Zytaruk and James T. Boulton, Cambridge: Cambridge University Press, 1981, Vol. 2, p. 121.

大战之后，劳伦斯越来越倾向于认为，这个分崩离析的世界，需要一个领袖进行强权统治，这使他摆脱不了与法西斯主义的干系。但劳伦斯毕竟不是革命家，而是作家，强有力的怀疑倾向在他身上起着重要的作用。当政治的激情消退以后，艺术家的执着又将他拉回到非理性心理世界。劳伦斯发现，拯救人类的希望，恰恰就在人类自身的非理性心理世界，在于人的心灵本体力量的运动。

在世纪的转折时期，经历了政治危机、精神危机的西方人开始了对自己文化传统的反思。以科学、理性相标榜的理性主义受到前所未有的质疑和批判，各种非理性主义思潮泛滥。人的精神世界，尤其是潜意识、本能、欲望、直觉等生命活动受到空前的关注。但是，并不是每个现代主义作家都意识到非理性心理活动的正面价值和意义。在不少现代主义作家的作品中，非理性心理在强大的社会压力下，变得委琐、阴郁、黑暗，代表了恶，是一股冥顽不灵的巨大的破坏力量。劳伦斯的独特之处在于，他在被许多现代主义作家视为邪恶丛生的渊薮的非理性心理活动中，挖掘出强大的能动性，揭示了人类自我拯救的内在源泉：激活被理性、物质、机械所蒙蔽束缚的灵性，过源于血性、本能的生活，人类才能从死亡中再生。这是劳伦斯对"人类向何处去"这个紧迫时代课题的独特回答。

第四节　非理性心理探索的迷思

我在本书中已经多次提及，劳伦斯把人的心理世界划分成两部分，一部分是主要包含理性、性格、道德因素的老式自我，另一个是由人的潜意识、本能、直觉等因素构成的非理性自我。劳伦斯把老式的自我看成工业文明的内化形式，是人的社会化、奴役化的表征。他把非理性自我作为新的人格理想，用以和老式自我对抗。但同时，劳伦斯也反复申明，"我所表现的是人的另一个自我"。也就是说，他也把非理性自我作为人物形象存在的依据，每一个人物都在非理性自我的支配下行动，非理性自我是人物的全部内涵。事实的确如此，不仅厄秀拉、伯金、康妮等作者肯定的人物在张扬着"另一个自我"，显然为作者所谴责的具有偏执女性优势心理的一系列形象：葛楚德、米丽安、古娟、安娜、赫米恩，也都是被"另一个自我"所占据的人。显而易见，劳伦斯对非理性心理的理解和应用存在一个悖论：不论是理想人格的构成，还是人物形象的全部内涵，都以非理性心理活动为载体，都以非理性心理活动作为展现形式。这也决定了非理性心理活动具有双重功能：一方面，它负有表现人物形象全部内涵之职；另一方面，它又承担着拯救功能，激活非理性心理活动，意味着生命的苏醒和张扬。很显然，这一悖论动摇了劳伦斯对非理性心理活动正面价值的论述和演绎：既然非理性心理活动也是否定性人物形象的存在依据，又怎能指望它发挥积极的建设性作用？

劳伦斯似乎已经意识到这一人物塑造标准和人格理想之间的矛盾，也尝试加以解决。在《恋爱中的女人》第 3 章，伯金的旧情人赫米恩与伯金就理性与非理性有过激烈的争论。我们知道，赫米恩出身贵族，是一个社会化的人物，但出乎读者意料，在二人的争论中，赫米恩坚决反对理性，维护本能和直觉。她反对给孩子们传授知识，启迪他们的智慧，唤醒他们的意识，培养他们的理性，认为这样做毁掉了他们的本能和直觉，认为还是让他们处于原始本能的状态更好一些。她甚至说，人与其"从不失去控制，永远神志清醒"，还不如"成为动物，成为没有头脑的动物"。这一说法和《白孔雀》中的自然人安纳布的看法毫无二致，却引起伯金极大的反感。伯金指斥她只是在玩弄字眼，说她欣赏的并非真正的本能，只是关于本能的知识："你并不愿意成为动物，你只想观察一下你自己的动物机能，以便从中得到心理的刺激，这比最保守的唯理智论还堕落。……激情和本能——你渴望得到它们，不过是通过你的头脑，在你的意识里而已，它就发生在你那头盖骨下的脑袋瓜里。"伯金又揭露赫米恩强调的所谓"激情"不过是个幌子，"那根本不是激情，那是你的意志，是你专横的意志。你想把一切都抓在手里，置于你的控制之下，你想摆布一切。为什么？就因为你没有真正的躯体，充满生命的肉感的躯体，要知道，你有的只是你的意志，你对意识的奇想和对权力的渴望"。在这里，伯金把源于"头脑"的欲望、激情和源于"躯体"的欲望、激情做出了区分：前者是纯精神性的、机械的，后者才是有机的，是本真生命的体现。而作为非理性心理活动组成部分的权力意志，伯金对此则一概否定。由此我们可以看出，劳伦斯对同样属于非理性心理世界的不同因素，有所甄别，有所褒贬。可是，劳伦斯在理论上说得头头是道，在小说的艺术表现中却难以兑现。《虹》中安娜的情欲与厄秀拉的情欲在形态上有何区别？她们二人的精神占有欲有何本质上的差异？读者之所以能分辨出它们的不同性质，是因为劳伦斯直接把自己的好恶加在人物身上，而不是通过合乎艺术逻辑的描写。这种"未审先判"式的处理，并没有解决根本矛盾，却在一定程度上损害了作品的艺术性。

马克思说："人是一切社会关系的总和。"这经典的论断抓住了人的本质，也客观地反映了人的现实处境。而劳伦斯却一意孤行，非要将人的一切社会属性统统剥离。在《恋爱中的女人》中，伯金想象在未来的理想世界里，他和厄秀拉只是"两个十足奇特的生物"，不存在彼此间的义务，没有行为准则，"人只须凭冲动行事，随意拿取面前的一切，而无须负任何责任。他无须索取任何东西，也无须奉献任何东西，各人只要按自己的原始欲望取得他所需要的就是了"。劳伦斯的同时代作家曼斯菲尔德对劳伦斯笔下这些非理性的人如是评价："他小说中的男主人公都不具有人性。他们无休无止地游荡。他们没有感觉，他们很少说话，他们讲的话没有一句是记得清的。他们沉湎于肉感，至于其他方面，则表现得迟钝，像蒙了一层面纱，看不见，识不清，没有头脑。"① 可以看出，曼斯菲尔德的态度是否定的。一些当代西方劳伦斯研究者也批评劳伦斯过分夸大人的生理因素，专注于"私人题材"，认为这是"一种病态的倾向，一种自然主义嗜好"。② 不错，劳伦斯在为处在困境中的人类寻找出路时，没有停留在虚构出一个乌托邦，使读者在对未来的憧憬中得到虚假的满足，也没有寄希望于社会制度的改良。劳伦斯相信人类自己，相信个体的人通过自身的努力，能够实现自我的拯救。这是他创作的独特性和社会意义所在。但劳伦斯张扬非理性的负面作用也十分明显。事实上，抛弃几千年来人类进化所积累的道德伦理规范，在非理性心理驱动下生活，它的狂暴的破坏性，劳伦斯自己已经通过他笔下大量

---

① ［英］曼斯菲尔德：《关于〈迷途的少女〉》，见蒋炳贤编选：《劳伦斯评论集》，28页，上海，上海文艺出版社，1995。

② Anne Fernihough, ed., *The Cambridge Companion to D. H. Lawrence*, Cambridge: Cambridge University Press, 2001, p. 106.

人物给了我们充分的展示。《白孔雀》中，乔治一边和西里尔谈话，一边漫不经心地摆弄一只野蜂窝。他把幼蜂拽出来，把翅膀折断，又把它捏碎，最后把还有不少蜂卵的蜂窝扔进水里。这个下意识的动作使生灵遭到"涂炭"，遭到西里尔的抗议，但他仍然我行我素。《白孔雀》中写乔治的"残忍"不止这一处。不久，乔治家的一只猫被捕兽夹夹伤，乔治提议让它"脱离苦海"。他说，最快的办法是把它的脑袋往墙上撞。遭到莱蒂抗议后，他又笑着说："那我把它淹死。"乔治于是在猫的脖子上拴了一根绳子，另一头坠上一只废熨斗，然后把猫丢到池塘里去。他津津有味地做着这一切，陶醉于其中，全不管别人骂他"残酷无情""令人恶心"。这类非人道之举，我在本章第 1 节已经列举甚多，不再赘述。劳伦斯为了使自己笔下的人物免受道德质问，声称自己是在表现人的"非人类性"，言下之意，读者不应该套用现实的道德标准衡量他笔下的人物。但任何一个读者，如果看到《儿子与情人》中保罗谋杀自己的母亲，《微笑》中的丈夫在妻子的灵柩前亵渎她时，还无动于衷，那才是没有人性呢！

　　现实生活中的劳伦斯由于种种原因，在完成《虹》后，开始意识到权力意志的危害性。劳伦斯听说一个受奥托琳·莫瑞尔夫人庇护的比利时难民玛丽娅·内斯试图自杀。当时劳伦斯刚与莫瑞尔夫人结识不久，听说此事后，他给莫瑞尔夫人写信，指责她用自己强大意志牢牢控制了那姑娘的精神，而现在又想一脚把她踢开。劳伦斯认为这是那姑娘试图自杀的原因。劳伦斯责问她："为什么你总是如此频繁地动用你的意志，为什么你听任它继续下去？不要总是抓住不放，什么都想知道，想控制。"①劳伦斯后来把莫瑞尔夫人作为原型，塑造了《恋爱中的女人》中专

---

① D. H. Lawrence, *The Letters of D. H. Lawrence*, eds. George J. Zytaruk and James T. Boulton, Cambridge: Cambridge University Press, 1981, Vol. 2, p. 326.

横、霸道的贵族夫人赫米恩形象。莫瑞尔夫人听说此事后，大为震怒，一度断绝了与劳伦斯的交往。劳伦斯对国家权力意志极度膨胀可能带来的恶果也有深刻认识。第一次世界大战开始后的 1915 年 4 月下旬开始的伊普雷战役中，德军使用毒气弹；到 5 月中旬，有 6 万英军阵亡。5 月 7 日，德军用鱼雷击沉了英国的路西塔尼亚号战舰。4 天后，伦敦爆发反德国骚乱，游行队伍哄抢商店，袭击路人。这一连串事件令劳伦斯感到极度震惊，使他看到，当权力意志被滥用，不同的权力意志发生冲突时给世界带来的可怕后果。他憎恶权力意志无节制的展示，憎恨那种试图驾驭局面、侵入他人意识、气势上处于优越位置的冲动。但劳伦斯这种清醒认识只限于权力意志方面，他没有否定非理性心理中的其他因素。

晚劳伦斯一个时代的英国作家奥尔斯德·赫胥黎(1894—1963)认为劳伦斯是一个"神秘唯物主义者"，这是有道理的。从《虹》开始，劳伦斯为非理性心理活动寻找外在对应物，寻找概括的倾向越来越明显，神秘化倾向也一发不可收拾。而当非理性心理表现进入到超验或超自然状态中时，劳伦斯就陷入了魔道。他用种种意象描述超验的存在，并将其神秘化。他甚至相信，非理性心理具有神奇的力量，能转化成外在的物质能量，进而实现现实的目标。他写出的这一类作品，要么毫无社会意义，要么具有很大的现实危害性。他的一个短篇小说《木马》，写了一出内在非理性心理能量被用于实现现实目标所造成的悲剧。这是一个中产阶级家庭，父母虚荣心很强，要维持家里的体面和排场，却没有足够的收入，以致经常弄得捉襟见肘。于是，"一定要有更多的钱"，不仅成为全家人的强烈愿望，甚至儿童室一匹玩具木马的缝隙中，也不断有声音传出来："一定要有更多的钱！一定要有更多的钱！"保罗爱上了这匹木马，经常一个人骑在木马上疯狂摇晃，他那股狂热劲儿令妹妹、母亲深感不安。原来，这小男孩通过摇动木马，能够得知赛马会上哪一匹马将获胜，这样，他购买的赛马彩票就能够中奖。他之所以有如此本领，是他在疯狂地摇动木马中，非理性的敏锐绝伦的感悟力得到释放，能够捕捉到常人无法获知的"上帝"的信息。保罗这样做，原本是希望止住住宅中那无休止的低语声，扭转家里缺钱的窘境。不料，他赢了很多钱，却没有让母亲感到满足，住宅里那神秘的声音反而变得狂热起来。他只能更加狂热地摇动木马，不断去接获"上帝"的启示。他挣了更多的钱，最后也在非理性心理的疯狂发作中能量耗尽而死去。

短篇小说《最后的笑声》中的故事始终笼罩在虚空朦胧之中。詹姆斯小姐和她的情人马奇班克斯告别了他们的朋友洛伦佐，一起行走在雪中伦敦的大街上。马奇班克斯突然听到一阵神秘的笑声，受这声音刺激，他自己也"爆发出一种极其特别的笑声，如同一头动物在笑"，像"奇怪的马嘶声"。他的笑声引来一个警察。詹姆斯小姐和警察循着马奇班克斯所指发出神秘笑声的方向去找，却什么也听不到、看不见。这时，街边一栋住宅的门开了，女主人在找一个刚才敲门的人。门前雪地上并没有脚印，马奇班克斯也声称自己没有敲门，但她说敲门声是实实在在的。女主人又说自己在等待着一个奇迹，而且"希望有人来"，于是马奇班克斯随她进了屋子。詹姆斯小姐在警察陪伴下继续往家走，这一回，轮到詹姆斯小姐发现"冬青树丛中那张黯黑的面孔"，听到暴风雪中"放肆的、呼啸的、欢腾的人声"，以及来自教堂的"低低的、微妙的、连续不断的笑声"，她自己也变得怪异起来。而警察对此却毫无觉察。把詹姆斯小姐送回家，警察又冷又怕，要求在她家里稍微暖和一下。詹姆斯小姐把警察留在客厅里，自己回卧室睡觉。第二天早晨起来，她发现警察不仅没有走，脚也莫名其妙地扭伤了。詹姆斯小姐又一次看见了"那个人"，不由再一次发出"又长又低的咯咯笑声"。马奇班克斯一早回到詹姆斯小姐住处，詹姆斯小姐告诉他自己见到了"那个人"。在照料扭伤了脚的警察时，"低低的、永恒的笑声"在她耳畔重新响起，这时，马奇班克斯突然苍白的脸扭曲得变了形，"显出一种奇怪的龇牙咧嘴的笑容"，大叫"我知道是他！"随即身体一阵抽搐，倒地死去。发出奇异笑声，敲住户门，无所不在的"那个人"到底是谁？小说中并没有交代，但从小说的描写判断，劳伦斯表现的正是人身上的非理性力量，即人心中的魔鬼、潘神，它持续地发作，使人陷入疯狂的境地。

《小甲虫》的故事发生在第一次世界大战期间。来自英国贵族世家的达芙妮太太出于人道同情和旧交的缘故，到医院去探望受伤被俘的德军将领普斯安克伯爵。这次重逢，达芙妮受到普斯安克伯爵身上强大魅力的吸引，义无反顾地爱上了他。英德两国是交战国，普斯安克伯爵是自己国家的敌人，达芙妮太太的两个兄弟战死前线，丈夫在战场上也音讯渺茫，这些都没有成为她爱情的障碍。战争结束，达芙妮的丈夫平安归来，也没有能够挽回她的心。更有甚者，在达芙妮的刻意安排下，丈夫巴斯尔与普斯安克伯爵成了朋友，巴斯尔在对妻子与普斯安克伯爵关系知情的情况下，居然能够心安理得，甚至坦然接受了这种关系。表面上看，这是一个普通的三角恋爱小说，只是达芙妮能爱上普斯安克伯爵，实在太匪夷所思罢了。

当我们细读小说，把注意力放在普斯安克伯爵这个人物身上时，才会发现劳伦斯通过这篇小说所要表达的真实意图。他对达芙妮说，自己在战场上之所以没有死，是因为"体内隐藏着一个妖魔般的怪物"。达芙妮安慰他："维持你生命的肯定不是妖魔"，而是"某种好的东西"。但普斯安克伯爵坚持说是恶魔。此后，我们注意到，普斯安克伯爵逐渐引导着达芙妮离开这个已经崩塌、毫无希望的现实世界，进入象征着黑暗的冥国。"我们已经把这个世界看透了。真正的世界之火是黑的、跳动的、比鲜血的颜色还要深。我们所经历的这个灿烂的世界仅仅是他的背面。"达芙妮凝视着普斯安克伯爵的眼睛，"看到在那深处有一种隐秘的神情在摇曳。她已经感觉到那种看不见的像猫眼睛发出来的烈光翻滚着向她射来"。普斯安克伯爵有波西米亚人血统，黑眼睛，黑皮肤。在小说中，他这一外貌特征被反复强调，以暗示他与冥界的联系。很久以前，普斯安克伯爵曾送过达芙妮一枚顶针作为纪念，那顶针的顶端镶嵌着一只玛瑙甲虫，它是普斯安克伯爵家族的徽章。据普斯安克伯爵说，这只甲虫"有很长的族谱"，通过这只甲虫，"把我自己和埃及法老联系起来"。对于达芙妮，那顶针就成了她进入冥界、与冥界之王婚配的信物。在一天夜里，住在普斯安克伯爵隔壁房间的达芙妮半夜听见了他神奇的歌声，她着魔似的迷上了伯爵的歌声。这歌声唤起了她的渴求，她"渴求离去，渴望给予，渴求死亡，渴求穿越禁锢，从她自己这里，从她的父亲、母亲、兄弟和丈夫这里，从她的家庭、故乡和这个世界远走高飞。飞到来自远处的呼唤那里去"。她知道，这是伯爵在呼唤她。终于在第三天夜里，达芙你走过漆黑的走廊，来到伯爵漆黑的屋里，把自己奉献给了他。

《小甲虫》是劳伦斯将非理性心理力量对象化、神秘化到登峰造极的程度，乃至完全走火入魔的一篇作品。小说描写达芙妮屈服于伯爵身上非理性心理力量的强大魔力，弃民族义务、家庭责任于不顾，向战争中的敌人献身，这反映出劳伦斯将个体生命追求超越的意义、将非理性心理能量的激活和实现的重要性，置于一切社会道德和现实价值之上。这种非理性主义思想的现实危害性，应该引起我们足够的重视。

第四章 | 原始性与异国想象

第一节　原始性在文明更新中所起的作用

1. 战争·死亡与复活体验·荒原图景

　　1914 年 7 月 31 日至 8 月 5 日，劳伦斯与友人科特连斯基等一行四人，一起去英格兰西北部湖区徒步旅行，在那里，他听到了第一次世界大战爆发的消息。持续五年的世界大战使英国元气大伤，深刻地改变了英国社会的面貌和人民的心态，也深刻地改变了劳伦斯。

　　劳伦斯没有去梳理战争的责任，区分战争的正义与邪恶，他痛恨和否定的是战争本身。他咒骂战争"多么愚蠢"，是"恶魔般的"，说战争令他"沮丧""恶心"，为此他"几乎到了痛恨人类的地步"。随着战争的持续，劳伦斯对战争的认识也越来越深刻。战争让他看到了英国及欧洲文明的致命缺陷，加深了他对人类命运的担忧；他开始把这场战争与人类的命运联系起来，与他一直加以批判的工业文明联系起来。在他看来，这场战争是腐败而机械化的工业文明的必然发展，是人类正在被工业文明拖向绝境的明证。正如劳伦斯所说："对很多生活了许多年的人来说，已没有繁花盛开这类事了。许多人像腐生植物一样，生活在旧时的躯体中。许多人是寄生虫，生活在旧时衰落的国家中。"①生命在缓缓流逝，它的内部在慢慢腐烂，这股退化与腐败之流不可阻挡，一切最终都要四分五裂。

劳伦斯对战争的态度又不单纯是悲观的。当劳伦斯在《袋鼠》第 12 章中说"一九一五年，旧世界完结了"的时候，战争对他不仅仅意味着大毁灭，也意味着新的希望。劳伦斯对《圣经》非常熟悉，而《圣经》的叙述体系正是按照已生—死亡—复活的模式展开的：人类曾经有过一个美好的伊甸园时代。由于原罪，人类被上帝逐出了伊甸园。按上帝的标准，人因此失去了和谐完美的生命。在末日来临之际，最后的审判将在血与火中展开。届时，恶人受永惩，义人得享永福，人类将迎来一个新天新地。在这一叙述模式中，末日是一个非常关键的时刻，它是由死亡向新生发展的一个转折点，是从死亡走向新生必须要经历的。劳伦斯显然认为战争就是《圣经》中所描绘的大毁灭，是即将来临的末日。他甚至认为，为了迎接新生的早日来临，应该推动这股退化和腐败之流进一步恶

---

① ［英］劳伦斯：《安宁的现实》，见《安宁的现实——劳伦斯哲理散文选》，姚暨荣译，167 页，上海，上海三联书店，1992。

化，因为它"最终必为我们推翻那些已经死去的形式"①，死亡之后才会有新生。如劳伦斯在《安宁的现实》中认为，死亡是再生的必由之路："当我们认识到死亡就在我们自身时，我们就进入了一个新纪元。""当我们理解了我们在死亡中的绝对存在，我们就超越了死亡而进入一种新的存在。"②英国学者克默德(Frank Kermode)也指出，劳伦斯的确认为"通过更深地陷入腐败，我们或许能够冲出整个虚伪的宇宙，让一切重新开始"③。

劳伦斯正是在上述意义上理解和谈论战争、死亡与复活诸问题的。1915 年 1 月 31 日，劳伦斯在病后写给阿斯奎斯夫人的信中，谈及了对疾病和战争的双重体验："我仿佛在坟墓里度过了那五个月……感到像僵尸般冰冷……鼻孔里有一股坟墓的气味，身上像裹着尸布。"但他在绝望中看到了希望："由于战争，我的心一直都像一块没有生命的泥土那样冰冷，但我现在并非完全没有生气。我心中充满希望。""我始终知道自己是可以复活的。"④当年 9 月 9 日，他就急切地盼望着新年的到来，以便让"旧的一切完全彻底地死亡"。他相信，"一个新的世界必定要开始。但是，首先是一切旧的东西要蜕变，而它的蜕变是极其缓慢和艰难

---

① D. H. Lawrence, *Phoenix Ⅱ : Uncollected*, *Unpublished and Other Prose Works by D. H. Lawrence*, London: William Heinemann Ltd., 1968, p. 403.

② ［英］劳伦斯：《安宁的现实》，见《安宁的现实——劳伦斯哲理散文选》，姚暨荣译，154、154~155 页，上海，上海三联书店，1992。

③ ［英］克默德：《劳伦斯》，胡缨译，72 页，北京，生活·读书·新知三联书店，1986。

④ D. H. Lawrence, *The Letters of D. H. Lawrence*, eds. George J. Zytaruk and James T. Boulton, Cambridge: Cambridge University Press, 1981, Vol. 2, pp. 267-268, 269.

的，就像疾病那样顽固。我发现，驱走旧生命，迎接新生命的诞生是十分困难的"。虽然旧的腐败之流退出历史舞台需要时间，他仍然对新世界的到来充满信心："必定会有一个新天新地。……这一切一定会实现。"①1915 年 11 月 28 日劳伦斯在给友人的信中又说："必须有一种复活——复活时，要有健康的手脚，要有完整的躯体和崭新的灵魂，而首先是崭新的灵魂的复活。这是终结和停止，是抛弃和遗忘，是把 30 年来的生活转化成一个新的生命。在那里必定有新天新地，必定有一个新的心脏和新的灵魂。一切都是新的，是一种彻底的复活。"②劳伦斯所谈的死亡与复活体验，是肉体的，也是精神的；是个体的，也是人类的；是现实的，也是超验的。

受转变了的思想的影响，劳伦斯《虹》以后的作品，大都或隐或显地包含了死亡—再生的框架结构。《虹》中布兰温家族三代人两性关系的发展，恰恰与人类从已生到死亡再到复活的生命历程相叠合。第一代汤姆和莉迪娅的两性关系模拟的是《圣经》中亚当和夏娃在伊甸园时代的生活图景。马什农场的大洪水和汤姆的死亡象征着人类的失乐园。威尔和安娜象征死亡的一代，他们的两性关系充满了对抗。在惨烈的精神厮杀中，人性丰满的激情被煎熬得只剩一堆疲惫的灰烬。第三代厄秀拉担负了走向再生的使命，经历了艰难的探索，终于迎来了象征新生的彩虹。《恋爱中的女人》中的两对两性关系分别象征着死亡和再生。杰罗尔德与

---

① D. H. Lawrence, *The Letters of D. H. Lawrence*, eds. George J. Zytaruk and James T. Boulton, Cambridge：Cambridge University Press, 1981, Vol. 2, pp. 388, 390.

② D. H. Lawrence, *The Letters of D. H. Lawrence*, eds. George J. Zytaruk and James T. Boulton, Cambridge：Cambridge University Press, 1981, Vol. 2, pp. 454-455.

古娟所代表的与工业文明相联系的死亡两性关系，最后走向毁灭；伯金
与厄秀拉经过探索，实现了理想的两性关系，最后走向新生。《查特莱
夫人的情人》开头那段著名的文字昭示了小说中主人公从死亡走向再生
的新路历程："我们根本就生活在一个悲剧的时代，因此我们不愿惊慌
自扰。大灾难已经来临，我们处于废墟之中。我们开始建立一些新的小
小的栖息地，怀抱一些新的微小的希望。"康妮以一种决绝的姿态离开象
征死亡的克利福德，在与梅勒斯和谐的性爱中获得了再生。

　　在世纪的转折时期，各种末世和创世思想甚嚣尘上。如德国学者斯
宾格勒(Oswald Spengler，1880—1936)的《西方的没落》一书，把历史看
成是若干各自独立的文化形态的循环交替过程。像生物有机体一样，每
一种文化形态必然经历少年、青年、壮年、老年等时期，最后走向死
亡，每一个循环约数千年。他据此认为，西方文明的衰落是必然的。在
爱尔兰诗人叶芝的象征主义体系中，世界每两千年一个循环。20 世纪
初，人类正处在一个旧循环行将结束的时刻，世界在毁灭中，到处充斥
着情欲和暴力。艾略特则直接宣称现代世界是一个荒原。劳伦斯不仅追
究西方现代工业文明"堕落"的细节和具体表现，也从总体上加以宣判，
从整体象征的层面加以描写，这一点与上述时代精神是一致的。

2. 原始性与非理性

　　我曾在《沈从文小说新论》一书中论述过原始性与现代主义的关系。
我把原始性定义为"从原始社会形态中提炼出来的本质属性，这种属性
可以超越特定的历史时空和社会形态而独立存在"①。与原始性相关的

---

　　①　刘洪涛：《沈从文小说新论》，29 页，北京，北京师范大学出版社，2005。

还有"原始时代""原始文明""原始主义"等概念。当原始社会形态需要用时间加以标记时，我们说原始时代；当这一概念需要用来和异文明或现代文明对举时，我们叫它原始文明；原始主义是将原始社会及其本质属性理想化的理论体系。明晰这些概念，对于理解本章的论述是十分重要的。

人类最神秘、最深奥的现象之一，是将原始社会理想化。在古希腊神话中，有黄金时代、白银时代、青铜时代、黑铁时代的说法，其大意是人类在经历了一个漫长的发展后从理想状态逐渐坠入现实场景，生命和生活质量等而次之，一代不如一代。"黄金时代"由此成了人类梦寐以求的美好家园。在犹太教和基督教的经典《圣经》中，人类的始祖亚当和夏娃生活于伊甸园间，无忧无虑，和谐美满。由于亚当和夏娃偷食禁果，被上帝逐出伊甸园，人类于是有了失乐园的悲哀，也有了复乐园的冲动。显而易见，复乐园所寄予的人类理想是向后看的，是指向久远时代的。这种黄金时代和乐园的遐想，深深扎根在西方民族的集体记忆中，在作家个人著述中也屡见不鲜。

16 世纪初，由于哥伦布对新大陆的发现，欧洲文化中关于原始社会的想象，出现了另一种形式，即从时间上的"过去"转向空间上的"异域"。这种转变所带来的欧洲人思维方式的变化是颠覆性的：欧洲人可以通过旅行等方式亲历、见证截然不同的另一种文明，可以把自己成熟的文明与原始文明进行平行对比。由此，原始文明以更广泛、深入的形式参与到欧洲现代文明的创造中去。特别是到 19 世纪后半期，文化人类学及非理性主义思潮在欧洲兴起，对异域原始文明的认识达到前所未有的高度，关于原始性的概念获得了新的发展，这为现代主义利用原始主义提供了更有利的条件。

文化人类学的开山之作是英国人类学派爱德华·泰勒（Edward Tylor，1832—1917）的《原始文化》（1871）。这部著作系统研究了原始精神文化的各个方面，确立了文化人类学研究的一般范式。泰勒还讨论了文化发展过程中的"进步、退化、幸存、复兴和修正"现象。同时，泰勒也认识到，文化的发展不是在单一民族内部完成的，也不是单线索的，存在着多民族文化的发展和竞争。詹姆斯·弗雷泽（James George Frazer，1854—1941）的《金枝》（1890—1915）是人类学史上另一部划时代的巨著。弗雷泽在该书中广泛收集了世界各地，尤其是地中海沿岸和中东地区的原始神话与民间习俗，用交感巫术原理对其加以研究，发现了巫术—宗教—科学这一人类原始文化发展的重要规律。弗雷泽根据同样的原则，解释了古希腊罗马流传下来的众多神话，甚至《圣经》中耶稣死而复活的故事的本质和来源。他还认为不同文化的传说与礼仪里不断有原始类型出现。列维·布留尔（Lucien Levy-Bruhl，1857—1939）在他的《原始思维》一书中，通过考察亚洲、非洲、南北美洲等原始民族的习俗、禁忌、图腾，发现他们的思维受集体表象支配，是依靠直觉的，相信通灵感应，具有生物时间感，他们把世界视为宇宙人体，把宇宙的各个局部和人体各个部位相对应。布留尔认为，原始人类的这些观念表现的不是一种前科学，而是和欧洲"成年文明的白种人"完全相反的另一种世界观。文化人类学揭示了域外原始文明的细节和本质，进而发展出兼顾文化普遍性与特殊性的人类多线进化思想，"文化圈""文化特质""异文化"等概念亦由此形成。

精神分析理论家弗洛伊德作为一名精神科医生，早期的研究对象是个体无意识，一般没有超出病理学范围。但在后期，他的兴趣逐渐扩大到对整个人类行为的心理学研究，还写出了《群体心理学与自我的分析》《图腾与禁忌——蒙昧人与神经症患者在心理生活中的某些相似之处》等著作，对原始人类活动从心理学角度加以解释，指出现代人类活动与原始人类的内在关联。他得出结论说："正像原始人潜在地存活于每个人体中一样，原始部落可能会从任何随机聚集中再次形成。在人们习惯上受群体形成支配的范围内，我们从中认识到原始部落的续存。"①弗洛伊德的弟子荣格曾赴非洲和美国新墨西哥州考察原始民族的心理。他提出集体无意识学说，认为远古人类反复的生活经历在心灵上留下印记和影像，这种所谓"原始模型"，会被人类集体无意识地世代继承下来，并且在宗教、梦境、个人想象和文学作品中得到描绘。也就是说，现代人的本能、潜意识、民族记忆实际上是人类祖先原始性的积存。正如荣格所说："每一个文明人，不管他的意识发展程度是如何的高，但在其心理的深层他仍然还是一个古代人。"人类的心理"只要追寻至它的起源，它便会暴露出无数古代的特征"②。弗洛伊德，尤其是荣格的理论，把人类学研究的成果加以引申，在潜意识领域建立起原始人与现代人之间的联系。他们认为源于本能、直觉的非理性生活存在于其他原始民族当中；而现代人身上被压抑的非理性，可以通过与原始文明的相遇或回到原始文明中去而被激发出来。也就是说，非理性与原始性之间其实是一

---

① ［奥］弗洛伊德：《群体心理学与自我的分析》，见《弗洛伊德文集》第 6 卷，91 页，长春，长春出版社，2004。

② ［瑞士］荣格：《寻找灵魂的现代人》，苏克译，143 页，贵阳，贵州人民出版社，1987。

种同构关系，非理性是原始性的积淀，而原始文明是非理性在文化上的归宿和表现形式。苏联学者梅列金斯基在其著作《神话的诗学》中，把劳伦斯小说中的原始性表述为"神话化"，指出劳伦斯"诉诸古代神话，即是遁入直觉、本能、自由发泄、'健康的本性'"[①]。

布雷德伯里参编的影响深远的《现代主义》一书、莱文森（Michael Levenson）主编的《现代主义》一书，都把1890年看成现代主义开端的年份。在他们编纂的现代主义大事年表中，又不约而同地把剑桥学者弗雷泽《金枝》第一卷在这一年的出版当成现代主义的主要事件之一，这是有道理的。那么，文化人类学所描述的异域原始文明，对于现代主义的意义在哪里呢？我们知道，16世纪初，由于哥伦布对新大陆的发现，欧洲文化中关于原始社会的想象，出现了另一种形式，即从时间上的"过去"转向空间上的"异域"。这种转变所带来的欧洲人思维方式的变化是颠覆性的：欧洲人可以通过旅行等方式亲历、见证截然不同的另一种文明，可以把自己成熟的文明与原始文明进行平行对比。由此，原始文明以更广泛、深入的形式参与到欧洲现代文明的创造中去。文化人类学家把这种欧洲经验从考古挖掘调查中加以坐实，并在理论上进行了升华。文化人类学进而与精神分析理论结合，为现代主义文学中的创化论思想，以及荒原与拯救模式提供了强大的理论基础。

在以非理性主义为思想基础的20世纪现代主义文学中，原始性扮演着更为积极、重要的角色。现代主义作家受精神分析理论影响，将人

---

① ［苏联］叶·莫·梅列金斯基：《神话的诗学》，魏庆征译，408页，北京，商务印书馆，1990。

的潜意识看成隐伏着各种原始本能和欲望的渊薮，极力进行挖掘和表现。如美国现代戏剧家奥尼尔的著名剧作《琼斯皇》就是一部展现人物潜意识中原始性的典范之作。随着土著人的造反，琼斯这位篡位的皇帝开始逃亡。在此过程中，他潜意识中深埋的原始性逐渐被激发出来，人格一步步退化，最终回归到以热带丛林中的图腾崇拜为象征的洪荒时代的非洲。与这种挖掘潜意识中的原始性的做法相对应，现代主义作家往往喜欢给自己作品的情节套上一个神话框架，在更大的规模上将现代人和社会行为纳入人类远古时代即已存在的某种原型中去，以凸显其盲动性和命定性。如乔伊斯的《尤利西斯》套用荷马史诗《奥德赛》中奥德修斯返家的经历，福克纳的《喧哗与骚动》套用《圣经》模式，T. S. 艾略特的《荒原》套用亚瑟王传奇中圆桌骑士寻找圣杯的模式，都有同等效用。现代主义文学中的原始主义另外一条更重要的发展路向，是直接描写原始文明。现代主义作家借助于文化人类学提供的资料，或自己的旅行体验，将异域的原始文明引入作品中。在现代主义作家的想象中，原始人类拥有和现代人完全不同的生活方式：他们与大自然融为一体，崇信神巫，性爱赤裸坦率。这一类原始主义通常具有正面意义，它作为西方文明的对立面出现，是"反叛本土文化的一支进步和批判的力量"①。在这样的背景下，域外的原始文明就成了堕落腐败的西方现代文明的校正剂，代表着人类的理想生活状态。

劳伦斯是英国现代主义作家中利用原始性因素较突出、探索也较深

---

① ［美］迈克尔·莱文森编：《现代主义》，田智译，27页，沈阳，辽宁教育出版社，2002。

入的一位。正如他在《小说与情感》中指出："心理分析家最害怕的是人的内心深处那块原始的地方——如果真有上帝，它就在此地。犹太人对真正的人类本性——神秘的'自然人'——的那种由来已久的恐惧在心理分析家那里提高了声调，变成了尖叫。就像白痴流着唾液咬着自己的手腕，不见流血不松口。弗洛伊德之流对最古老的人类本性——与上帝还没有分家时的人类本性——的仇恨是刻骨铭心的，在心理分析家看来，这一本性就是恶魔，就是一群纠缠在一起令人心惊肉跳的毒蛇。"他在此文中还发出呼吁："倾听从我们身上血管中的暗道里高贵的野兽那里发出的声音，倾听从心灵的上帝那里发出的声音。朝里面听，朝里面听，不是要听到言语，也不是要听到灵感，而是要倾听内心深处的野兽——即情感——发出的哼哼之声，它们从暗红的心脏中的上帝的脚下出发，在血液的森林里漫游。"①这些文字表明，劳伦斯认识到非理性自我是人类身上原始性的体现。也正因为非理性与原始性互为表里，原始性因素才会在他的小说创作中扮演重要角色，成为劳伦斯探索拯救人类之道的另一个重要选项。

第二节　追寻原始性：从远古到异域

　　劳伦斯一直试图激活人的肉体、本能、欲望、血性等被工业文明压

---

　　①　[英]劳伦斯：《小说与情感》，见《劳伦斯读书随笔》，陈庆勋译，37、38页，上海，上海三联书店，2007。

抑的生命本体冲动，并将其视为拯救人类的内在源泉。由于非理性与原始性之间具有同构性，因此劳伦斯在原始文明中寻找拯救之道是其思想探索的自然合理发展。关于这一点，上一节我们已经作了论述。因为现代英国是一个高度发达的资本主义国家，原始性因素早已经销声匿迹，劳伦斯只好尝试从古代和异域生活中挖掘原始性因素，以寄托自己的理想。

1. 远古时代的"原始性"

把人类的远古时代理想化，是劳伦斯利用原始性因素时采取的策略之一。在《无意识幻想曲》前言中，劳伦斯描述了一个"生机勃勃""壮丽宏伟"的人类远古异教时代。在那个时代，人类的生活合着宇宙自然的节律，保持着生命的完善，具有惊人的创造伟大科学的潜能，创造了"伟大的，富有魅力"的文明。相比较今日的科学只关注有因果关系的现象，只考虑生命的机械功能和器官，异教时代人类的科学才是有机的、完善的、卓越的。在《精神分析与无意识》中，劳伦斯更进一步，把人类原始文明看得高于现代文明："我真诚地认为，像埃及、希腊这样伟大的异教世界，是最后的充满活力的时期。伟大的异教世界拥有自己的庞大的、或许是最完美的科学，这些科学是关于生活的。这一科学在我们的时代也曾经产生过，但现在已经破碎到只剩下魔术和狗皮膏药。"[1]

《为〈查特莱夫人的情人〉一辩》中，劳伦斯描绘了人类的两性关系发

---

[1] D. H. Lawrence, *Fantasia of the Unconscious*, London: Martin Secker, 1923, p. 8.

展史。劳伦斯指出，原始异教时代的婚姻是与宇宙、自然的节奏一致的。早期基督徒试图扼杀这种节奏。后来教会明白了人并非只是和人生活在一起，还与太阳、月亮、星星、地球、自然在一起，于是恢复了异教徒视为神圣的节日，使其融入基督教的崇拜之中：每天日出、正午、日落三次做祈祷，每七天一个循环，每年有复活节、施洗约翰节、圣诞节等。几个世纪以来，教会就循着这一宇宙自然的节奏进行统治，宗教的根才能永恒地扎在人们中间。但是，到了近代以降，传统基督教仪典受到新教的沉重打击，婚姻也逐渐失落了宇宙自然的节奏，失去了血性的接触，腐化变质。劳伦斯指出，"人类最近这三千来年是向着理想、非肉体和悲剧的进程，现在它结束了。"他呼吁，人类"应该回转身寻回宇宙节奏"，使婚姻"走向永恒"，而这"意味着重返古老的形态"。①

《虹》即是劳伦斯在远古时代寻找原始性因素的作品之一。我在上一节分析过《虹》的死亡—再生框架结构。事实上，《虹》的这一框架结构带有浓重的原始主义色彩，是劳伦斯在小说中自觉借用原始性因素的初次尝试。《虹》中布兰温一家三代人的生命历程，和西方人走过的历史相一致：第一代汤姆和莉迪亚的生活封闭、朴拙、混沌，呈现的是原始古老的特征，与《圣经》中亚当夏娃的伊甸园时代契合，也象征了西方历史上基督教诞生之前的异教时代。第二代安娜和威尔的两性关系充满了紧张的精神较量和对峙，从融洽开始，以异化结束。安娜与威尔生活中浓重的宗教色彩，暗合了西方中世纪以降基督教占据统治地位的时代特征。

① ［英］劳伦斯：《为〈恰特莱夫人的情夫〉一辩》，见《劳伦斯散文精选》，黑马译，324、322 页，北京，人民日报出版社，1996。

第三代厄秀拉精神探索、两性关系体验和社会生活实践，具有鲜明的现代特征，它谕示着经过大毁灭和最后的审判，得救者将迈入新天新地。从《虹》的结构可以看出，劳伦斯秉承的是历史退化论，把理想的两性关系定格在原始时代。人类在失乐园之后，其发展的历史，就是一步步走向沉沦的历史。

在长篇小说《袋鼠》第 12 章，远在澳大利亚的英国人索默斯回忆起战时在英国西南部康沃尔郡的生活。索默斯坐在麦捆上，眼前出现了远古时代凯尔特人在这片土地上血祭的场面：

> 渐渐地，夜幕开始笼罩在阴暗、粗粝如兽皮的沼地上，笼罩在那些浅灰色的花岗岩石头堆上，那古老的石头看似一群群巫师，叫人想起血腥的祭祀。索默斯在晦暗中坐在麦捆儿上，看着海面上灯火明灭，他不禁感到自己是身处另一个世界里。跨过疆界，那夕阳中有当年凯尔特人可怕的世界。远古的史前世界精灵仍在真正的凯尔特地域上徘徊，他能感到这精灵在野性的黄昏中进入他的体内，教他也变得野气起来，与此同时教他变得不可思议地敏感微妙，从而能理解血祭的神秘：牺牲自己的牺牲品，让这血流进古老花岗岩上荆豆丛的火焰中并百倍敏感地体验身外动物世界的黑暗火花，甚至是蝙蝠，甚至是死兔体内正在干死的蛆的生命之火。扭动吧，生命，他似乎在向这东西说，从而便再也看不到其令人厌恶的一面。
>
> 凯尔特古国从来不曾有过我们拉丁—条顿人的意识，将来也绝不会有。他们从来不是基督徒，在蓝眼睛的人看来不是，甚至在真正的罗马和拉丁天主教徒看来也不是。……

……猫头鹰开始飞翔号叫，理查德思绪回溯，回溯到血祭的史前世界和太阳神话、月亮神力和圣诞树上的槲寄生，从而离开了他的白人世界和机械意识。远离强烈的精神活动，回退，回退到半冥、半意识中，在那里，意识搏动着，是一种激情的振动而非理性意识。

凯尔特人是古代欧洲民族之一，曾频繁活动在英格兰康沃尔郡一带，留下了大量的遗迹，巨石阵就是其中之一。索默斯在追忆中很明显把远古异教时代的凯尔特文明与后来的欧洲基督教文明对立起来，认为生命的激情之火在原始凯尔特人身上熊熊燃烧，而在今天的白人身上却已经熄灭。

2. 英国与意大利：民族差异及其象征意蕴

劳伦斯不仅从时间上的"过去"想象原始文明，而且利用欧洲主要民族间性格、气质，以及工业化发展程度上的差异，来"制造"原始性因素。

欧洲人总体上都可归入欧罗巴人种，也就是我们所说的白人。但由于具体族源、使用语言不同，又可分为不同类型。就西欧的人种而言，主要有两大类型，即日耳曼人和罗曼人（也称拉丁人）。日耳曼人使用的语言属于印欧语系日耳曼语族，包括德语、英语、荷兰语，以及斯堪的纳维亚诸语言，日耳曼人以德国人、英国人、荷兰人及斯堪的纳维亚诸国人居多。罗曼人使用的语言属于印欧语系罗曼语族，主要由拉丁语演化而来，包括法语、意大利语、西班牙语、葡萄牙语、土耳其语等，罗曼人以法国人、意大利人、西班牙人、葡萄牙人、土耳其人居多。希腊人也被划入罗曼人之列。从地域上看，日耳曼人属于北方人，罗曼人属于南方人。

在欧洲内部，日耳曼人与罗曼人的比较常常牵动着人们的神经。法国 19 世纪批评家斯达尔夫人（Madame de Stael，1766—1817）在《论文学》和《德意志论》中把西欧文学按地域划分成南方文学和北方文学。南方文学是指古希腊罗马文学、意大利文学、西班牙文学及露易十四时期的法国文学；北方文学指德国、英国，以及斯堪的纳维亚和冰岛文学。她认为北方土地贫瘠，气候阴沉，北方民族气质偏向忧郁，喜欢沉思，这与北方文学的感情强烈、富于哲理、崇尚想象、富于来世色彩是相通的。南方气候温润，阳光充沛，山水灵动秀美，使人容易生出对生活的乐趣，其文学崇尚古典、情调欢快，但思想性稍逊。

法国批评家丹纳（Hippolyte Adolphe Taine，1828—1893）把斯达尔夫人关于南方文学与北方文学差异的论述，进一步引申到人种的区别上来。他在《艺术哲学》中，把西欧人划分成两大民族：北方的日耳曼民族和南方的拉丁民族。丹纳在其著作中，详细地描述了这两个西欧民族在体型、五官、肤色、性格、气质、思想等方面的差别。日耳曼人肤色白皙、眼睛淡蓝、头发亚麻色，身材高大，五官、肢体通常比较粗糙、笨拙。他们有健全冷静的头脑、完美的理智，自控力强、勤奋、做事有效率。以法国和意大利人为代表的南方拉丁民族，通常头脑敏捷、趣味细腻高雅，有修养、有文化。这个民族早熟、细腻，追求精致的享乐、肉感的爱情，喜欢刺激，容易激动，不大守规矩，没有耐性，对婚姻关系不太重视，他们很容易变成"附庸风雅的鉴赏家、享乐主义者、肉欲主

义者、好色之徒、风流人物、交际家"①。斯达尔夫人区分南方文学和
北方文学，目的是号召法国人向德国文学和英国文学学习，她是肯定北
方文学的。丹纳在比较了日耳曼民族和拉丁民族及其文学艺术的不同之
后，更肯定了拉丁民族的优越性。在他眼中，南方的拉丁民族继承了古
希腊罗马文明，成熟优雅，而日耳曼人是"鄙俗粗野"的蛮族后代。"那
日耳曼族和他们相比，我们几乎要认为日耳曼族比较低级了。"②

　　与斯达尔夫人、丹纳这种在文学艺术领域区分民族性孰优孰劣的学
术思考不同，19 世纪中期以后一些人类学家、政治家、种族主义者将
西欧人种的差异上升到国家、政治的层面，利用这种区分为现实的民族
国家利益服务。所谓"雅利安人种"的说法就是在这一背景下出炉的。雅
利安人（Aryan）原系史前居住在伊朗和印度北部的一个民族，后来泛指
所有讲印欧语系语言的人。按照他们的说法，"雅利安人种"道德水平
更高，也更优越，他们对人类进步的贡献要大于黑种人和黄种人。但
是，在雅利安人种内部也有区别。北欧的日耳曼诸民族是纯种的雅利安
人，他们代表了人类文明的最高峰。臭名昭著的法国人类学家戈宾诺
（Joseph-Authur Gobineau，1816—1882），在他的《人种不平等论》
（1853—1855）一书中认为日耳曼人最优越。英裔德籍哲学家张伯伦
（Houston Stewart Chamberlain，1855—1927）在他的《19 世纪的基础》
（1899）中认为，西部的雅利安民族（日耳曼人）是欧洲伟大创造力的泉

---

　　①　［法］丹纳：《艺术哲学》，傅雷译，205 页，天津，天津社会科学院出版社，
2004。

　　②　［法］丹纳：《艺术哲学》，傅雷译，204 页，天津，天津社会科学院出版社，
2004。

源。他们的观点对后来的欧洲种族主义理论产生过巨大影响，并被希特勒种族主义政策所利用，成为其推行种族灭绝政策的依据。

了解西欧历史上的种族差异之争，有助于我们体会劳伦斯小说中借用种族差异表现原始主义理想的背景，也有助于识别其重要意义。

与西欧历史上看待种族差异的主流意见不同，劳伦斯认为，高度理性和机械化的北方日耳曼民族（以英国为代表）正在走向衰败和没落，而灵动、感性的南方拉丁民族（主要是意大利）蕴含了原始的因素，代表了新生的希望。正如劳伦斯所说："在南欧，生殖绝不意味着纯粹的和科学的事实，北部欧洲的人才这么想。在南欧，生殖行为仍带有自古以来肉欲的神秘和重要色彩。男人是潜在的创造者，他的杰出也正在这方面。可这些都被北方的教会和萧伯纳式的逻辑细则剥得一干二净。"①《迷途的姑娘》中爱尔维娜乘船离开英国时，她眼中的英国是一幅悲惨的景象：

> 隔水而望的英国，耸着它浅灰色、死尸般灰色的峭壁悬崖，还有那山丘上的条条白雪。英国酷似一只长长的、灰色的棺材，慢慢沉入水面。她凝视着它，如痴如醉，又胆战心惊。它似乎要拒绝阳光的光临，就永远这样昏暗无光，又长又灰，犹如死尸，那条纹状的白雪俨然是它的寿衣。那就是英国！
>
> ……白雪纹饰着的英国的土地慢慢隐去，渐渐下沉，没入水

---

① ［英］劳伦斯：《为〈恰特莱夫人的情夫〉一辩》，见《劳伦斯散文精选》，黑马译，308 页，北京，人民日报出版社，1996。

中。她没法相信。它看去像是其他的什么东西。那是什么呢？它就
像只长长的、浅灰色的棺材……慢慢沉入海底。那是英国吗？

这是行将崩塌、衰落、死亡的英国形象。《恋爱中的女人》中，厄秀
拉和伯金、古娟和杰罗尔德一起来到欧洲大陆，在餐馆里用餐时，谈论
起对英国的看法。他们一致认为，只要在英国，就始终无法摆脱压抑的
情绪，而一旦踏上异国的土地，就会感到"一个新生命步入了生活"。四
个人纠缠在对英国的爱与恨中。作为英国人，他们对祖国怀着天然的感
情，就像杰罗尔德说的："尽管我们诅咒它，骨子里我们还是爱它的。"
连一贯偏激的伯金也承认："也许我们爱。"但他又接着说："这是一种不
情愿的爱，就像儿女爱一个身患百病的老人，他已经没有希望再活下去
了。"古娟追问："你认为英国一定得消亡吗？"伯金痛苦地说："他们除了
消亡，还有什么其他前途吗？"最后古娟提议："还是让我们为大英帝国
干杯吧！"她的嗓音中含着无尽的绝望。一个民族已经无法起死回生，在
这种情形下，劳伦斯接受了创化论的思想，认为只有在彻底毁灭的废墟
上，才能创建一个新的天地。

《英格兰，我的英格兰》的故事情节十分简单。一个英国青年艾格勃
特娶妻生子。后来他的女儿受伤致残，艾格勃特奔波于伦敦和自己的农
场之间，为孩子治病。再后来，战争爆发，艾格勃特应征入伍，在战场
上被炮弹炸死。如此一个凡俗人家的凡俗故事，却要被冠以"英格兰"的
名称，初读给人的感觉，颇有些头重脚轻。但实际上，劳伦斯力图把这
样一个故事上升到民族命运的高度来认识，以表现英国的衰亡和不可救
药。小说一开始展现的是典型的英国乡村田园生活。劳伦斯强调这座农

场里的英格兰特征和历史悠久：它具有"英格兰的野性气味"，"笼罩着古代萨克逊人到来时的原始气氛"，房子是"古代英格兰的自由民建造的"，"现代文明的矛头并没有把它刺穿，它仍像萨克逊人初来此地时那样隐秘、原始、粗犷"。艾格勃特的妻子温妮弗莱德是北方人，艾格勃特来自南方，他们都是纯正的英国人，夫妻双方是英格兰南方与北方的结合。他们的孩子在农场玩耍时，跌在一把破镰刀上，膝盖受了伤，伤口轻易感染，最终导致了残疾。艾格勃特糊里糊涂上了战场，被一颗炮弹夺取了性命。艾格勃特和他女儿的遭遇象征了英国沉疴在身，积重难返，即使将血性的力量与现代力量结合，也无法让它恢复生机。英国走向衰落是必然的。

在本书第 3 章我们已经论述了《恋爱中的女人》中杰罗尔德身上的死亡本能，这里需要补充的是，他身上的死亡本能与典型的北方日耳曼人气质密切相关。小说第 1 章，古娟第一次见到杰罗尔德，就注意到他北方人的特征："他那北方人的皮肤和金黄色头发放出光彩，像是经过冰块折射的阳光一般，看上去像来自北冰洋的未加修凿的晶莹洁白的东西。"叙述人这时交代，杰罗尔德的图腾是狼，他本人冷冰冰的俊秀外表象征着北欧民族腐败的深度。他线条分明的北方人的身躯和一头金发，像是阳光在一闪之间照亮的透明的冰层，他流淌的血液像是带着电的，蔚蓝色的眼睛里燃烧着热切冷峻的光。后来伯金也说杰罗尔德身上有一种北方人的美，像光线反射在白雪之上那么美丽，那么有立体感。在"梦幻"一章，伯金沉思时想到了杰罗尔德，认为白色人种的后面有着北极，有着辽阔的冰雪，而杰罗尔德就是这些白色的北方魔鬼中的一员，命中注定要在冰天雪地中死去。小说最后，杰罗尔德冻死在阿尔卑斯山雪谷中，可谓死得其所。

劳伦斯在《阿伦的杖杆》一开始便描绘了一幅战后荒原的图景。表面上看，战争已经结束，整个英国恢复了往昔的生机与活力：酒馆里，市场上，到处人声鼎沸；人们或纵酒狂欢，或高谈阔论，或疯狂地购物。劳伦斯在《查特莱夫人的情人》中，曾描述过下半身瘫痪后的克利福德的状态。从外表看，克利福德似乎痊愈了：精明活泼，而且经常兴致勃勃。但这只是外表，他所恢复的只是一种习惯的机械作用。克利福德内在的灵魂生命在逐渐地死去，就"好像一个伤痕，起初是轻微的，但是慢慢地它的痛楚加重起来，直至把灵魂全部充满"。他空洞茫然的眼神泄露了内在的秘密，他外表的"活力"只是回光返照而已。在劳伦斯的眼中，战后的英国也是这个样子：表面的"活力"掩饰不住灵魂的麻痹、惊恐、空虚和冷漠，它在渐渐死去。小说中第 4 章和第 11 章的标题分别是"盐柱"和"再作盐柱"。众所周知，这两个标题典出《圣经》。《旧约·创世记》记载，上帝决定毁灭罪孽深重的索多玛城，他遣天使告知义人罗得，叫他携家人迅速逃离索多玛城，以免遭遇不测，并嘱其不可站立，不可回头张望。但罗得的妻子不顾上帝的警告，回头张望，结果化为盐柱。《圣经》中的《路加福音》《彼得后书》和《犹大书》等书都对索多玛人的罪恶有所记录，他们"一味地行淫，随从逆性的情欲"，连五个义人都找不出来。上帝派遣的两个天使前去通告罗得，结果被索多玛人发现，他们把罗得的房门团团围住，要强行与两个人行淫，这印证了他们的罪孽深重。上帝最后用硫黄和火将索多玛城毁灭，作为对不敬虔之人的惩戒。《阿伦的杖杆》中"盐柱"的含义十分丰富，其中一个重要的含义就是象征了英国的衰败和堕落。

在劳伦斯的生命历程中，意大利扮演了非常重要的角色。劳伦斯短暂的一生中有三个重要的时间段是在意大利度过的。第一次是 1912 年 8 月—1914 年 6 月，在此期间，他修改完毕了长篇小说《儿子与情人》，开始《虹》和《恋爱中的女人》的写作，创作了意大利游记《意大利的曙光》。1919 年 2 月—1921 年 12 月底，劳伦斯第二次侨居意大利，完成长篇小说《迷途的姑娘》《阿伦的杖杆》，以及意大利游记《大海与撒丁岛》等作品。1925 年 11 月—1928 年 5 月，劳伦斯第三次侨居意大利，创作了长篇小说《查特莱夫人的情人》和意大利游记《伊特拉斯坎地区》等作品。意大利灿烂的阳光、明媚的大海、温润的气候对劳伦斯的身体有益，同时，意大利远古时代的异教历史和单纯、朴质的人民也让他心驰神往。他的三部意大利游记分别书写了意大利北部、南部和中部的自然风景和民族历史文化，关于意大利的想象也逐渐成为其小说创作的重要组成部分：先是地域想象，随后是民族想象。

长篇小说《恋爱中的女人》的最后，就在杰罗尔德命丧雪谷前，厄秀拉请求伯金一起去意大利，这是因为厄秀拉突然想到，她可以离开眼前的冰天雪地，到另一个世界去。"在这片永恒的冰雪中，她感到绝望，仿佛看不到彼岸。"她突然想到南方，想到南方的一马平川，南方的橘树、柏树和橄榄树，乌黑的土地，怒放的花朵，她意识到，"这死一般的、冰雪封冻的山岭并非整个世界"，可以一走了之。显然，意大利在这里承担了比单纯的地域远要丰富的内涵。随后厄秀拉和古娟谈起去意大利的原因，她说："人要想寻找新的空间去生活，就要脱离旧的。"厄秀拉把意大利当成了"新的空间"，是获得新生的地方。

伯金开始时对意大利能否承担这样的使命，有一些怀疑。当厄秀拉把自己的想法告诉他后，他爽快地答应了。但他随即含蓄地说："维罗纳风很大，从阿尔卑斯山吹来的风，冷得可怕。我们会闻到雪的气息的。"但杰罗尔德死后，伯金接受了厄秀拉的看法。伯金一人前往杰罗尔德丧命的地点——一处山顶附近悬崖与斜坡之间的洼地。悬崖上有供攀登用的绳索，攀着绳索登上顶峰，沿着对面山谷下行，就能找到通往意大利的路。而恰在这个转折点上，杰罗尔德死了。于是，南方意大利的意义再次引起了伯金的思考：

> 假如杰罗尔德发现这根绳索；假如他攀登着绳索爬上高峰；假如他听到马里昂休特旅馆的猎狗吠声，并找到住宿之处；假如他沿着非常陡峭的山坡往下走，走进长满松树的山谷，然后朝南，走上通往意大利的宽大公路；假如他这样做了，那结果会怎样？这是一条出路吗？——这又是一条道路罢了。伯金顶着刺骨的寒风，站在高处，望着群山之巅和南边的大道。往南走，到意大利去，这是一条好的出路吗？走下坡去，走上这条非常古老的大道，这样会好吗？

随即他思考起人类这一物种的生死存亡问题。他的基本观点是，人类现在已经走进了死胡同，生命力已经耗尽。人类如果不能创造性地演化，上帝就会创造出一个新的物种取代人类，赋予这全新的物种新的意识形式、肉体形式和存在形式，因为上帝的创造是永无止境的。将伯金的思路联系起来看，南方意大利似乎代表新天新地，去意大利是人类的新生之路。

　　《恋爱中的女人》中对意大利象征意义的表述还只是停留在地域层面，到《迷途的姑娘》中，劳伦斯已经明确把意大利和原始性结合起来。如果我们要在《迷途的姑娘》中的爱尔维娜人生历程中找到一条逻辑线索的话，这条线索就是追求内在生命本能的解放。她曾经遭遇过谋生的煎熬，也受到体面婚姻的引诱，但这些都与她的内在生命本能对立。她的内在生命本能可以被强大的社会力量压抑一时，却绝不能被泯灭。她最后与西西欧结合，就是摆脱了一切社会束缚、回归到本真的自我。而爱尔维娜内在自我最终获得解放，与她随西西欧前往意大利密切相关。也就是说，意大利意象在小说中扮演了呼应、激发她的内在自我的功能。在劳伦斯的描写中，爱尔维娜对"黑皮肤南方人"西西欧的爱，是一种"催眠般的爱"，"使她无法成为她自己"，自己已经"消遁隐去"，仿佛被蒙上了面纱。"她的思想模糊一团，处在意识模糊的边远地区"，感到一种"像睡眠一样深沉、麻木不仁的态度，一种如此黑暗又如此甜蜜的消极漠然"。那是对西西欧彻底的皈依、顺从和信赖，以致使自己的心智回返到蒙昧状态。小说中的图克太太反对这桩婚姻，她把爱尔维娜嫁给西西欧称为"返祖现象"。劳伦斯在此处借用这一生理学上的术语，把爱尔维娜追随西西欧和去意大利，与皈依原始文明联系起来。爱尔维娜为自己身上出现的这种"返祖现象"感到欣喜。事实上，爱尔维娜来到意大利深山中西西欧的家乡，就如同回到了原始时代：这里的农民"全像一些迷失的、被遗忘的土著居民"，这里的自然美景"异教味十足"，"此刻在这荒蛮寒冷的山谷中，会令人意识到那些要活人祭献的古代天神"。在清晨，爱尔维娜听到风笛、芦箫伴着男高音的歌声传来，她感到曲子"怪异陌生、高亢激昂、节奏迅疾、吼唱并举"，它"诱发了原始野蛮、异教盛行时代的那种魔力，激荡起了人对那个时代的追恋之情。"对于存在于意大利现代文明之中的特殊区域的原始性特征，劳伦斯在小说中对它的意义作了界定："每个国家似乎都有其潜在的具有否定力的中心和地区。它们极其野蛮又不可抗拒地拒不接受我们现在的文化。"而爱尔维娜所在的西西欧家乡，正是这样一个"否定力中心"，它是现代文明的反对力量。

3. 欧洲文明之外

劳伦斯在从远古和意大利寻找原始性的同时，也开始在欧洲之外寻找原始性。《虹》中的斯克里班斯基从非洲服役回国度假，对厄秀拉谈起对非洲的印象：

> 接着他用低沉、颤抖的声音告诉她一些非洲的见闻，那些不可思议的黑夜，摸不着头脑的事情，血淋淋的杀戮。
>
> "我不害怕英国的夜晚，"他说，"这里的夜晚很柔和，很自然，特别是你在身边的时候，它还是我的媒介。可是非洲的夜仿佛无边无际，十分吓人，别的我都不怕，就是怕非洲的黑夜。夜里吸进去的空气也带血腥味儿。黑人都知道，不过他们崇拜它，真的，崇拜黑夜，几乎喜欢它，那是一种刺激的官能的恐怖。"
>
> 她微微一颤，他的声音仿佛从黑夜以外的地方传过来，低声给她讲非洲的见闻，告诉她一些奇怪、刺激的东西；谈到黑人的时候，一股放荡的、温柔的感情喷涌而出，紧紧地裹着她。说着说着，他那股炽热的性欲冲动传染到她身上。

我们从前边的分析中已经知道，斯克里班斯基是一个社会化的人。但在此时，斯克里班斯基的"原始非洲"经验暂时与他内在的自我建立起来了某种联系，成为他本能、欲望的外化形式。而这一"非洲"经验同样感染了厄秀拉，使她对斯克里班斯基的本能、欲望产生了呼应。

劳伦斯在完成《虹》之后，加大了从欧洲之外的异域文明中寻找原始性的努力。他在 1914 年 9 月 21 日给戈登·坎贝尔（Gordon Campbell）的信中说："我去过大英博物馆，从埃及人和亚述人的雕塑中我了解到我们所追求的东西，我们想要实现的极端的、非人性的人生品质，这是非常奇妙的。激情、个人感受和彼此的依恋这一切都和它没有关系。因为这些都只是属于表达方面的东西，而表达方面的东西都已完全机械化了。在我们的背后存在着巨大、未知的生命力量，这种看不见、感觉不到的力量来自沙漠，依附在埃及人身上。"①这段文字表明，劳伦斯意识到原始性与非理性自我之间的同构性，也在尝试从欧洲之外的异域文明中寻找原始性。在这一时期，劳伦斯热心阅读弗雷泽的《金枝》、布留尔的《原始思维》、爱德华·泰勒的《原始文化》等文化人类学著作，也是出于同样的目的。

《恋爱中的女人》呈现了劳伦斯这一努力的结果。伯金和杰罗尔德及他们的几个朋友暂住伦敦时，在寓所里看到几尊来自西太平洋地区的土人雕像，其中一个是正在分娩的裸体女人。杰罗尔德和伯金议论起这尊

---

① D. H. Lawrence, *The Letters of D. H. Lawrence*, eds. George J. Zytaruk and James T. Boulton, Cambridge: Cambridge University Press, 1981, Vol. 2, p. 218.

雕像。杰罗尔德感到这女人"奇怪、麻木和原始的脸"像一个胎儿，"表现出的极端的肉体知觉早超出了精神知觉的限度"。伯金认为这是"最纯粹的肉体知觉"，没有任何心灵的因素参与其中，伯金赞誉它"是文化发展的巅峰"。伯金还就他见过的一尊西非颀长、优雅的黑色小雕像发过议论，说这个雕像脸庞的玲珑精巧，就如同一只甲虫，它也代表了甲虫暗含的分化、腐败和消亡的意义。小说叙述人在介绍德国艺术家黑尔克时，说他"喜欢西非的木雕，喜爱阿兹特克人的艺术，喜爱墨西哥和中美洲的艺术；古埃及人和墨西哥人的含蓄情欲点燃了他们自己的情欲之火"。而古娟对原始艺术的看法也和黑尔克相似。

从《虹》和《恋爱中的女人》可以看出，劳伦斯这一时期对欧洲之外原始性因素的利用还没有形成系统，地域未见统一，认识也多有矛盾。这主要是因为劳伦斯此时还没有到欧洲之外旅行过，有关欧洲之外原始文明的看法多来自间接知识。但这是一个很好的转折点：劳伦斯开始有意识地在欧洲基督教文明之外的原始文明中寻找非理性的生命本体力量，寻找拯救陷入危机中的人类的希望，这为劳伦斯 1919—1925 年的小说中的美国想象做了有益的铺垫和准备。

第三节　朝圣小说与美国想象

1."拉纳尼姆"与劳伦斯的乌托邦世界

劳伦斯 1915 年 1 月 3 日给科特连斯基的信中第一次提到，他想召集几个人到远方去寻找一片理想的乐土，并且为这片乐土取名"拉纳尼姆"（Rananim）。学者们认为，"Rananim"一词有两个可能的来源：出自希伯莱圣经《诗篇》第 92 首 15 节中的"רַעֲנַנִּים"一词，意为"繁盛的，鲜嫩的"；或出自希伯莱圣经《诗篇》第 33 首 1 节中的"רַנְּנוּ"一词，意为"欢呼"。"Rananim"是由其中之一的发音转写而来。劳伦斯 1915 年 1 月 18 日给 W. E. 霍普金（William Hopkin）的信中说："我想凑大约 20 个人，乘船离开这个充斥着战乱与败坏的世界，找到一小块殖民地，那里不使用货币，在生活必需品方面施行某种形式的共产主义。"他表示"我要和几个朋友继续仔细考虑一下这个计划"[1]。这段文字是拉纳尼姆的绝好注脚，表达了劳伦斯到远方去建立一个新社会的构想。从 1915 年年初到 1926 年 1 月，"拉纳尼姆"这个乌托邦想象周期性地在劳伦斯的书信中出现。1916 年 9 月 4 日，劳伦斯困惑地询问科特连斯基："我们的拉纳尼姆在哪里？"[2]1916 年 11 月 7 日给科特连斯基的信内说："我得告诉你，我的'拉纳尼姆'理想……是切实可行的……到一个杳无人烟的地方，去建立'拉纳尼姆'吧，这对我，我希望最终也对你都是正确的。"[3]

拉纳尼姆作为劳伦斯的乌托邦想象，承担了劳伦斯的理想。乌托邦无疑在远方，但具体在何处，认识却有一个变化过程，而且这个过程常常是随机的。最初劳伦斯计划将拉纳尼姆建造在一个无人的小岛上，这

---

① D. H. Lawrence, *The Letters of D. H. Lawrence*, eds. George J. Zytaruk and James T. Boulton, Cambridge: Cambridge University Press, 1981, Vol. 2, p. 259.

② D. H. Lawrence, *The Letters of D. H. Lawrence*, eds. George J. Zytaruk and James T. Boulton, Cambridge: Cambridge University Press, 1981, Vol. 2, p. 650.

③ D. H. Lawrence, *The Letters of D. H. Lawrence*, eds. James Boulton and Andrew Robertson, Cambridge: Cambridge University Press, 1984, Vol. 3, p. 23.

个小岛或许在大洋南端，或许在南美，或许在澳大利亚附近。最后，拉纳尼姆的位置落实到了美国。

劳伦斯的拉纳尼姆最后落实到美国，可以说偶然性中蕴含了必然性。欧洲的战火没有波及美国，那里看起来是一个理想的逃避场所；同时美国出版商付给他作品的稿费比英国高得多，生活自然也容易得多。正在这时，一个朋友答应在佛罗里达提供一个庄园供他居住，劳伦斯立即动了心，准备动身前往美国。在 1915 年 11 月 9 日致辛西娅·阿斯奎斯夫人的信中说："我想到美国去……我的生命在这里终结了。我应当作为一颗种子到那里去，降落在新的大地上。"①1915 年下半年，劳伦斯夫妇顺利拿到护照。他们原准备 1915 年 11 月 24 日动身，但因为 1915 年 11 月 13 日《虹》被当局查禁，为处理相关事宜，加之没有足够的路费、没有合适的船只等原因，劳伦斯没有动身。1917 年，当战争进行到更加严酷的阶段时，劳伦斯再次申请去美国，结果这一次被英国政府拒绝了。战争期间虽然劳伦斯没有成行，但他切切实实开始为去美国做准备，即开始《美国经典文学研究》一书的写作。劳伦斯对美国作家的兴趣逐渐在下一个十年变成了用自己的眼睛寻找新世界的努力的一部分。由此，在战争的阴霾笼罩欧洲时，劳伦斯发现了一个新世界。

1919 年，第一次世界大战结束，劳伦斯迫不及待地离开英国，前往意大利，开始了他的海外漂泊生涯。1921 年 11 月 5 日，一位素不相识的美国女子从美国西南部新墨西哥州的陶斯给劳伦斯写信，表达对他

---

① D. H. Lawrence, *The Letters of D. H. Lawrence*, eds. George J. Zytaruk and James T. Boulton, Cambridge: Cambridge University Press, 1981, Vol. 2, p. 432.

作品的敬意，随信还附赠了一些印第安人的图腾物和辟邪物。这位女子告诉劳伦斯，在美国西部，有一个农场在等着他，请他前来做客。寄信人说读了他的游记《大海与撒丁岛》后，确信劳伦斯的理想能够在陶斯实现。这位女子叫梅布尔·卢汉（Mabel Dodge Luhan，1879—1962），她的丈夫叫托尼·卢汉（Tony Luhan）是一位印第安人。自从佛罗里达的计划落空后，劳伦斯在美国失去了立足之地，而梅布尔的信中又给他提供了一个实现理想的场所。劳伦斯当即决定，去美国西部。1922 年劳伦斯踏上环球之旅，经锡兰、澳大利亚，最后到达美国。在那里，劳伦斯找到了他的拉纳尼姆。

2.《美国经典文学研究》中的美国想象

在战争期间，劳伦斯为准备去美国，阅读了大量的 19 世纪美国文学作品，并于 1917 年 8 月至 1919 年 2 月，写了十多篇评论，系统发表了对美国文化、文学、民族性的看法。这些论文后来作了较大幅度的修改，以《美国经典文学研究》为名结集出版。劳伦斯在这些有内在统一性的论文中，用他汪洋恣肆的文字，讨论了本杰明·富兰克林、库柏、爱伦·坡、霍桑、麦尔维尔、惠特曼等美国早期作家的创作。这些文字是劳伦斯建立美国想象的基础，也是他的美国想象的重要组成部分。

《美国经典文学研究》一书凸显的是欧洲和美国的冲突。在劳伦斯的理解中，"美国"既是一个地理概念，又是一个文化概念，它与美国西部的荒野，带有原始气息的印第安人生活、风俗联系在一起。从历史的演进过程来看，原始的印第安文明比现代欧洲文明"落后"得多，但在信奉原始主义的劳伦斯眼中，它却是比欧洲文明更高层级的文明形态，是现代人获得拯救的新希望。如果我们不去严格用国家的概念限定"美国"，它作为文学象征，范围甚至可以扩展到墨西哥等其他美洲地区。作为欧洲作家，劳伦斯的美国想象首先意味着和欧洲的连接与对垒。事实上，欧洲和美国正是他思维的两极：从欧洲出发，走向美国。第一篇《地之灵》是这组论文的总纲。劳伦斯说："每一个大陆都有其地域之灵。每一个人都被某一特定的地域所吸引，这就是家乡和祖国。……地域之灵确是一种伟大的真实。"①地域决定了文化，劳伦斯的立意就是强调美洲这片土地对美国文学、美国民族性的塑造作用。美国是一个移民国家，早期移民有一个艰难、漫长的本土化过程。劳伦斯在这些古典作家的创作中，发现了"新的声音"，即美国民族形成。"美国的旧经典著作则令人产生一种'截然不同'的感知，这就是从旧的灵魂向新的灵魂的过渡，新的取代旧的。"②

所谓"旧的灵魂"，是指欧洲意识和精神，或者说，指对欧洲在血脉、感情、思想等方面的继承关系。"新的灵魂"代表着本土的美国，它是神秘的，狂暴的、野性未驯和充满原始活力的，它的根深植于印第安土著居民的生活之中，深植于西部的大荒野中。新旧灵魂在交战。劳伦斯说："在美洲人的心灵深处蕴藏着一种反欧洲家长的力量"，"他们绝望地要摆脱欧洲，摆脱古老的欧洲权威"③。同时，新的灵魂也在长成，

①　［英］劳伦斯：《地之灵》，见《灵与肉的剖白》，毕冰宾译，48 页，桂林，漓江出版社，1991。

②　［英］劳伦斯：《地之灵》，见《灵与肉的剖白》，毕冰宾译，43 页，桂林，漓江出版社，1991。

③　［英］劳伦斯：《地之灵》，见《灵与肉的剖白》，毕冰宾译，46、47 页，桂林，漓江出版社，1991。

要破壳而出。于是，新与旧纠缠着，撕咬着，搏斗着。他所论及的美国作家反映了二者搏斗的过程，以及被压抑的美国，也就是真正的美国逐渐呈现的过程。在劳伦斯所论及的作家中，爱伦·坡表现的是旧意识的"崩溃"和"震动"，库柏、霍桑、麦尔维尔的作品反映了新旧灵魂的交战，而在惠特曼笔下，新的灵魂在长成。

　　如前所述，劳伦斯认为，爱伦·坡的小说《丽姬娅》充分表现了旧意识的"崩溃"。这篇小说讲述了"我"的前妻丽姬娅病逝后，借尸还魂，又将"我"的后妻折磨致死的故事。劳伦斯敏锐地指出，男主人公对丽姬娅所做的一切是分析她，"在理智上完全弄懂她"，就像实验室里分析物质一样。小说中男主人公不厌其烦地描述丽姬娅相貌的各种组成部分，那种琐碎和迷醉，达到病态的程度，印证了劳伦斯的判断。劳伦斯说，这种爱是精神型的，即通过理智了解对方，进而掌握对方，占有对方。也正因为"你只应该在冥冥中通过血液感知你的女人，试图理智地了解她就是试图杀害她"[1]，男主人公应该对丽姬娅的死负责。

　　劳伦斯认为霍桑的《红字》表现了美国人"最致命的缺陷——双重性，即：激情的自我欲毁灭一种道德，可理智上却还死死地依恋着它"。劳伦斯在对霍桑作品的解读中，发挥了他的两个自我冲突的理论：海斯特·白兰和牧师狄姆斯台尔通奸带来的罪恶感和受到的惩罚，说明美国人的"头脑和精神仇恨黑暗的血液力量"，劳伦斯说，"所有美国人都有

---

　　① ［英］劳伦斯：《地之灵》，见《灵与肉的剖白》，毕冰宾译，117 页，桂林，漓江出版社，1991。

这老毛病。他们舍不得丢弃老式的理想外衣"①。而两个自我的势不两立，就是红字的全部含义。

劳伦斯认为，惠特曼唱出了"新的自我"之歌。事实上，《草叶集》就是以一个新的生命有机体的成长历程来设计的。《铭言集》是整部诗集的总纲，点出自己歌唱的对象——生命有机体及他的精神实质。这个生命有机体是个体的人，是具体的男人女人；也是抽象的、普遍的人，他是"民主"和"全体"的象征，同时也是美国的化身。接下来的《亚当的子孙》和《芦笛集》是生命体在体验异性爱情和同性友谊，象征生命体的成熟和创造。《候鸟集》《海流集》《路边之歌》是生命体的发展，以旅行和游历为特征。他的足迹踏遍美国各地，也向世界延伸。所到之处，到处都是沸腾的生活，他也参与其中。《桴鼓集》和《林肯总统纪念集》主要写生命体在战争中经受考验和锤炼。《秋之溪水》《神圣的死的低语》和《从正午到星光之夜》中的生命体由中年进入老年，心境渐趋宁静，同时开始思考即将来临的死亡。《离别之歌》是向他所歌唱的这个世界告别，他预示自己将毫无遗憾地离开这个世界，他预示了新的生命的诞生，而自己的生命将融入这个新的生命体中。由此看来，《草叶集》的结构特点隐喻了诗人自己心灵的发展、成长，也隐喻了美利坚民族的发展、成长。劳伦斯盛赞惠特曼是"第一个跳出来去粉碎所谓人的灵魂高于优于人的肉体的旧道德观念"的诗人，他"给人的血性施行大变革"②，赋予了生命体以

---

① ［英］劳伦斯：《纳撒尼尔·霍桑与〈红字〉》，见《灵与肉的剖白》，毕冰宾译，228页，桂林，漓江出版社，1991。

② ［英］劳伦斯：《惠特曼》，见《灵与肉的剖白》，毕冰宾译，228页，桂林，漓江出版社，1991。

真实的存在。我们从《草叶集》对性爱的描写可以一窥惠特曼所讴歌的这个新生命的本质。在惠特曼看来，性不是罪恶，压抑性才是罪恶，是对自然法则的歪曲。惠特曼笔下的性爱不是一般浪漫主义诗人讴歌的爱情，它和性行为、怀孕、生殖联系在一起，是生命的核心。他以《亚当的子孙》整整一辑诗，表现性行为使灵魂得到净化和再生的主题。惠特曼认为，人类的始祖亚当和夏娃偷吃禁果并非罪过，亚当的子孙只有通过性爱，而不是通过对它的压抑才能重返伊甸园。

《菲尼莫·库柏的"皮袜子"小说》是劳伦斯《美国经典文学研究》中最精彩的篇章之一。库柏的"皮袜子"小说系列由五个长篇组成，按写作顺序排序为《拓荒者》（1823）、《最后一个莫希干人》（1826）、《草原》（1827）、《探路者》（1840）、《杀鹿人》（1847）。这些小说以美国历史上惊心动魄的西进运动和开发边疆为背景，描写了猎手纳吉·班波（绰号皮袜子）的一生。班波的生命历程，是一个不断西进、不断从大自然和印第安人生活中寻找生命真谛和灵魂皈依的过程。劳伦斯认为这象征着欧洲移民"彻底摆脱旧欧洲意识"，逐渐确立真正的自我，找到本土之根的过程。更妙的是，劳伦斯对小说主人公班波的生命历程与这五部作品的写作顺序大致相反一事大做文章。五部小说从纳吉·班波的老年写起，最后到青年。劳伦斯认为，这有重大的象征意义：

> "皮袜子"的故事创造了这种新关系的神话。而这神话是逆时针转动的，从老年到金色的童年。这是美国真正的神话。它一开始就已十分古老，陈旧的皮肤打着褶皱。渐渐地，这层老皮蜕变了，年

轻的皮肤生出来了。这就是美国的神话。①

这巧妙的释意是很少有人不同意的：在西进过程中，来自古老欧洲的移民在美洲土地上扎根，获得新生，建立了新的民族性。劳伦斯在论文中细致地分析了库柏小说中的印第安题材和西进开拓边疆主题，为这一隐喻填充了扎实可信的内涵。

美国学者 H. N. 史密斯在他著名的文学批评著作《处女地——作为象征和神话的美国西部》中指出：文学中的西部是一个象征和神话，它在美国民族性形成方面发挥了关键作用。这一见解被高度评价为"它代表对美国历史的解释的一次重要转变"②。事实上，这一在美国文化、文学研究史上极其重要的论点，劳伦斯比史密斯早三十年就提出来了。对劳伦斯的创作尽管毁誉不一，但学者们对他的经典评论《美国经典文学研究》的评价一直很高，尤其在美国。甚至十分兴盛的神话批评学派，就被认为建立在劳伦斯这一著作的基础上。③ 英国学者克默德说：这本书"改变了整个一个国家看待自己经典文学的态度"④，这的确是精辟之见。劳伦斯美国论述的精彩之处在于，他准确地把握住了美利坚民族与

---

① ［英］劳伦斯：《菲尼莫·库柏的"皮袜子"小说》，见《灵与肉的剖白》，毕冰宾译，100 页，桂林，漓江出版社，1991。

② ［美］迈克尔·赫尔方："中译本序言"，见［美］亨利·纳什·史密斯：《处女地——作为象征和神话的美国西部》，薛蕃康、费翰章译，1 页，上海，上海外语教育出版社，1991。

③ 参见 Michael Colacurcio，"The Symbolic and the Symptomatic：D. H. Lawrence in Recent American Criticism，"*American Quarterly*，XXⅦ，4(1975)，pp. 486-501。

④ ［英］克默德：《劳伦斯》，胡缨译，140~141 页，北京，生活·读书·新知三联书店，1986。

欧洲民族的联系与区别，深刻揭示了美国民族性形成的根源和方式，找到了美国本土之根。正是借助于对 19 世纪美国一系列浪漫主义作家作品中的美国民族性的挖掘，劳伦斯建立起自己的美国想象，为他后来的朝圣小说中的美国想象准备了条件。

3. 朝圣小说中的美国想象

西方的"朝圣小说"产生于中世纪基督教兴起之后，最初以表现信众前往圣地的朝觐活动为主要内容，其代表作是乔叟的小说集《坎特伯雷故事集》。17 世纪班扬的《天路历程》标志着朝圣小说的新发展，其外在的朝圣之旅与主人公灵魂皈依上帝的心理过程相呼应，具有更深的宗教寓意。18 世纪之后，朝圣小说经历了一个逐渐世俗化的过程，"朝圣"的过程在一定程度上脱离了基督教背景，更多指向个人的道德更新、心灵净化、领悟真理。这类朝圣小说在程式上具有一些共同特征：一个外来者为追求彻底的变化和全新的生活，从熟悉的环境出走，到远方去。这类朝圣小说都有获得启悟的时刻，以追寻的过程作为情节的主线。劳伦斯 1919—1925 年创作的大部分小说都符合朝圣小说这一类型，[①] 它们以追寻"美国"理想为重要主题。

《迷途的姑娘》中的爱尔维娜出生在英格兰中部工业小镇沃德豪斯一个破落的商人家庭。父亲因商业经营不善而情绪郁闷。家庭教师弗罗斯

---

① 参见 L. D. Clark, "Making the Classic Contemporary: Lawrence's Pilgrimage No-vels and American Romance," *D. H. Lawrence in Modern World*, eds. Peter Preston and Peter Hoare, London: Macmillan Press, 1989, p. 194。

特小姐和管家平纳加小姐属于当地的老处女圈子，因长期肉体欲望被压抑导致精神上的病态。在这样一个气氛沉闷、压抑的家庭里，爱尔维娜享受不到生活的乐趣。23 岁时，爱尔维娜爱上一个来自澳大利亚的医学生格雷厄姆，但他们的婚姻因家庭教师弗罗斯特小姐作梗没有成功。后来爱尔维娜去伊斯林顿接受产科护士培训，在此期间，她的身心暂时得到解放，变得前所未有的"活跃、振奋和精神焕发"。结束培训后，因找不到合适的工作，爱尔维娜重新回到先前的萎靡不振的状态。转眼爱尔维娜已经 30 岁，生活仍没有转机。正在这时，一个巡回剧团到当地来演出，爱尔维娜认识了在剧团饰演印第安人的西西欧，对他产生了感情。为了能与西西欧在一起，爱尔维娜甚至加入剧团，随剧团四处漂泊。密探事件后，爱尔维娜受到冷遇，只好离开剧团，去当产科护士。开始时她很满意这份新工作，加之有稳定收入和社会地位的米切尔医生向她求婚，爱尔维娜开始憧憬体面、安稳、富足的生活。但她的内在本能和直觉并不遵从她的理智判断，它们清楚地告诉她，她不爱米切尔医生。所以，当西西欧前来找她，想带她去意大利时，爱尔维娜略微犹豫后，就答应了。爱尔维娜与西西欧结了婚，在意大利阿尔卑斯山深处一个小村落住了下来。战争开始后，西西欧应征入伍。爱尔维娜与西西欧商定，等战争结束后，他们一起到美国去。

上一节我已经指出，爱尔维娜人生历程的逻辑线索是追求内在生命本能的解放。她与西西欧结合，一起前往意大利，在本质上是对原始文明的皈依，借此摆脱了一切社会束缚，回归到本真的自我。但《迷途的姑娘》中，不仅意大利形象等同于原始性，其中的美国印第安人形象也与原始性联系在一起。意大利属于欧洲，总体上在基督教文明范围内，无论劳伦斯如何强化意大利的异教色彩，它能够归纳和负载的原始想象都是有限的，因此，美国印第安人形象成了原始性的重要补充。这部小说故事的背景是英国和意大利，和美国印第安人本没有关系，但小说通过巡回剧团上演的印第安人节目达到了这个目的。巡回剧团到达沃德豪斯后，为了吸引当地人前来剧场看戏，通常都要在大街上进行巡游。剧团演员装扮成印第安人，招摇过市，在当地引起巨大轰动。爱尔维娜对巡游表现出极大的兴趣，她尤其被西西欧的表演所打动。所以当管家平纳加小姐一味攻击这次巡游是给小孩子看的玩意儿、毫无内容时，爱尔维娜被她的扫兴话弄得心头火起，说："你再不赞成也比不上我对你那种让人扫兴的做法的憎恨程度。"父亲不理解女儿的怒火从何而来，骂她"疯了"。爱尔维娜接口说："试想一下我过去的生活吧。"过去的生活是"宅第中那污秽而阴郁的气氛"，"自以为是，废话连篇的平内加小姐"，还有"散发着铜臭味"的父亲。这从反面说明了巡游节目给爱尔维娜的刺激作用。

西西欧是意大利南方人，但他在剧团里扮演充满神秘野性的美洲印第安战士。他"上身赤裸，下身穿的是边上饰着毛兽皮的裤子，他身上红一块、黑一块地涂着油彩，披着黑黑的长发，头发上插着苍鹰羽毛——只有两根羽毛——那脸上画着一条条美丽而可怕的黑、白、红、黄色的彩条"。印第安人装扮的西西欧身上散发着神秘莫测的美，其强大魔力将爱尔维娜征服。剧团在剧场演出的剧目是《白人俘虏》。印第安男子抓到了一个白人俘虏并捕获了一头熊。印第安人的妻子基希维琼爱上了白人俘虏，试图放他逃走。正在这时，熊发威攻击印第安男子，随后向他的妻子基希维琼扑去。白人俘虏挺身而出，杀死了熊，拯救了基希维琼。戏中有一段基希维琼在死亡的熊和丈夫身边舞蹈的场景。她优美的舞姿表现了"对雄性庞然大物的钦慕之心","因战胜了这头黑熊而带来的全身颤抖"和"残忍的狂喜","以及唯恐熊尚未真死的惧怕心理"。叙述人进而指出,"这是个美妙的场景,暗示着在夏娃吃白色禁果之前,世界黎明的到来"。随后,基希维琼又对白人俘虏表露了一番埋藏在内心深处的同情。叙述人这时说:"她确实是被诱吃了智慧之果的黑夏娃。"叙述人的这番话揭示了印第安戏剧表演的寓意:表现内在自我本能的苏醒。

《迷途的姑娘》的结尾显示,爱尔维娜并不把到意大利看成内在自我解放的最终目标。随着战争的爆发,意大利已经不再是一片净土,西西欧即将入伍参战,这一切都使意大利在爱尔维娜心目中失去了它的意义。因此,爱尔维娜和西西欧商量战后到美国去。这样一个安排,就把美国想象与小说中印第安剧目表演联系起来。由于这一时期劳伦斯频繁地关注美国,对那个未曾去过的神秘大陆的想象,开始在这一时期劳伦斯小说创作中扮演重要的角色。

《阿伦的杖杆》同样对美国意象有所借重。小说主人公阿伦是英格兰中部煤矿的矿工,也是一名出色的笛手,有稳定的工作和收入,有妻子和四个孩子。在圣诞节前夜,阿伦突然对这惯常的生活产生了强烈的憎恶,觉得这一切都是虚假的,觉得自己作为男子的独立人格和精神受到压抑和摧残,于是毅然离家出走。他出走后不断探索的历程,是重建完整男性人格的过程。阿伦先到伦敦一家乐团作长笛手,在此期间,他与文学家里立和艺术设计师约瑟菲娜等人交往,与他们讨论政治、社会、艺术、宗教等问题,还与约瑟菲娜有了肉体关系。后来里立收留了逃出约瑟菲娜控制、身心疲惫的阿伦，照顾他恢复了健康。里立到意大利去漂泊，阿伦在伦敦找不到生活的意义，也前往意大利。他先借宿在诺瓦拉的威廉爵士家，随后又辗转到米兰和佛罗伦萨。在佛罗伦萨，阿伦认识了托雷侯爵夫人，与她产生了新的恋情，但这恋情不久因阿伦拒绝在灵魂上屈服而破裂。阿伦和里立在佛洛伦萨重逢，二人集中讨论了两性关系中双方的角色和地位问题，里立再一次告诫他要在女人面前保持独立。在一次无政府主义者制造的爆炸事件中，阿伦失去了赖以谋生的笛子，里立安慰他，并给他新的教诲和引导。阿伦在梦境中开始了前往新世界的旅行；与此同时，他对里立这个具有领袖气质的男子产生了屈服和顺从心理。

在阿伦探索的旅途上，有两位女性给他施加了双重的影响。第一个是约瑟菲娜，她是煤矿主布里克纳尔的儿子杰姆的未婚妻，在圣诞节之夜，出走前的阿伦在矿区徘徊，误闯杰姆府，被热情的杰姆留宿一夜。就是在这天夜里，约瑟菲娜对阿伦有了异常反应，而阿伦也坚定了出走的决心。紧接着，在一次歌剧演出上，约瑟菲娜发现了乐队中当长笛手的阿伦，与朋友一起请他做客。随后他们有了单独的两性交往。第二个女性是托雷侯爵夫人。她被阿伦有魅力的笛声所吸引，阿伦被她神秘而强大的力量所诱惑，二人很快走到一起。这两位女性唤醒了阿伦男性的欲望，是阿伦生命发生蜕变的重要契机、呼应物和动力。

有趣的是，这两位女性的身份都与美国有关。约瑟菲娜身上有美国土著印第安人血统，她的动作处处透出印第安人的习性：看戏时"用印第安土著人那种严肃、不可动摇、不可思议的目光"，步态"是一种粗鲁的大踏步，就像野蛮的印第安女人迈的大步"。托雷夫人则是美国南方人。两个女性的"美国"身份，不是劳伦斯心血来潮的随意安排，它与《迷途的姑娘》中的美国想象是一脉相承的，预示着拯救精神陷入危机中的人类的一条出路。

需要指出的是，美国身份并不能涵盖这两位女性形象全部的寓意。小说中阿伦与这两个女性的关系都以决裂告终。里立再次见到阿伦时，阿伦倒在大街上，身体虚弱，精神崩溃。原来他因爱约瑟菲娜而致此，这种爱以"屈服"为代价，所以阿伦说："我爱她的那一瞬间，我就完了。"里立通过男性的爱抚，使阿伦身心恢复了健康。阿伦最后选择离开托雷夫人，是因为他意识到，如果他们的关系持续下去，他会失去自己独立的核心，失去内在的真正的自我。从这个意义上讲，这两位女性，与阿伦的妻子所扮演的角色没有本质区别，都是阿伦重建独立的男性人格需要克服的障碍。两个女性人物承担的相互矛盾的功能，实际上是劳伦斯对女性矛盾的态度所决定的。劳伦斯在《恋爱中的女人》之后的创作强调女性应屈服于男性，强调男性应独立于女性，并且超越女性，所以约瑟菲娜和托雷夫人既是阿伦新生的成就者，也是他前进道路上的绊脚石。

在《阿伦的杖杆》最后一章，阿伦作了一个极富隐喻性的梦。梦中的世界有来世色彩，充满奇迹和幻景：他走进一个洞穴，一个很大的地下国度在延伸。他上了一条船，航行在巨大的湖上。他的两个自我分裂成两个人，一个对这个这未知的世界有惊人的感知力，另一个对一切浑然不觉。当船驶近"像墨西哥城"的城市时，阿伦醒了。这个有《圣经·启示录》中天启意味的梦，是关于新大陆新生活的，它的目的地在美洲。小说中阿伦并没有明确表示将来要去美洲，他只是告诉他的领路人里立，自己永远无法安稳下来，永远在追寻。里立曾经表示自己"喜欢阿兹台克人和印第安人。我知道他们掌握着生活的要素，这是我所追求的——他们有生活的勇气"，"对印第安人和其他人来说，他们可以轻而易举地摆脱令人窒息的困境。他们可以活得更长一些，这样可以帮助人们公然反抗白种人"。小说最后一章，当里立和阿伦讨论将来的生活时，里立说："我倒很想在另一个大陆上，到别的民族中去试试生活。我感到欧洲对我来说成了牢笼。再过一年我就得出去了。我得离开欧洲。我开始感觉被关在笼子里了。"阿伦对里立的话深有同感。把这些头绪连缀起来，我们会发现，美国意象在这部小说中尽管十分零碎，但美国仍然扮演着"新世界"的角色。

在环球旅途中，劳伦斯在澳大利亚停留了两个多月时间（1922 年 5 月至 8 月），完成了以澳大利亚为背景的长篇小说《袋鼠》。就艺术性而言，《袋鼠》或许是劳伦斯所有长篇小说中最差的一部。由于是"急就章"，由于感受过于丰富，又不加节制，以致小说缺乏内在的统一性，显得有些杂乱。但从朝圣小说这一点来看，它又是劳伦斯追寻"美国"理想不可缺少的一环。与意大利在《迷途的姑娘》中所扮演的角色一样，《袋鼠》中的澳大利亚也寄予了劳伦斯的理想，一度是他的拉纳尼姆所在地。小说中的英国作家索默斯是劳伦斯的化身，他与妻子哈丽叶在战后感到欧洲文明已经走到了尽头，因此渴望到一个新的地方去，于是旅行到了澳大利亚。开始时他发现这个崭新的国家处处与欧洲不同，这里有彻底的民主制度，有无拘无束却秩序井然的生活，有广袤的土地和美丽的自然。正如小说中索默斯的妻子哈丽叶感受到的，"她对澳大利亚充满了希望，似乎她的一生都在等待来澳大利亚，来到一个新的国家。她太仇恨那个旧世界了"。但很快，他们就对澳大利亚失望了。这里不过是英国的一块殖民地，流行的是宗主国的时尚，模仿的是二手文明。索默斯后来认识了杰克夫妇，经由杰克的引见，索默斯与绰号"袋鼠"的悉尼律师本·库利成为朋友。袋鼠是一个具有法西斯性质的退伍兵组织的首领，伺机利用一场危机夺取政权。袋鼠对索默斯产生由衷好感，多次向他示爱，还想把索默斯吸纳到自己的组织中来。左翼工党领袖特劳瑟斯深信未来新的社会秩序应该建立在男性之爱的基础之上，他也积极拉拢索默斯。索默斯受到这两个人的游说及其人格魅力的吸引，又燃起了在澳大利亚建立拉纳尼姆的热情。但同时，作为一个独立的知识分子，索默斯又不愿因为卷入政治斗争而牺牲个人自由。他在屈服和抗拒之间摇摆。在一次聚会上，爆发了袋鼠领导的退伍兵组织与工党分子的激烈冲突，袋鼠中弹牺牲。索默斯由此对澳大利亚彻底失望，毅然决定前往美国。

在所有朝圣小说中，最富于激情的是中篇小说《圣·莫》。劳伦斯写这部小说时，已经到了美洲。小说中的美洲也不再是不可即的远景，主人公就活动于其中。但这部作品仍保持着"朝圣"的结构，写一个美国出生的女子卢·威特在欧洲生活许多年后，重返美国的故事。卢·威特12岁时来到欧洲，在一些国家求学游荡，后来与艺术家里科结了婚，定居伦敦。卢·威特的母亲喜好在伦敦海德公园骑马，为了陪伴母亲，卢·威特买下了一匹名叫圣·莫的马。随着伦敦社交季节的结束，里科、卢·威特和她的母亲一行带着圣·莫离开伦敦，来到威尔士乡下度假。在一次骑马时，圣·莫把里科摔成了残废。卢·威特和她母亲被要求处死圣·莫，她们二人都不愿这样做，同时她们又意识到这匹马与她们内在生命本质的联系，于是起意将它带回美国。她们远渡重洋，来到美国得克萨斯州。不久，卢·威特在美国西南部山区购得一个牧场，在那里找到了真正属于自己的生活。

整篇小说描写了卢·威特生命意识觉醒，不断追求真实存在的过程。对她的追求起催化和推动作用的是圣·莫。卢·威特与里科结婚不久双方就产生了疲惫感，虽然相互喜欢，谁也离不开谁，但他们之间的联结失去了"热血的奇妙的震颤"，失去了激情。用劳伦斯惯用的词汇讲，他们的爱是神经的、精神之爱，而非肉体的、血性之爱，这种爱摧垮了他们，使他们精疲力竭。正在这个时候，她遇到了圣·莫。这是一匹高大、健壮、俊美，身上散发着神秘火焰的马，也是一匹烈性难驯的马，此前一个年轻人在骑它时把脑袋撞碎，另有一个马夫被这匹马挤在墙上，造成重伤。但卢·威特第一眼就喜欢上了它。因为马"阴沉的褐色瞳孔的黑眼睛看上去像是神秘火光中的一片阴影，像是在我们这个世界之外的一个世界，在那儿一种神秘的活力在发出闪烁的光，在那火光之中有着另一种智慧"。从马身上，她"似乎听到了来自一个比我们的世界更神秘、更广阔、更危险、更壮丽的世界的回声"。她去抚摸这匹马，惊讶地感觉到，马身上"生命的炽热活力通过漆一般光洁的金红色皮毛传到了她的身上"，她与马瞬间产生了感应和交流。这匹马在伦敦除了被关在马厩里，就是被骑着在海德公园遛弯，给人以谈资和消遣。圣·莫因为体内某种被压抑的东西得不到释放，显得紧张而烦躁。这也难怪，一个小小的伦敦海德公园，如何容得下这样一匹骏马驰骋。乡间的天地大一些，但英国的乡下虽然看起来安然自得，井然有序，然而本质上却是虚假的，圣·莫也不属于这里，它属于另一个世界。由于圣·莫所代表的神秘世界的招引，卢·威特发现自己生活的世界的全部虚假性，她渴望着离开欧洲，离开现实的世界，前往那个神秘的世界。美国似乎代表了这一理想，因此她决定回美国去。圣·莫与卢·威特天然相知、融洽，却对里科满怀敌意。里科被马摔伤致残后，卢·威特对欧洲已无所眷恋，她和母亲带着圣·莫，以及她们的朋友菲尼克斯（他有印第安人血统），返回美洲。小说中，卢威特对真实生命的追求分为四个阶段，以地域上的转换为标志。她在圣·莫的招引下，从伦敦来到英国乡间，随后又横渡大西洋，来到美国的得克萨斯。但得克萨斯也不是她的心愿之乡，这片早已经被文明征服的土地，与欧洲的区别只是它不折磨人的中枢生命，但它本身"缺少五脏六腑，缺少中枢生命"。卢·威特于是继续西进，来到美国西南部地区。这片以广漠的荒野、群山和印第安土著人生活为特色的地区，与卢·威特内在的生命产生了强烈的呼应，她终于找到了自己的根。西方学者指出："卢西进的旅程，在某种程度上……是回返她的本土之根。"①卢·威特回归原始性，是与她对欧洲基督教文明的扬弃同步进行的。小说中写道：

　　向南！永远向南，尽可能远远地离开北极的恐怖！这便是卢的生性的需要。摆脱灰暗阴沉和低低的天空，摆脱连绵无际的淫雨和缓慢落下的铺天盖地的大雪的魔爪，再也不要看见北方冬天的泥泞和雨雪，再也不要感到那现在已经没有了宗教信仰的那种理想化、

----

① Gamini Salgado & G. K. Das, eds., *The Spirit of D. H. Lawrence*, Macmillan Press, 1988, p. 93.

基督式的紧张。

小说结尾，卢·威特和母亲争辩时说，在她脚下的这片土地上，有一种"精神"，"它与原始的美洲有关，与我有关。……我的使命是要把自己献给那原始的、已经在这儿等待了这么久的精神"。卢·威特终于找到了真正属于她的土地，找到了拉纳尼姆。

劳伦斯在踏上美国西部时说："我想，与在外面世界我曾经有过的体验相比，我在新墨西哥所得到的体验真可谓是意义最大的体验。一点不假，新墨西哥使我从此发生了变化。在新墨西哥这壮丽、强烈的早上你会猛然惊醒，你灵魂深处新生的部分会清醒过来，旧的世界会让位于新的世界。"[①]这感受与卢·威特如出一辙：美洲是新天新地。

1925年9月，劳伦斯离开美国，返回欧洲，他生命中一段特殊的旅程划上了句号。美国想象逐渐退出他的创作，欧洲又回到了他的怀抱。美国想象的退潮，并不意味着劳伦斯为陷入危机的现代人类寻找出路的努力的中止，只是变换了形式，转移了方向。1927年春，他在意大利西北部伊特拉斯坎地区游历，欧洲古老文明给了他强烈的震撼。他逐渐发展了这样一种看法：欧洲文明复活的希望在欧洲本身。于是，"朝圣"失去了现实基础，朝圣小说的模式结束了。劳伦斯创作中新的变化还表现在：直接面对死亡，探索死亡的意义，更多地借助超自然因素，如诗集《最后的诗》，小说《死去的人》，论文《启示录》等；直接面对性爱，表

---

① ［英］劳伦斯：《新墨西哥》，见《劳伦斯散文选》，马澜译，271～272页，天津，百花文艺出版社，1992。

现性爱成为两性关系探索的核心，如《查特莱夫人的情人》。后期作品自
有它独特的价值，但伴随美国意象而来的辽阔的视域、磅礴的想象、充
沛的元气，却同美国意象一起消失了。

第四节　《羽蛇》及其他：误入歧途的原始主义

如本章第 1 节所述，从原始文明中寻找生命的能量和激情，用以和
衰朽、败坏的西方现代工业文明对抗，是现代主义作家的普遍选择。但
不可否认，原始主义的滥用也带来了一系列严重问题，它对普适的道德
价值观构成严重挑战，并且往往被极端政治势力所利用。劳伦斯小说中
的原始主义就存在着这两种倾向。T. S. 艾略特对此曾尖锐指出：劳伦
斯"这种企图以原始生活来解释文明社会的探索，以倒退来解释进步的
探索，以'隐秘深处'来解释表面现象的探索，说到底是个现代现
象。……但是值得怀疑的是创生的程序，不管是生物的还是心理的，对
文明人来说，是否必然是走向真理的程序。说真的，劳伦斯先生对文明
人既不信任，也不感兴趣，你在文明人中间是找不到他的；他比卢梭走
得更远。"①艾略特的分析是精辟的。我们在了解了劳伦斯小说利用原始
性的正面价值后，也要正视其负面的影响。

劳伦斯的中篇小说《公主》就是一部用原始主义挑战人类道德底线的
作品。小说中的厄奎特小姐是某一古老的苏格兰王族世家的唯一传人，

---

① ［英］T. S. 艾略特：《评劳伦斯》，见蒋炳贤编选：《劳伦斯评论集》，35～36 页，
上海，上海文艺出版社，1995。

故以"公主"相称。她在美国的亲戚给她留下大笔遗产，但要求她在继承这笔遗产的同时，每年必须在美国居住六个月。公主就这样与古怪的父亲一起来到美国，在无所事事中打发时光。公主继承了父亲的性格，冷漠、矜持、老成、持重、毫无激情。岁月流逝，她从少女变成了38岁的老姑娘，却始终没有对男人产生过兴趣，也没有结婚的意愿，看上去就像"一朵雍容华贵但却毫无香味的花朵"。父亲去世后，公主与同伴卡明斯小姐一起去美国西南部新墨西哥州山区旅行，请墨西哥农民罗梅洛作她们的导游。途中一匹马受伤，公主只好让同伴卡明斯小姐返回，自己则跟着罗梅洛继续前行。在冰寒彻骨的夜里，公主主动委身于罗梅洛，在罗梅洛强烈的情欲中得到了温暖。但随后罗梅洛激情难抑，他挟持了公主，再不肯把公主送回去。护林员前来寻找公主，与罗梅洛发生枪战，把罗梅洛击毙。公主回到文明社会，巧妙地掩饰了自己的真实遭遇，与一个老头结婚。

事实上，《公主》中的罗梅格和公主内心深处都隐藏着一个"魔鬼"，这个魔鬼就是他们本能的自我。罗梅洛皮肤黝黑，体格健壮，浑身洋溢着活力和粗犷的美，警觉而敏感。而在公主冷漠的外表下，也有"那种执拗的本性——可能是带着发狂色彩的执拗——支配着她。她想走进大山里，去看看大山心脏里的秘密。她想到云杉树下、明亮的绿水池塘的小木屋里去，她想去看看野生动物怎样在荒野里毫无意识地转来转去"，她想"看看落基山内部的混沌状态"。在美国西南部的大荒野中，二人本能的自我相遇并激出了火花。罗梅洛眼里总有"一丝隐秘、生动的光亮"，而这一丝以前从来没有人看到的"光亮"被公主瞬间捕捉到了，他们之间产生了"一种朦胧、难以言传的亲密感"，在两个人的心里促成了

"微妙的"沟通，"有了一种特殊的关联"。公主于是开始喜欢罗梅洛的嗓音、外貌、举止，他的存在甚至增强了她结婚的念头。在这种情形下，公主随罗梅洛前往大山深处实际上就成了一个朝圣的历程，是公主本能的自我逐渐释放的过程。而对于罗梅洛来说，则是他挣脱文明束缚、野性自我回归的过程。

《公主》的故事如果发展到这里止步，这部小说就是一个喜剧。但劳伦斯没有到此止步。随着山势越来越高，自然环境越来越严酷，罗梅洛身上的兽性显露得也越充分。罗梅洛可不是浪漫主义小说中的"高贵的野蛮人"，为了满足个人情欲，他强奸并劫持了公主，还强迫公主留下来，与他结婚。为了要挟公主，他甚至还把她的衣物全部丢弃到池塘里。但即使在公主生命面临威胁的时刻，她也没有恨过罗梅洛，相反，她感到罗梅洛"控制着她身上某种她没有意识到的部分"。在与护林员对峙时，看到罗梅洛矫捷、漂亮的身影，她甚至感到自己爱他。只是公主身上文明的外壳更加强大，"她需要自身的完美无损，不要别人触摸，谁也不能控制她，谁也没权对她提出要求"。在这种极端考验面前，公主身上文明的自我使她保持着理智，她拒绝了罗梅洛的要求。罗梅洛被击毙后，公主回到文明社会，轻易地掩饰了真相，在公众眼里，她仍然"是一位纯真无瑕的处女"。从小说结局安排看，劳伦斯对公主重新返回文明社会是持否定态度的，但问题是，本能自我的释放和野性的回归是否应该有一个限度？显然，暴力和强奸跨过了人类伦理的底线。

《骑马出走的女人》同样触及了回归原始文明的限度问题。小说主人公是一个白人银矿主的妻子，与丈夫长年居住在墨西哥深山矿区，生活单调乏味。"她精神上的发展在她婚后神秘地中止了，完全被抑制住了。

对她来说，她的丈夫无论心理上还是肉体上从来没有变得真实过。"深山里居住着印第安人，有一些部落甚至相当原始、野蛮。这女人对印第安人产生了兴趣，有一天，她突发奇想，骑马前往一个叫朱尔奇人的部落，想了解他们的神秘生活。朱尔奇人部落中有一个传说：原先印第安男人、女人与太阳和月亮有着完美的交流，他们的种族也兴旺发达。后来印第安人衰落了，丧失了掌握太阳的力量，于是太阳被白人偷走。这个传说还认为，只有当一个白种女人自愿给印第安人的神作牺牲时，印第安人的神祇才会重建这个世界，白人的神明就会粉碎。眼下他们正极力寻找这样一位白人女子。由于特殊的精神状态，加之对印第安人的意图毫不知情，矿主的妻子与印第安人相遇后，非常顺从地跟随他们来到部落营地，并且表达了要侍奉印第安人神明的意愿。结果在药物催眠下，在激越、狂热的图腾仪式中，这白种女人陷入迷醉，最终被送上了祭坛。

小说中的白种女人与《圣·莫》中的卢·威特不同，她虽然对现实生活不满，但并没有足够的心智和强大的直觉感悟力去探索自己的精神出路。她去寻访印第安人，纯粹是出于文明人对土著人所怀抱的浪漫念头。当一个采矿工程师和她丈夫谈到印第安人时，这个工程师对印第安人的空泛的热情，在这个女人的心里引起了共鸣。"她一脑子糊涂的浪漫思想，比一个小姑娘的还要来得更不现实。她觉得她命中注定了该到山里去，到这些无始无终、神秘莫测的印第安人隐蔽的居住地点去遨游一番。"旅途的疲惫、恐惧及高山缺氧，使她丧失了做出正确选择的意志力，否则，当她步入危险区域前，就应该打道回府了。在她被送上祭坛前，残存的意志多次向她示过警。例如她发现，带她上路的一个印第安青年的眼睛和文明人的眼睛完全不同，当那双亮晶晶、黑沉沉的眼睛注视她时，白人女子还以为对方是迷恋自己的女性魅力，不禁得意地微微一笑。这起码说明他们之间能够交流，白人女子能够对印第安青年施加影响，但她错了。她立即发现对方的眼睛根本不像人的眼睛，根本没有把她当成一个美丽的白种女人，甚至没有把她当成一个女人。在印第安青年眼里，她只是一件"无法估量的东西"。此后，小说中多次提及这个青年及其他印第安人看她时那种没有任何感觉和情欲成分的非人类眼神。他们把她的衣服脱去，检查她的身体，触摸它的乳房，给她薰香，这一切都是由印第安男子完成的。但没有一个印第安人在做这一切时感到"害臊"，没有一个人把她当女人。这种眼神阻挡了任何她利用自己女性魅力、与对方沟通的可能，让她感到害怕，提醒她面临的敌意，令她后悔这次旅行。她说出愿意侍奉印第安神明的话，是在完全不知道实际含义，被印第安人刻意诱导的结果，也就是说，印第安人欺骗了她。印第安人给她喝了含有迷幻剂的饮料，她的精神和意志完全失去控制，进入"一种迷迷糊糊、心满意足的精神状态"，与宇宙万物实现了美妙的沟通：

随后，她身上又起了一阵软绵绵的舒适感，四肢感到又强壮，又松弛，浑身软弱无力。她在睡榻上躺着，听着村子里的声音，望着昏黄的天空，闻着燃烧香杉木或是松木的气味。小狗的尖叫、远处杂沓的脚步声、喃喃的低语声，她都听得那样清晰。她的嗅觉也是那样敏锐，能分辨出烟味、花香和夜色的降临；她非常清晰地看见落日的上方闪烁着一颗无限遥远的明星，她觉得自己所有的感官好像都扩散在空间，因此他听得见花朵入夜开放的声音，还听见巨大气流互相穿过时苍穹中那实实在在的、水晶般的音响，空中上升和下降的水汽像一台宇宙间的大竖琴那样，似乎发出了回声。

这绝不是一个浪漫的故事。这白种女人向原始文明的回归，是一个被动的过程，是以生命的付出为代价的。小说中描写白种女人在喝了印第安人给她的饮料之后，精神才出现了这样的幻觉，也就是说，这种与宇宙融为一体的感觉是毒品作用的结果。至此，回归原始文明的神圣性荡然无存。

《骑马出走的女人》再一次挑战了人类伦理底线：为了拯救现存的世界，为了追求彻底的更新，人类是否就应该抛弃一切自己创造的现代文明，即使是付出生命的代价也在所不惜？劳伦斯从印第安人专注、焦急的眼神和手中的屠刀分明看到那一股残忍的力量。显然，劳伦斯陷入两难之中。

《羽蛇》是一部把原始主义的政治隐喻推到极致的作品。爱尔兰女子凯特去墨西哥旅行，发现这个国家笼罩在一片惊恐、慌乱、压抑的气氛中，国家陷入了危机。凯特对这一切感到失望和反感，萌生去意。正在这时，凯特认识了一个神秘人物卡拉斯可，以及将军西比阿诺。不久，凯特发现卡拉斯可与西比阿诺正在利用当前的动荡局势，合谋策划一场墨西哥本土之神克斯卡埃多的复兴运动。这场运动的主旨是驱除基督教在墨西哥的势力，使克斯卡埃多神的崇拜成为国教，进而实现对国家政治的控制。凯特怀着复杂的心情观察着这一切，她一方面受到克斯卡埃多神秘力量的吸引，另一方面又发现这场"造神运动"中明显的政治企图，对此感到惊惧。从卡拉斯可和西比阿诺这方面讲，他们需要造出一个"女神"，使他们的克斯卡埃多神系臻于完善，而凯特就是最合适的人选。克斯卡埃多运动在墨西哥如火如荼地展开。在民众中赢得广泛的支持后，卡拉斯可和西比阿诺向大主教摊牌，最后一把火烧掉天主教偶像，把克斯卡埃多神迎进教堂。作为"造神"运动的一部分，西比阿诺向凯特求婚。凯特答应了这一"神配婚姻"，但不同意与他维持世俗婚姻，而且要求西比阿诺允许她一个月后返回爱尔兰。西比阿诺同意了她的要求。由于总统的支持，克斯卡埃多运动获得了更加迅猛的发展，整个国家都被这一种新事物刺激着，空气中充斥着新的能量。凯特自己也越来越感受到这场运动的强大影响，并且逐渐接受和认同了这种影响。终于，凯特放弃返回欧洲的计划，要求留下来。她抛弃了旧我，使自己的新我完全屈服于西比阿诺和卡拉斯可，从中获得了新生。

《羽蛇》中描写的墨西哥本土宗教运动有其现实和历史依据。墨西哥的土著居民主要是阿兹台克人，他们属于中美洲印第安人的一支。约公元 1000 年左右，阿兹台克人建立了自己的帝国，鼎盛一时。阿兹台克人信奉多神教，其主神有战神、太阳神、雨神及羽蛇神等。在其宗教中，人祭之风盛行，常以受害人之心或血，献祭给太阳神。16 世纪，西班牙人入侵，把墨西哥变成了西班牙殖民地，天主教势力兴起，阿兹台克人的原始宗教走向衰落。在殖民时期，天主教会权势极大，是最大的土地所有者。19 世纪初，墨西哥民族解放运动如火如荼地展开，本土宗教文化也出现了复兴。19 世纪 50 年代，墨西哥通过颇为激进的土地改革，把天主教会和大地主的土地收归国有，再分配给穷人，以此达到消灭剥削、根除贫富差别的目的。但由于种种原因，颁布的相关法案在当时没有能够实施。20 世纪初，墨西哥爆发革命，新政府废除了种族隔离政策，开始接纳印第安人在政治、文化、经济等方面的成果，同时推行土地国有化。这些措施引发了天主教会的强烈反对，导致教会与政府间矛盾的激化。一些外来的天主教神父被驱逐出境，墨西哥大主教也遭到逮捕。1926 年，大主教宣布暂停教会的宗教服务，政府认为这是有意煽动民众和政府作对，双方对立进一步升级。在一些神父的号召下，一部分天主教徒组织起来，与政府军展开了武装斗争。这场"基督教起义战争"持续三年，给墨西哥造成了极大的破坏，不少地区十室九空，生灵涂炭。到 1929 年，天主教会和政府达成协议，双方停战。《羽蛇》中的故事正是以这场墨西哥基督教起义战争为背景，描写了民族主义势力鼓动原始宗教复兴运动，驱逐天主教会势力，进而试图掌握国家政权的过程。

劳伦斯在《羽蛇》中，主要借用古代阿兹台克人信奉的主神之一羽蛇，来发挥他的原始主义想象。这位神祇名为克斯卡埃多，以有羽毛的蛇的形象出现，有着怪异的疏毛和狂舞的身体，象征着生机与活力。克斯卡埃多神的要义，是它将从死亡中再生，从东方回到故园，恢复失去的统治。对于在绝望中挣扎的墨西哥人来说，任何关于彻底的结束、翻天覆地的巨变的许诺都是具有蛊惑力的。卡拉斯可和西比阿诺推动的"造神"运动正好利用了民众求新求变的心理。西尤拉湖宾馆的经理对此有清醒的认识，他对凯特说："那是布尔什维克玩的新花样。他们以为社会主义应该有一个神，于是，他们便以此来发动另一次革命。"凯特说："人们说卡拉斯可其实是这件事的后台，也许他要当下一任总统——或者，他有更高的目的，要成为第一个墨西哥法老。"问题是，普通百姓对复活原始宗教运动幕后的政治阴谋并不知情，他们盲目而狂热地卷入其中，一场席卷墨西哥的迎接羽蛇神复归的运动开始了。

羽蛇神教复兴运动是一场彻头彻尾的政治阴谋，而卡拉斯可是这场运动的总后台。他缜密的策划、巧妙的宣传，是这场运动取得成功的重要保障。当民众对羽蛇神教完全不知情的时候，他先在当地报纸上刊登了一条消息，说一群浣衣女子在神秘的西尤拉湖目睹了古代神灵克斯卡埃多的莅临。等这消息在当地引起巨大轰动后，卡拉斯可又宣布以考古学家的身份前往考察，证实确有其事。先是放风，然后去落实，卡拉斯可自编自导，使羽蛇神首次莅临的模式充满神秘奇幻色彩，极富蛊惑性。随后，羽蛇神颂词开始在广场街道传唱，逐渐把迎神活动推向高潮。这些传唱的歌词虽然都在阐述克斯卡埃多神的要义，其与天主教信仰崇拜的关系，以及取代天主教信仰崇拜的合法性，但每一篇承担的功能各有不同。前两首歌谣歌唱宇宙间最高的神黑太阳，它是星辰、太阳、月亮的创造者，是生命的源泉，是世界上所有宗教的主神。克斯卡埃多是黑神在墨西哥的使者，在天它化为启明星，在地以羽蛇为象征。当它被人遗忘时，基督教偶像圣母玛利亚和耶稣基督占据了墨西哥的庙宇。现在玛利亚和基督都已经老去，克斯卡埃多恳求黑神把他们接回原先的住所。宇宙的主宰答应让基督之星回到本来属于他的阴暗之地去。墨西哥不能没有神照料，宇宙的主宰者就派“壮年”的启明星克斯卡埃多来到墨西哥人中间，接替基督之星拯救他们。在卡拉斯可编造的前两首歌词中，有两个要点特别值得关注。其一，想象出一个涵盖世间一切宗教的宇宙主宰，把基督教和羽蛇神教都归入他的管辖范围；而且，羽蛇神教比基督教更正宗，更符合宇宙主宰的心意。其二，羽蛇神教与基督教之间不是对立的关系，而是继承关系。歌词中有圣母玛利亚和耶稣基督表达自己的忏悔：他们没有能够给墨西哥带来温饱、和平与爱，所以自甘引退，让羽蛇神来接替他们为墨西哥人效力；并预言羽蛇神一定会不负人民的期待。我们看到，在卡拉斯可这位政治野心家的精心策划下，羽蛇这古老神灵被挖掘出来，加工、翻新、炮制成夺取政治权力的武器。卡拉斯可的精明在于，他没有贸然把基督教放在敌对的位置上加以描述，而是把他制造的神祇打扮成基督教的继承者，这样做，有利于接收和利用基督教在墨西哥的影响。

新的歌谣接踵而至，动员民众组织起来，采取现实的行动。歌词宣告，克斯卡埃多神在人间拣选了两个信徒，要求他们把玛利亚和耶稣神像逐出教堂，送回天国，并许诺让墨西哥人"内外一新"。在歌谣的蛊惑下，大批组织起来的羽蛇神信众把玛利亚和耶稣的神位从教堂中搬出来，运到尤西拉湖中的一个小岛上烧掉。不久，又一首歌谣开始传唱，诉说克斯卡埃多来到墨西哥后，发现这里有许多外来的白种人、黄种人、黑种人在掠夺墨西哥的资源和财富。克斯卡埃多许诺将要施行报复，降灾于那些堕落的墨西哥人。这实际上是在下达军事斗争的动员令。果然不久，克斯卡埃多运动与天主教会之间爆发了大规模的冲突。天主教会不甘示弱，派刺客来暗杀卡拉斯可，但没有成功。西比阿诺的军队宣誓向卡拉斯可效忠，并以新的宗教精神训练军队，使之战斗力大增。在第五支歌谣传唱之后，卡拉斯可和西比阿诺被尊为羽蛇神在人间的代表和化身，凯特也被尊为女神。在卡拉斯可领导下，羽蛇神教作为一支新兴的政治力量在墨西哥崛起。

劳伦斯在《无意识幻想曲》中写道："我不相信进化，而相信永远更新的创造性文明的奇异性和彩虹般的变化。"①在政治社会领域，劳伦斯对渐进式的改良、进化素无好感，而崇尚戏剧性的转折，崇尚彻底的结束和全新的开始，崇尚大洪水、大毁灭之后的新天新地。这种思想在《羽蛇》中表现得十分充分。卡拉斯可发动的羽蛇神教复兴运动追求的就是这种"奇异性和彩虹般的变化"的效果，他要用宗教革命一夜间让墨西哥的面貌焕然一新。作为对比，劳伦斯对以卡拉斯可夫人为代表的靠做善事、靠爱来逐渐使社会改变的观念给予了嘲讽。卡拉斯可夫人是一位虔诚的天主教徒、慈善家，办有一所弃婴堂，专门收养被遗弃的孩子。她的内心充满对人类的爱，并把自己献给作为这种爱的体现的慈善事业。但劳伦斯说她的爱不属于情感的自然流露，不是本能的表现，而是意志力的产物，这种爱的背后是仇恨和怨愤。劳伦斯把尼采批判基督教道德的论点用到了卡拉斯可夫人身上。卡拉斯可对妻子也表达了同样的看法："你，卡洛塔，你的慈善事业，像白尼特·朱莱茨这样的人，他们的改革，他们的自由主义，还有其他的仁慈的人们、政治家、社会主义者，等等，他们口头上是同情、慈爱，而骨子里却是恨。"为了追求"创造性文明的奇异性和彩虹般的变化"，在劳伦斯看来，哪怕是不择手段，也是应该允许的。小说中的卡拉斯可和西比阿诺也都相信这一点，于是，羽蛇神教复兴运动充满暴力、杀戮、血腥就可以理解了。反对势力派人行刺卡拉斯可未遂，出卖者和杀手被逮捕。在一场盛大的羽蛇神祭祀仪式中，两个出卖者被残忍地拧断脖子，三个杀手被西比阿诺用匕

---

① D. H. Lawrence, *Fantasia of the Unconscious*, London: Martin Secker, 1923, p. 10.

首干净利落地刺死，成了被送上羽蛇神坛的牺牲品。为了追求"创造性文明的奇异性和彩虹般的变化"，就需要一位领袖登高一呼。于是劳伦斯在《羽蛇》中，再一次发挥了他的超人哲学，塑造了卡拉斯可这样一个超人角色。相比较而言，《阿伦的杖杆》中的超人里立，《袋鼠》中的超人"袋鼠"，都显得有名无实。里立只会空发宏论、宣讲玄理；"袋鼠"也是言谈多于行动，最后自己还死于非命。《羽蛇》中的卡拉斯可不同，他是理论家，又是实践家。他认为"这个世界是由少数精英和盲众组成的"。他自诩为"自然的贵族"和圣人，表示要成为"世界的创造者"，甚至是世界的"始创者"。在他眼中，民众"受民族情绪支配的时候，他们简直就是一群有待进化的猴子！"，他们只配当伟人实现自己宏伟目标的工具和马前卒，他们是草芥，他们的个体生命是不足惜的。作为一个政治领袖，卡拉斯可的确魅力非凡，不仅民众受他蛊惑，军阀西比阿诺甘心供他驱策，连来自欧洲、有健全发达理智的凯特最后都对他俯首听命。卡拉斯可有坚定的信念和超强的意志力。羽蛇神教复兴运动在墨西哥从无到有，从小到大，是这个超人一手策划推动的结果。他对自己的信念没有丝毫怀疑，在推动时也绝不犹豫。妻子反对他的思想，他就把妻子打入冷宫；妻子歇斯底里的发作、哀求、眼泪引不起他丝毫的同情。大主教是他的政敌。尽管在开始阶段，他回避与天主教正面冲突，伪装成天主教的朋友和兄弟，一旦力量壮大，他立即与大主教摊牌，打击天主教时毫不手软。可以看出，卡拉斯可身上集中体现了劳伦斯此时信奉的创化论思想、暴力学说、超人哲学，它们完全排挤了民主、自由、平等、博爱等现代资本主义思想和制度，其现实的反动性也早已经被希特勒的法西斯主义，以及一些第三世界国家大大小小专制独裁政权的倒行逆施所充分证明。

　　劳伦斯在《羽蛇》中，特别注意描写羽蛇神教复兴运动的原始性与墨西哥民族的集体记忆和潜意识之间的呼应关系。我在本章第 1 节已经论述了原始性与非理性之间的本质联系，而《羽蛇》突出表现了原始性与非理性心理世界中死亡本能的联系。凯特刚到墨西哥时，就感到这块古老的土地，被"一种神秘的东西"规定着，包裹着，限制着，纠缠着，那个东西异常的沉重和压抑，犹如盘环的巨蛇，让人感到威胁、神秘、恐怖。她发现，这"神秘的东西"属于昨天，属于远古："在美洲，有时使人强烈感到蛮荒时代的痕迹，人类史前的生活在这里历历在目。"随着对墨西哥了解渐多，凯特越发认识到，在这个民族中，在墨西哥每一个人的血液里，都隐藏着一股原始的力量。劳伦斯认为，这股力量不是生命的昂扬向上之力，而是"一股精神性的、沉抑的、永远向下的力量"，它就像阿兹台克人那神秘的羽蛇一样，充满疯狂、仇恨、残忍、嗜杀、堕落。卡拉斯可用激越的鼓声、癫狂的舞蹈、沉郁凝重的歌声，唤醒和动员了民众血液中的这股黑暗力量，使之得到宣泄和释放。也就是说，羽蛇神教复兴运动之所以具有巨大的蛊惑性，在于它迎合了墨西哥人内心深处古老、蛮荒、原始、残暴的死亡力量。劳伦斯之所以热衷于表现墨西哥人身上的这种死亡本能，是因为他认为人类已经无可救药，"必须首先经历一个危机的洗礼，而后才能进入崭新的生活"，"我们必须经历一个巨大的转变，即从死转变为生，这意味着必须承认自己的黑暗，承认我们身上的'黑暗的涌流和活跃的解体过程'"①。劳伦斯显然认为，只有死亡这种创造性的转化才能够拯救人类。既然如此，那就应该积极地推动死亡早日来临。

《羽蛇》中的凯特是一位白人，来自于文明世界。在小说中，她由一个清醒的，甚至有些反感的旁观者，逐渐成为羽蛇神教复兴运动的重要成员，最后完成了对原始文明的皈依。她的选择代表了劳伦斯的态度，她的转变反映了劳伦斯的心路历程。凯特刚到墨西哥时，那里的一切都让她倍感压抑和绝望，只想尽快离开。但随着他与卡拉斯可、西比阿诺等人交往日深，活动范围逐渐扩大，她感到被墨西哥这条黑暗、阴郁的蛇给缠住了。墨西哥这块神秘的土地对她产生了极强的诱惑力，拖着她不由自主地走向堕落。与劳伦斯许多此前的主人公一样，凯特身上有两个自我，一个是她的理智，这是她受现代文明教化的结果；另一个是她的本能，这本能过去一直被理智压抑着，但在墨西哥这块充满原始、蛮荒的土地上，这本能的自我渐渐地开始苏醒了。凯特的心路历程就是理智逐渐消退，最后完全受本能支配的过程。值得注意的是，凯特身上的本能，已经不再是劳伦斯早期小说人物身上那一股健康、向上的生命力量，而是向下的，走向沉落、毁灭和死亡的力量，也就是说，死亡本能成为凯特非理性心理世界的主宰。这一点与劳伦斯所描写的墨西哥民族特性是一致的。因此，凯特本能复苏的过程，也就成了她对墨西哥民族特性和卡拉斯可发动的羽蛇神教复兴运动的认同过程。

---

① D. H. Lawrence, *Phoenix: The Posthumous Papers of D. H. Lawrence*, London: William Heinemann Ltd., 1936, pp. 674, 676.

　　一个文明人放弃自己的理性，完全回归到本能之身，是极其艰难的。凯特目睹西尤拉圣湖的仙姿灵态后，感到了新的生命在自己躯体中燃烧。广场上的颂神乐曲在凯特"遥远的人性深处"激起回响，让她觉得拒绝这个音乐没有任何好处，于是她不由自主加入舞蹈者狂欢的行列，并进而感到"自己走入一个更大的自我"。但在小说第 8 章"旅馆之夜"，一个盗窃者翻窗入室，让凯特受到很大惊吓。当原始性威胁到自己的财产和生命时，理性在她身上又占了上风，令她觉得"邪恶产生于人性向远古时代的复归"。这时的凯特"不信文明历史会倒转，不相信人类会回到野蛮时代"。她表示"相信人之中有种向善的力量，只要我们相信它，它会给我们勇气"。原始性对凯特理性的第二个重大挑战是西比阿诺处死出卖者和杀手，其手段残忍果断令凯特受到强烈震撼。凯特意识到，如此杀人是羽蛇神教活祭仪式的必要组成部分，但她痛恨这种凌驾于个人自由之上的神的意志："这里到处都是意志、意志、意志，没有任何怜悯、慈悲和同情之心。"她意识到这神意有多么可怕，它"像一只巨大的章鱼，发散出可怕的光线"，她想离开墨西哥，回到欧洲去，回到自己熟悉的文明中去。原始性对凯特理性的第三个重大挑战是西比阿诺的求婚。如前所述，这是一桩神配婚姻：凯特被选择充当卡拉斯可创建的羽蛇神教中的女神，并且要与另一位男性神西比阿诺缔结婚姻。凯特承认西比阿诺身上有神奇的魔力，但要自己嫁给他，在精神和肉体上双重地属于他，这对一贯奉行个性独立和解放的现代欧洲女性是难以接受的。她无法想象自己会嫁给西比阿诺，把自己留在这片死亡之地，去承受那里的忧郁、沉重和黑暗，去度过那没有灵魂的余生。

　　在凯特身上，理性和本能在激烈交战，但总体趋势，是本能逐渐战胜理性。在盗贼入室行窃事件过后不久，凯特惊魂初定，就又为墨西哥人的原始性辩护了："不，这不是不可救药的、可怕的复归。这是有意识的、精心的选择。我们需要走向远古，以寻回把我们与整个宇宙再度联络的线索，因为，现在的我们已走到尽头；我们必须回归。"活祭仪式让凯特深感厌恶，但很快她就坦然接受了它。凯特一开始拒绝考虑西比阿诺的求婚，后来虽然接受"神意"，但要西比阿诺承诺只与她保持名义上的婚姻。再后来，凯特表示不想离开西比阿诺和卡拉斯可，最后甚至向西比阿诺乞求，不要让自己离开他们。前边提到，凯特身上有两个自我，一个是旧我，一个是新我。在新我支配了凯特后，她感到自己身上发生了崭新变化，好像"回复到纯真、完全交出自己的状态，像个孩子和少女"。她表示"我将屈服，尽我所能"。在《羽蛇》中，我们看到，随着小说情节的发展，凯特就这样逐渐放弃了理性思考，放弃了常识判断，放弃了一切现实利益，陷入越来越深的蒙昧、被动、忘我和服从的状态之中，实现了对原始文明彻底的皈依。这种皈依不是通过理性和逻辑达到的，而是通过本能和信仰实现的。可以预料，在充满政治阴谋和宗教狂热的墨西哥，劳伦斯为凯特安排的道路是极为凶险的，她极有可能步《骑马出走的女人》中那个白种女子的后尘。但劳伦斯为了追求文明的创化，为了追求新天新地，早已置凯特作为人的生命价值和尊严于不顾了。

结　语

　　劳伦斯是工业文明坚定的批判者。在家乡伊斯特伍德，丑陋煤矿与美好自然在狭小的空间里呈现出的尖锐对立，煤矿工业对矿工身心的摧残，是他批判工业文明的出发点和原动力。劳伦斯继而把对工业文明的批判扩大到西方国家的政治制度、教育制度、基督教道德、婚姻家庭关系等各个领域，最终否定了自己的民族乃至西方文明本身。劳伦斯抓住了工业文明的根本缺陷——使人社会化和机械化。工业文明将人束缚在特定的领域，划分成特定的阶级，人不得不扮演某种社会角色，不得不遵从社会规范和秩序。人的社会化和机械化与人的本质——自然性和动物性——相背离，使人的生命能量枯竭。劳伦斯反对人的社会化和机械化是这样彻底，以至于他把一切社会价值标准，不管是显在的还是隐含的，都排斥在人物的意识范围之外，排斥在作者的评价体系之外。劳伦斯从来不去设想通过社会制度的变革来克服工业文明的根本缺陷，他义无反顾地把为现代人寻找出路的探索深入人的非理性心理世界，延伸到异域文明之中。

劳伦斯作为一位伟大小说家的地位得以确立，固然根本上取决于他小说创作的实际成就，但如果没有英国批评家利维斯（Frank Raymond Leavis，1895—1978）在 20 世纪 50 年代的倾力辩护，社会对劳伦斯的承认可能要推后许多年。利维斯在他的代表作之一《伟大的传统》中，梳理出一条 18 世纪以降英国小说的"伟大传统"。英国真正意义上的小说自 18 世纪诞生以来，名家杰作纷繁迭出，但利维斯认为，"文学史里的名字远非都真正属于那个意义重大的创造性成就的王国"。那么什么人才属于这个"伟大的传统"？利维斯具体的解释是"他们不仅为同行和读者改变了艺术的潜能，而且就其所促发的人性意识——对于生活潜能的意识而言，也具有重大的意义"。他认为属于这一"伟大的传统"的小说家其实屈指可数，而"简·奥斯丁、乔治·艾略特、亨利·詹姆斯、康拉德、D. H. 劳伦斯——他们即是英国小说的伟大传统之所在"。在《伟大的传统》中，利维斯并没有对劳伦斯作专章论述，只是概略地指出劳伦斯的伟大之处。后来，他专门写了一部劳伦斯研究专著《小说家戴·赫·劳伦斯》，进一步发挥了他的论断。利维斯不愧是一代批评大师，他目光如炬，在 50 年代总体上仍然以负面评价劳伦斯居多的学术环境中，第一次给予了劳伦斯以极高的评价。利维斯认为，劳伦斯在《儿子与情人》大获成功后，本可以"继续去写传统熏陶下的读者立即就能领会的内含'人物塑造'和心理分析的小说"，但他没有这样做，而是"投身到了最是艰难也最见持久的创造性的劳动中""投身于开辟新天地、探求发展之路的千辛万苦中",而这"代表的是生机勃勃且意义重大的发展方向"。利维斯指出,怀着发自内心的虔诚的宗教情绪,表现"另一个自我",即人身上的非理性自我、本能的自我,是劳伦斯的本质所在,是使他成为"大艺术家""最伟大的小说家""伟大的创造性天才""英国文学中的一位巨人"①的根本原因。利维斯在他所认定的英国小说的"伟大传统"中,排除了萨克雷、梅瑞狄斯、哈代、乔伊斯、伍尔夫、福斯特,却把当时并不受广泛肯定的劳伦斯吸纳其中,这无疑是一个惊世骇俗的意见。这一"座次表"是否公允,可以见仁见智,但经利维斯的"盖棺定论",评论劳伦斯的风向的确发生了转折。50年代以后,关于劳伦斯的研究成果车载斗量,其中绝大多数都是在证实或加强劳伦斯在英国文学史中的崇高地位。可以说,正是有了利维斯筚路蓝缕的开创性工作,劳伦斯的小说真正被列入英国小说的经典,成为英国小说"伟大传统"的重要组成部分。

在利维斯之前,包括高尔斯华绥、伍尔夫、曼斯菲尔德、罗素、T. S. 艾略特在内的众多作家学者都对劳伦斯发表过意见,而这些意见以否定居多。利维斯在高度肯定劳伦斯的同时,对此前以 T. S. 艾略特为代表的否定劳伦斯的言论给予了尖锐批评。我们佩服利维斯的勇气和眼光,但当如利维斯所愿,劳伦斯的文学地位真正确立以后,回过头来再审视那些著名作家学者的批评言论,会发现其中不乏真知灼见。劳伦

---

① [英]F. R. 利维斯:《伟大的传统》,袁伟译,3~4、38、45页,北京,生活·读书·新知三联书店,2002。

斯是一个彻底的叛逆者。他的工业文明批判和为现代人寻找出路的探索常走极端，且态度之偏激和狂热，少有人与之比肩。例如劳伦斯对一般作家通常会回避或淡化、虚化处理的性描写，不仅大张旗鼓地赞美，把它作为人之生命本体力量的最重要形式，而且描写上也细致入微。诚如劳伦斯所说，他笔下的性爱描写服务于严肃的目的，与色情毫无关系。但即使与色情无关，文学的性描写就可以毫无节制吗？劳伦斯对同性恋的态度同样令人难以接受。《袋鼠》中的索默斯似乎魅力十足，以致每一位与他交往的男子，都会爱上他。劳伦斯坦率地描写索默斯与其他男子之间的亲吻拥抱，并任意把同性恋情的作用上升到安邦救国的高度，相信一般读者不会在心理上感到愉快。劳伦斯惧怕新女性在家庭和社会中的专权，于是将她们妖魔化，并炮制出种种女性屈服于男性权威的虚幻场景，这早已经招致了女权主义批评家的愤怒和抗议。在《虹》和《阿伦的杖杆》等作品中，劳伦斯肆意攻击民主制度，鼓吹超人和贵族统治。他对非理性心理世界的探索，最后坠入神秘主义；他的原始性追求，屡屡挑战人类道德底线，置个体生命的尊严和价值于不顾。劳伦斯的同胞萧伯纳曾经尖锐地指出："由于人们的道德理想和宗教理想可能会导致他们做一些反常的、恶意的甚至是谋财害命的事，这种理想可能比嫉妒和野心的危害更大。事实上，反映在社会制度和宗教条文里的理想的绝对力量常常使一些恶棍用一些美德的借口自欺欺人……以理想的名义犯罪。"①萧伯纳这段反"理想主义"的言论，以及上述作家对劳伦斯的批

---

① Sally Peters, *Bernard Shaw：The Ascent of the Superman*，New Haven：Yale University Press，1996，p. 28.

评，对我们研究劳伦斯是一个警告。劳伦斯是一位充满激情、有浓重理想主义色彩的天才作家，他对工业文明的批判到达了前所未有的深度，但他的"理想主义"也暴露出道德上的重大缺陷和现实的反动性。我们在道义上同情劳伦斯的思想探索，在文学上肯定他的想象力和艺术创造，但对他的思想付诸社会实践时可能造成的危害，同样应该保持清醒的认识。应该认识到，尽管劳伦斯揭露了理性的局限性，但是我们仍需把理性看成反对愚蠢和有害观念的有效保障。理性是人类文明发展所取得的重大成果，它给了我们探索信仰和行动的勇气，也赋予了我们反思自己信念的勇气。

迈克·莱文森编的《现代主义》有一专章分析现代主义的文化政治。这一章的作者萨拉·布莱尔注意到，许多现代主义者与各种激进的政治势力，尤其是右翼势力如法西斯主义、军国主义、反犹太主义有着密切的联系。庞德是意象派的积极倡导者、才华横溢的编辑，但也是意大利法西斯主义的狂热拥护者和辩护士。在整个第二次世界大战期间，他在罗马电台的直播节目中咒骂罗斯福、列宁和托洛茨基，宣扬墨索里尼和希特勒的法西斯主义社会秩序。T.S.艾略特是文学上的古典主义者，政治上的保皇主义者，宗教上的英国国教高教派教徒，也是一个"恶毒的"反犹太主义者。在他的一些诗歌中，犹太人被用来隐喻现代文明的一切罪恶：资本主义、性的堕落、文化的衰退，等等。没有证据表明劳伦斯卷入了特定的右翼政治势力，但他在政治观念和立场上的极端性，比起庞德、T.S.艾略特有过之无不及。一些现代批评家把现代主义文本解读为中性的东西、一种纯粹的美学对象，但萨拉·布莱尔指出："这种企图本身就构成了一种政治行为。"萨拉·布莱尔认为，为现代主义作形式主义、客观主义辩护的批评家往往"低估了现代主义与法西斯主义的调情为后来的读者所提出的问题"。他提醒人们不要忘记，正是现代主义作家通过所谓"形式主义"和"客观主义"的文学创作，卓有成效地为 20 世纪初期的形形色色的政治和社会思想开辟了通向获得承认的道路。另一方面，萨拉·布莱尔也认为，我们"不假思索地把这些文本斥责为政治上的腐朽和好斗的东西，这也不是令人满意的姿态，因为它排除了深入思考的可能性，即思考具有特殊形式、理想和表现力的文学在超越当前背景的不同背景下的意义"①。萨拉·布莱尔的观点为我们评价劳伦斯开启了一条超越肯定—否定的两极化思路的新的研究方向。事实上，劳伦斯的创作实践提供了 20 世纪初现代主义文学参与政治的多种形式，也打开了后人解读那个充满喧哗与骚动的时代西方文化政治形态的一面窗子。劳伦斯的小说反映了世纪转折时期，西方资本主义陷入重大危机的关头，一代知识分子力图彻底颠覆资本主义现存秩序，为人类寻找新生之路的艰苦卓绝的努力，也反映了他们张皇失措的状态。因此，对劳伦斯的思想既要有清醒的价值判断，而历史地、客观地加以研究也是必要的。

---

① ［美］迈克尔·莱文森编：《现代主义》，田智译，218～219、218 页，沈阳，辽宁教育出版社，2002。

参考文献

一、劳伦斯著作及主要中译本

The White Peacock. Cambridge：Cambridge University Press，1983

Sons and Lovers. Cambridge：Cambridge University Press，1992

The Trespasser. Cambridge：Cambridge University Press，1981

The Rainbow. Cambridge：Cambridge University Press，1989

Women in Love. Cambridge：Cambridge University Press，1987

Mr Noon. Cambridge：Cambridge University Press，1984

The Lost Girl. Cambridge：Cambridge University Press，1981

Aaron's Rod. Cambridge：Cambridge University Press，1988

Kangaroo. Cambridge：Cambridge University Press，1994

The Boy in the Bush. Cambridge：Cambridge University Press，1990

The Plumed Serpent. Cambridge：Cambridge University Press，1987

Lady Chatterley's Lover. Cambridge：Cambridge University Press，1993

Love Among the Haystacks and Other Stories. Cambridge： Cambridge University Press，1987

The Virgin and the Gipsy and Other Stories. Cambridge： Cambridge University Press，2005

England，My England and Other Stories. Cambridge： Cambridge University Press，1990

St Mawr and Other Stories. Cambridge： Cambridge University Press，1983

The Fox，The Captain's Doll，The Ladybird. Cambridge： Cambridge University Press，1992

The Woman Who Rode away and Other Stories. Cambridge： Cambridge University Press，1995

The Prussian Officer and Other Stories. Cambridge： Cambridge University Press，1983

The Plays. Cambridge： Cambridge University Press，1999

Twilight in Italy and Other Essays. Cambridge： Cambridge University Press，1994

Sea and Sardinia. Cambridge： Cambridge University Press，1997

Sketches of Etruscan Places and Other Italian Essays. Cambridge： Cambridge University Press，1992

Studies in Classic American Literature. Cambridge and New York： Cambridge University Press，2003

Study of Thomas Hardy and Other Essays. Cambridge： Cambridge

University Press，1985

Apocalypse and the Writings on Revelation. Cambridge：Cambridge University Press，1980

Fantasia of the Unconscious. London：Martin Secker，1923

Psychoanalysis and the Unconscious. London：Martin Secker，1923

Phoenix：The Posthumous Papers of D. H. Lawrence. London：William Heinemann Ltd. ，1936

Phoenix Ⅱ：Uncollected，Unpublished and Other Prose Works by D. H. Lawrence. London：William Heinemann Ltd. ，1968

The Letters of D. H. Lawrence，Vol. 1-8. Cambridge：Cambridge University Press，1981—1993

白孔雀. 谢显宁，刘崇丽，王林，译. 北京：中国文联出版公司，1994

逾矩的罪人. 程爱民，裴阳，王正文，译. 南京：译林出版社，1994

儿子与情人. 吴延迪，孙晴霞，吴建衡，译. 哈尔滨：北方文艺出版社，1988

虹. 苟锡泉，温烈光，译. 广州：花城出版社，1992

恋爱中的女人. 袁铮，黄勇民，梁怡成，译. 哈尔滨：北方文艺出版社，1987

迷途的少女. 郑达华，邹书康，陶黎庆，译. 广州：广州文艺出版社，1988

出走的男人. 李建，译. 成都：四川文艺出版社，1988

劳伦斯文集.6，袋鼠.毕冰宾，译.北京：人民文学出版社，2014

羽蛇.彭志恒，杨茜，译.北京：中国文联出版社公司，1994

查特莱夫人的情人.赵苏苏，译.北京：人民文学出版社，2004

劳伦斯短篇小说集.主万，等译.上海：上海译文出版社，1983

未婚少女与吉普赛人.宋兆霖，等译.桂林：漓江出版社，1988

劳伦斯中短篇小说选.高健民，张丁周，译.哈尔滨：北方文艺出版社，1994

草堆里的爱情.景海，旭旻，译.石家庄：花山文艺出版社，1995

玫瑰园中的影子.靳梅琳，李靖民，唐再凤，译.天津：百花文艺出版社，2001

激情的自白——劳伦斯书信选.金筑云，应天庆，杨永丽，译.广州：花城出版社，1986

劳伦斯书信选.刘宪之，乔长森，译.哈尔滨：北方文艺出版社，1988

性与可爱.姚暨荣，译.广州：花城出版社，1988

灵与肉的剖白——劳伦斯论文艺.毕冰宾，译.桂林：漓江出版社，1991

劳伦斯散文选.马澜，译.天津：百花文艺出版社，1992

劳伦斯哲理散文选.姚暨荣，译.上海：上海三联书店，1995

劳伦斯散文精选.黑马，译.北京：人民日报出版社，1996

劳伦斯随笔选.毕冰宾，译.成都：四川人民出版社，1998

劳伦斯读书随笔.陈庆勋，译.上海：上海三联书店，2001

伊特鲁利亚人的灵魂.何悦敏，译.北京：新星出版社，2006

书·画·人. 毕冰宾，译. 北京：北京十月出版社，2006

影朦胧——劳伦斯诗选. 黄锡祥，译. 广州：花城出版社，1990

劳伦斯诗选. 吴笛，译. 桂林：漓江出版社，1995

二、英文研究书目

Alcorn, John. *The Nature Novel from Hardy to Lawrence*. London: The MaCmillan Press, 1977

Alldritt, Keith. *The Visual Imagination of D. H. Lawrence*. London: Edward Arnold, 1971

Becket, Fiona. *The Complete Critical Guide to D. H. Lawrence*. London: Routledge, 2002

Bell, Michael. *D. H. Lawrence: Language and Being*. Cambridge University Press, 1992

Bradbury, Malcolm. *The Context of Modern English Literature*. Oxford: Basil Blackwell, 1971

Brantlinger, Patrick. *Rule of Darkness: British Literature and Imperialism, 1830—1914*. Ithaca and London: Cornell University Press, 1988

Cavitch, David. *D. H. Lawrence and the New World*. Oxford University Press, 1969

Clark, L. D. *The Minoan Distance: The Symbolism of Travel in D. H. Lawrence*. Tucson: University of Arizona Press, 1980

Cowan, James C. *D. H. Lawrence's American Journey*. Cleveland

and London: The Press of Case Western Reserve University, 1970

D'Aquila, Ulysses L. *Bloomsbury and Modernism*. New York: Peter Lang, 1989

Delany, Paul. *D. H. Lawrence's Nightmare : The Writer and His Circle in the Years of the Great War*. New York: Basic Books, 1978

Dervin, Daniel. *"A Strange Sapience "*: *The Creature Imagination of D. H. Lawrence*. Amherst, Mass: University of Massachusetts Press, 1984

Draper, R. P. (ed.) *D. H. Lawrence: The Critical Heritage*. London and New York: Routledge, 1970

Ebbatson, Roger. *Lawrence and the Nature Tradition: A Theme in English Fiction , 1859—1914*. Brighton: The Harvester Press, 1980

Ehlert, Anne Odenbring. *"There's a Bad Time Coming "*: *Ecological Vision in the Fiction of D. H. Lawrence*. Uppsala: Uppsala University Library, 2001

Fernihough, Anne. *D. H. Lawrence: Aesthetics and Ideology*. Oxford University Press, 1993

Fernihough, Anne (ed.). *The Cambridge Companion to D. H. Lawrence*. Cambridge University Press, 2001

Freeman, Mary. *D. H. Lawrence: A Basic Study of His Ideas*. Gainesville: Uniersity of Florida Press, 1955

Harris, Janice Hubbard. *The Short Fiction of D. H. Lawrence*. New Jersey: Rutgers University Press, 1984

Hewitt, Duglas. *English Fiction of the Early Modern Period, 1890—1940.* London: Longman, 1988

Hoffman, Frederick F. *Freudianism and the Literary Mind.* Louisiana: Louisiana State University Press, 1945

Hough, Granan. *The Dark Sun: A Study of D. H. Lawrence.* London: Gerald Duckworth, 1956

Herzinger, Kim. *D. H. Lawrence in His Time: 1908—1915.* London: Associated University Presses 1982

Ingram, Allan. *The Language of D. H. Lawrence.* Houndmills: Macmillan Education, 1990

Kiberd, Declan. *Men and Feminism in Modern Literature.* London: The Macmillan Press, 1985

Kinkead-Weekes, Mark. *D. H. Lawrence: Triumph to Exile, 1912—1922.* Cambridge University Press, 1996

Leavis, F. R. *D. H. Lawrence: Novelist.* London: Chatto and Windus, 1955

Levenson, Michael (ed.). *Modernism.* Cambridge University Press, 1999

Meisel, Perry. *The Myth of the Modern: A Study in British Literature and Criticism after 1850.* New Haven and London: Yale University Press, 1987

Meyers, Jeffrey (ed.). *D. H. Lawrence and Tradition.* London: The Athlone Press, 1985

Milton, Colin. *Lawrence and Nietzsche: A Study in Influence*. Aberdeen University Press, 1987

Niven, Alastair. *D. H. Lawrence: The Novels.* Cambridge University Press, 1978

Nixon, Cornelia. *Lawrence's Leadership Politics and the Turn against Women.* University of California Press, 1988

Pinion, F. B. *A D. H. Lawrence Companion.* London: The Macmillan Press, 1978

Preston, Peter. *A D. H. Lawrence Chronology.* New York: St. Martin's Press, 1994

Quinones, Ricardo J. *Mapping Literary Modernism: Time and Development.* Princeton: Princeton University Press, 1985

Sagar, Keith. *The Art of D. H. Lawrence.* Cambridge University Press, 1966

Sagar, Keith(ed.). *A D. H. Lawrence Handbook.* Manchester University Press, 1982

Sagar, Keith. *D. H. Lawrence: Life into Art.* Penguin Books, 1985

Salgado, Gamini and G. K. Das(eds.). *The Spirit of D. H. Lawrence.* Rowman & Littlefield Publisher, Inc, 1987

Basingstoke & London: The Macmillan Press, 1988

Schneider, Daniel. *D. H. Lawrence: The Artist as Psychologist.* Kansas: University Press of Kansas, 1984

Schneider, Daniel J. *The Consciousness of D. H. Lawrence: A In-

tellectual Biography. University Press of Kansas, 1986

Schwarz, Daniel R. *The Transformation of the English Novel, 1890—1930.* London: Macmillan Press, 1989

Silva, Takei Da. *Modernism and Virginia Woolf.* Windsor: Windsor Publications, 1990

Simpson, Hilary. *D. H. Lawrence and Feminism.* DeKalb: Northern Illinois Uiversity Press, 1982

Spemder, Stephen (ed.). *D. H. Lawrence: Novelist, Poet, Prophet.* London: Weidenfeld and Nicolson, 1973

Squires, Michael. *The Pastoral Novel: Studies in George Eliot, Thomas Hardy, and D. H. Lawrence.* Charlottesville: University Press of Virginia, 1975

Squires, Michael, and Keith Cushman (ed.). *The Challenge of D. H. Lawrence.* Madison: The University of Wisconsin Press, 1990

Sumner, Rosemary. *A Route to Modernism: Hardy, Lawrence, Woolf.* Houndmills: Macmillan Press, 2000

Swigg, Richard. *Lawrence, Hardy, and American Literature.* New York: Oxford University Press, 1972

Thornton, Weldon. *D. H. Lawrence: A study of the Short Fiction.* New York: Twayne Publishers, 1993

Vivas, Eliseo. *D. H. Lawrence: The Failure and The Triumph of Art.* Evanston: Northwestern University Press, 1960

Wiener, Martin J. *English Culture and the Decline of the Industri-*

al Spirit. Cambridge：Cambridge University Press，1981

Williams，Linda Ruth. *D. H. Lawrence*. Plymouth：Northcote House Publishers，1997

Worthen，John. *D. H. Lawrence and the Idea of the Novel*. London：Macmillan，1979

Worthen，John. *D. H. Lawrence：The Early Years，1885—1912*. Cambridge University Press，1991.

三、中文研究书目

［英］马修·阿诺德. 文化与无政府状态. 韩敏中，译. 北京：生活·读书·新知三联书店，2002

［美］艾恺. 世界范围内的反现代化思潮——论文化守成主义. 贵阳：贵州人民出版社，1991

［美］埃克里松. 童年与社会. 罗一静，徐炜铭，钱积权，编译. 上海：学林出版社，1992

［英］奥兹本. 弗洛伊德和马克思. 董秋斯，译. 北京：中国人民大学出版社，2004

［苏联］巴赫金，沃洛希诺夫. 弗洛伊德主义. 佟景韩，译. 上海：上海文艺出版社，1988

［美］艾勒克·博埃默. 殖民与后殖民文学. 盛宁，等译. 沈阳：辽宁教育出版社、牛津大学出版社，1998

［美］C. 伯恩，M. 伯恩. 文化的变异——现代文化人类学通论. 杜杉杉，译. 沈阳：辽宁人民出版社，1988

［英］马·布雷德伯里，詹·麦克法兰，编. 现代主义. 胡家峦，等译. 上海：上海外语教育出版社，1992

［美］W. C. 布斯. 小说修辞学. 华明，等译. 北京：北京大学出版社，1987

［法］丹纳. 艺术哲学. 傅雷，译. 天津：天津社会科学院出版社，2004

［法］弗朗索瓦·多斯. 从结构到结构——法国20世纪思想主潮. 季广茂，译. 北京：中央编译出版社，2004

范中汇. 英国文化. 北京：文化艺术出版社，2003

冯季庆. 劳伦斯评传. 上海：上海文艺出版社，1995

［德］福珂斯. 情爱的放纵：资产阶级时代. 孙小宁，译. 北京：中国盲文出版社，2003

［英］弗雷泽. 金枝. 北京：中国民间文艺出版社，1987

［美］埃里希·弗洛姆. 弗洛伊德的使命. 尚新建，译. 北京：生活·读书·新知三联书店，1986

［奥］弗洛伊德. 图腾与禁忌. 赵立玮，译. 上海：上海人民出版社，2005

［奥］弗洛伊德. 性学三论. 林克明，译. 西安：太白文艺出版社，2004

［奥］弗洛伊德. 文明及其不满. 张沫，译. 石家庄：河北教育出版社，2003

［奥］弗洛伊德. 弗洛伊德后期著作选. 林尘，张唤民，陈伟奇，译. 上海：上海译文出版社，1986

[奥]弗洛伊德. 弗洛伊德论创造力与无意识. 孙恺祥，译. 北京：中国展望出版社，1987

[英]福斯特. 小说面面观. 苏炳文，译. 广州：花城出版社，1984

[法]安托瓦纳·贡巴尼翁. 现代性的五个悖论. 许钧，译. 北京：商务印书馆，2005

[美]艾米丽·汉恩. 劳伦斯和他身边的女人们. 于茂昌，译. 哈尔滨：北方文艺出版社，1998

[匈]阿格尼丝·赫勒. 现代性理论. 李瑞华，译. 北京：商务印书馆，2005

黑马. 心灵的故乡：游走在劳伦斯生命的风景线上. 北京：中国社会科学出版社，2002

[美]卡伦·霍妮. 我们时代的神经症人格. 冯川；译. 贵阳：贵州人民出版社，1988

侯维瑞. 现代英国小说史. 上海：上海外语教育出版社，1985

黄晋凯，张秉真，杨恒达. 象征主义·意象派. 北京：中国人民大学出版社，1989

黄龙保，王晓林. 人性的升华——重读弗洛伊德. 成都：四川人民出版社，1996

蒋炳贤编选. 劳伦斯评论集. 上海：上海文艺出版社，1995

[英]卡莱尔. 文明的忧思. 宁小银，译. 北京：中国档案出版社，1999

[美]马泰·卡林内斯库. 现代性的五副面孔. 北京：商务印书馆，2002

［美］迈克尔·莱文森，编. 现代主义. 田智，译. 沈阳：辽宁教育出版社，2002

李平. 世界妇女史. 海口：南海出版社、香港书环出版社，1995

［英］F. R. 利维斯. 伟大的传统. 袁伟，译. 北京：生活·读书·新知三联书店，2002

［法］列维-布留尔. 原始思维. 丁由，译. 北京：商务印书馆，1981

刘宪之，主编. 劳伦斯研究. 济南：山东友谊书社，1991

陆伟芳. 英国妇女选举权运动. 北京：中国社会科学出版社，2004

［英］约翰·罗斯金. 罗斯金散文选. 沙铭瑶，译. 天津：百花文艺出版社，1997

罗婷. 劳伦斯研究——劳伦斯的生平、著作和思想. 长沙：湖南文艺出版社，1996

［美］布伦达·马多克斯. 劳伦斯：有妇之夫. 邹海仑，李传家，蔡曙光，译. 北京：中央编译出版社，1999

［美］赫伯特·马尔库塞. 爱欲与文明——对弗洛伊德思想的哲学探讨. 黄勇，薛民，译. 上海：上海译文出版社，1987

马缨. 工业革命与英国妇女. 上海：上海社会科学院出版社，1993

毛信德. 劳伦斯. 成都：四川文艺出版社，2001

［苏联］叶·莫·梅列金斯基. 神话的诗学. 魏庆征，译. 北京：商务印书馆，1990

［美］凯特·米利特. 性政治. 宋文伟，译. 南京：江苏文艺出版社，2000

［英］乔治·摩尔. 伦理学原理. 长河，译. 上海：上海人民出版

社，2005

[美]穆尔. 血肉之躯——劳伦斯传. 张健，等译. 长沙：湖南文艺出版社，1993

[德]尼采. 权力意志——重估一切价值的尝试. 张念东，凌素心，译. 北京：商务印书馆，1991

[德]尼采. 善恶的彼岸. 朱泱，译. 北京：团结出版社，2001

[德]尼采. 论道德的谱系. 谢地坤，等译. 桂林：漓江出版社，2000

[德]尼采. 查拉斯图拉如是说. 尹溟，译. 北京：文化艺术出版社，1987

漆以凯. 劳伦斯的艺术世界. 南京：南京大学出版社，1998

[英]吉西·钱伯斯，弗丽达·劳伦斯. 一份私人档案：劳伦斯与两个女人. 叶兴国，张健，译. 北京：知识出版社，1991

[瑞士]荣格. 寻求灵魂的现代人. 苏克，译. 贵阳：贵州人民出版社，1987

[英]基思·萨嘉. 被禁止的作家——D. H. 劳伦斯传. 王增澄，译. 沈阳：辽宁教育出版社，1998

[美]爱德华·W. 萨义德. 东方学. 王宇根，译. 北京：生活·读书·新知三联书店，2000

[美]约翰·拉斐尔·施陶德. 心理危机及成人心理学. 于鉴夫，周丽娜，译. 北京：华夏出版社，1986

[德]叔本华. 作为意志和表象的世界. 石冲白，译. 北京：商务印书馆，1997

［德］叔本华. 叔本华论说文集. 范进，等译. 北京：商务印书馆，1999

［德］叔本华. 爱与生的苦恼. 陈晓南，译. 北京：中国和平出版社，1986

［德］斯太尔夫人. 德国的文学与艺术. 丁世中，译. 北京：人民文学出版社，1981

［美］亨利·纳什·史密斯. 处女地——作为象征和神话的美国西部. 薛蕃康，费翰章，译. 上海：上海外语教育出版社，1991

［英］爱德华·B. 泰勒. 人类学——人及其文化研究. 连树声，译. 南宁：广西教育出版社，2004

王立新. 潘神之舞：劳伦斯和他的《查泰莱夫人的情人》. 北京：中国人民大学出版社，1998

王章辉. 英国文化与现代化. 沈阳：辽海出版社，1999

［英］弗吉尼亚·伍尔夫. 论小说与小说家. 瞿世镜，译. 上海：上海译文出版社，2000

吴浩. 自由与传统——20 世纪英国文化. 北京：东方出版社，1997

伍厚恺. 寻找彩虹的人：劳伦斯. 成都：四川人民出版社，1998

［西］乌纳穆诺. 生命的悲剧意识. 上海：上海文学杂志社，1986

《译海》编辑部. 审判《查泰莱夫人的情人》. 广州：花城出版社，1996

余凤高. 飘零的秋叶：肺结核文化史. 济南：山东画报出版社，2004

余凤高. 西方性观念的变迁：西方性解放的由来和发展. 长沙：湖

南文艺出版社，2004

　　[意]马里内蒂. 未来主义·超现实主义. 张秉真，黄晋凯，主编.
北京：中国人民大学出版社，1994

附 录 | 新中国 60 年劳伦斯研究之考察与分析①

戴维·赫伯特·劳伦斯是英国现代著名作家，也是 20 世纪世界文学史上最具争议、最有影响的作家之一。他短暂的一生，为世人留下了 12 部长篇小说，70 余篇中短篇小说，8 部戏剧，近一千首诗歌，数量惊人的散文、随笔、书信，以及风格独特的文学和心理学研究著述。劳伦斯在世时，关于他的研究已在英语世界展开。20 世纪 50 年代，由于批评家利维斯的倾力辩护，劳伦斯作为"英国文学伟大传统"之一的崇高地位得以确立；在六七十年代，西方性解放运动如火如荼；80 年代，又逢劳伦斯作者逝世 50 周年、诞

① 本文曾收入申丹、王邦维任总主编的《新中国 60 年外国文学研究（第一卷下）·外国小说研究》（北京大学出版社 2015 年版），收入本书时略有改动。姜天翔为本文收集整理了部分资料，特此致谢。

辰 100 周年，受这些因素的综合影响，劳伦斯研究蓬勃发展；时至今日，劳伦斯研究在英美等国家已经发展为一个成熟、庞大的产业，涉及教育、学术、文化、旅游等多个领域，收入本节时略有改动。姜天翔为本文搜集整理了部分资料，特此致谢。

中国的劳伦斯研究，经过近 80 多年的发展，尤其是改革开放之后30 年的发展，已经取得了不俗的成绩，显示出鲜明的特色，为中国文学、文化的繁荣发展，做出了自己独特的贡献。

一、史前史：1922—1949 年

根据目前掌握的材料，劳伦斯的名字最早出现在《学衡》1922 年第 2期发表的胡先骕《评〈尝试集〉（续）》一文中。徐志摩在 1925 年最早翻译了劳伦斯的散文《说"是一个男子"》（载 1925 年 6 月 5 日的《晨报·文学周刊》）。郑振铎最早在文学史著作《文学大纲》(1927)中介绍劳伦斯。劳伦斯去世于 1930 年 3 月 2 日，同年 3 月 24 日《大公报·文学副刊》即刊登了"英国小说家兼诗人劳伦斯逝世"的消息。同年 6 月 20 日《申报》刊文《英国小说家劳伦斯逝世》，7 月出版的《现代文学》创刊号上刊登杨昌溪的短文《罗兰斯逝世》及赵景深翻译英国学者华伦(C. Henry Warren)的《罗兰斯论》，9 月的《小说月报》21 卷 9 号发表杜衡的文章《罗兰斯》，这些消息和文章简略介绍了劳伦斯生平和创作的基本概貌，作为对劳伦斯逝世的悼念。

1922—1949 年的劳伦斯研究尚处于起步期，没有专著出版，发表

的长短文章、消息仅 20 余篇；劳伦斯的作品，也只有长篇小说《查特莱夫人的情人》和 20 多篇中短篇小说、散文、诗歌翻译出版。这 20 多年间的劳伦斯研究，最可注意的是围绕《查特莱夫人的情人》性描写问题展开的讨论。这方面发表的文章有李冬辰的《法译〈贾泰兰夫人的情夫〉及其辩护》(《新月》1933 年 4 卷 6 期)，章益的《劳伦斯的〈却特莱爵夫人的爱人〉研究》(《世界文学》1934 年 1 卷 2 号)，郁达夫的《读劳伦斯的小说——〈却泰来夫人的情人〉》(《人间世》1934 年 10 月 14 期)，林语堂的《谈劳伦斯》(《人间世》1935 年 1 月 19 期)，以及《查特莱夫人的情人》的译者饶述一所写《译者序》(1936)。其他各类文章，也有论及这部作品性描写的。论者大都为劳伦斯的性描写进行辩护，而事实上国内极少见到有公开反对的文字。论者往往将《金瓶梅》与其对举，责前者是"诲淫""猥亵"之作，赞《查特莱夫人的情人》的性描写有严肃的目的性，是灵与肉的统一，且描写手法高妙。劳伦斯对现代中国作家的影响十分有限。郁达夫接触劳伦斯之前，已经写出了他的大多数小说作品；他盛赞劳伦斯的重要原因，是自己的小说与劳伦斯一样，都有性描写，因此惺惺相惜，同时为自己的创作张目。在 40 年代，沈从文的小说《看虹录》发表后，有论者认为"完全是模仿劳伦斯的"[①]。在 80 年代，美国汉学家金介甫曾就此向沈从文求证，得到肯定的答复，这可视为中国作品唯一受到《查特莱夫人的情人》影响的例证。此为劳伦斯研究的史前史。以下分两个阶段，从三个方面对新中国的劳伦斯研究进行考察和分析。

---

① 孙陵：《沈从文〈看虹摘星〉》，见刘洪涛、杨瑞仁编：《沈从文研究资料》，304 页，天津，天津人民出版社，2006。

二、1949—1990 年的劳伦斯研究

1949—1979 年的三十年间，由于特殊的历史原因，劳伦斯研究基本上是一片空白，仅 1963 年商务印书馆出版的《外国哲学社会科学人名录》、1965 年商务印书馆出版的《近代现代外国哲学社会科学人名资料汇编》，收入了"劳伦斯"词条。再就是《查特莱夫人的情人》以手抄本的形式在民间流传。进入 80 年代，随着中国开始改革开放，劳伦斯研究迎来全面复兴。

《译丛》杂志 1980 年第 1 期刊登劳伦斯的短篇小说《木马冠军》，可视为劳伦斯研究复兴的第一个信号。紧接着，《世界文学》1981 年 2 期发表赵少伟的《戴·赫·劳伦斯的社会批判三部曲》，并刊登了劳伦斯的中篇小说《狐》和短篇小说《请买票》，以"论文＋翻译"的组合形式，将已然陌生的劳伦斯重新介绍给中国读者。赵少伟的论文以马恩思想为指引，以"社会批判"为切入点，全面肯定了劳伦斯的创作；劳伦斯作品中的性描写，也在此名义下获得了积极意义。这种"小心翼翼"的论述进路，为具有强烈叛逆色彩的劳伦斯披上了一件"合法"的外衣，避开了研究中可能遇到的非文学干扰。在改革开放初期，这不失为一种有效的学术策略。赵少伟的论文被公认为中国劳伦斯研究上的一个突破，具有开拓性的历史意义。

在 80 年代，一批劳伦斯的作品及研究著作相继翻译出版，对劳伦斯研究的复兴有重要的推动作用。1983 年，人民文学出版社推出陈良

廷、刘文澜翻译的《儿子与情人》，上海译文出版社推出主万等人翻译的《劳伦斯短篇小说集》，收入《普鲁士军官》《菊花的幽香》等 15 个短篇。1983 年，《外国文学》3 期刊登了王佐良译的劳伦斯诗三首。1986 年，生活·读书·新知三联书店推出英国学者克默德著、胡缨译的《劳伦斯》，同年 12 月，湖南人民出版社将饶述一译的《查特莱夫人的情人》翻印再版。1987—1988 年，刘宪之主编的 6 卷本"劳伦斯选集"由北方文艺出版社出版，这六卷作品是《白孔雀》《儿子与情人》《彩虹》《恋爱中的妇女》《劳伦斯中篇小说集》《劳斯书信选》，产生了较大的社会反响。1988 年，广州文化出版社出版了郑达华等译的《迷失的少女》，四川文艺出版社出版了李建译的《出走的男人》，漓江出版社出版了吴笛译《劳伦斯诗选》等劳伦斯作品。这些译作的出版，使劳伦斯开始为广大中国读者所熟知；尤其是《查特莱夫人的情人》出版后旋即被查禁，成为轰动一时的事件，引发该书盗版猖獗、读者彻夜排队抢购的"盛况"。在翻译的持续推动下，劳伦斯研究热在 80 年代中后期出现。

80 年代中后期的劳伦斯研究热，有两个标志性事件。其一是中国首届劳伦斯学术研讨会于 1988 年 10 月中旬在上海召开。这次研讨会由上海第二教育学院主办，刘宪之教授负责筹办组织，国内外劳伦斯研究者 100 多人与会。会议论文后来由刘宪之主持选编、翻译，结集为《劳伦斯研究》，1991 年由山东友谊书社出版。会议期间，还成立了中国劳伦斯研究会，由刘宪之担任会长。虽然研究会工作因会长刘宪之不久赴加拿大讲学、居留而陷入停滞，但会议与学会产生的影响却是深远的。它展示了国际学术界新的劳伦斯研究成果，促进了中西劳伦斯研究的学术交流，有力地推动了中国劳伦斯研究的发展。

其二是 1989 年，上海《环球文学》杂志第 2 期开设"《查特莱夫人的情人》十人谈"专栏。《环球文学》1989 年 1—4 期都在用专栏形式讨论立法杜绝色情文学泛滥的问题，"《查特莱夫人的情人》十人谈"是其中讨论的一个重要话题。参加笔谈的十人，身份是学者、编辑、教师、官员、普通读者，他们围绕这一话题从各自角度发表了意见。此外，还有三篇相关文章刊发在这期间出版的《环球文学》上，它们是杉蘅的《两本禁书：〈查太莱夫人的情人〉与〈玫瑰梦〉优劣探》(第 1 期)、刘洪涛的《性的反思——对劳伦斯性描写的两点思考》(第 4 期)、索天章的《〈查太莱夫人的情人〉告诉我们一些什么？》(第 4 期)。论者一致将劳伦斯的《查特莱夫人的情人》与色情文学相区别，大都认为劳伦斯的性描写具有严肃的目的性，内涵丰富，有较高的认识价值和审美价值，也合乎伦理道德。考虑到《查太莱夫人的情人》刚被官方查禁不久，《环球文学》为其张目，显示出的学术勇气和胆识令人敬佩。但也有论者批评劳伦斯过于拔高性爱在精神提升方面的作用，过分渲染性爱细节，扭曲了性爱与生命、性爱与人际关系的真实意义。

纵观 80 年代中国的劳伦斯研究，一个明显的特点，是其与新时期文学进程的密切联系。80 年代的中国文学是思想解放运动的重要推手，而将性爱视为自然人性加以充分肯定和表现，是思想解放运动的一个重要面向。新时期文学中的性描写从 80 年代中期开始集中涌现，仅 1985 年，就有张贤亮的《男人的一半是女人》、贾平凹的《黑氏》、杨克祥的《玉河十八滩》等作品发表；1987 年，有马原的《亮出你的舌苔或空空荡荡》发表。这一时期出现的"劳伦斯热"，尤其是"《查太莱夫人的情人》热"，无疑与这样的时代氛围有关。平心而论，这些作家笔下的性描写，未必都受到劳伦斯性描写的直接影响，但他们受到劳伦斯这样一位文学名家的创作鼓舞则是肯定的。劳伦斯为 80 年代中国文学的发展"贡献"了自己的一份力量，对一个作家而言，这是幸运的。

80 年代的劳伦斯学术研究成果，最可注意的是侯维瑞《现代英国小说史》(上海外语教育出版社 1985 年 12 月版)中的第四章"社会批判和心理探索的结合：戴维·赫伯特·劳伦斯"，它代表了 80 年代劳伦斯研究的最高水平。这一章分为"现代主义小说的高潮与弗洛伊德和柏格森的影响""劳伦斯创作的主题与倾向""生平与思想""《儿子与情人》和早期小说""《虹》与《恋爱中的妇女》""后期小说及《恰特莱夫人的情人》""中短篇小说以及其他作品""风格技巧分析"8 节，共 50 页，4 万多字。侯维瑞将劳伦斯认定为英国现代主义小说高峰时期的代表作家，对其思想渊源和倾向、创作的发展道路、创作主题、艺术风格及代表作品，进行了全面深入的研究。尤其是侯维瑞认为，劳伦斯作为现代主义作家，"主要并不表现在对小说形式的革新方面"，而在于更本质性的探索，即着力表现现代工业文明社会中"受到压抑、趋于分裂的自我，那种遭到扭曲的人性和受到挫折的本能"，特别是"性本能"，从而与传统小说着力表现的"老式而稳定的自我"有了根本的区别。侯维瑞从思想性因素出发界定劳伦斯创作的本质，对常见的从流派归宿或形式因素界定作家本质属性的做法，是一种纠偏，有重要的的启示意义。

1981—1990 年发表的劳伦斯研究期刊论文(含译文)，目前收集到的有 60 篇。除了赵少伟的论文，其他比较重要的论文还有：王家湘的《劳伦斯之探索》(《外国文学》1985 年 1 期)、毕冰宾的《时代与〈虹〉》(《外国文学研究》1985 年 4 期)、王立新的《西方工业文明与人的悲剧性冲突：

读劳伦斯的〈恰特利夫人的情人〉》（《天津师范大学学报》1986 年 6 期）、周汉林的《文苑沧桑，谁主沉浮——论"劳伦斯热"与劳伦斯爱情观》（《贵州大学学报》1987 年 1 期）、蒋炳贤的《新世界的憧憬——评戴·赫·劳伦斯的〈虹〉》（《杭州大学学报》1987 年 3 期）、蒋明明的《劳伦斯笔下的妇女》（《外国文学研究》1989 年 1 期）、徐崇亮的《现代人的悲剧——论劳伦斯的〈白孔雀〉》（《外国文学研究》1989 年 1 期）、郭英剑的《探索心灵的轨迹——D. H. 劳伦斯短篇小说论》（《外国文学研究》1990 年 1 期）、吴笛的《诗中的自我，心灵的轨迹——评哈代和劳伦斯的诗歌创作》（《外国文学评论》1990 年 2 期）、叶兴国的《论戴·赫·劳伦斯的继承与创新》（《外国文学评论》1990 年 3 期）、刘洪涛的《荒原启示录——劳伦斯思想寻踪》（《贵州民族学院学报》1990 年 2 期）、蒋承勇的《评劳伦斯小说艺术的现代主义倾向》（《上海师范大学学报》1990 年 3 期）等。这些文章的作者中，蒋炳贤是前辈学者，王家湘、周汉林是中年学者，其余大都是 80 年代毕业的硕士研究生，他们思想新锐，视野开阔，为 80 年代的劳伦斯研究做出了重要贡献。

三、1991—2010 年的劳伦斯研究

进入 90 年代之后，劳伦斯研究逐渐脱离了社会文化思潮的漩涡中心，转向相对纯粹的学术本身，经过 20 年的发展，取得了丰硕的成果。笔者据掌握的资料统计，1990—2010 年这 21 年间，中国内地发表劳伦斯研究期刊论文 1150 篇，国图馆藏硕士学位论文 187 篇、博士学位论

文 5 篇，出版学术专著 20 余部。以下从四个方面对这些成果进行总结。

第一是主题思想研究。这是中国劳伦斯研究者持久的兴趣所在，成果数量占有压倒性优势。各家对劳伦斯作品主题思想的分析，综合起来有四个方面：工业文明与大自然的冲突，两性关系，死亡与再生，对非理性心理世界的探索。

劳伦斯出生在诺丁汉伊斯特伍德矿区，这一地区与乡野自然比邻，青少年时期的劳伦斯频繁转换于这两种生活环境之间。他从自己的这种直接经验感受中，也从英国的乡村田园文化传统中汲取灵感和力量，对现代工业文明展开批判。他表现大自然的诗意之美，追求回归自然；又表现工业文明与大自然的冲突、对大自然造成的破坏、对人内在生命力的摧残。更进一步，劳伦斯还超越了具体的煤矿生产领域，从整体上把现代文明塑造成一种异己力量，广泛展示了其存在的方方面面。现代化追求的是功利化和效率。作为现代化的具体成果，现代文明在为人提供舒适的物质享受的同时，也必然将人本身组织到机械化的程序中去，使之工具化、理性化、物化和社会化。劳伦斯抓住了现代文明这一根本要害，并坚决反对。两性关系是劳伦斯小说关注的另一个焦点问题。劳伦斯表现畸形的两性关系，也探索理想的两性关系。畸形的两性关系主要表现为社会化婚姻、无性之爱、精神占有，都是工业文明所结的恶果。理想的两性关系建立在男性君临和女性屈服，以及去社会化和爱欲体验的基础之上。劳伦斯尤其推崇健康、奔放的性爱，认为它在激发人的美好天性、活力、朝气，调节人类最基本的关系——两性关系方面，具有决定性作用。劳伦斯是肺结核患者，这种消耗性的不治之症使他时时感受到死亡的威胁；他所处的又是一个大动荡、大变革的时代，绝望与希望并存。受个人身体状况和时代的双重影响，劳伦斯热切表现经验的或超验的死亡形态，同时也追求向死而生。这三个层面的主题内涵呈现这样一种紧密的关联：现代文明造就的扭曲的两性关系被死亡的冥河淹没，与大自然在精神上一致的理想两性关系架着彩虹获得再生。劳伦斯就像一个先知，宣称自己处在一个危机的时代，最后的审判即将来临，他竭力向他的教民们昭示如何经历死亡，走向再生。劳伦斯对死亡和再生的表现使他的作品从写实走向象征，从经验世界升腾到超验世界，从而获得深广的哲理内涵。

劳伦斯是一位现代心理小说家。他受非理性主义影响和现代主义思潮的策动，着力表现人的"另一个自我"，也就是被本能、欲望、潜意识所驱动的非理性自我。研究者注意到，劳伦斯小说中的非理性自我具有双重职能：一方面它是现代文明的内化形式，各种扭曲、变态、畸形的"情结"、欲念、本能汇聚其中，昭示着现代文明沉沦、堕落的程度。另一方面，劳伦斯又认为，现代文明与人的非理性自我是一种敌对关系，与生命的本质相悖，使人的生命力衰竭。只有让原始自然本性复归，人类才能重新焕发活力；而激活人的躯体、血性，尤其是性本能，是劳伦斯探索的再生途径之一。因此，劳伦斯表现的工业文明与大自然的冲突、两性关系，以及死亡与再生主题，都通过非理性心理世界得以呈现。

第二是艺术形式与技巧研究。研究者从不同角度，对劳伦斯小说艺术中的现代主义元素进行了深入的研究。蒋承勇有多篇文章独辟蹊径，从小说情节的非连贯性、多重复合式叙述结构、深度对话模式等角度，阐述了劳伦斯小说的现代主义艺术特征，很有启发性。但国内学者讨论最多的是象征手法。大量论文对劳伦斯作品中出现的意象象征、场景象征和原型象征进行了深入讨论。所谓意象象征，顾名思义，是用意象作为象征的媒介。意象或来自自然，或来自宗教，或来自二者的混合。劳伦斯常用的自然意象有月亮、花朵、马、飞鸟、河水、太阳、白孔雀、狐等，这些意象往往是女性力量、男性力量及情欲的象征。宗教意象大多来自基督教，如《圣经》故事和人物、基督教堂、圣像、宗教仪式等，也有的来自异教的神祇和图腾，如潘神、黑神、羽蛇、灵船等，这些意象通常象征着死亡与新生。有的意象则综合了自然与宗教的双重因素，如《虹》中的彩虹，既是自然现象，又是《圣经》描述的大洪水之后上帝与其选民立约的标记。劳伦斯还善用场景象征。场景是由环境、物象和人物组成的综合体，往往以章节为单位。例如《虹》中安娜和威尔在月光下搬运麦子的场景，《恋爱中的女人》中杰罗尔德当着古娟的面对一只兔子施暴的场景，都是场景象征的范例。在场景象征中，物象本身可以是有固定象征意义的意象，也可以是恰巧出现的任何自然物。劳伦斯小说中的原型象征有两个特点：其一，原型都有宗教神话内涵，其中主要是《圣经》内涵；其二，原型故事与小说的情节结构相叠合，从而形成了一个具有超验意义的叙事框架。如《虹》中布兰温家族三代人的生活和情感变迁，就与《圣经·创世记》的叙事框架有着高度叠合。《恋爱中的女人》的情节则被套上了一个《圣经·启示录》中构建的末世—拯救框架。研究者对上述不同形式的象征手法追根溯源，梳理分析，深化了对劳伦斯作品的理解。

　　第三是对劳伦斯其他文类作品的研究。劳伦斯小说历来是研究者关注的重点，诗歌次之，散文、戏剧、文学批评等文类的研究则十分薄弱。据笔者统计，诗歌专题研究方面有期刊论文 71 篇，硕士学位论文 5 篇，博士学位论文 1 篇。研究的内容涉及劳伦斯诗歌的自然观、生态观、死亡意识、拯救意识，以及其诗歌的语言、色彩、意象、原型等。有学者论及劳伦斯诗歌创作的概况、特点和发展历程，以及各个时期诗歌的特征。劳伦斯的诗集《鸟兽花》、动物诗，以及一些单篇作品如《钢琴》《樱桃偷盗者》《蛇》《灵船》等，也受到关注。在散文研究方面，何善强的《论劳伦斯的散文》(1991)介绍了劳伦斯散文的基本面貌和特点。其他为数不多的论文和教材章节，有的分析其散文的游记体风格和自然观，有的研究《大海与撒丁岛》的生态思想和隐喻转喻色彩，有的介绍《意大利的曙光》《伊斯特拉坎地方》等散文集的内容和特色等。劳伦斯创作过 8 部戏剧，但国内仅见《D. H. 劳伦斯戏剧文本研究的价值》(2008)和《论劳伦斯戏剧的乡土特色》(2010)两篇期刊论文、《扭曲男女关系的描摹，和谐男女关系的追寻——劳伦斯戏剧矿工三部曲研究》(2006)和《创新与突破——劳伦斯三部戏剧主题与技巧研究》(2009)两篇英语语言文学硕士论文。这些论文，注意到劳伦斯若干戏剧的题材和主题、戏剧语言的乡土色彩，与其小说的互文性，以及历史、传记价值，但鲜有对其作为戏剧艺术的专业研究。剑桥版《劳伦斯书信全集》收录的劳伦斯的书信有四千多封，但国内仅见《不带面具的诗人——D. H. 劳伦斯书信研究》一篇论文。关于劳伦斯的重要文学批判著作《美国经典文学研究》，刘洪涛在其论文《D. H. 劳伦斯的美国想象》中有所涉及，指出了其对美国文学研究的启示意义，以及对劳伦斯小说中的美国想象发挥的作用。

第四是各种批评方法的应用。作为一位思想内涵异常丰富复杂的作家，劳伦斯为各种文学批评方法的应用提供了试验场；反过来，这种批评方法又拓展了劳伦斯研究的领域，促进了劳伦斯研究向深入发展。

　　精神分析是最早应用于劳伦斯研究的一种批评方法。劳伦斯深受弗洛伊德影响，其作品又以两性关系作为表现的中心，因此可作精神分析的案例比比皆是。学者们提及最多的是《儿子与情人》中的恋母情结，其次是短篇小说《美妇人》中的畸形母爱，都指出畸形母爱对男性成长所其起的桎梏作用。也有研究者注意到劳伦斯与弗洛伊德精神分析理论更广泛的连接，如他把性爱看成人类活动的基本动力，将健康性爱与文明相对立，把性压抑看成文明的产物等，认为这些观念构成了劳伦斯思想的基本脉络。女性主义批评方法使研究者注意到劳伦斯与英国女权主义运动之间的深刻联系，帮助研究者分析其作品中新女性形象产生的社会背景，分析劳伦斯对待新女性既崇拜又憎恶的矛盾态度，分析其男权思想产生的根源。生态批评是进入 21 世纪之后，劳伦斯研究中应用最多的批评方法。劳伦斯终其一生向往和追寻大自然，作品中的乡土性和对大自然的诗意描写，大自然与工业文明对立的主题表现，回归自然、亲近自然的思想，都为生态批评提供了丰富的材料；其内涵和意义，也在生态批评中得到更充分和深刻的阐发。值得关注的是苗福光的《生态批评视角下的劳伦斯》（2007）一书，这是国内第一部应用生态批评方法，系统研究劳伦斯生平和创作的专著，是作者在其 2006 年博士论文的基础上拓展而成的。该书从自然生态、社会生态、精神生态三个层面，较全面地分析了劳伦斯的生态思想，阐述了其作品中的自然人、文明人形象的生态学意义，还关注到作为生态批评家的劳伦斯形象。

　　比较文学的研究方法在劳伦斯研究中也被广泛应用。在西方文学方面，研究者论述了劳伦斯与《圣经》、布莱克、乔治·艾略特、狄更斯、托尔斯泰、哈代、叔本华、尼采、弗洛伊德、柏格森、乔伊斯、卡夫卡、T. S. 艾略特、海明威、杜拉斯等西方文学经典和作家的血缘关系或类同关系。劳伦斯与中国文学的关系是比较研究的热点，分为三种类型。第一种类型是比较劳伦斯与中国作家、作品的关系，如与《金瓶梅》、郁达夫、沈从文、张爱玲、张贤亮、贾平凹、莫言等作家的作品在性描写、原始主义倾向、意象象征手法、女性主题等方面的类同与差异。其中毛信德的《郁达夫与劳伦斯比较研究》、田鹰的《比较视野中的张贤亮和劳伦斯性爱主题研究》是系统研究相关问题的专著，其中不乏精彩的观点和论述。第二种类型是中译本研究，有多篇期刊论文和硕士学位论文研究《查特莱夫人的情人》的中译本，或比较几个不同的译本，研究译者对作品中的方言和性描写的处理方式，也有对错译、漏译现象进行纠偏指瑕的。第三种类型是研究劳伦斯作品在中国的译介和传播。其中郝素玲、郭英剑的《劳伦斯研究在中国》（《河南师范大学学报》1993年第 3 期）、董俊峰、赵春华的《国内劳伦斯研究述评》（《外国文学研究》1993 年第 3 期）、廖杰锋的《20 世纪 80 年代前 D. H. 劳伦斯在中国的传播综论》（《衡阳师范学院学报》2005 年 2 期）、杨斌、吴格非的《中国的劳伦斯研究述评》（《成都教育学院学报》2005 年 10 期）、杨斌的《劳伦斯作品在中国的翻译综述》（《成都大学学报（教育科学版）》2008 年 2 期）等论文最有代表性。

其他应用于劳伦斯研究的批评方法还有原型批评，解构主义批评，叙事学、伦理学批评等，这些研究都取得了一定的成绩。

1995 年之后，中国的劳伦斯研究向纵深和综合发展，涌现出一批较有分量的学术传记和专著，值得特别关注。其中冯季庆的《劳伦斯评传》(上海文艺出版社 1995 年版)，是首部国内学者撰写的劳伦斯评传。全书以劳伦斯对生命的体验、对两性关系的探索为主线，按时间顺序展现了劳伦斯坎坷的一生，还列专章讨论了《儿子与情人》《虹》《恋爱中的女人》和《查泰来夫人的情人》四部长篇的思想艺术价值。

罗婷的《劳伦斯研究：劳伦斯的生平、著作和思想》(湖南文艺出版社 1996 年版)是国内系统研究劳伦斯的第一部学术专著，除了设专题分析劳伦斯的《儿子与情人》《虹》《恋爱中的女人》《查特莱夫人的情人》等 6 部长篇小说，以及中、短篇小说和诗歌创作，还以"劳伦斯创作中的哲学思想""劳伦斯笔下的人性异化""劳伦斯与弗洛伊德""劳伦斯与女权主义"为题，对劳伦斯文学创作的主题、思想及其来源和背景，进行了较为全面深入的分析。

1998 年是中国劳伦斯研究的丰收年，有四部专著和传记出版。漆以凯的《劳伦斯的艺术世界》(南京师范大学出版社)对劳伦斯《阿伦的杖杆》《袋鼠》和《羽蛇》这三部较少受到关注的长篇小说所反映的权力意志和超人思想进行了研究，还探讨了劳伦斯小说中的女性形象和二元论思想，分析了劳伦斯对哈代的继承与创新。王立新的《潘神之舞：劳伦斯和〈查泰莱夫人的情人〉》重点探讨了《查泰莱夫人的情人》的创作背景、社会影响和历史地位，肯定了劳伦斯性观念的严肃性。毛信德的《郁达夫与劳伦斯比较研究》(杭州大学出版社)细致梳理了郁达夫与劳伦斯有关的文献，并从风格与人格、自我表现主题、人物塑造、性描写、审美意识、哲学思想和道德观念、心理描写和语言技巧、地位和影响等角度，比较了中西两位小说家的异同。伍厚恺的《寻找彩虹的人：劳伦斯》是一部优秀的传记作品，以大量第一手资料，颇富感染力的文字，细腻地描述了劳伦斯的生平与创作道路，在其生平经历和创作之间建立起因果连接，并对劳伦斯六部长篇小说的主题和艺术进行了精细而深刻的分析。

黑马（本名毕冰宾）是新时期出现的最重要的劳伦斯作品的翻译家，也是重要的劳伦斯研究者。他从 80 年代中期开始发表劳伦斯研究的论文。2002 年出版的《心灵的故乡：游走在劳伦斯生命的风景线上》（中国社会科学出版社）一书，是一部融游记、随笔、评传与研究为一体、图文并茂的佳作，它通过对劳伦斯家乡和生活地的实地考察，详尽地挖掘了劳伦斯作品的生活原型，以及劳伦斯生活经历，尤其是情爱经历对其创作的影响。

刘洪涛 2007 年出版的《荒原与拯救：现代主义语境中的劳伦斯小说》（中国社会科学出版社）一书是作者在广泛收集材料和实地考察的基础上写成的，把劳伦斯放在现代主义语境和英国历史文化传统中加以考察，指出劳伦斯是工业文明坚定的批判者，劳伦斯认为工业文明的根本缺陷是使人社会化和机械化，压抑了人的直觉、本能和欲望，使人的生命能量枯竭。从这一立场出发，劳伦斯以极大的热情表现两性关系，表现新女性形象，挖掘人的非理性心理世界，驰骋于异域原始文明想象，描绘了西方现代文明崩溃的整体图景，并且为探索人类走出荒原的道路殚精竭虑。该书除了揭示劳伦斯小说中丰富的现代思想及其意义，还对其中的男权主义、心理神秘主义、极端原始主义和过度性描写等倾向进行了反思和批判。

四、几点反思

中国的劳伦斯研究还存在严重不足，应该引起重视。

第一是翻译。在汉语言环境中从事外国文学研究，翻译必不可少。1980 年以来，国内对劳伦斯作品的翻译持续升温，他的小说、散文作品绝大多数已经被翻译；尤其是长篇小说，更出现了一本多译的现象，如《儿子与情人》有 30 个译本，《虹》有 22 个译本，《恋爱中的女人》有 21个译本，《查特莱夫人的情人》有 9 个译本。北方文艺出版社、花城出版社、漓江出版社等多家出版社还推出过劳伦斯作品系列。一些重要的传记作品，如杰西·钱伯斯和弗丽达·劳伦斯的回忆录，理查德·奥尔丁顿、哈利·摩尔、布伦达·马多克斯的传记作品等，也都有了中译本。但可喜之余，也必须清醒地意识到，劳伦斯作品的翻译还存在严重问题，主要表现在四个方面：第一是不少译本质量不高，错译、漏译现象严重；不标明所据原本，没有介绍性文字。第二是翻译不均衡，四部长篇小说译本众多，诗歌和书信译本不足，戏剧还没有译本。第三是改头换面、重复编选，散文选集在这方面尤为严重。市场上能见到的劳伦斯散文集有 24 种，书名虽花样百出，篇目却往往雷同。第四是伪作鱼目混珠，以讹传讹。例如中国文联出版公司 1994 年版的《嫉妒》，山东文艺出版社 2010 年出版的《嫉妒》和《野爱》，都署劳伦斯之名，但"形迹可疑"。造成以上问题的原因是多方面的，若要有效解决，需要文化部门，或有实力的出版社做出长远规划，并加大资金投入。

第二是研究水平有待进一步提高。目前的研究存在三点不足：第一，研究多集中在劳伦斯的长篇小说上，关于中短篇小说、诗歌、散文、戏剧、书信、文论和心理学著作，有分量的研究成果不多。对劳伦斯研究中的许多重要问题，如生平考证、版本校勘都没有涉及；对劳伦斯作品所涉及的历史、文化、地理因素的精细研究还没有展开；对劳伦斯在文学史上的地位，以及他对传统的继承和创新，缺乏真正的体认。第二，低水平重复研究日趋严重。其中既有选题重复，也有研究方法的重复，甚至还有观点的重复。例如，仅 2010 年就发表了 34 篇研究《儿子与情人》的论文，其中有 7 篇讨论"畸形异化"问题，6 篇讨论俄狄浦斯情结。对《查特莱夫人的情人》的性描写研究、象征手法研究，也存在类似现象。很难想象这样的论文能够有所创新。第三，缺乏学术规范。有的学者在使用他人材料和观点时过于随意，断章取义者有之，不标明出处者有之，不核对原始文献出处者有之。

综上所述，建国后 60 年来中国的劳伦斯研究取得了喜人的成果，为今后的研究打下了扎实的基础。而其间存在的一些问题，往往不在劳伦斯研究本身，而是整个学术大背景的问题。愿适当的反思，能帮助我们沉下心，踏踏实实地进行研究，相信国内劳伦斯研究将会更上一层楼。

后　记

　　我对劳伦斯的兴趣，可以追溯到 20 世纪 80 年代中后期。当时劳伦斯在中国正热，我的研究方向又是英国现代文学，于是就选了他作为自己硕士论文的题目。1988 年 10 月，上海召开劳伦斯国际学术讨论会，我得到消息也赶去参加，在会上结识了不少朋友，也加深了对劳伦斯的理解。1989 年，我以《作为现代心理小说家的劳伦斯》为题的硕士学位论文，顺利通过了答辩，受到导师和答辩委员会成员的好评。

　　硕士研究生毕业后，我到西南地区一所大学任教，为学生开设了"劳伦斯研究"选修课。这门课程受到学生异乎寻常的热烈欢迎，也使我深受鼓舞，当时发下"宏愿"，希望在学位论文的基础上，写一部劳伦斯研究的专著。但这个愿望当时没能实现。1992 年，我考入上海华东师范大学，师从钱谷融先生攻读中国现当代文学博士学位，劳伦斯研究暂时搁置。1995 年博士研究生毕业，到北京师范大学中文系比较文学与世界文学教研室工作。虽然自此以后，劳伦斯研究已经属于"专业"范围，但其他更加紧迫的学术任务常常挤进来，劳伦斯研究不得不一拖再拖。2001 年 1—4 月，我到意大利北方的特伦托大学做访问学者。在意大利期间，我专程到附近加尔达湖畔的加尔尼亚诺（Gargnano）寻访劳伦斯的足迹。劳伦斯 1912 年 9 月—1913 年 4 月在这个小村落的 Via Colletta 街 44 号居住过。烟雨中我静静地在那栋米黄色的三层别墅前站立了许久，又步行到劳伦斯在《意大利的曙光》中描写过的圣托马斯教堂。小教堂位于长满了橄榄树的半山腰，地基的一部分已经坍塌，在雨中透着荒凉。劳伦斯当年就是从这里遥望湖对岸的雪山，而整个教堂和他都沐浴在强烈的阳光中，宛如天使降临的那个时刻。在意大利期间，我还应英国诺丁汉大学劳伦斯研究中心主任约翰·沃森（John Worthen）教授的邀请，对诺丁汉大学作过 10 天的短暂访问。在约翰·沃森教授安排下，我参观了劳伦斯研究中心的收藏，复制了大量劳伦斯研究资料。约翰·沃森教授还驱车带我到劳伦斯的故乡伊斯特伍德参观。伊斯特伍德在上个世纪后半期实施过一个"凤凰重生"计划，完成了从煤矿工业向旅游和房地产业的成功转型。这座当年的矿区小镇，早已不复有烟尘蔽日、机声隆隆的景象，但孕育了一个伟大作家的 19 世纪末 20 世纪初的生活原貌却被基本保存下来：海格斯农场、莫格林水库、几处矿井、矿工宿舍、劳伦斯居住过的房子，等等。将劳伦斯创作中的场景与现实一一对照，拉近了我和劳伦斯之间的距离，增加了我对劳伦斯的感性认识。

真正动手写这部酝酿已久的专著，还是 2004 年秋天的事情，时间距离我初次接触劳伦斯，已经过去了 17 年。当时我到剑桥大学英语系作为期一年的访问学者，此时我的沈从文研究已经告一段落，可以腾出手做这件事情了。剑桥有非常丰富的研究资料、优越的学术环境，我也有了充裕的时间，于是沉下心来，在一年时间里完成了这本书的初稿和二稿。在英国访学期间，我又专程到诺丁汉伊斯特伍德做了为期三天的考察，再一次查找、核实劳伦斯小说中出现的物景、人物与现实的联系，收获是巨大的。2005 年秋回国后，我抓紧时间完成了第三稿，并最终定稿。一件旷日持久的学术工作总算完成了。

遥想当初第一次读《儿子与情人》的时候，我才 20 多岁，一转眼近20 年过去了。时间给我的劳伦斯研究的最大影响，是我很难与劳伦斯再产生共鸣了。劳伦斯对非理性精神的张扬，曾让我如同发现新大陆一般，感到异常欣喜和激动；如今，我更多是以批评挑剔的眼光看待他。也难怪，随着人生阅历的增加、环境的变化，思想和心态都发生了很大变化，对劳伦斯不产生新认识才真的有问题呢。我渐渐认识到这种变化对劳伦斯研究的正面作用：它可以让我冷静下来，以客观甚至是批判的眼光，看待劳伦斯。迈克尔·莱文森在《现代主义》一书中曾经很生动地谈到当前研究现代主义时应该采取的态度，我对他的意见深表赞同。他说："我们仍然把它叫做现代主义，它的时代飞逝，正在成为文学的历史，可人们依旧沿用这个称谓，尽管反常，我们还是这么称呼。本书发行后不久，'现代主义'便会成为上个世纪初的一个时代名称，它太遥远了，甚至不属于祖父母一代。我们忧心忡忡而又不可避免地到了这样的时刻，很多人都觉得，一个废弃的运动仍然荒谬地顶着这么一个厚颜无耻的头衔。"[1]的确，"现代主义"早已不再"现代"，它正在迅速后退为历

---

① ［美］迈克尔·莱文森编：《现代主义》，1 页，沈阳，辽宁教育出版社，2002。

史的陈迹。作为 21 世纪的研究者，关注现代主义已经不再意味着对它皈依和崇拜，而要进行重新评价和反思。我和劳伦斯之间的关系也是如此：我在学习如何从一个"劳伦斯迷"变成一个劳伦斯的批判者。

作为中国的世界文学研究者，我不得不经常面对这样的疑问：相对于西方学者，我们研究西方文学有何优势可言？说实话，我的确被这个疑问深深困扰。与西方学者相比，我们在语言上没有优势，没有感同身受的文化体验，没有收集资料的方便，如何能够在西方文学研究中接近、达到乃至超越西方学者的研究水平？如果不能，我们的研究又有何意义？就我个人的劳伦斯研究而言，我不会盲目自大，动辄奢谈"超越"，但我也认为不必盲信西方，妄自菲薄。九十多年来，西方学者积累的劳伦斯研究成果可以说是车载斗量，但真正能够流传下来的也真的是屈指可数。20 世纪各种新的批评理论和方法层出不穷，它们都在劳伦斯研究领域激起过回声。时过境迁，一些研究成果经住了时间的考验，也有许多早已经湮没在历史的长河中。反观东方，印度有 Amit Chaudhuri，韩国有 Chong-whaChung，也都对劳伦斯研究做出了自己独特的贡献。何况学术的标准是多元的，史料上的重大发现当然有学术价值，在时代风潮的影响下，从不同侧面对劳伦斯做出合乎时代需要的阐释又何尝不是一种学术贡献？就此而言，我认为东西方学者站在同一个高度，站在同一个起跑线上。况且，人文学术研究总是受本国思想文化运动的激励和影响，并且注定成为本国思想文化运动的一个重要组成部分。一些中国学者如周作人、茅盾、郑振铎、梁宗岱、朱光潜、杨周翰等，他们的西学研究，只有从这一角度衡量，其意义才能更加充分地彰显出来。我把这些前辈学者作为我的榜样，在劳伦斯研究领域努力吸收最优秀的研究成果，发出自己的声音。

回顾这些年我研究劳伦斯走过的历程，许多前辈学者和学长对我的帮助仍历历在目。我的研究生导师牛庸懋先生支持我选定了这个在当时颇有争议的题目，给予了许多有益的指导。牛先生已经作古，我把这部著作的出版看作对先生的一个纪念。在答辩前后，朱维之先生、臧传真先生、崔宝衡先生、蒋连杰先生、卢永茂先生、梁工先生、王立新先生，都给我的学位论文提出过许多中肯的意见，使我受益匪浅，这里向他们表达诚挚的谢意。

罗羡仪博士为我提供了部分费用，并利用她的关系，帮助我建立了与约翰·沃森教授的联系，使我对诺丁汉大学劳伦斯研究中心的第一次访问得以成行。在此书的构思阶段，她还从"外行"的角度，给了我许多善意的批评和建议。约翰·沃森教授在我访问诺丁汉大学期间，为我安排了丰富的学术活动，还多次专门接受我的提问。他的劳伦斯传记研究，经他手编辑的剑桥版劳伦斯作品集，都给了我许多研究上的方便。陈惇教授、刘象愚教授在我来北师大工作后，一直支持我的劳伦斯研究，刘象愚教授还拨冗为本书作序。在此衷心感谢他们。本书引用或参考了诸多国内学者的劳伦斯作品译文，恕不一一注出姓名，在此谨向他们致以由衷的敬意。

最后，我要特别感谢我的妻子谢江南女士。她自己也有繁重的科研和教学任务，但仍默默操持家务，教育孩子，为我做出了很多牺牲。

2006 年岁末于北京师大

劳伦斯研究是我学术生涯的真正起点，从写硕士论文到最终成书，历时 20 年。花这么长时间断断续续写成的书，自然是珍惜的。虽然出版后又过去了十多年时间，自认为书中的观点、材料、框架等并没有过时；书中论述的劳伦斯的许多问题，在今天仍然有参考价值。借此再版机会，我把文字又校对了一遍，完善了注释与参考文献，增加了一篇附录。感谢北师大文学院把此书列入出版规划，感谢经敏华博士提供的注释材料，感谢周劲含老师为本书的出版付出的心力。

刘洪涛

2020 年 9 月 3 日

图书在版编目（CIP）数据

荒原与拯救：现代主义语境中的劳伦斯小说／刘洪涛著. — 修订本.—
—北京：北京师范大学出版社，2020.12
ISBN 978-7-303-25558-0

Ⅰ.①荒… Ⅱ.①刘… Ⅲ.①劳伦斯（Lawrence，David
Herbert 1885－1930）－小说研究 Ⅳ.①I561.074

中国版本图书馆 CIP 数据核字（2020）第 001894 号

营 销 中 心 电 话 010-58807651
北师大出版社高等教育分社微信公众号 新外大街拾玖号

HUANGYUAN YU ZHENGJIU XIANDAIZHUYI YUJINGZHONG
DE LAOLUNSI XIAOSHUO

出版发行:北京师范大学出版社 www.bnup.com
北京市西城区新街口外大街 12-3 号
邮政编码：100088
印 刷：天津旭非印刷有限公司
经 销：全国新华书店
开 本：787 mm×1092 mm 1/16
印 张：25.25
字 数：345 千字
版 次：2020 年 12 月第 1 版
印 次：2020 年 12 月第 1 次印刷
定 价：72.00 元

策划编辑：周劲含 责任编辑：陈佳宵
美术编辑：李向昕 装帧设计：王齐云
责任校对：陈 民 责任印制：马 洁